연인 때로는

타인

2

연인 때로는 타인 2

초판 1쇄 찍은 날 | 2017년 6월 1일
초판 1쇄 펴낸 날 | 2017년 6월 8일

지은이 | 도하엘
펴낸이 | 예경원

편집 | 유경화

펴낸곳 | 예원북스
등록번호 | 제396-2012-000132호
등록일자 | 2012. 7. 25
YRN | 제1-0187호

주소 | 경기도 고양시 일산동구 호수로 646-24 위너스21 Ⅱ 206A호 (우) 10401
전화 | 031-819-9431 팩스 | 031-817-9432
http://cafe.naver.com/yewonromance
E-mail | yewonbooks@naver.com

ⓒ 도하엘, 2017

ISBN 979-11-6098-286-2 04810
ISBN 979-11-6098-284-8 (세트)

도하엘 장편 소설

2

YEWONBOOKS ROMANCE STORY

연인 때로는 타인

CONTENTS

12. 밀당의 묘미

즐거운 주말을 보내고 새로운 한 주가 시작되는 월요일이 아침이 왔다. 출근 준비를 하던 연수는 초인종이 울리자 현관문 앞에 섰다.

"누구세요?"

"나."

세륜의 목소리에 놀란 그녀는 문을 열자마자 물었다.

"아침부터 어쩐 일이야?"

"데리러 왔지."

집 안으로 들어온 세륜은 아직 준비 중인 걸 보고 기다리겠다고 말한 뒤 침대 위에 앉았다. 연수는 마저 출근 준비를 하느라 정신없이 움직였다.

"천천히 해. 아직 여유 있어."

"응. 그런데 갑자기 왜 데리러 왔어?"

"왜긴. 너 꼬시려고 정성 들이는 거지."

그를 돌아본 연수가 눈을 흘겼다.

"나도 정성 들이라고 하는 말로 들리네?"

"웬일로 눈치가 빠르지?"

"속을 너무 빤히 내보이는 거 아니야? 목적이 있어서 데리러 왔다니 실망인데."

세륜은 자신이 사준 코트를 입고 핸드백을 챙기는 모습에 침대에서 일어섰다. 그는 연수의 이마를 손가락으로 튕긴 뒤 눈매를 가늘게 좁혔다.

"출근길 편하게 해주고 싶은 게 마음에서 우러나서 모시러 왔습니다. 설마하니 진심 하나 없을까 봐?"

"……고마워."

세륜의 다정함을 이제는 당연하다고 여기지 않기로 했다. 고마우면 고맙다고 표현하기로 했다. 그게 맞는 거니까.

연수의 말에 세륜이 연하게 웃으며 그만 출발하자고 고갯짓을 했다.

차에 올라탄 세륜은 히터부터 틀었다. 그리고 추위를 싫어하는 연수의 무릎을 담요로 덮어주고 보온병을 건넸다.

"뭐야?"

"캐모마일 차. 너 이거 챙겨 마신지 좀 됐지? 불면증이랑 소화 작용에 좋으니 챙겨 마시라고 몇 번 말했어? 말 좀…….'"

"들어라. 알았어. 잊지 않고 챙겨 마실게."

연수는 곧장 보온병을 열어 뚜껑에 차를 따랐다.

"뜨겁다. 호호 불어."

김이 모락모락 나는 걸 곧장 입으로 가져가자 세륜은 그녀의 손목을 잡아 막았다. 뜨거운 걸 잘 먹지도 못하면서 무신경하게 그냥 먹지 말라고 한 그는 연수가 호호 불어 식히자 손을 뗐다.

뜨뜻한 캐모마일 차에 몸이 풀렸다. 남은 절반을 마시려던 찰나 갑자기 몸이 앞으로 쏠렸다.

"젠장!"

"앗, 뜨거!"

옆에 있던 택시가 갑자기 끼어들자 세륜은 재빨리 브레이크를 밟으며 손을 뻗어 연수를 지탱했다. 그의 빠른 대처 덕분에 그녀는 앞으로 조금만 쏠리기만 했다. 다행히 사고가 나거나 연수가 어딘가에 부딪치지는 않았지만 마시던 캐모마일 차가 손으로 넘쳤다.

"데었어?"

"아니. 놀라서 나온 말이야. 식혔잖아. 괜찮아."

연수가 확인해 보라고 손을 보여주었다. 발개지거나 하지 않아 안도한 세륜은 콘솔 박스를 열어 휴지를 찾아 건넸다.

"저 택시가!"

세륜은 뒤늦게 견적을 울렸다. 택시가 미안하다고 비상등을 켰지만 그의 찌푸려진 얼굴은 풀리지 않았다. 사이드미러를 확인하는 세륜의 모습에 연수가 불안한 얼굴로 말했다.

"하지 마. 똑같이 끼어들지 마. 나 진짜 싫어, 그거. 사고 날 것 같아. 응?"

"……안 해. 걱정하지 마. 브레이크 갑자기 밟은 거라 뒤에 있는 차들 괜찮은지 본 거야."

"무슨 일이 있어도 위험한 행동하지 마. 양보 운전해."

"응. 안 할게."

걱정이 잔소리로 들려 다투기 일상이었는데, 그 잔소리가 섞인 걱정이 얼마나 고마운 것인지 새삼 서로 느꼈다.

연수는 세륜의 걱정을 덜어주려 캐모마일 차를 한 잔 더 마셨고, 세륜도 연수가 걱정하지 않게 규정 속도를 지켜가며 운전했다.

나란히 출근을 하는 두 사람을 보고 진우가 하, 짧게 웃었다. 그는 세륜에게 잠깐 보자고 한 뒤 야외 휴게실로 향했다.

"어? 눈 온다. 이거 쌓이려나. 담배?"

담배를 피울 거냐고 묻는 진우에게 고개를 저었다. 그리고 그는 하늘을 향해 고개를 들었다. 눈송이가 얼굴 위로 떨어지자 나직하게 속삭였다.

"연수, 눈 쌓이는 거 싫어하는데."

세륜은 휴대폰을 꺼내 눈이 내리는 걸 찍었다. 몇 번 사진을 찍고 난 뒤에 가장 잘 찍은 걸 골라 연수에게 보냈다.

"뭐 하냐."

"연수한테 눈 내리는 거 찍어 보냈지."

첫눈이 왔을 때 하지 못했던 걸 하면서 그는 입꼬리를 올렸다.

"둘이 진짜 화해한 거야? 다시 사귀어? 지난주에는 냉기 폴폴 날려서 사무실을 북극으로 만들더니 오늘은 다정하게 출근하고. 남녀 사이는 모르는 거라더니, 너네는 진짜 모르겠다."

연수가 눈 오고 있냐고 우는 이모티콘을 보낸 걸 보고 세륜이 엷게 웃으며 대답했다.

"화해는 했는데 아직은 다시 사귀는 거 아니야."

"그럼?"

"연애하기 전 단계?"

"……밀당? 서로의 성향을 다 아는데 그게 돼? 아, 아니까 더 잘할 수 있으려나. 그보다 그걸 한다고? 네가? 매번 당기다 못해 끌려가기만 했으면서 밀어내는 걸 한다고?"

"누가 밀당한대? 그거 피곤한 거 아닌가. 우리는 그냥 다시 사귀기 전의 단계야."

"사귀기 전에 하는 게 이리저리 재보는 밀당이지. 그래. 너네는 그게 좀 필요해."

흔히들 먼저 반한 사람이 지는 거라 해도 세륜은 철저하게 패자였다. 친구로서 그게 꽤 못마땅했다. 연수가 세륜을 사랑하지 않는 건 아니지만, 너무 우위를 차지하는 게 보여 아니꼬웠다.

"그러다 싸우면? 겨우 화해했다, 우리."

"아, 생각났다. 나 어디선가 들었어. 사귀기 전보다 사귈 때 더 적당한 밀당이 있어야 한대. 그래야 서로가 지겹지 않고, 서로에게 질리지 않는다고 하더라."

"공감 안 되는데."

연수에게 단 한 번도 질려본 적이 없다. 지겨운 적도 없었다. 물론 싸울 때는 죽어라 미웠지만 언제나 애정이 동반한 미움이었다.

"공감이고 뭐고 해라. 그거 꼭 해라. 너도 주도권 좀 가져와. 6년을 넘게 그랬으면 이젠 가져올 때도 됐어. 친구야, 진심으로 충고하는데. 연애 주도권은 한 사람이 갖고 있는 게 아니야. 서로 공유하는 거지."

"그러지 않아도 그게 좀 억울하기는 하더라. 이기는 게 꼭 좋은 것만은 아니지만 너무 지고 들어가는 것도 아닌 것 같더라. 밀당하면 주도권 공유가 되려나."

"와, 6년이 지나서야 그걸 깨닫다니. 어휴, 한심한 놈."

고개를 절레절레 흔든 진우는 다 태운 담배를 껐다.

두 사람은 사무실로 돌아와 업무 시작 준비를 했다.

월요일 아침이면 보통 회의로 업무를 시작을 했는데, 오늘 기획조정 2팀은 회의실이 아닌 자기 자리에 앉아 있었다. 서범기 과장이 아직 출근을 하지 않았기 때문이었다.

"연락해 봐야 하는 거 아니에요?"

윤주의 말에 대영이 벌떡 일어나 자신이 연락해 보겠다고 했다. 그런데 그때 기획조정 1팀의 강 과장이 세륜과 진우를 심각한 목소리로 불렀다. 두 사람은 강 과장과 한참 이야기를 나누고 돌아와 팀원들에게 회의실로 옮겨갈 것을 요구 했다.

영문을 모르는 팀원들을 데리고 회의실로 간 두 사람은 잠시 따로 이야기하더니 결론을 내린 듯 자리에 앉았다. 연수는 자신의 옆에 앉은 세륜에게 무슨 일이냐고 눈으로 물었다. 그는 진우가 이야기할 거라는 뜻을 담아 건너편을 턱짓했다.

진우는 평소와 달리 조금 얼굴이 굳어져 있었다. 그는 잠시 뒤 장난기 없는 얼굴로 입을 열었다.

"음……. 과장님이 입원하셨다고 합니다. 진 대리와 저도 모르고 있었는데 원래부터 심장 질환을 앓고 계셨다고 합니다."

"어머. 괜찮으시데요?"

모두가 놀라 눈을 키웠다. 곧바로 윤주가 걱정스러운 얼굴로 조심스럽게 물었다.

"네. 괜찮다고 하시지만 당분간 쉬셔야 한다고 합니다. 급작스럽게 자리를 비우게 되셔서 당분간은 그 자리를 저와 진 대리가 채워야 할 것 같습니다. 빠른 시일 내에 과장님 자리를 맡아줄 분이 온다고 합니다."

"과장님은 그럼 어떻게 되시는 건가요?"

대영이 설마 서 과장님이 일을 아예 관두시는 거냐는 뜻으로 물었다.

"회복하시는 대로 돌아오실 겁니다. 그런데 그게 시일이 좀 걸릴 같아 임시로 과장님 자리를 맡아주실 분이 오는 겁니다."

갑작스러운 비보에 모두들 할 말을 잃었다.

"회사 측의 배려로 점심 식사 뒤 병문안을 다녀올 수 있게 되었습니다. 전부 다 자리를 비울 수는 없으니 나누어서 가도록 합시다. 몇 분은 퇴근 후에 가야 할 것 같은데……."

말이 끝나기도 전에 대영이 자신은 퇴근 후에 가겠다고 손을 들었다. 연수도 차분한 얼굴로 손을 들었고, 세륜이 따라 들었다. 그리고 의외의 인물인 권은정이 손을 들었다.

"그럼 김 주임과 강 주임은 점심 식사 후에 저와 같이 다녀오는 걸로 하죠. 괜찮다고 하시니 큰 걱정하지 마세요. 우리는 과장님이 돌아오셨을 때 업무에 차질이 없도록 열심히 일하면 됩니다."

진우는 서 과장이 입원한 병원과 병실을 알려준 뒤 업무 수첩을 폈다. 본격적으로 업무 회의를 시작하겠다는 것이었다.

"오늘부터 과장급 이상의 회의에 저와 진 대리가 번갈아가면서 참석할 겁니다. 그래서 업무 분담을 다시 하겠습니다."

진우는 각자가 맡고 있는 업무를 확인한 뒤 자신과 세륜이 하고 있는 일을 조금씩 분담했다. 지난주의 업무에 대한 결과를 각자 돌아가며 이야기하고 정리한 뒤, 당분간은 힘들더라도 열심히 일하자는 말을 마지막으로 회의가 끝났다.

서 과장의 부재로 팀원 전체가 비상이 걸렸다. 합리적인 분배로 맡던 업무의 양이 과도하게 늘어난 것은 아니지만 힘들지 않은 건 아니었다. 거기에 상사의 부재는 심리적으로 꽤 큰 부담감을 안겨 주었다.

물론 가장 많은 부담감을 느낀 사람은 세륜과 진우였다.

"왔어? 어땠어?"

정신없이 자료 정리를 하고 11시쯤에 회의에 들어갔던 세륜이 점심시간이 시작될 무렵 사무실로 돌아왔다. 지친 얼굴로 들어오는 그를 본 진우가 컴퓨터 키보드에서 손을 떼며 물었다.

"점심 먹고 또 회의. 병문안 다녀오면 팀 회의 좀 해야겠다."

"무슨 일 있었어?"

세륜은 나중에 이야기하자고 한 뒤 수첩을 책상 위에 놓고 사무실을 나갔다.

"……까였나 보네."

"까이다니?"

두 남자의 짧은 대화를 듣고 있었던 연수가 무슨 말이냐고 물었다. 마찬가지로 대화를 들은 윤주가 의자를 돌리더니 낮은 목소리로 진우의 말에 동의했다.

"그죠? 아주 날 잡았다 싶을 거예요, 아마?"

"그러겠지. 특히나 한 과장님이."

"우리 과장님만 안 계시면 자기 세상이다, 이거죠. 아, 진짜 싫다. 오늘 몇 번이나 이쪽으로 올까요? 자기 팀이나 신경 쓰시지."

"한 과장님뿐이면 다행이게. 전략기획팀은 더 난리일걸."

한 과장이라면 기획조정 3팀을 맡고 있는 사람이었다. 연수는 윤주와 진우의 이야기를 듣고 얼추 알아들은 표정을 지었다.

같은 부서라고 해도 하는 일이 부딪히면 사이가 나빠질 수밖에 없었다. 특히나 같은 기획조정팀이라면 업무 평가의 비교로 더 사이가 틀어지게 된다.

상사의 부재가 가져오는 폐해가 이런 것이었다. 막아주는 사람이 없으면 꼭 건드리고, 한번 굴려보려고 하고, 밟으려고 한다. 다른 누군가는 이때가 기회다 싶어 자기의 잇속을 챙기려고 달려들었다.

"과장님이 빨리 돌아오셔야 할 텐데요."

울상을 지은 윤주가 1팀의 강 과장과 3팀의 한 과장이 사무실로 들어오자 재빨리 의자를 돌렸다.

"밥이나 먹으러 가자."

점심시간 1분 전. 진우의 말에 연수는 자리에서 일어났다.

"세륜이 찾으러 가게? 위층 야외 휴게실로 가봐. 난 과장님 문병 가야 해서 밥 먼저 먹는다."

"아, 응."

연수는 사무실에서 나와 위층으로 향했다. 처음으로 와본 야외 휴게실을 둘러볼 여유도 없이 그녀는 곧장 세륜의 옆에 섰다.

"추운데 왜 나왔어."

바람이 정면에서 불어와 세륜은 그녀의 앞으로 걸음을 옮겼다. 그는 옅은 미소를 짓고 연수를 내려다봤다.

"전 남친 밥 챙기러. 점심시간이야."

"전 남친, 전 남친. 재미 들렸나 보다?"

"먼저 전 여친이라고 한 사람이 누군데?"

흘겨보는 연수의 이마를 손가락으로 튕긴 세륜은 이맛살을 구겼다.

"그 소리 듣기 싫으면 전 여친 탈피해야지?"

"홍! 누가 할 소리? 전 남친 탈피하고 싶지 않아?"

"그러니까 빨리 내가 넘어가게 하지?"

"너야말로 어서 내가 넘어가게 만들지?"

"그러고 싶은 마음은 굴뚝같은데 아직 내 콧대가 안 섰거든. 언제 세워줄 거야? 기대되네. 하연수가 어떻게 날 꼬실지."

"어우. 그 콧대 얼마나 세우겠다고 이러는 건지. 네네, 그 콧대 세워 드리겠습니다! 너무 빨리 넘어오지나 말아."

"오. 무슨 계획이 있나 보지? 선전포고라. 이 오빠, 두근거리려 하네."

말과는 다르게 같잖은 표정을 하고 있었다. 네가 해봐야 뭘 얼마나 하겠느냐는 표정이었다. 기대치가 굉장히 낮은 그의 얼굴에 연수가 발끈한 표정을 지었다.

세륜은 픽, 웃고는 고개를 숙였다. 바짝 다가오는 그의 매끈한 얼굴에 연수의 눈이 커졌다.

조금만 움직이면 금방이라도 입술이 스칠 듯한 거리. 초점도 잘 맞지 않는 그 거리에 연수의 상체가 뒤로 휘었다. 세륜은 그녀의 등을 잡아당겨 바로 세우고 고개를 옆으로 움직였다.

귓가로 낮은 목소리와 따뜻한 숨결이 흩어졌다.

"이번엔 나도 각오 단단히 했거든."

"……나야말로. 한 번 꼬셨으니 두 번째는 쉽다고 했지? 아니? 두 번째가 더 어려울걸. 이러다 내 콧대만 더 높아지는 거 아닌지 몰라."

살짝 가슴을 밀어내는 손길에 상체를 세운 세륜이 눈을 가늘게 떴다.

"내 외모에 설렌다고 했던 사람은 지금 내 앞에 있는 사람과 다른 사람인가? 설렌 거 보면 이미 거의 넘어온 것 같은데. 네가 넘어왔다고 해도 끝난 거 아니다, 절대. 이번에는 내가 넘어가는 게 중요해."

"거의 넘어가기는! 잘생긴 남자 보면 다 설레지, 뭐."

"야! 네가 언제부터 그랬는데?"

외모로 꼬실 수 있는 거였으면 6년도 더 전에 수십 번은 꼬시고 남았을 거였다. 억울한 마음에 세륜이 얼굴을 구겼다.

"어머! 나 알고 봤더니 외모지상주의였나 봐. 아니다. 시대의 흐름에 맞춰 외모지상주의에 물들었나? 갑자기 네 얼굴 보고 설레었던 거 보면."

끓어오르는 걸 꾹꾹 내리누른 세륜은 연수의 뒷머리를 감싸 자신의 가슴에 묻었다. 마음 같아서는 한 대 쥐어박고 싶은데 참는다는 표정으로 그가 으르렁거렸다.

"나보다 잘생긴 남자 드물다. 딴 놈한테 설레기만 해봐."

"드문 거지 없는 건 아닌가 보다."

"……날 홀려서 너한테 넘어트리라는 거였지, 열 받게 만들어 목잡고 뒤로 넘어가게 하라는 거 아니다, 하연수."

"아파! 그만 눌러! 화장품 묻잖아!"

세륜은 연수의 뒷머리를 감싸 누르던 손에서 힘을 뺐다. 그녀가 곧장 성질을 내며 떨이질 줄 알았는데 가녀린 팔이 자신의 허리를 감싸오자 그의 눈매가 휘었다.

허리에 있던 손이 위로 올라오더니 등을 쓸어 만졌다. 위로하는 터치에 세륜이 눈을 감았다.

"같은 회사에 다니니 이런 건 좋네. 일로 스트레스받으면 이런 위안도 곧장 받을 수 있고."

"오후 회의는 진우가 들어가면 안 돼?"

"어차피 다음은 그 녀석이 들어갈 건데. 먼저 매 맞는 게 낫지."

"매 맞는 정도야?"

"우리 팀 실적이 좋아서 한 과장님의 질투가 심해. 전략기획팀은 그동안 우리 팀이 계속 퇴짜 놓았던 것에 대한 앙금을 풀려고 하고 있고. 이 정도?"

"일을 잘한 것뿐인데? 할 일을 한 것뿐인데? 다들 나쁘다."

고개를 든 연수의 얼굴에서 안쓰러움이 뚝뚝 묻어났다. 더불어 억울함도. 자신이 그 일을 당하고 있다는 듯 억울해했다. 그런 그녀의 모습을 보고 세륜은 낮게 웃었다.

오후 업무 시작 전, 진우를 포함한 일부는 서 과장의 병문안을 갔다. 세륜은 점심을 먹고 난 뒤 쉴 틈도 없이 회의 준비를 하더니 오후 업무가 시작되자마자 회의실로 사라졌다. 그리고 그는 병문안을 간 사람들이 회사로 복귀할 때까지 돌아오지 않았다.

진우는 비어 있는 세륜의 자리를 본 뒤 연수에게 물었다.

"세륜이 아직 안 나왔어? 회의 중?"

"응. 회의가 많이 길어지네. 과장님은 어떠셔?"

"본인은 괜찮다고 하시는데 내년 1분기까지 쉬신다는 거 보면 걱성이다. 어? 왔네."

마침 회의가 끝났는지 세륜이 사무실 문을 열고 들어왔다. 오전보다 더 지친 얼굴에 진우가 혀를 끌끌 찼다.

"좀 쉬어라."

"바로 회의해야 할 것 같아."

"좀 쉬고 난 뒤에 하자. 20분 뒤에 회의합시다!"

팀원들에게 회의를 공지한 진우의 어깨를 툭툭 두드린 세륜은 잠깐만 따로 보자는 고갯짓을 했다. 두 남자가 사무실을 나서고 잠시 뒤 연수는 자리에서 일어났다.

아침에 세륜이 준 보온병을 가지고 탕비실로 간 연수는 한 잔 남은 캐모마일 차를 다 마셨다. 그리고 보온병을 깨끗이 씻었다.

"커피 말고…… 녹차 말고…… 옥수수수염차랑 둥굴레차가 있네. 이게 더 나으려나?"

연수는 휴대폰을 꺼내 인터넷 검색을 했다. 둥굴레차가 피로감과 스트레스 해소에 도움이 되고 강장 효과가 높다는 걸 확인한 그녀는 보온병에 뜨거운 물을 가득 담아 티백을 우려냈다. 계속 티백을 담가 놓으면 텁텁해지니 적당하게 우려내고 꺼내 버린 그녀는 보온병을 챙겨 사무실로 돌아왔다.

"하 주임님, 회의실로 가요."

다른 사람들은 먼저 갔고 우리만 가면 된다는 윤주의 말에 연수는 급히 업무 수첩을 챙겼다. 윤주와 회의실로 온 연수는 세륜의 옆에 막 자리를 잡고 앉는 은정을 발견했다. 세륜이 앉은 맞은편도 이미 자리가 다 차서 연수는 어쩔 수 없이 은정의 옆에 앉았다.

"대리님, 피곤하시죠? 커피 드세요."

어디서 가지고 온 것인지 은정은 유명한 카페 로고가 박힌 캔 커피를 세륜에게 건넸다. 그 모습을 본 연수가 남들 모르게 은정을 흘기고는 세륜을 주시했다.

'받기만 해봐. 이 보온병 던져 버린다.'

"권은정 씨 드시죠."

자신에게 건네지는 캔 커피를 손가락으로 밀어낸 세륜은 은정 너머로 연수에게 손을 뻗었다.

"하 주임, 그것 좀."

"응? 아, 네."

캔 커피를 노려보는데 정신이 팔려 무심결에 편히 묻던 연수는 재빨리 말을 높인 뒤 세륜이 가리키는 보온병을 건넸다. 은정은 자기 앞을 지나가는 보온병을 쏘아보며 이맛살을 구겼다.

보온병 뚜껑에 내용물을 따르던 세륜은 아직도 김이 폴폴 나자 눈썹 끝을 올렸다. 조심스럽게 입에 가져간 그는 한 모금 마신 뒤 연수에게 고개를 돌렸다.

"둥굴레차?"

"아, 피로 해소에 좋다고 해서요. 드세요, 많이."

"나 주려고 타온 겁니까?"

"네. 커피보다는 나을 것 같아서요."

유독 '커피'에 힘이 실리자 세륜의 눈썹 끝이 더 위로 올라갔다.

"안 그래도 회의 때 커피 많이 마셔서 속이 쓰리던 참이었습니다. 잘 마실게요."

동료들이 같이 있다고 더할 나위 없이 정중하게 대화하는 두 사람을 보고 진우가 몸서리를 치다가 그 둘의 사이에 껴서 앉아 뭐 씹은 표정을 짓고 있는 은정을 발견했다. 몇 번이고 세륜의 철벽에 나가떨어지면서도 포기하지 않는 그 끈기로 일을 하면 얼마나 좋을까, 하는 생각을 한 진우는 고개를 절레절레 저었다.

퇴근 시간이 되자 곧바로 서 과장의 병문안을 갈 준비를 했다.

"대리님, 차 태워주실 거죠?"

막 코트를 입으려던 연수는 코맹맹이 소리에 고개를 틀었다. 언제 온 것인지 은정이 세륜에게 차를 태워달라고 앙탈을 부리고 있었다.

퇴근 10분 전부터 화장실에서 화장을 고치고 퇴근 준비를 한 은정은 고된 업무를 한 사람 같지 않았다.

더 붉게 칠한 매끈한 입술과 들뜬 거 없이 매끈하게 파운데이션이 발라진 피부, 갈색 섀도로 깊은 음영을 낸 눈. 한겨울임에도 짧은 스커트에 화려한 색상의 블라우스.

젊은 생기를 내뿜는 은정을 본 연수는 자신의 화장이 신경 쓰이기 시작했다.

"제 차로 갑시다."

세륜은 은정을 보지도 않고 대답을 하면서 코트를 입는 연수를 도왔다. 그가 입기 편하게 집아주자 코드 안으로 필을 집어넣던 연수는 자신을 노려보는 은정을 보고 황당함과 불쾌감에 미간을 찌푸렸다.

"진 대리, 잠깐만 이쪽으로."

"먼저 나가 있어."

지시 사항이 있는지 강 과장이 부르자 세륜은 연수에게 귀엣말을 한 뒤 1팀 쪽으로 걸음을 옮겼다. 연수는 은정, 대영과 먼저 사무실을 나섰다.

"잠깐 화장실 좀 다녀올게요."

대영과 은정을 두고 화장실로 들어온 연수는 거울 앞에 서서 상체를 앞으로 숙였다. 거울 가까이에서 얼굴을 확인한 그녀는 미약하게 눈가를 찌푸렸다.

"나도 곧 있으면 서른이네. 피부도 늙었나 보다."

최근에 얼굴이 건조해졌다는 걸 느꼈다. 겨울에 부는 찬바람 때문만은 아닌 것 같다. 피부가 건조해서인지 화장이 살짝 뜨고 코 주변으로 뭉쳐 있었다. 정말로 피부에 수분이 부족해 보였다.

"오늘은 팩 좀 해야겠다. 그런데 팩이 있던가?"

외모 관리에 소홀해도 자신의 피부가 나쁘다는 걸 느껴본 적이 없었던 연수는 지금 처음으로 피부가 늙어가고 있음을 알아차렸다.

연수는 파우치를 꺼내 간단하게 화장을 수정했다. 오렌지 컬러의 립글로스를 발랐는데 유독 붉은 입술 때문에 색이 제대로 나오지 않자 그녀의 입에서 한숨이 흘러나왔다.

"두 분 화해하셨나 봐요?"

갑자기 들린 목소리에 연수가 정면에 있는 거울을 통해 상대방을 확인했다.

"화해라니요?"

"아니, 뭐. 진 대리님이랑 싸우고 헤어지셨나 했죠. 지난주 내내 따로 노시기에."

따로 논다는 말에서 연수가 불쾌감을 참지 않고 얼굴을 찌푸린 채 몸을 돌렸다.

"회사에 일하러 오지 놀러 오나요? 저번에 한 이야기 그새 잊었어요? 열심히 일하는 사람을 두고 근거 없는 말하지 말라고 분명 이야기했을 텐데요. 그리고 상사에 대한 예우를 갖추라고 주의도 줬던 것 같은데요."

연수의 지적에 진한 립스틱을 곱게 바른 입술을 잘근잘근 씹은 은정이 분하다는 듯 입을 열었다.

"……두 분 진짜 안 어울리는 거 알죠?"

"권은정 씨에게 들을 말은 아닌 것 같은데요."

"진 대리님이 하 주임님의 뭘 보고 만나는지…… 진짜 모르겠어요. 저는 하 주임님, 인정할 수 없어요."

"권은정 씨에게 인정받아야 하나요? 왜요?"

"그야……. 그쪽한테 진 대리님을 넘길……."

"그쪽이라니요. 호칭 조심하라고 했죠. 그리고 넘기기는 뭘 넘겨요? 원래부터 내 남자였던 사람인데. 권은정 씨, 주제넘게 굴지 마요."

시선 한번 주지 않는 세륜에게 애달파한 시간이 적지 않았다. 입사하고부터 계속 그를 선망하고 좋아해 왔다. 오랜 연인이 있다고 해도, 자신을 포함한 모든 여자들에게 무심하게 대해도 좋았다. 언젠가는 자신에게만 다정하게 굴게 만들고야 말겠다고 다짐을 했었다.

갑자기 나타난 오랜 연인인 연수를 보고 자신감은 더 생겼다. 그런데 저번 회식 때 그렇게 여자에게 무심한 세륜이 먼저 고백을 했다는 말을 듣고 가망성이 없는 것 같아 포기할까 했다. 하지만 아무리 생각해도 연수가 자신보다 나은 게 하나도 없었다.

세륜이 너무 아까웠다. 그리고 연수보다 자신과 훨씬 더 잘 어울리는 것 같았다.

"지금 가졌다고 해서 끝난 거 아니잖아요? 오래 만났다고 그렇게 자만하지 마세요! 사랑은 움직이는 거니까."

"참 진부한 대사네요. 권은정 씨, 정신 차리고 선 넘지 마요. 아니, 넘을 수 없을 거예요. 저에 대한 세륜이 사랑 절대 안 움직여요. 권은정 씨한테 눈길 한번 안 줬을 텐데 쓸데없는 짓 그만하죠?"

"왜요? 겁나세요?"

"이게 겁내는 걸로 보여요? 나는 진심으로 권은정 씨가 걱정돼서 하는 말인데. 그 마음 접지 않으면 더 다칠 거예요. 지금까지 권은정 씨 같은 사람 없었던 것 같아요?"

은정은 같잖은 걱정과 너 같은 애는 많이 봐서 이제는 지겨울 정도라는 표정에 연수에게서 더 세륜을 빼앗고 싶은 열망이 치솟았다.

"지는 디를 기에요."

"다들 그 이야기하더군요. 아, 오늘 나눈 이야기는 세륜이한테 말할게요. 너 때문에 이런 불쾌한 일 겪었다고 하면 어쩔 줄 몰라 하면서 날 달래주려고 노력하는데, 진짜 사랑받는 기분이 들거든요. 덕분에 좋은 시간 보내게 되겠네요."

"치사하게……."

"권은정 씨가 이렇게 비매너적으로 나오는데 수준 맞춰줘야 재미있지 않겠어요?"

은정은 지난주 내내 이상했던 세륜과 연수를 보고 지금이 기회라고 생각했다. 그래서 주말 동안 어떻게 하면 그를 흔들어 두 사람의 사이를 갈라놓을 수 있을지 고민했다. 그런데 주말 사이에 두 사람의 관계가 다시 괜찮아진 것 같아 은정은 짜증이 났다.

계속 세륜에게 외면받은 은정은 애꿎은 연수에게 화풀이를 하려고 화장실로 쫓아 들어왔다. 그런데 연수의 기를 죽이기는커녕 지난번처럼 오히려 더 당했다.

"……두고 봐요."

몸을 휙 돌린 은정이 나가자 연수는 땅을 발로 한 번 찬 뒤 파우치와 핸드백을 챙겼다.

밖으로 나오자 은정이 눈에 잔뜩 힘을 주고 노려봤다. 연수는 보란 듯이 세륜의 옆에 바짝 붙어 섰다.

"이야기 잘 끝났어요, 진 대리님?"

"응. 퇴근인데 대리님이라니."

퇴근했으니 말을 편하게 하라는 작은 타박에 연수는 짧게 고개를 끄덕인 뒤 그의 손에 들린 보온병으로 손을 뻗었다.

"이리 줘."

"됐어. 내일 줄게."

내일 또 캐모마일 차를 타서 가져다주겠다는 뜻이었다. 연수는 슬쩍 은정을 본 뒤 세륜의 어깨를 손으로 털었다. 그리고 그의 어깨를 주물렀다. 반듯하게 각진 어깨를 따라 손을 움직여 탄탄한 팔근육을 주무르고 더 내려와 팔뚝을, 그리고 손목에 이어 손을 주물렀다.

은정은 거리낌 없이 세륜을 만지는 연수의 손길을 보고 잘근잘근 깨무느라 립스틱이 뭉개진 입술을 비죽였다.

세륜은 자신의 손을 마사지하는 연수의 손을 잡았다. 그녀의 시선이 자신이 아닌 다른 곳으로 향해 있어 그 눈길을 따라 움직인 그가 미간을 접었다.

은정과 서로 노려보고 있는 걸 보고 고개를 갸웃하던 그는 뭐 하는 거냐는 질문을 담아 연수의 손을 더 꽉 잡았다.

"아, 피곤하지? 마사지 더 해줄까?"

"아니. 괜찮아."

"더 해줄게. 고개 좀 숙여봐."

거절 말고 당장 숙여보라는 눈빛에 세륜은 상체를 숙였다. 작은 두 손이 자신의 어깨를 주무르자 그는 어깨에서 힘을 뺐다.

"엘리베이터 도착해요."

두 사람의 다정한 모습을 못 본 척하고 있던 대영이 조심스럽게 알렸다. 연수가 손을 거둬가자 목을 한 바퀴 나른하게 돌린 세륜은 그녀를 데리고 엘리베이터에 올랐다.

"저 뒷자리에 타면 멀미하는데. 앞에 제가 탈게요."

주차장에 도착해 세륜의 차에 거의 다다랐을 무렵 은정은 말도 안 되는 핑계를 대고 냉큼 조수석 문 앞을 사수했다.

"하하, 은정 씨 하 주임님 계시는데······."

대영이 기가 막히는지 짧은 웃음을 어색하게 내뱉고는 은정에게 뒤에 타자는 눈짓을 보냈다. 그런데 은정은 보지 못한 척 빨리 문을 열어달라고 세륜에게 애교 있게 말했다.

"진 대리님, 주워요! 우리 빨리 차에 타요."

세륜은 연수의 얼굴 근육이 꿈틀거리는 걸 발견했다. 그는 이제야 두 여자가 지금 기 싸움을 벌이고 있다는 걸 알아차렸다.

"버스처럼 큰 차가 아니니 앞자리나 뒷자리나 멀미는 똑같을 것 같은데요? 은정 씨."

평소라면 거슬리더라도 적당히 무시할 연수가 맞받아쳤다. 어서 물러나라는 경고를 담아 이름을 씹듯이 뱉기까지 했다.

흥미로운 상황에 웃음이 났지만 세륜은 표정을 갈무리하고 상황을 정리했다.

"병원까지 얼마 안 걸리니 뒤에 타요. 우리 연수도 뒤에 타면 멀미합니다."

"네? 아, 진 대리님······."

너무나 단호한 세륜의 말에 우물쭈물하는 은정의 옆에 선 연수는 그녀의 손을 치워낸 뒤 조수석 문을 열고 올라탔다.

"뭐 해요? 빨리 뒤에 타요."

대영이 뒷좌석 차 문을 열고 재촉했다. 권한을 가진 차 주인인 세륜도 운전석에 오르자 은정은 어쩔 수 없이 뒷자리에 올라탔다.

"아, 아까 화장실에서……."

"응?"

연수는 막 시동을 건 세륜에게 운을 뗐다. 그냥 넘어가려고 했는데 방금 전 은정의 행동에 심기가 틀어진 연수는 그녀가 화들짝 놀랄 만한 이야기를 꺼냈다. 역시나 은정이 흠칫했다. 은정은 정말 연수가 화장실에서 있었던 일을 이야기할 거라고 생각하지 않았다. 대경실색한 그녀는 당황한 표정을 감추지 못했다.

그 모습을 룸미러로 보던 연수는 승리자의 미소를 지은 뒤 하려던 말이 뭐냐고 묻는 세륜에게 아무것도 아니라고 고개를 저었다.

차가 천천히 주차장을 빠져나갈 때 문득 연수는 지금 자신이 은정과 뭘 하고 있는 건지 한심해졌다.

바쁘게 컴퓨터 키보드를 두드리던 손이 멈췄다. 연수는 고개를 돌려 세륜과 그의 옆에 서 있는 은정을 응시했다.

"대리님, 또 도와드릴 일 없어요?"

"없습니다."

"많이 바쁘신 것 같은데 도와드릴게요. 이거 뭐 하시는 거예요?"

은정이 세륜의 모니터를 자세히 들여다보려고 상체를 숙였다. 그녀의 가슴이 아슬아슬하게 세륜의 어깨를 스쳤다. 그가 몸을 뒤로 빼지 않았다면 분명 은정의 가슴이 어깨에 비벼졌을 거다.

"봐도 모르는 거면 도울 수 없겠군요. 권은정 씨, 그만 자리로 돌아가요."

세륜이 펜 하나를 들어 그 끝으로 은정의 어깨를 밀어냈다.

"가르쳐 주시면 도와드릴 수 있어요."

"가르쳐 줄 시간이 없습니다. 그보다 김 주임이 시킨 일은 다 했습니까?"

"그러게요. 은정 씨, 내가 이야기한 일은 다 끝냈어?"

타이밍 좋게 사무실로 들어온 윤주가 자리에 앉으며 물었다. 은정이 새초롬하게 눈을 뜨고는 어깨를 축 늘어트렸다.

"거의 다 끝나가요."

"은정 씨 요즘 일에 목말랐나 봐? 그렇게나 일을 하고 싶다는데 내가 도와줘야지. 기다려 봐. 어디 보자……."

윤주가 일을 덜어주려 하자 은정은 화들짝 놀라 자신의 자리로 도망갔다. 그 일련의 모습을 보고 있던 연수는 파티션 너머로 사라진 은정을 흘겨봤다.

화장실에서 두고 보자고 한 은정은 아주 대놓고 세륜에게 작업을 걸고 있었다.

"한동안 잠잠하더니. 신경 쓰지 마. 예전부터 저랬어."

뒤쪽 상황을 신경 쓰는 걸 알아차린 진우가 연수에게 나직이 말했다.

"계속 지레 왔었이?"

"어. 세륜이가 어련히 알아서 잘 끊어내니까 내버려 둬."

진우의 말에 연수는 더 기분이 상했다. 뭐 저런 잔망스러운 여자가 다 있나, 하는 얼굴로 은정의 자리를 다시 노려보았다.

연수는 일의 집중도가 확 떨어지자 커피 한잔 마실 생각에 자리에서 일어나 사무실을 나섰다.

"하 주임, 어디 갑니까?"

팔꿈치를 잡는 손길에 연수가 걸음을 멈췄다. 세륜이 옅은 미소를 품은 얼굴을 살짝 숙였다.

"표정이 왜 그럽니까."

"제 표정이 왜요?"

"기분이 나빠 보입니다. 방금 전의 일이라면 처신 잘하고 있으니 허튼 소문은 걱정 안 해도 됩니다."

"……진 대리님 때문 아닌데요."

"흐음. 차 한잔하죠."

복도에 서서 할 이야기가 아닌 것 같아 세륜은 연수를 데리고 휴게실로 향했다. 두 사람은 커피를 내려 들고 구석에 자리했다.

"권은정 씨가 왜 신경 쓰이는 건데? 그냥 평소처럼 무시해. 나도 그러고 있으니까."

"평소처럼 뭐?"

"대학 다닐 때 나 좋다고 쫓아다니던 신입생이 너한테 온갖 욕이 담긴 편지를 보냈던 것도 모자라 급기야 위험한 사고까지 낼 뻔했던 일에 아무렇지도 않아 했던 사람이 누구였더라? 그걸 나한테 말 안 해서 나중에 알고 내가 기함했었지?"

"그때랑 지금이 같아? 권은정 씨가 나한테…… 됐어."

"말하다가 '됐어'로 끝나면 절대 된 게 아니잖아. 권은정 씨가 너한테 뭐?"

"어쨌든 그때랑 달라."

"진짜 권은정 씨 때문에 그래?"

"은정 씨 이야기를 계속…… 머리 헝클어졌네. 고개 좀 숙여
봐."

갑자기 상냥하게 변한 어투에 눈매를 좁힌 세륜은 빨리 숙이라
는 손짓에 고개를 내렸다. 왁스로 잘 고정이 된 머리를 쓱쓱 매만
진 손가락이 떨어지자 시선을 든 그는 연수가 고아한 미소를 짓고
있는 걸 발견했다.

세륜은 설마 하며 고개를 돌렸다. 은정이 커피머신 앞에 서서
이곳을 보고 있었다. 세륜은 연수만 들을 수 있게 목소리를 더 낮
췄다.

"권은정 씨 질투심을 유발해서 어쩌려고?"

"이게 질투심 유발로 보여? 네가 내 남자라는 걸 확인시켜 주는
거지!"

"그거…… 소유욕인가?"

때아닌 소유욕 발언에 그를 황당하게 보던 연수는 감아올려진
입술과 가늘게 좁히고 휜 눈매에 볼을 부풀렸다.

"뭐가 그렇게 좋은데?"

"예전에도 이렇게 소유욕을 보였으면 얼마나 좋아. 누가 나 좋
다고 고백하는 걸 직접 보고도 시큰둥했던 깃보다 백배는 더 좋
네."

"좋아? 이게 좋아? 권은정 씨가 막 매달리니까 좋아 죽겠어?"

딱, 하고 이마에 놓아진 딱밤에 연수가 눈을 찡그렸다.

"누가 그게 좋대? 날 지키려고 안달하는 네 모습이 좋다는 거지. 그리고 다른 여자 수십 명이 매달리는 것보다 하연수 하나가 매달리는 게 더 좋거든?"

"누가 안달했다고……."

"시치미는. 귀엽긴."

매력적인 눈매가 가늘게 접혀지고 한쪽 입술이 살짝 위로 올라가면서 매혹적인 미소가 지어졌다. 남자에게 매혹적이라는 단어가 어울릴 수도 있다는 걸 진세륜을 보면 깨달을 수 있었다.

"이 나이에 귀엽다니. 이제 곧 서른인데."

귀엽다는 말에 얼굴에 열이 오르자 연수는 괜히 말을 돌렸다.

"귀여운 데 나이가 있나."

말을 돌리는 데 실패한 연수는 고개를 돌려 창밖을 응시했다. 하늘에서 하얀 눈발이 흩날리고 있었다.

"알아? 모레가 크리스마스이브야. 금요일까지 눈 계속 오면 화이트 크리스마스 되는 거 아니야?"

"그러게. 벌써 크리스마스네."

의미심장하게 크리스마스라고 말하는 세륜에게로 다시 고개를 돌린 연수는 고개를 갸웃했다. 그의 시선이 뭔가를 이야기해 보라고 말하고 있었다.

"왜?"

"크리스마스라고."

"그런데?"

"흐음. 사람은 기념일이나 특별한 날에 들뜨기 마련이지. 마음이 들뜨다 보면……."

"무슨 말을 하고 싶은 거야?"

"시간 비워두라는 말 안 해? 데이트 신청해야지."

"……데이트 신청?"

"잊었나 보는데 우리 당연하다는 듯이 데이트하는 사이 아니거든? 포지션에 집착하셨던 전 여친 씨."

더 낮아진 목소리에 집중하느라 상체를 앞으로 당겼던 연수는 비스듬히 얼굴을 틀어 그를 흘겨봤다.

"네가 해, 데이트 신청."

"싫어. 네가 해."

"흥! 데이트 안 할래."

"권은정 씨가 크리스마스 때 뭐 하냐고 묻던데."

"야! 진세륜!"

"물론 권은정 씨와 만나지 않지, 절대. 그냥 그랬다고. 너 말고 다른 여자한테 먼저 데이트 신청을 받을 줄은 몰랐는데."

세륜의 말은 마치 넌 권은정 씨한테 선수를 빼앗겼다는 걸로 들렸다. 먼저 데이트 신청을 했어야 했다는 생각이 들게끔 만들었다.

하지만 잠깐 동요했던 연수는 금세 표정을 갈무리했다. 그녀는 권은정과의 경쟁을 납득할 수가 없었다. 세륜은 권은정에게 일말의 관심도 없었고 그녀 혼자 난리이니 더는 신경 쓰지 않아도 된다는 생각이 들었다.

"데이트 신청은 생각해 볼게."

파르르 떨던 연수가 금방 차분해지자 세륜은 비뚜름하게 그녀를 보다가 어쩔 수 없다는 듯 툭 내뱉었다.

"이번 크리스마스는 따로 보내자, 그럼."

분한 표정을 하는 연수를 보고 세륜은 자신에게도 밀당의 기술이 있다는 걸 알게 되었다.

연수는 곧바로 항의했다.

"크리스마스인데 만나야지! 다른 날은 몰라도 그날엔 혼자 있는 거 싫단 말이야!"

"그래?"

"그래!"

"그래서?"

"……할게. 하면 되잖아. 시간 비워둬."

"성의가 없다. 마음이 동하지 않아. 데이트 신청은 다시 하는 걸로. 꼭 만나야겠다는 마음이 생기게 만들어야지."

"진짜 이럴 거야?"

"하연수. 진세륜 얻는 게 쉬울 줄 알았어?"

단 며칠 사이에 콧대가 확 올라간 세륜은 그만 사무실로 돌아가자며 자리에서 일어났다.

연수는 그에게 밀린 기분이 들었다. 소위 말하면 말려들었다고나 할까. 그녀는 그런 오묘한 감정을 느끼면서 그를 따라 사무실로 복귀했다.

회의가 끝나자마자 다들 답답한 회의실을 빨리 벗어나는 반면 눈치를 보며 느리게 업무 수첩과 회의 자료들을 챙기던 연수는 세륜의 옷자락을 잡아당겼다. 모두 나가고 둘만 남자 연수는 빠르게 입을 열었다.

"전시회 하나 알아봤는데 갈까? 입장권 구할 수 있던데."

연수는 지금 세륜에게 데이트 신청 중이었다. 어제 영화를 보러 가자고 했다가 단칼에 거절당했다.

이유가 뭐냐고 물었더니 영화표는 예매하고 데이트 신청을 하는 거냐는 질문이 돌아왔다. 고개를 젓자 그가 나직이 한숨을 내쉬며 이렇게 말했다.

"크리스마스이브부터 영화표는 이미 다 매진이야. 그런데 지금 무슨 영화가 상영되는지는 알아? 어떤 영화를 보자는 거였는데?"

"……가서 고르려고 했지."

"데이트 신청을 너무 쉽게 하네. 최소한 뭘 할지는 계획하고 데이트 신청해야지. 표가 필요한 거면 미리 예매를 해두고."

그러고 보니 영화를 보자고 할 때면 세륜은 늘 자신이 보고 싶었던 영화나 그때 핫한 영화의 표를 미리 예매를 했었다.

데이트 신청의 기본을 모른다는 타박을 들었던 연수는 전시회 일정과 입장권 구매가 가능한지 알아보고 다시 세륜에게 데이트 신청을 하는 거였다.

"우리 둘 다 전시회 같은 거는 안 좋아하잖아."

"그럼? 놀이동산도 싫어하고……. 그럼 여행?"

"좋은 펜션은 다 예약이 찼을 거고. 아무리 나라도 그날은 갑자기 형한테 호텔 방 하나 빼달라고 할 수는 없지. 마찬가지로 예약이 다 찼을 테니."

"데이트 신청하면 받을 마음이 있기는 한 거야? 싫어하는 거라도 같이 있고 싶어서 함께해야 하는 거 아니야?"

"넌 싫으면 가차 없이 돌아갔어. 아니면 짜증내고 화내서 싸우다가 일정 틀어졌었고."

할 말이 없어지자 연수는 자리에서 일어나 그를 지나쳐 갔다. 세륜은 재빨리 그녀의 앞을 가로막았다.

"다른 걸 좀 더 생각해 봐."

"지금 재미있어 죽지?"

"좋아 죽는 거지. 하연수가 온종일 나랑 뭘 할지 고민하고 있는데."

"데이트 신청했는데 연이어 거절을 받으니까 의욕이 떨어졌어."

"그럼 안 되지. 나도 그날은 꼭 너랑 같이 있고 싶은데."

세륜은 연수를 가볍게 안아 등을 토닥였다. 그의 응원에 연수는 다른 데이트가 뭐가 있을지 머리를 굴렸다.

13. 오랜 연인의 과거

　퇴근을 할 때까지 연수는 다른 데이트를 찾지 못했다. 인터넷 도움을 받아보려 했지만 힐링 데이트라며 뜬 건 커플 마사지였고, 당연히 그건 세륜이 싫어하는 것이라 패스했다. 그 외의 것들도 다 크리스마스라는 특수한 상황에서 당장은 불가능한 것이었다.

　결국 아무런 데이트 계획을 짜지 못한 연수는 휴대폰에서 메신 저 어플을 켰다.

　「저녁 먹자. 너 좋아하는 고기.」

　슬쩍 뒤돌아 세륜이 메시지를 확인하는 걸 보고 다시 고개를 돌 렸다. 바로 답장이 왔다.

　「어떡하지. 오늘 야근해야 해.」

　연수의 미간이 찌푸려졌다.

「오늘? 크리스마스이브인데? 다들 지금 퇴근하려고 하는데?」

메시지를 보내기가 무섭게 절반 이상이 자리에서 일어나 인사를 한 뒤 우르르 사무실을 빠져나갔다.

「다음 주 중으로 과장님을 대신할 사람이 온대.」

「아, 벌써? 그런데?」

「월요일에 올 수도 있으니 준비해 두라고 해서.」

"누구랑 문자 중이야? 나, 간다. 세륜아, 수고해라. 고맙다."

"어서 가. 부모님 기다리시겠다."

진우가 자리에서 일어나더니 인사를 하고 급히 사무실을 빠져나갔다. 다른 팀원들까지 순식간에 다 사라졌다.

잠깐 사이에 딱 둘만 남게 되자 연수는 휴대폰을 내려두고 의자를 돌렸다.

"정 대리님은 일찍 퇴근하시네요?"

"정 대리님은 집안일이 있어서 부모님 뵈러 간답니다."

"해야 할 일 많아요?"

"왜요, 하 주임이 도와줄 겁니까?"

"……제가 왜요?"

등을 보이며 이야기를 하던 세륜은 자리에서 벌떡 일어나 연수에게로 다가갔다. 상체를 숙이고 의자 팔걸이를 짚은 그가 눈을 가늘게 떴다.

"애인 없어서 할 일 없잖습니까. 썸 타는 남자는 여기 있고. 그 남자랑 같이 있고 싶지 않나? 일이 빨리 끝나면 회사보다는 좋은 곳에서 같이 있을 수 있을 텐데요."

"이거 데이트 신청인가요?"

"뭐, 비슷하겠네요."

"거절할래요."

"이런 말이 있죠. 거절은 거절이라는."

세륜은 그대로 뒷걸음질을 했다. 연수의 의자를 끌어다 옆에 둔 그는 자신의 의자에 앉았다. 연수가 다시 돌아가려고 발을 굴리자 재빨리 팔걸이를 잡아 도로 잡아당겼다.

"거절은 거절인 게 어디 있어?"

"여기 있지. 오래 안 걸리니까 기다려."

"갈래. 집에 갈 거야."

자리에서 일어나는 걸 눌러 앉힌 세륜은 얼굴을 굳히고 엄한 목소리로 말했다.

"하 주임, 상사가 퇴근 허락 못 한다는데 어딜 갑니까."

"혼자 야근시킬 때는 언제고. 자기 야근은 같이하자고? 이런 억지가 어디 있어?"

"네가 그동안 숱하게 부린 억지에 비하면 이건 애교지."

"내가 무슨 억지를 부렸다고?"

"그……."

입을 열던 세륜은 당장 생각나는 게 없어 말문이 막혔다. 연수는 이럴 땐 자신은 기억도 하지 못하는 걸 다 끄집어내는 능력이 있는데 왜 자신은 그 능력이 부족한가, 속으로 아쉬워한 세륜은 고개를 저었다.

"없지?"

"……그래. 없다고 하자."

"없다고 하는 게 아니라 없어!"

"하뻔뻔. 분명 어릴 때부터 별명이 하뻔뻔이었을 거야."

"그런 별명 없었어. 빨리 일이나 해."

가지 않고 기다려 줄 태도에 세륜은 자세를 바로 했다.

"금방 끝낼게."

세륜은 금세 일에 집중했다. 그의 옆얼굴을 보던 연수는 꼿꼿하게 허리를 세우고 앉은 자세를 바꿨다. 세륜에게 편하게 기대고 싶었지만 일을 하는데 방해될 것 같아 의자에 등을 기댔다. 그 대신 그의 다리에 한쪽 다리를 올렸다.

나란히 앉으면 다리 하나를 자신의 허벅지 위에 올리는 연수의 버릇을 오랜만에 겪는 세륜은 시선을 내렸다. 무심코 내려간 손이 그녀의 무릎부터 허벅지 중간까지 주물렀다.

"시원하다."

"설마 졸려?"

눈을 감고 있는 걸 본 그가 물었다. 연수는 고개를 저어 그냥 감고 있다고 대답했다.

세륜은 컴퓨터 키보드를 칠 때는 손을 올리고 작성한 문서를 검토할 때는 손을 내려 연수의 다리를 마사지하는 걸 무심결에 반복했다.

금방 끝난다던 일은 8시가 넘어서 끝났다.

"배고프지? 근처에서 밥 먹고 가자."

"밥 먹고 어디로 가?"

크리스마스 날의 데이트도 생각하지 못했는데 이브에 할 일을 생각해 뒀을 리가 없었다. 연수가 계획이 없다는 얼굴로 물어보자 세륜이 미간을 접었나.

"여태 생각 못했어?"

"……교외 데이트?"

"계속 눈 온다던데. 화이트 크리스마스겠네. 눈 오는 날 운전해서 나가자고? 참고로 데이트 신청할 때 날씨도 고려해야 해."

"데이트 신청이 원래 이렇게 까다로워?"

"사람 만나는 것에 정성을 쏟는 건데 안 까다롭겠어?"

"너는 매번 그랬어?"

"네가 추운 거 싫어하니까 겨울에는 대부분 실내에서 보냈잖아. 뭐, 거의 집에서 보냈지. 특히나 눈 온다고 하면 영화 예매도 취소했었지. 눈 말고도 비가 오면 넌 집 안에서 꿈쩍도 안 했어."

생각해 보니 그랬었다. 연수는 세륜이 자신을 만날 때 사소한 것까지 다 챙겼었다는 걸 알고 나자 가슴이 뭉클해졌다. 그러면서 자신은 그를 만날 때 그만큼 정성을 쏟았었나 생각하며 반성했다.

"다음 데이트 신청은 준비 잘해서 제대로 할게. 네가 데이트하고 싶은 마음이 들게끔."

"예쁜 말하면서 왜 울상이야."

연수는 아니라고 고개를 저은 뒤 웃어 보였다.

회사를 나와 근처 식당을 훑었다가 두 사람은 도로 회사로 돌아와야만 했다. 모든 식당이 다 자리가 없었다. 심지어 추운 밖에서 발을 동동거리며 기다리는 사람들이 많았다.

주차 된 차에 올라탄 연수가 난감한 표정으로 물었다.

"우리 뭐 먹지? 방금 봤어? 사람들 엄청 많아. 가는 곳마다 자리 없을 것 같아."

"집에 가서 밥 먹자."

"……집?"

"응. 우리 집. 밥 먹고, 영화 보고, 크리스마스트리도 장식하고. 아직 크리스마스트리 장식 안 했어."

12월이 되면 연수는 세륜의 집에 크리스마스트리를 장식했다. 그리고 크리스마스이브부터 크리스마스 때까지 그의 집에서 시간을 보냈다. 크리스마스 당일에 세륜의 본가에 간 적도 있었지만 어쨌든 그와 함께 보냈었다.

"왜 대답이 없어? 내가 덮칠까 봐 그래?"

"응?"

"몸으로 함락시킬 계획 아직은 없으니까 걱정 마."

"'아직은'은 또 뭔데?"

세륜은 묘한 미소만 지을 뿐 대답을 하지 않았다. 연수가 차에서 내리려 하자 그는 문을 잠그고 시동을 걸어 액셀러레이터를 천천히 밟았다.

길이 많이 막혀서 집에 도착할 때까지 시간이 꽤 걸렸다. 세륜의 집에 오랜만에 온 연수는 쭈뼛거리며 안으로 들어섰다.

마지막으로 본 것과 달라진 게 없었다. 익숙함이 훅 끼쳐 오자 그녀는 긴장을 풀고 코트를 벗었다. 세륜이 안방으로 들어가면서 따라오라고 손가락을 까딱이자 연수는 그곳으로 걸음을 옮겼다.

"옷 갈아입어."

세륜은 연수가 자신의 집에 오면 늘 입는 커다란 박스티를 건넸다. 그걸 받아 든 연수가 눈을 도그르르 굴렸다.

"바지는?"

서로 거리낌 없이 나신을 보여주었었으니 하의 탈의 정도는 아무것도 아니었지만, 사귀기 전의 시간이자 이별의 이유를 차근차근 해결하는 시간을 가지면서 암묵적으로 일정 선을 지키는 게 있는 지금은 달랐다.

세륜은 '무슨 바지?' 라는 표정을 지었다가 아, 하는 얼굴로 고개를 끄덕였다.

"입을 만한 게 있으려나."

"예전에 내가 반바지 하나 놓고 간 거 있을 텐데."

"어떤 거?"

"트레이닝 반바지. 짧고 옆에 살짝 트여서 네가 밖에서는 입지 말라고 한 거."

"아, 그거? 어디서 본 것 같은데."

옷장 문을 열고 찾는 걸 본 연수는 그를 도와 옷을 찾았다.

"여기 있다. 어? 이거 내 속옷 아니야? 찾았었는데 여기 있네."

"네 속옷? 더 있을걸?"

미혼 남자의 집에 여자의 속옷. 두 사람은 아무 생각 없이 대화를 주고받다가 서로의 얼굴을 보고 픽, 웃어버렸다. 6년이 넘는 긴 시간을 친밀하게 함께한 게 이렇게 티가 나자 묘한 기분을 느겼다.

"안방 욕실에서 씻어. 난 거실에서 씻을게."

예전이라면 같이 씻자고 했을 세륜이 자신의 옷을 챙겨 들고 안방을 나섰다.

왜 아쉬움이 드는 걸까.

그 생각을 한 연수는 퍼뜩 놀라 고개를 저어 그 생각을 지운 뒤 욕실로 들어갔다.

씻고 나온 연수는 자신이 사용하던 화장품이 그대로 있는 걸 보고 눈꼬리를 내렸다. 한참 그걸 보다가 스킨로션을 바르고 나온 그녀는 주방에서 라면을 끓이고 있는 세륜을 발견했다.

"밥은?"

"어제 한 거긴 한데 밥솥에 있어. 갑자기 라면이 먹고 싶어서 끓였어. 먹을 거지?"

"응. 나, 계란도."

"……계란 넣으면 국물이 비릿해져서 싫다니까."

말은 그렇게 하면서 계란을 넣으려는지 세륜이 냉장고 쪽으로 걸음을 옮겼다.

"아니, 안 넣을래. 넣지 말자."

"넣지 마?"

"응."

이게 뭐라고 세륜의 입맛을 맞춰주지도 않았었나 싶어 연수가 재빨리 말을 바꿨다.

금방 끓여진 라면을 그릇에 덜어 호호 식혀준 세륜에게 고맙다고 한 뒤 연수는 맛있게 먹었다. 밥까지 말아 먹은 뒤 연수는 뒷정리를, 세륜은 설거지를 마치고 거실로 나왔다.

"크리스마스트리 만들래."

"기다려 봐."

세륜은 베란다에 있는 창고에서 커다란 박스를 꺼내왔다. 연수는 그가 꺼낸 자신의 키만큼 오는 초록색 나무를 보고 환하게 웃은 뒤 그 나무를 장식할 벨, 지팡이, 선물, 별, 전구 등등의 물건을 차례로 꺼냈다. 그리고 장식을 시작했다.

장식을 끝내자마자 점등을 했다. 전구가 랜덤으로 켜졌다 꺼지기를 반복했다. 거실 불을 끄자 그 빛이 더 선명해졌다.

"영화 뭐 볼래?"

"……공포?"

"무서워서 잠 못 잘 거면서. 안 그래도 잘 못 자는 애가."

"그래도 공포. 여름에 보는 것보다 덜 무섭잖아."

"다른 거 골라."

"공포! 공포 영화!"

연수의 성화에 세륜은 IPTV로 공포 영화를 결제했다. 귀신이 나오는 건 백퍼센트 연수의 불면증을 키울 것이기에 사이코 살인마가 나오는 영화를 택했다.

두 사람은 소파가 아닌 바닥에 자리 잡았다. 세륜은 베개를 베고 모로 누웠고 그의 앞에 연수가 앉았다.

"담요 줘?"

"응."

영화가 시작되자 연수는 화면에서 눈을 떼지 않았다. 세륜도 점점 영화에 빠져들었다.

위험을 감지하고 빨라지는 발걸음, 거칠어지는 숨소리, 목을 옥죄어오는 공포감. 곧 피해자가 될 사람이 공포에 질려감에 따라 연수의 심장도 빠르게 뛰었다.

"헉!"

뒤에서 쫓아오는 줄 알았던 살인마가 옆에서 튀어나와 여자를 단숨에 제압했다. 예상이 가능한 장면이라 놀라지 않은 세륜과 달리 연수는 크게 놀랐다. 세륜이 괜찮다고 손을 뻗어 등을 쓸어내리자 연수가 자신의 입을 막은 손을 뗐다.

"헉!"

"꺅!"

"어떡해!"

"죽었어?"

영화 보는 내내 연수는 몇 차례나 놀라 소리를 지르다 손으로 입을 막고 눈을 가렸다. 어느새 연수는 뒤로 바짝 물러나 모로 누운 세륜의 복근에 등을 기대고 의지해 있었다.

"끝났어? 죽었어?"

"아직. 고문하는 중. 죽지 않을 것 같은데. 그만 볼까?"

세륜은 눈을 가리고 몸을 틀어 자신의 어깨에 얼굴을 묻고 있는 연수의 등을 쓸어내리며 물었다. 거의 다 끝나가니 마저 보겠다고 고개를 살짝 튼 연수는 잔인한 장면에 다시 얼굴을 묻었다.

"이거 영화 너무 잔인하다."

"이거 보겠다는 사람이 누구였는데. 어? 도와주러 왔다."

세륜의 말에 몸을 일으킨 연수는 반전되는 상황에 몸을 들썩였다. 이번에는 사이코 살인마가 쫓기고 있었다.

결말은 뻔했다. 잔인성과 섬뜩한 캐릭터로 흥행을 한 영화답게 스토리는 크게 반전이 없었다. 영화가 끝나자 TV를 끈 세륜은 눈을 감았다.

"졸려?"

"어. 그만 잘까?"

"응. 나도 조금 졸린다."

"그래? 방으로 가자. 재워줄게."

눈을 뜬 세륜은 일어나 앉아 헝클어진 뒷머리를 매만졌다.

"여기서 잘래."

연수의 시선이 반짝반짝 빛을 내고 있는 크리스마스트리에 닿았다. 불빛이 잠을 방해해서 일부러 거실에 해놓으면 연수는 고집을 부려 이곳에서 잠을 자고는 했다. 오늘도 그 조짐이 보이자 세륜이 이맛살을 구겼다.

"바닥에서 자면 허리 아파."

"카펫 깔렸잖아. 난 여기서 잘래. 너는 방에서 자."

"……누워. 여기서 자자."

"나 잠들고 방으로 옮기지 마."

"눕기나 해."

세륜이 누워 팔을 뻗었다. 잠깐 고민한 연수는 그에게 등을 보이고 누웠다.

"돌아누워. 이렇게 누우면 등을 토닥여 주기 힘들잖아."

그가 어깨를 잡아 몸을 반듯하게 돌리자 연수는 마저 돌아누웠다. 그의 가슴에 얼굴을 묻은 연수는 슬쩍 고개를 올렸다.

반짝이는 빛이 세륜의 얼굴에도 뿌려졌다. 그의 미간이 좁혀 있는 걸 본 연수가 작게 웃었다.

"잘 때만이라도 전구 불 끄면 안 될까."

"나는 저거 보고 싶은데. 자리 바꿔 누울까? 그럼 보는 방향이 달라지잖아."

"그냥 자자. 자장, 자장."

일정하게 등을 두드리는 손길과 낮은 숨소리에 연수의 몸이 차츰 가라앉았다. 수면제 같은 세륜의 체 향에 연수는 하품했다.

한참 시간이 지나자 연수의 정신이 가물가물해졌다. 세륜은 등을 두드리는 손에서 힘을 빼 부드럽게 쓰다듬었다.

"이번에는…… 트리…… 시간이 짧겠다."

"트리 꺼내놓은 시간? 더 놔뒀다가 넣으면 되지."

"……응."

말이 늘어지는 게 곧 잠이 들 것 같아 세륜도 서서히 잠에 들기 시작했다. 그러다 그가 문득 물었다.

"저게 그렇게 좋아?"

"응?"

"넌 가만 보면 크리스마스나 선물 때문이 아니라 저 트리 때문에 크리스마스를 챙기는 것 같아."

"……응. 좋아."

"그래."

대답을 들었으니 이제 자라고 그가 이마에 짧게 입을 맞췄다.

수면의 세계로 넘어가려는 찰나 연수의 웅얼거리는 목소리가 들리자 세륜은 눈을 반쯤 떴다.

"크리스마스트리……. 엄마랑 만들었었어."

연수의 부모님은 어릴 때 헤어지셨고, 그녀가 초등학교 저학년일 때 모친이 교통사고로 돌아가셨다. 그래서 연수는 재혼해 다른 가정을 꾸린 부친과 살게 되었다. 부친을 싫어하던 외가에서는 연수마저 찾지 않았다. 그렇게 외가와 인연이 끊어졌다.

연수가 엄마 이야기를 하는 건 드물었다. 집안 이야기를 하는 것 자체가 굉장히 드물었다. 세륜은 눈을 완전히 뜨고 조심스럽게 물었다.

"그래? 그때 많이 좋았나 보다. 지금도 크리스마스트리 좋아하는 거 보면."

"응. 실은……."

"실은 뭐?"

연수는 말하는 걸 머뭇거렸다. 그녀는 세륜에게 한 번도 하지 않았던 이야기를 해도 될지 고민했다.

두 사람은 고질적인 문제를 차츰차츰 해결해 가기로 했다. 그리고 서로가 노력하기로 약속했다.

어째서 자신이 방어적이 되고 속으로 숨어들어 가는 성격이 되었는지 이야기해 줘야 그가 알고 자신을 이해해 줄 수 있다는 걸 이제야 깨달았다. 말을 안 하고 숨기는 버릇을 버리고 변화하겠다고 다짐을 했던 연수는 비밀을 조금씩 털어놓기로 했다.

"아버지가 재혼하고…… 나 예쁨받으려고 노력했어."

"……그래."

"그런데 미움만 받았어. 아버지 앞에서는 잘해줬는데…… 뒤에서는 그러지 않더라."

"……."

아이가 사이에 낀 재혼 가정에서 흔히 일어나는 일이었다. 세륜은 그걸 연수가 겪었다는 사실에 울화가 치밀었다. 어느 정도는 느낌상 알고 있었지만 직접 듣자 분노가 치솟았다.

세륜은 연수를 품에 꽉 껴안았다.

"첫 번째 새어머니가 크리스마스트리 장식을 하지 못하게 했어. 처음에는 하라고 하셨어. 그런데 전에 엄마랑 같이 만들었었다고, 이번에는 새어머니랑 같이 만들면 안 되겠냐고 했더니 못하게 하시더라. 그때 알았어. 엄마 이야기를 꺼내면 안 된다는 것을."

세륜은 연수의 등을 쓸어 만졌다.

"알고 봤더니…… 우리 엄마랑 친구셨다더라. 새어머니가 오래전부터 아버지를 좋아했는데 아버지는 엄마랑 결혼했대. 그래서 우리 엄마 싫어한대. 엄마 딸인 나도 싫다고 했어."

세륜은 연수가 많이 안타까워 나직이 한숨을 내쉬었다.

"그리고 두…… 번째 새어머니는 내가 하고 싶어하는 모든 걸 다 싫어하셨어. 당연히 크리스마스트리도 못하게 하셨어. 어르신들 말로는 초혼이라서 딸려온 애를 보듬어주지 못한 거래. 아이가 있었다면 남의 자식도 품어보려는 노력을 할 수 있었겠지만, 초혼이라서……."

연수는 아버지의 두 번째 재혼 기간 동안 크리스마스트리를 만들고 싶다는 이야기조차 하지 못했다고 했다.

그리고 세 번째 재혼. 그때는 크리스마스트리와 함께 버려졌다고 했다. 혼자 집 안에서 반짝반짝 빛이 나지 않는 크리스마스트리와 버려졌다고 했다.

"아버지만 원했고 난 원하지 않아서 외가에 보내고 싶었나 봐. 나를 외가로 보내자고 하는 걸 아버지는 반대하셨어. 날 정말로 미워하셨어."

"네 미워할 데가 있다고……."

세륜은 분노로 속이 뜨거워지고 답답해져 오자 큰 한숨을 또 내쉬었다.

"모임이 있다고 아버지와 나가셨는데 갑자기 불이 나갔어. 전기가 안 들어오는 거야. 크리스마스트리 전구도 꺼졌어. 가장 무서운 크리스마스를 보냈어. 세 번째 새어머니는 그런 식으로 날 괴롭히셨어."

"혹시 맞…… 아니다."

상상도 하기 싫은 말이라 세륜은 묻지 못했다. 그런데 이미 그 질문을 알아들은 연수의 몸이 경직됐다. 그녀의 반응에 세륜은 참담해져 눈을 질끈 감았다.

아버지는 무려 네 번의 재혼을 했고 그 중간에 두 여자와 짧게 동거를 했다. 모두가 연수에게 호의적이지 않았다.

"그 이후로는 크리스마스트리를 욕심내지 않았어. 그런데 네가 우리 만나고 처음으로 맞는 크리스마스 때 트리를 하자고 했잖아. 장식을 하면서 엄마 생각이 났어. 그동안 잊고 살았던 엄마가 생각나서 행복했어."

비단 크리스마스만이 아니었다. 어린이가 즐거워야 하는 모든 날 자신은 행복하지 못했다. 중학생까지만 해도 작은 폭력에도 시달렸었다. 고등학생이 되었을 때는 폭력은 없었지만 무관심과 피를 말리는 냉대에 힘들었다.

설, 추석, 어린이날, 생일 등등 특별한 날이 많지만 어릴 때 최악의 일들만 경험했던 크리스마스가 유독 특별한 건, 아니, 크리스마스트리가 특별한 건 잊었던 엄마와의 추억 때문이었다. 엄마와 크리스마스트리를 장식했던 기억이 가장 선명하게 남아 있었다.

"세륜아, 나는 내가 잘못된 줄 알았어. 모두들 아버지와 결혼 전에는 상냥했는데 결혼 후에는 무서워져서 다 내가 잘못했기 때문이라 생각했어. 그 사람들이 그랬거든. 다 내가 잘못해서라고. 그래서 사람들이 다가오는 게 싫었어. 처음에는 잘해주다가 내가 무언가를 잘못하면 나중에는 돌변할 것 같아서."

"네가 잘못한 건 없어."

"응. 이제는 알아. 그런데 알지만 아직도 사랑받는 게 어려워. 아직 그 상처가 남아 있나 봐. 네 가족들에게도 실수해서 미움받을 것 같아서 가까이하지 못했어."

"안 미워해. 절대. 네가 잘못해도 안 미워해. 설령 그런다 해도 내가 감싸줄게."

세륜은 어린 연수와 지금의 연수를 다 보듬어주고 싶었다. 더 꽉 껴안아주자 연수가 허리를 감싸고 마주 안았다.

"……신기했어. 지금도 신기해. 너한테 사랑받는 게. 처음에는 네 사랑이 긴가민가했어. 이 정도를 받아줄까? 내가 이래도 너는 받아줄까 궁금해서 못나게 굴었어. 그런데 네가 받아주는 거야. 그 뒤로 더 못나게 굴었는데 너는 내가 뭘 해도 다 받아줬어."

"하연수가 고약해진 게 내가 투정을 다 받아줘서구나."

"고약하다니."

퉁퉁거리는 항변에 세륜은 등을 쓸어 만졌다. 잠시 뒤 그가 작은 목소리로 말했다.

"연수야. 고약해도 좋아. 더 투정부려. 그래도 돼. 나한테는 그래도 돼."

세륜은 작게 흐느끼는 등을 토닥였다.

연수가 사랑받는 것에 익숙하지 않다는 건 알고 있던 터라 어렸을 때 사랑을 많이 받지 못했다는 걸 어림짐작하기는 했다. 부친의 재혼 횟수가 상당했고 새어머니와 사이가 원만하지 않아 외롭게 자랐을 거란 예상을 했지만, 학대까지는 생각 못했었다.

연수가 심적으로도 많은 학대를 받았던 것 같아 세륜은 속이 무너졌다.

"쉬, 자. 자장, 자장."

설핏 잠이 든 연수가 뒤척이자 세륜은 등을 토닥였다. 그는 운 흔적이 남은 얼굴을 눈으로 더듬은 뒤 크리스마스트리로 시선을 돌렸다.

"반짝반짝 예쁘네. 어린 네 눈에는 얼마나 더 예뻐 보였을까."

저 트리를 꾸미고 싶어서 눈치를 보며 새어머니들에게 물어봤을 어린 연수가, 거절당해 시무룩했을 어린 연수가 눈앞에 그려지자 그는 울컥 치솟은 감정에 얼굴을 일그러트렸다.

"연수야."

세륜은 어린 연수를 생각하며 불렀다. 아주 다정하게. 나는 널 미워하지 않고 많이 아끼고 사랑하고 있다고. 그는 어린 연수를 떠올렸다.

어린 연수가 의지할 곳은 부친밖에 없었을 거다. 그런데 그녀의 아버지는 연수를 잘 돌보지 않았다. 그럼에도 믿을 사람이 아버지밖에 없었다. 연수는 늘 아버지의 정을 그리워했다. 그래서 지금도 아버지가 부르면 꼬박꼬박 나갔다. 자신이 상처받을 걸 알면서도 찾으면 거절한 적이 없었다.

"연수야, 미안해."

어린 연수에게 사과했다. 더 일찍 아픔을 알아주지 못한 게 미안했다.

세륜은 고개를 내려 잠든 연수를 눈에 담았다.

연수의 상처는 그게 다가 아니었다. 새어머니들 말고도 주변 사람들에게 상처받았다. 세륜은 그녀가 더 털어놓은 이야기를 떠올렸다.

자신이 집에서 미움받고 있다는 걸 말하지 않았어도 그녀의 친구들과 학교 선생님은 알아차렸다. 그들은 연수의 미운 구석을 찾기 시작했다. 없으면 억지로라도 만들어서 '네가 이래서 미움을 받지' 하며 상처를 줬다.

상대방이 미움받는 걸 눈치채면 그 사람의 아픈 곳을 찌르고 헤집는 걸 좋아하는 사람들이 있다. 그리고 그들은 나는 너와는 달리 사랑받는 존재라는 걸 과시하고 싶어한다. 불쌍하게도 연수는 어릴 때부터 그런 사람들에게 당해왔다. 그 결과 사람들을 경계하게 됐다. 그리고 자신이 미움받는 존재였다는 걸 꼭꼭 숨겨왔다.

연수는 이야기하면서도 조마조마해했다. 그 사람들처럼 자신을 보는 눈이 달라질까 봐 두려워했다.

절대 널 미워하지 않는다는 걸 느낄 수 있게 꽉 안아주었다. 그리고 말하기 힘들었을 텐데 이야기해 줘서 고맙다고 속삭였다.

세륜은 조심스럽게 연수의 얼굴을 매만졌다. 그러다 그녀가 깨려고 하자 손을 거두고 등을 쓸어 만져 주었다.

세륜은 밤새 한숨도 자지 못했다. 잠을 이룰 수가 없었다.

연수가 아침에 눈을 떴을 때 세륜은 크리스마스트리에서 장식을 다 거둬내고 있었다.

"뭐 하는 거야?"

"연수야."

"응?"

"열 살의 연수야."

"⋯⋯그게 뭐야?"

"너는 지금 열 살로 되돌아가는 거야."

세륜은 연수에게 손을 뻗어 이쪽으로 오라고 손짓했다. 잠을 떨치기 위해 눈을 비비며 다가온 그녀의 손에 세륜은 트리 장식 하나를 쥐어주었다.

"이걸 왜 다 뺐어?"

"열 살이면⋯⋯ 키가 이쯤 되나? 이 밑으로만 장식해."

"응?"

"누군가와 같이 트리 장식하고 싶었다며."

세륜이 지금 뭘 하고자 하는지 알아차린 연수가 손으로 얼굴을 감쌌다.

"이러지 않아도 돼."

손안으로 얼굴을 감춘 모습을 내려다보던 세륜은 조심스럽게 그녀의 손을 치워내고 턱을 들어 올렸다.

"자, 연수야. 엄마랑 전에 같이해 봐서 알지?"

"세륜아."

"지금은 세륜 오빠야. 연수야, 이렇게 걸면 돼. 위에는 키 큰 오빠가 해줄게."

세륜은 정말 열 살짜리 아이를 대하듯 얼렀다. 연수는 머뭇거리다 낮은 곳에 장식 하나를 걸었다.

"잘하네. 이것도 걸어봐."

연수는 세륜이 쥐어주는 장식 하나하나 나무에 걸었다. 그는 위쪽에 트리 장식을 걸었다. 전부 다 걸고 난 뒤에는 세륜이 전구를 나무에 휘감기 시작했다. 아래는 연수에게 해보라며 건네주었다.

"다 했어요, 오빠."

연수의 말에 물기가 묻어났다. 세륜은 씩, 웃은 뒤 커다란 별 하나를 보였다.

"이거 하나 남았잖아. 연수가 달아볼래? 손이 안 닿으니까 오빠가 안아줄게."

가장 커다란 별. 어릴 때 자신이 달겠다고 떼를 썼었다.

그 생각을 하던 연수의 얼굴이 흐려졌다.

세륜은 연수의 손에 별을 쥐어주고 그녀를 안았다. 아이를 안듯이 안아주고 싶었지만 연수가 불편할 것 같아 무릎 뒤와 등 뒤로 팔을 넣어 안아 들었다.

"맨 위에 달아."

연수가 느릿하게 나무 꼭대기에 별을 달았다.

"나 기억났어. 이거 달겠다고 엄마한테 떼를 쓸 때…… 아빠가 안아줬어."

"그랬었어?"

"응. 생각해 보니 엄마랑 내가 트리 장식을 할 때 아빠가 지켜보고 있었어."

연수는 세륜의 목을 팔로 깅고 그의 이께에 얼굴을 묻었다.

"고마워. 덕분에 엄마 기억이 더 선명해졌어. 그리고 열 살 때의 크리스마스가 좋은 기억으로 바뀌었어."

"음……. 아직 남았는데."

전부 좋은 기억으로 바뀔 때까지 세륜은 몇 번이고 트리 장식을 새로 해주겠다고 약속했다.

크리스마스뿐만 아니라 주말도 함께 보냈다. 그러면서 두 사람은 더 가까워졌다. 6년 이상을 만났으니 더 가까워질 게 없다고 생각했는데 아니었다. 이전보다 분명 더 가까워졌다.

아침에 다정하게 출근한 두 사람은 회의 도중에 몰래 시선을 맞추면서 서로에게 비밀스러운 미소를 지어 보였다.

"그, 과장님 자리 맡아주실 분 오신다던데 진짜예요?"

"네. 오늘 오신다고 하셨습니다. 아무래도 윗선에 먼저 인사를 하고 올 것 같군요."

진우는 세륜과 연수의 말랑말랑한 분위기에 기가 막힌 시선을 하며 대영의 질문에 답변했다. 그의 시선을 뒤늦게 느낀 세륜과 연수가 회의에 집중하기 시작했다.

"듣기로는 스카우트라면서요."

"어? 제가 듣기로는 회사 간부 중 한 명의 조카라던데요?"

"조카요? 그럼 스카우트가 아니에요?"

새로 올 사람에 대해 궁금증이 넘쳐 나는 건 당연했다. 벌써부터 다양한 소문이 돌고 있었고, 여러 이야기를 취합해 다들 '이런 사람일 거다' 하는 기대를 품었다.

대영, 윤주의 대화를 듣고 있던 이호가 새로 오는 상사가 윗선과 줄이 있으면 좋은 거 아니냐고 끼어들었다. 그는 줄 잘 서면 승진도 잘될지 모르겠다는 말을 해서 분위기를 싸하게 만들었다.

"윗선과 줄이 닿아 있는지는 저희들도 잘 모르겠네요."

진우가 새로 올 사람에 대한 궁금증은 이만 접어두고 급한 사안에 대한 이야기를 꺼냈다.

연말에 있을 연말 보고. 즉, 연말 워크숍이 이번 주였다. 오래전부터 준비를 해왔고 이제 마지막 검토가 남아 있었다. 기획조정 2팀의 경우 우선 새로 오는 과장님께 보고를 해야 했다. 그 과장님이 워크숍에서 성과 보고를 할 상황이 안 된다면 세륜과 진우 중 한 명이 해야 했다.

"지금 부족한 부분이 있는 것 같아요. 저와 진 대리가 다시 수정을 할 건데 주임들이 부족한 자료 정리해서 보내주세요. 김 주임이……."

진우는 윤주, 연수, 이호에게 지시를 내린 뒤 은정과 대영에게도 일을 분배했다. 당분간은 연말 워크숍 준비에만 집중하기로 했다. 어차피 하던 일들이 연말이라는 특성상 진행하기 힘들었다.

회의가 끝나고 진우는 세륜과 따로 회의실에 남았다.

"연수랑 잘돼가는 중이지?"

"어. 잘 풀려가고 있어."

"밀당은?"

"효과가 좋더라."

키득키득 웃은 진우가 갑자기 생각난 이야기를 꺼냈다.

"연말은 바빠서 안 되고 대신 1월 초에 신년회 하자고 하더라."

"무슨 신년회?"

"한준이네 BAR에서. 여환이가 연락 안 했어?"

"안 왔는데."

"요즘 네가 또 등한시한다고 툴툴대던데. 참석할 거지? 연수도 데려오면 되겠네."

"물어보고."

두 사람의 대화는 곧바로 일로 빠졌다. 진우는 세륜이 야근하면서 만든 자료를 숙지했다. 세륜이 자료를 만들면 진우가 새로 오는 과장님께 보고를 하기로 했다.

"어? 나 호출이다. 위층 회의실로 오라고 하네. 간다."

휴대폰이 울려 문자를 확인한 진우가 자료를 챙겨 일어났다. 그는 곧장 위층 회의실로 향했다.

진우는 회의실로 들어가자마자 소개부터 받았다.

"어, 왔네. 이쪽이 정진우 대리. 정 대리, 기획조정 2팀을 이끌……."

소개를 받은 진우는 낯설지 않은 이름에 고개를 갸웃했다. 두 사람은 악수를 하며 다시 서로 본인의 신상을 밝혔다.

"기획조정 2팀의 정진우 대리입니다."

"권윤성입니다."

또박또박 떨어지는 발음. 진우가 그의 얼굴을 자세히 뜯어봤다. 이내 곧 진우의 눈동자가 살짝 커졌다

통성명 뒤에 곧바로 회의가 진행되었다. 진우가 발표하는 동안

윤성은 알아들었다는 듯 고개를 끄덕였다. 발표가 다 끝나고 윤성은 제법 날카롭고 통찰력 있는 질문을 쏟아냈다. 정신없이 맞받아치던 진우는 그가 이미 업무 파악을 하고 왔으며 보통의 능력을 가진 사람이 아니라는 걸 깨달았다.

회의가 끝난 뒤 윤성은 팀원들과 인사를 하기 위해 진우와 함께 사무실로 내려왔다.

두 사람이 사무실 안으로 들어서자 다른 팀들도 다 관심을 보였다. 모두 자리에서 일어나 윤성을 바라봤다.

진우는 곧바로 세륜의 표정을 살폈다. 단번에 누구인지 알아차렸는지 세륜의 얼굴이 딱딱하게 굳었다.

"반갑습니다. 기획조정 2팀을 이끌게 된 권윤성입니다."

확실한 신원을 확인받자 세륜의 시선이 돌아갔다. 놀란 토끼 눈이 된 연수를 보고 그의 눈이 깊게 가라앉았다. 그는 당장 그녀의 눈을 가리고 싶었다.

보지 말라고, 저 녀석을 보지 말라고 소리치고 싶었다.

세륜은 그러는 대신 연수의 옆에 붙어 섰다. 그의 온기를 느낀 그녀가 고개를 돌렸다. 꽤 놀랐는지 표정을 감추지 못하는 그녀의 모습에 세륜의 눈이 탁해졌다.

진우가 윤성에게 팀원 소개를 이어갔다. 윤성은 세륜과 연수를 소개받을 때 전혀 놀라워하지 않았다. 그는 부드럽게 휜 쌍까풀이 진 눈매와 상냥한 미소를 유지하며 소개받았다. 세륜과 연수는 가까스로 자신의 이름이 나올 때 고개를 끄덕여 인사했다.

"제가 아는 사람이 있군요. 오랜만에 봐서 굉장히 반갑네요."

윤성의 시선이 연수에게 돌아갔다. 그는 연수와 아는 사이라는 걸 밝히고는 특유의 장난기 어린 웃음을 지었다. 오래전과 변함없는 그 미소에 연수는 난처한 표정을 했다.

"앞으로 잘 지내봅시다."

윤성은 바쁠 테니 업무를 보라고 한 뒤 자연스럽게 서 과장의 자리에 앉았다. 원래부터 자신의 자리였다는 듯 그의 행동에는 머뭇거림이 없었다.

연수와 이야기를 하고 싶었지만 머릿속이 백지장처럼 하얗게 변해 버린 세륜은 자리에 앉아 멍하니 모니터를 응시했다.

'권윤성.'

그 이름 하나에 치를 떨었던 적이 있었다. 자신이 세상에서 가장 싫어하는 사람이 지금 눈앞에 뚝 떨어졌다. 바로 하연수의 첫사랑.

세륜은 윤성에 대한 정보를 떠올렸다.

나이는 세륜과 연수보다 네 살이 더 많았다. 그러니 지금 나이는 서른셋.

예전에 진우가 네 살 차이면 천생연분이라는 말을 한 적이 있었다. 그때 세륜은 윤성이 떠올라 굉장히 못마땅한 얼굴로 사람들이 지어낸 말일 뿐이라고 성을 냈다.

윤성에 대해서 알고 있는 게 딱히 크게 없었다. 연수가 사귀었던 남자가 있었다는 걸 알고 누군지 궁금해 물었을 때 그녀는 간단한 신상 정보만 알려주고 말았다. 나중에 너무 궁금해서 어찌어찌 사진을 구해 얼굴을 확인했었다. 그때 그 사진을 진우가 구해

다 줬으니 그도 윤성이 누구인지 정도는 알고 있었다.

세륜은 고개를 돌려 윤성을 응시했다. 그의 시선이 어디론가 향해 있었다. 그 자리에서 그 시선의 방향이 연수라는 걸 안 세륜은 주먹을 쥐었다.

'누굴 쳐다봐. 내 여자야.'

순식간에 화르르 치솟는 맹렬한 질투심에 사로잡힌 세륜은 자리에서 일어나 연수의 뒤에 섰다. 어깨를 가볍게 쥔 그는 그녀만 들을 수 있게 작게 말했다.

"커피 한잔하자."

고개를 끄덕인 연수는 그를 따라 자리에서 일어나 사무실을 나섰다.

휴게실에 도착하고 세륜이 커피를 내리는 모습을 보던 연수는 괜히 눈치를 봤다.

권윤성. 대학 1학년 2학기 때부터 만나기 시작해서 2학년 여름방학 도중 헤어진 사람으로 거의 1년을 만났다. 정확하게는 10개월 조금 넘게 만났다.

자신이 처음으로 사귄 남자 친구. 그 이유 때문에 세륜은 윤성을 알지도 못하면서 많이 싫어했다.

"자, 마셔."

"응. 고마워."

커피를 받아 든 연수는 세륜을 따라 자리에 앉았다.

"그 사람 맞지?"

"……응."

"그래. 아까 사무실에서 널 아는 사람이라고 꼬집어 말했으니까 맞겠지."

연수는 딱히 뭐라 할 말이 없었다. 윤성이 왜 자신을 알은체했는지 이해가 가지 않았기 때문이다.

윤성은 대학을 마치자마자 유학길에 올랐다. 그가 유학을 가기 전까지 몇 번 캠퍼스 내에서 마주쳤었다. 그때 그는 자신을 무시하듯 얼굴을 봐도 인사 한번 하지 않았었다. 윤성과 헤어질 때 안 좋았었다. 그는 그 앙금에 자신을 철저하게 무시했었다.

"왜 말이 없어?"

"응? 할 말이 없는데."

"그 사람 다시 보니까 어땠는데?"

"어떻기는. 그냥 놀랐을 뿐이야. 오래전에 알았던 사람을 회사에서 만난 게 놀라운 게 다야."

생각해 보니 헤어졌던 두 남자를 다 이 회사에서 다시 만나게 되었다. 세륜과는 인연이라고 생각을 했지만 윤성은 아니었다. 보는 순간 아득할 만큼의 껄끄러움밖에 들지 않았다.

"나는 그 사람 보니까 불쾌하네. 그냥 싫어."

"세륜아, 오래전에 끝난 사람이야. 알잖아. 나 그 사람 많이 좋아하지도 않았어."

"어쨌든 네 첫사랑이니까."

예전에 세륜이 윤성을 두고 첫사랑이라고 했을 때 부정했었다. 그런데 그는 그게 첫사랑이 맞다고 했다. 어쨌든 싫은 감정을 갖고 만난 건 아니었으니 좋아한 거라고. 처음으로 사귄 남자를 좋아했으니 첫사랑이라고 하며 투덜거렸었다.

"화났어?"

"아니. 그냥 기분이 가라앉았어."

"내가 어떻게 하면 풀려?"

"쳐다보지 마. 되도록 피해. 같이 있는 거 보기 싫어. 업무라도 최대한 피해."

"응. 그렇게."

마주치는 순간부터 세륜은 질투심에 연수를 꽁꽁 감추고 싶었다. 그런 그의 질투를 연수는 고스란히 다 응해주었다.

세륜은 연수가 순순히 고개를 끄덕이는 모습을 보고 이러면 안된다는 생각이 잠시 들었지만 그만두었다. 그녀가 화내지 않고 그리해 주겠다고 하고 있었고 이 정도의 소유욕은 누구나 다 가지고 있는 거라 생각했다.

"나한테만 집중해."

"응. 지금은 누구처럼 너만 꼬실 생각하고 있으니까 걱정하지 마."

"착하네, 하연수."

"……어느 부분이 착한 건데?"

세륜의 입매가 늘어났다. 그의 기분이 풀린 걸 확인한 연수는 따라서 입술을 감아올렸다.

❖

윤성은 세륜과 연수가 사무실을 나가는 모습을 본 뒤 자리에서 일어났다. 그는 대영을 따로 불러내 빈 회의실로 향했다.

직급에 역순으로 윤성은 곧바로 면담에 들어갔다. 팀원의 성향을 파악할 겸 회사의 전반적인 분위기나 그 외의 작은 정보들을 얻기 위함이었다.

가벼운 이야기를 이어가자 처음 본 상사를 향한 긴장감이 풀어졌는지 대영은 제법 많은 이야기를 꺼냈다.

"아, 진세륜 대리와 하연수 주임은 아직 사귀는 사이인가 보군요."

"네. 저, 그런데 하 주임님하고 알던 사이세요? 아까 사무실에서……."

"네. 제가 대학 선배죠."

대영이 다른 걸 더 물어오기 전에 윤성은 자연스럽게 화제를 돌렸다. 약 20분의 면담을 가진 윤성은 대영을 보내고 은정을 불러냈다. 대영보다는 짧은 면담을 한 그는 윤주에 이어 이호까지 면담을 마쳤다.

윤성이 사무실로 돌아왔을 때 면담 소식을 들었는지 연수가 다음 차례는 자신인가 하는 눈으로 그를 쳐다봤다.

"벌써 점심시간이네요. 점심 식사 맛있게들 하세요. 저는 선약이 있어서 나갔다 오겠습니다."

윤성은 미미하게 이마를 찌푸리며 고개를 돌리는 연수를 보고 작게 웃고는 사무실을 나섰다

"하연수. 그대로네. 아니, 좀 변했어."

운전을 하며 약속 장소로 향하면서 윤성은 연수를 생각했다. 그는 자연스럽게 옛날의 연수를 떠올렸다. 그가 아는 연수는 그때의 그녀뿐이었다.

신입생 환영회에도 나오지 않았던 후배가 있었다. 신입생 환영회 일로 전화를 했는데 '참여하지 않겠습니다'라고 짧게 말하고는 전화를 끊어서 황당했다는 2학년 과대의 말을 듣고 특이한 애라는 걸 감지해 이름을 외워두었다.

실제로 본 연수는 특이한 걸 넘어섰다. 그녀는 동기들과 어울리지 않고 신입생 때부터 아르바이트로 바빴다. 학교 수업이 끝나면 아르바이트를 하러 사라져서 다들 점점 그녀를 아웃사이더로 생각했다. 학년마다 아웃사이더가 있기는 했지만 여 학우인 경우는 드물었다.

다른 신입생들과 다른 모습이 흥미를 끌었다. 그래서 혼자 그녀를 두고 상상해 봤다.

'집안이 불우하다.'

'먹여 살려야 하는 동생이 여럿인 소녀 가장이다.'

'부모님 중 한 분은 아프실 거다.'

이런 안타까운 상황을 상상하면서 그녀에게 연민을 가졌다. 그런데 그 연민이 순식간에 다른 감정으로 바뀌었다.

언제였더라. 도서관에 볼일이 있어서 빈 강의 시간에 그곳으로 갔다. 거기서 연수를 발견했다. 그녀는 자신이 선배라는 건 아는지 가볍게 고개를 끄덕여 인사를 한 뒤 높은 책장 사이로 사라졌다.

일정한 간격으로 길게 늘어선 책장 안으로 자신도 들어갔다. 찾아야 하는 책을 찾아 책장 사이사이를 거닐었다.

찾던 책을 찾아 쓱 뺐는데 연수의 얼굴이 보였다. 그녀는 책 하나를 펼쳐 들고 고개를 살짝 숙여 읽고 있었다.

커다란 창에서 쏟아져 들어오는 햇빛이 찬란하게 부서져 내렸다. 연수는 그 속에서 차분한 얼굴로 책을 들여다보고 있었는데 마치 다른 세상에 존재하는 것 같았다. 고요한 그녀의 분위기에 순간 심장이 덜컥 내려앉았다.

멍하니 책 틈으로 연수를 훔쳐보고 있었다. 그런데 그녀가 갑자기 고개를 들었다. 자신을 보고 놀라 살짝 커지는 눈동자. 자신은 그 사이에 연수의 얼굴을 자세히 뜯어봤다.

'예쁘네.'

가만히 보니 괜찮은 얼굴이라는 생각을 하는데 연수가 인사를 하고 사라졌다.

자신도 모르는 사이 그녀를 쫓아가고 있었다. 그날 이후부터 시선은 늘 연수를 향했다.

혼자 그녀를 두고 하던 상상은 다른 상상으로 변했다. 자신과 손을 잡고…… 뭐, 그런 상상으로.

그로부터 한참 뒤 연수와 사귀게 되었다. 다들 놀라워했었다. 과에서 존재감이 없는 여자와 인기가 하늘을 찌르는 남자의 만남에 다들 경악했었다.

그때 윤성은 아무도 몰라본 꽃을 자신만 알아봤다는 그런 감정에 도취했었다.

"그러고 보니 꽤 좋아했던 거 같은데."

작게 말을 흘린 윤성은 약속 장소에 다다르자 연수 생각을 멈췄다.

❖

점심 식사를 하고 사무실로 돌아온 연수는 팀원들에게 갇혔다. 윤주, 이호, 대영, 은정까지 모두 그녀를 둘러쌌다. 진우도 의자를 살짝 뒤로 빼 몸을 기대고 앉아 동참하고 있었다.

잠깐 화장실에 다녀오느라 연수보다 늦게 사무실로 돌아온 세륜은 평소라면 자기 자리에서 휴식을 취할 사람들이 다 한곳에 몰려 있는 모습을 발견하고 미간을 찌푸렸다. 세륜은 연수의 주위를 에워싼 그들을 피해 자리에 앉았다.

"새로 오신 과장님 어때요? 저는 괜찮은 것 같던데요. 그보다 잘생기시지 않았어요?"

윤주의 말에 대영이 고개를 끄덕였다. 은정도 짧게 고개를 끄덕였고 잘난 남자를 보면 시기부터 하던 이호도 어쩐 일로 동의했다.

"성격도 좋으신 것 같아요. 하 주임님, 대학 선후배 사이었다면서요? 아까 권 과장님이 그러시던데요?"

대영의 질문에 윤주가 자신도 궁금해서 물어봤더니 그렇게 대답을 해줬다고 말을 얹었다.

"……네."

세륜의 뒷모습을 보면서 대답을 하는 연수의 얼굴이 살짝 굳어졌다. 그녀는 지금 모두가 윤성에 대해 궁금한 걸 캐내고자 자신에게 모여든 게 난감했다. 그리고 윤성이 팀원들에게 자신의 이야기를 했다는 게 불편했다.

당연히 윤성이 과거의 두 사람 관계를 이야기하지 않았겠지만, 연수는 가시방석에 앉아 있는 기분이었다. 윤성에 대해 물으려는 팀원들과 등을 돌리고 앉아 있지만 다 듣고 있을 세륜 때문에 이 자리가 매우 불편했다.

"그런데 그 소문 사실이에요? 우리 회사 이사진 중 한 분의 조카라는 게."

윤주가 본격적으로 윤성에 대해 물으려 했다. 윤주는 윤성과 면담하고 나온 후로 부쩍 많은 관심이 생긴 것 같았다.

윤주 말고도 윤성과 면담을 하고 나온 모두가 그에게 호의적인 반응을 보였다. 낙하산이라는 소문이 크게 신경 쓰이지 않을 만큼 윤성에 대한 첫인상이 좋았나 보다.

"……글쎄요. 저는 잘……."

"어? 몰라요? 아, 친한 선후배 사이는 아니셨나 봐요?"

간신히 입꼬리만 올리고 고개를 끄덕이는 연수의 모습에 옆에 앉아 있던 진우가 헛웃음을 내뱉었다. 연수의 시선이 진우에게 짧게 닿았다. 미간이 얕게 패인 걸 본 그가 어깨를 으쓱였다.

"권 과장님 학교 다닐 때 인기 많으셨죠?"

"……그랬던 것 같아요. 따르는 사람이 많았어요."

"역시. 인기 많으셨을 것 같아요. 잘생기시고 성격 좋으시고.

아까 보니까 시계도 엄청 비싼 거던데. 옷도 명품이죠?"

"명품 맞아요. 그 옷이……."

윤주의 질문에 명품에 지대한 관심을 갖고 있는 은정이 세세하게 어디 브랜드인지 줄줄이 읊었다. 은정의 말이 이어질수록 윤주는 감탄했고, 대영은 그런 명품을 몸에 휘감고 다니는 사람은 처음 봤다고 신기해했고, 이호는 경외심과 더불어 자기 롤 모델을 영접한 표정을 지었다.

"한준이 애용하는 브랜드의 시계긴 하더라."

재벌가 사람인 한준이 가지고 있는 시계와 같은 거라고 낮게 중얼거린 진우는 새삼스러운 눈으로 연수를 훑었다.

인기깨나 있는 남자 둘이나 만난 여자, 하연수. 이 여자의 매력은 대체 무엇인가.

진우는 슬쩍 세륜의 등을 응시했다. 지금 기분이 꽤 저조하다는 게 뒷모습만으로도 보였다.

"그런데 그것도 들으셨어요? 지금 과장 자리에 있을 능력이 아니래요. 여기 오기 전 뉴욕에서……."

어디서 듣고 온 것인지 대영이 윤성이 무슨 일을 했었는지, 그가 성공시킨 프로젝트가 얼마나 대단한 것이었는지 읊었다.

연수는 자신의 앞에서, 세륜의 뒤에서 윤성을 찬양하는 팀원들을 보고 속으로 신음했다. 그녀는 오전의 짧은 면담만으로 팀원들의 마음을 사로잡은 윤성이 원망스러웠다.

'친화력과 사람 끌어당기는 건 여전한가 보네.'

언제나 윤성의 주위에는 사람이 가득했다. 그는 모두에게 공평

했다. 차별 없이 사람을 대하고 매사 친절한 그를 모두가 좋아했다.

윤성은 유쾌하면서도 가볍지 않았다. 그리고 진중하면서도 능청스러웠다. 때와 장소와 상황에 맞춰 그는 다양한 모습을 보였다. 그게 사람들의 다양한 취향에 골고루 부합했다.

인기가 없으려야 없을 수가 없었다.

무엇보다 그의 강점은 눈치가 빠르다는 것이었다. 속내를 쉽게 읽어내는 능력이 있던 그는 사람들이 원하는 모습을 보여 호의를 이끌어냈다.

하지만 정작 자신의 속내는 드러내지 않았다.

"애인 있을까요? 있겠죠?"

이제는 윤성의 사생활까지 관심이 뻗어졌다. 그의 사생활까지 자신에게 묻자 연수의 미간이 더 깊게 파였다.

"저야 모르죠."

더는 윤성에 대해 할 말이 없으니 그만 각자의 자리로 돌아가 줬으면 했다. 그런데 다들 그럴 생각이 없어 보여 연수는 자신이 이 자리를 뜰까 하는 생각을 하는데 은정의 비아냥이 흘러나왔다.

"하 주임님이 뭘 아시겠어요? 딱 봐도 노는 물이 달랐을 것 같은데요."

"은정 씨, 말이 좀 듣기 그렇다?"

"아니, 뭐. 친한 선후배도 아니었다면서요. 그럼 같이 어울리지 않았을 거 아니에요."

세륜에 이어 윤성과도 안 어울리는 여자라고 깔아뭉개려는 기색이 다분했다. 연수는 이제는 틈만 나면 자신에게 시비 걸기 바쁜 은정을 향해 속으로 혀를 찼다.

갑자기 분위기가 싸하게 가라앉았다. 이 분위기를 만든 은정은 더는 들을 이야기가 없자 쌩하게 돌아섰고, 이호도 사라졌다.

"어우. 진짜 말 한마디가 얄미워. 하 주임님, 신경 쓰지 마요."

괜히 윤성에 대해 이것저것 물었나 싶어 윤정이 미안한 얼굴을 했다. 대영도 미안한 기색을 보이고 자리로 돌아갔다. 모두가 제 자리로 돌아가자 진우가 연수에게만 들릴 정도의 목소리로 말했다.

"권 과장님이 애인이 있어야 할 텐데."

연수는 못 들은 척 의자를 돌려 앉았다. 그런데 진우는 끝까지 그녀에게 몸을 기울이고 물었다.

"애인 있겠지? 결혼했으려나?"

"그걸 왜 나한테 묻는데?"

"궁금하지 않아?"

"내가 왜 궁금해해? 전혀 안 궁금해."

"궁금해해야지. 그 사람이 애인이 있거나 결혼을 했어야 너와 세륜의 마음이 한결 편해질 테니까."

"쓸데없는 말 하지 마. 우리랑 상관없는 사람이야."

"퍽이나. 상관없는데 왜 세륜이가 저렇게 저기압이야? 저 녀석이 가까이 가시 말라고 안 하던?"

했다. 자신에게만 집중하라는 약속까지 받아갔다.

연수는 부정하지 못하고 낮게 한숨을 내쉬었다.

윤성은 점심시간이 끝날 무렵 사무실로 돌아왔다. 그의 손에는 커피가 담긴 종이 캐리어가 들려 있었다.

"커피 한잔들 하시죠."

팀원들에게 차근차근 커피를 돌린 윤성은 마지막으로 연수에게 잔을 건네며 말했다.

"핫초코 마셔요. 단 거 좋아했던 것 같은데."

팀원들에게 친하지 않았다고 이야기를 해놨는데 취향을 기억하고 있다고 말하는 윤성 때문에 연수의 눈가가 찡그려졌다. 반사적으로 세륜의 뒷모습을 본 그녀는 들릴 듯 말 듯 고맙다고 정중하게 대답한 뒤 핫초코를 받으려 손을 뻗었다. 그런데 윤성이 핫초코를 든 손을 쓱 뒤로 뺐다.

"연수는…… 아니, 하 주임은 저랑 회의실에서 마시죠? 우리 아직 면담 안 한 것 같은데."

따라오라는 고갯짓에 연수는 어쩔 수 없이 자리에서 일어났다.

회의실 문을 연 윤성은 매너 있게 비켜서서 연수가 먼저 들어갈 수 있게 했다. 그녀가 앉으려고 하는 자리의 의자도 직접 빼준 뒤 맞은편에 앉고 나서야 핫초코를 앞에 놓아주었다.

"오랜만이네."

"사적인 인사는…… "

"할 정도의 사이 아닌가?"

연수의 말을 가로챈 윤성은 팔을 길게 뻗어 핫초코가 담긴 잔의 뚜껑을 열었다. 김이 모락모락 나는 걸 본 그가 손바람을 일으켰다.

"뜨거운 거 잘 못 먹었던 것 같은데."

"지금은 잘 마셔요."

"그래? 그럼 마셔."

손바람을 일으키던 손을 거두고 윤성이 짓궂게 웃었다. 마실 수 있으면 마셔보라는 그의 웃음이 걸린 얼굴에 연수가 보란 듯이 잔을 들었다.

"하여간. 장난이 안 통해. 여전하네."

손에 들린 잔을 빼앗아 도로 내려놓은 윤성이 짧게 혀를 찼다. 그는 늘 짓던 부드러운 미소를 한 뒤 의자에 편히 기대앉았다.

"조금 피곤해 보이네?"

"……면담 시작하셨으면 하는데요."

"인사도 안 받고. 걱정은 무시하고."

"우리가 만나면 반갑다고 인사하고 서로의 안위를 걱정할 사이 아니잖아요."

"왜?"

"예전에 제 인사 안 받았던 사람은 선배예요."

윤성은 헤어지고 난 뒤 투명인간 취급을 했었다. 끝이 좋은 이별이 아니었다. 다시는 보지 않을 사람처럼 행동했었다. 그랬던 그가 천연덕스럽게 반가워하자 연수는 황당했다.

"그랬지. 그래서 복수하는 거야? 이거 겁나는데? 말로 주고 되로 받는 거 아닌지 몰라."

"면담 안 하실 거면 가보겠습니다."

"반가운 사이 아니라는 거 알겠는데, 이 정도까지야? 혹시 진세륜 씨. 그 사람 때문에 그래?"

연수의 고개가 들렸다. 윤성은 이제야 자신의 눈을 맞추는 그녀에게 눈을 찡긋했다.

1학년 2학기 때 윤성과 만나기 시작했다. 1학년 말 장학금을 놓쳐 한 학기 휴학을 했다. 반년이 지나 2학년 2학기로 짝학기 복학을 앞둔 여름방학 때 윤성과 헤어졌다. 그와 헤어지고 2학년 2학기 복학을 할지 말지 고민이 많았지만 계획대로 복학해 학교를 다녔다.

그다음 해 2월에 윤성은 졸업을 하고 유학길에 올랐다. 그리고 자신은 2학년 1학기를 들었다.

생각보다 짝학기가 많이 힘들었고 또 한 번 전체 장학금을 놓쳐 한 학기를 쉬었다. 그리고 3학년으로 복학해 세륜을 만났다. 세륜과 만난 건 윤성이 졸업 후 해외로 떠나고 1년이 지난 뒤였다. 즉 두 남자는 마주친 적이 없었다.

"세륜이를 알아요?"

연수의 질문에 윤성이 묘한 웃음을 지었다.

연수가 대답을 바라는 눈으로 자신을 쳐다보자 윤성은 고개를 끄덕인 뒤 입을 열었다.

"오전에 면담할 때 팀 내에 사내 커플이 있다고 알려주던데."

윤성이라면 처음 만나는 상사와의 면담이라는 가볍지 않은 자리에서도 상대방을 방심하게 만들고 경계심을 허물어 여러 이야기를 들었을 거다.

납득이 간 연수가 고개를 끄덕였다. 그런데 뒤이은 윤성의 말에 끄덕이던 고개가 멈췄다.

"물론 그전부터 알고 있기는 했지. 꽤 오래 만나지 않았나? 여전히 사이가 좋은가 봐? 지금은 같은 회사에 다니기까지 하고."

"세륜일 그전부터 알고 있었다고요?"

"응. 중간에 한국에 몇 번 들어왔었어. 처음 들어왔던 때가…… 가을이었는데. 떠나고 1년 반이 더 지나서 들어왔던 것 같군."

"……선배, 아니, 과장님 소식 들은 적 없어요."

"그래? 궁금했던 적 없어?"

그렇게 헤어졌는데 궁금했었겠느냐는 시선에 윤성은 섭섭한 얼굴을 했다.

"제가 궁금해했어야 했나요?"

"나는 궁금했거든. 잠깐 들어왔을 때 너 찾아 학교에 갔어. 그때 봤지, 너랑 같이 있는 진세륜 씨를. 솔직히 조금 충격이더군. 네가 누군가를 만날 줄은 몰랐거든."

뒤로 갈수록 목소리가 낮아졌다. 새삼 그때의 충격이 다시 새록새록 떠오르자 윤성은 허탈한 헛숨을 내쉬었다.

"왜 저를 찾아왔어요? 더는 안 볼 것처럼 굴었잖아요."

"사과하고 싶어서. 미안했다고. 내가 잘못했다고 사과하고 싶어서."

"……"

"너무 늦었나? 그래도 이왕이면 사과 받아줬으면 하는데. 지금 우리 상황이 얼굴 붉혀서 좋을 건 없잖아. 당분간은 매일 보게 될 텐데."

"사과받을게요. 그러니 옛날이야기는 그만해요."

"그래. 그래서 진세륜 씨랑 결혼해?"

"그건 왜 물어요?"

"옛날이야기 그만하자고 해서 미래 이야기하자는 건데."

"업무 이야기만 해요."

"야박해라. 자, 그럼 하연수 주임이 지금 맡고 있는 업무부터 확인하죠."

윤성은 가볍게 겉핥기 식으로만 질문을 했다. 어차피 전반적인 상황은 진우에게 보고를 받았고, 그전에 미리 업무를 익히고 왔던 터라 크게 궁금한 건 없었다. 일을 진행하는데 문제점은 없는지, 필요한 건 없는지, 가볍게 이야기를 듣는 선에서 면담을 끝냈다.

"아, 마지막으로. 나한테 궁금한 건 없어?"

"없어요."

"진짜?"

"없다니까요."

"설마. 이사 누구의 조카인지 안 궁금해? 어떤 낙하산 메고 떨어졌는지 궁금하지 않아?"

"낙하산 메고 떨어져 무사히 잘 착지했으면 됐죠. 어떤 낙하산인지 궁금하지 않아요."

"그래. 어차피 임시 상사니 어떤 사람인지 신경 쓰지 않아도 되겠지."

"제가 아는 권윤성이라면 낙하산이 있든 없든 가진 능력을 제대로 발휘할 거라는 걸 알아요. 그러니 어떤 낙하산인지 궁금하지 않은 거고요."

툭툭, 볼펜으로 테이블을 두드리던 손길이 멈췄다. 윤성이 기분 좋은 미소를 지은 뒤 자리에서 일어났다. 그는 연수에게 악수를 청했다.

"갑자기 열심히 일해서 기대에 부응해야겠다는 마음이 생기네. 반갑다, 하연수. 만나서 정말 반가워. 앞으로 잘 지내보자."

"하 주임이라고 불러주세요. 권 과장님."

윤성은 픽, 웃고는 자신의 손을 맞잡아오는 작은 손을 살짝 감싸 쥐고 흔들었다.

회의실에서 나온 연수는 그 근처에서 벽에 어깨를 기대고 서 있는 세륜을 발견했다.

"여기서 뭐 해?"

"면담 순서 기다리고 있어."

"나 다음은 진우인데."

진우에게 이야기를 전하러 간다는 연수의 손목을 잡아 세운 세륜은 휴대폰을 꺼냈다. 진우에게 회의실로 가라는 문자를 보낸 그는 연수를 데리고 걸음을 옮겼다.

꽉 쥐어진 손목을 내려다본 연수는 누가 볼까 싶어 손을 흔들었다. 사람들이 사내 커플인 걸 알고 있다고 해도 업무 시간에 이런 스킨십은 자제하는 게 좋았다. 그녀의 뜻을 알아들었는지 세륜이 스르륵 손목을 놓았다.

"할 이야기 있어?"

"그럼 없을까."

"뭔데?"

철제 문을 열어 비상계단으로 나온 세륜은 벽으로 연수를 밀어 세웠다. 그가 상체를 숙여 그녀의 얼굴 앞에 바짝 가까이 다가갔다.

"후, 해봐."

"응?"

"입으로 숨 내쉬어보라고."

"뭐 하는 거야?"

연수가 입을 달싹일 때 세륜이 숨을 들이마셨다. 향긋한 그녀의 숨을 맡은 그가 눈을 접어 웃었다.

"핫초코 안 마셨네?"

"지금 그거 확인한 거야?"

"어. 나 말고 다른 놈이 주는 거 받아먹지 마."

"이 나이에 먹을 거 준다고 졸졸 따라갈까 봐?"

"설마. 하연수는 유치원부터 대학까지 우수한 성적으로 졸업한 사람인데 그걸 걱정할까. 그냥 싫어."

다른 사람들은 다 커피를 사줬으면서 연수만 핫초코를 사준 것이, 그녀의 취향을 아직도 기억하고 있는 게 세륜을 짜증나게 만들었다. 자신만 알아야 하는 연수의 취향을 타인이 알고 있다는 사실에 기분이 바닥을 친 그는 일이 손에 안 잡혀 사무실을 나와 기다렸다.

회의실에서 나온 연수에게 저 안에서 무슨 이야기를 한 것인지 꼬치꼬치 캐묻고 싶었다. 하지만 그렇게 하면 그녀가 뭘 의심하는 거냐고 화를 낼 것 같아서, 또 불안해하는 자신의 모습을 보고 덩달아 연수도 동요할 것 같아서 묻지 않았다.

대신 세륜은 그걸 돌려서 핫초코로 확인받았다.

"오늘따라 뭐든 그냥 싫대."

"하나 예외는 있어."

"예외?"

"오늘따라 하연수는 그냥 좋네. 내일도 내일따라 그냥 좋을 테고, 모레도 모레따라 그냥 좋겠지."

기분이 풀어진 것인지 세륜이 낮게 웃고는 그녀의 어깨에 이마를 기댔다. 허리를 감싸 바짝 끌어당기는 힘에 순응해서 이끌려 간 연수가 그의 목을 감싸 안았다.

"……넘어갈 뻔했네."

"따라쟁이. 내가 한 말은 기억했다가 다 따라 하지."

뭐든 다 만사 제치고 확 넘어가고 싶은 열망에 세륜이 한숨을 내쉬었다. 풀어야 할 건 아직 남아 있고, 뭔가 더디게 흘러가는 것 같고, 이런 와중에 과거의 사람이 툭 튀어나와 초조해졌다.

"세륜아. 마음 쓰지 마. 너 만나기도 전에 잊었던 사람이야."

"그래. 내가 잊었다면 된 거지."

그런데 자신은 평생 권윤성을 잊지 못할 거다. 먼저 연수와 사귀었다는 하나만으로 짙은 패배감을 맛보게 한 남자였다.

깊은 사이가 아니었다고 해도, 그 사람보다 자신과 더 많은 걸 함께했다고 해도 사랑하는 여자의 과거를 남자는 절대 잊지 못한다.

진우에게서 업무 보고를 받아서인지 그의 면담은 짧았다. 겨우 5분 조금 넘게 비상계단에서 연수와 시간을 보낸 세륜은 진우의 연락을 받고 회의실로 들어갔다.

"진세륜 대리. 편하게 진 대리라고 부르겠습니다. 앉으세요."

윤성의 맞은편에 앉은 세륜은 테이블 위에 있는 뚜껑이 열린 채로 다 식은 핫초코를 눈에 담았다. 한 모금도 마시지 않아 가득 채워진 핫초코에 그의 입술이 위로 휘었다.

"식혜 마시라고 열어줬는데 안 먹고 그냥 가더군요."

세륜의 미소가 싹 사라졌다. 그는 윤성이 연수가 뜨거운 걸 잘 먹지 못한다는 것까지 기억하고 있다는 걸 알고 와락 일그러지려는 얼굴을 간신히 무표정으로 고수했다.

"자료 잘 봤습니다. 정 대리가 그러더군요. 오전에 업무 보고 자료는 진 대리가 만들었다고. 다른 팀에 비해 성과가 좋은 데에는 다 이유가 있군요."

"감사합니다."

윤성은 세륜에게서 진우에게 듣지 못한 부분을 추가적으로 들었다. 짧게 업무 이야기를 한 윤성은 세세한 눈길로 세륜을 훑어내렸다.

"연수와…… 아, 후배라서 호칭이 자꾸 편하게 나오네요."

"단지 후배였기 때문인 건 아니잖습니까. 주의해 주셨으면 합니다."

"역시 제가 누군지 아나 보군요. 뭐, 그러도록 하죠. 그런데 하 주임과 오래 만나고 있네요. 그러기 쉽지 않은데."

연수에 대해 잘 알고 있어서 그녀와 이토록 오래 만나기 쉽지 않았을 거라는 걸 이해한다는 표정에 세륜의 눈이 싸늘하게 잠겼다.

"죄송하지만, 연수 이야기를 나누고 싶지 않습니다."

"이런. 다른 뜻 없습니다. 단지 진 대리가 대단해 보인다고 할까요. 부러워서 그러는 겁니다."

"부럽다니, 무슨 말씀이십니까."

"저는 연수를 놓쳤으니까요. 진 대리는 가졌고. 가진 자에 대한 부러움이죠. 연수가 칼같이 잘라내더군요. 진 대리에게 쓸데없는 말 하지 않았으면 하는 눈초리더군요."

"호칭 정정 부탁드립니다."

"아아, 하 주임이."

주의하겠다는 듯 고개를 끄덕인 윤성은 연수가 손도 대지 않은 핫초코를 응시했다. 그저 작은 성의였을 뿐인데 거절당하자 씁쓸했다. 그러면서 어떤 오기가 생겨나려 했지만, 그는 그 마음을 접었다.

"하 주임한데 사랑 많이 받나 봅니다. 핫초코가 무슨 죄라고."

"사내 커플에 대한 관심 이상이라면 연수와 제 이야기는 그만 하고 싶습니다."

"하기야 한 여자를 두고 과거와 현재의 남자가 이야기 나누는 거 웃기기는 하죠."

세륜은 윤성의 의도를 알아내기 위해 그의 얼굴을 유심히 살폈다. 지금 연수와 자신의 사이를 비집고 들어올 틈을 엿보는 것인지, 아니면 헤어진 여자에 대한 못된 관심인지, 단지 흥미 때문인지 읽어내려 했다. 하지만 내내 미소를 머금고 있는 얼굴은 변함이 없어 아무것도 읽어내지 못했다.

"질문 하나 해도 되겠습니까."

"하세요."

"결혼하셨습니까. 아니면 애인 있으십니까."

"그건 왜 묻습니까? 제 결혼 여부와 애인 존재의 여부가 진 대리에게 중요한가요?"

"아니요. 중요하지 않습니다. 결혼을 하시거나 애인이 있으신 거라면 감히 욕 좀 하려고 했고, 아니라면 하고 싶은 말이 있어서 던진 질문입니다."

"이런. 욕을 들을 기회를 놓쳤군요. 하고 싶은 말이 뭔가요?"

"연수는 제 애인이고, 저와 결혼할 여자입니다. 무슨 일이 있어도 변하지 않는 명제죠. 하연수는 진세륜의 여자다. 잠깐 어떤 인연이 있었다고 한들 다른 남자가 제 여자 이야기를 하는 걸 그냥 두고 볼 정도로 마음 넓은 사람 아닙니다."

처음으로 윤성의 얼굴에서 미소가 걷혔다. 한참 침묵이 흘렀다. 면담이 끝난 듯하자 세륜은 짧게 묵례하고 자리에서 일어났다.

14. 싹트는 위기

　주차를 한 윤성은 차에서 내리기 위해 손잡이에 올린 손을 거뒀다. 그의 차 앞으로 한 남녀가 지나갔다. 바로 세륜과 연수였다.

　"아침부터 사이좋네."

　두 사람의 모습이 사라진 뒤에야 윤성은 차에서 내렸다. 엘리베이터로 향하던 그는 낯익은 목소리에 걸음 속도를 늦췄다.

　"퇴근하고 가서 봐준다니까."

　"보고 왔어야 한다니까. 이상한 소리 났어."

　"내가 갔을 때는 아무런 소리도 안 났잖아."

　"분명 났어. 새벽에 몇 번 소리 났다니까. 그것 때문에 잠 못 잤다고."

　"그럼 그때 전화하지 그랬어."

"아, 몰라."

"왜 또 짜증이야. 지금이라도 가서 보고 올까? 응?"

"출근했는데 어딜 다시 가! 아까 보고 왔어야 했어."

연수의 뾰루퉁한 얼굴을 손가락으로 쿡쿡 찌르며 세륜은 퇴근 후에 가서 확인해 보겠다고 달랬다. 연수가 그를 팩 노려보고는 볼을 찌르는 손가락을 부러트릴 듯 움켜쥐었다.

"건드리지 마."

"툭하면 건드리지 마래. 그럼 너는 기대지 마."

세륜은 자신에게 기대 선 연수의 몸을 살짝 밀어냈다. 몸에 힘을 빼고 있던 연수가 그 밀침에 균형을 잃고 뒤로 넘어가려 했다. 놀란 세륜이 재빨리 그녀의 허리를 감싸 안았다. 눈을 질끈 감았던 연수는 단단하게 자신을 안아 든 손길에 조심스럽게 눈을 뜨고 그를 사납게 노려봤다.

"밀었어?"

"민 게 아니라……."

"넘어질 뻔했잖아!"

제법 아프게 자신의 가슴을 때리는 손길에 세륜이 윽, 짧은 신음을 흘렸다.

오늘따라 컨디션이 안 좋은지 데리러 갔을 때부터 연수가 짜증을 냈다. 그녀의 짜증이 점점 수위가 높아지고 있었다. 그에 따라 그녀의 짜증을 받아주던 세륜도 참을성이 한계에 달하고 있었다. 조금만 더 기가면 싸울 수도 있는 상황이었다.

"좋은 아침입니다."

그만 때리라고 한 소리 하려던 세륜은 뒤에서 들리는 목소리에 고개를 틀었다. 연수도 인사하는 상대방을 확인한 뒤 화들짝 놀라 바로 섰다.

"안녕하세요."

"안녕하세요."

누가 커플 아니랄까 봐 동시에 같은 인사가 흘러나왔다. 윤성은 그들의 인사를 받은 뒤 옆에 섰다. 엘리베이터 문에 반사되는 연수의 얼굴을 본 윤성은 희미하게 미소 지었다.

세륜에게 기대서서 인상을 쓰고 툴툴대던 모습이 온데간데없었다. 아무 표정도 없이 살짝 눈을 내리깔고 반듯하게 서 있는 그녀의 모습이 과거의 모습과 겹쳤다.

위태로운 상황에서도 초연할 것 같은 그 담담함. 고요하고 정적인 분위기의 차분함. 자신에게는 그런 이미지로 있던 연수가 조금전 세륜에게 했던 행동에 윤성은 놀랐다.

엘리베이터 문이 열리고 세 사람이 올라탔다.

1층에서 사람들이 우르르 올라탔다. 세륜은 자연스럽게 연수의 팔꿈치를 잡아 끌어당겼다. 연수는 그가 이끄는 대로 서서 그의 비호 아래 사람들의 틈에서 편하게 올라갔다. 그 모습에도 윤성은 또 놀랐다.

"내가 아는 하연수 맞나 싶네."

그게 변한 게 없어 보였는데 아니었다. 아니, 한 사람 앞에서만 다른 모습을 보였다. 편하고, 풀어지고, 격이 없고, 짜증도 내고, 의지하고, 보호를 당연하게 받는 그런 모습.

윤성은 자신은 보지 못했던 그 모습을 보고 묘한 시선을 했다.

❖

담배를 태우고 있는데 이호가 흡연실로 들어왔다. 윤성은 곧장 자신의 옆으로 다가오는 그에게 정중한 미소를 건넸다.

"과장님, 어제 늦게까지 일하시던데 피곤하지는 않으십니까?"

"괜찮습니다. 강 주임도 늦게까지 일했더군요."

"하하. 연말이 가장 바쁘잖습니까. 내일과 모레가 연말 보고하는 날이기도 하고요."

"그렇죠."

"이렇게 바쁠 때 다들 무슨 약속들을 그리도 잡는지. 대영이나 은정 씨는 아직 사회생활을 잘 모른다고 치고, 주임급 이상은 알 만할 텐데요."

이호가 은근슬쩍 어제 약속이 있다며 일찍 퇴근한 팀원들의 험담을 놓았다. 윤성은 이미 이호와 면담을 했을 때 그의 성향에 대해 다 알아차렸다. 그때도 은근히 팀원들을 험담하고 자신은 그들과 다르다고 피력했다.

욕심은 있는데 욕심만 있을 뿐 능력이 부족한 사람. 능력을 키우기보다 능력 있는 사람의 등에 업혀 편히 갈 기회를 엿보는 사람. 그러면서 자신보다 능력 있는 자를 깎아내릴 구실을 찾는 사람.

윤성이 가장 한심하게 생각하는 타입이었다. 그럼에도 윤성은 티를 내지 않고 이호의 의견에 동의한다는 듯 고개를 끄덕였다.

"혹시 제가 도와드릴 일은 없습니까?"

이호의 말은 어딘가 어색했다. 누구를 따라하는 느낌이었다. 윤성은 이호가 '―니까'를 이야기할 때 가라앉는 말투가 세륜과 비슷하다는 걸 알아차렸다.

"없습니다. 그럼 담배 태우고 오세요."

다 태운 담배를 재떨이에 비벼 끈 윤성이 흡연실을 나서려 하자 이호가 뻐끔뻐끔 급하게 연이어 담배를 흡입했다. 아직 다 태우지 않은 담배를 재떨이에 비벼 꺼버린 그는 윤성의 뒤를 따랐다.

"과장님, 나중에 같이 술 한잔 어떠십니까?"

"그럽시다. 그러지 않아도 팀 회식 한번 하려던 참이었습니다."

윤성과 단둘이 술자리를 갖는 기회가 생기는가 싶었던 이호는 어색하게 웃으며 좋은 생각이라고 동의했다.

"진 대리님! 저, 드릴 이야기가 있어요."

누군가가 세륜을 부르는 목소리에 윤성의 고개가 돌아갔다. 반대편에서 걸어오던 세륜의 뒤로 은정이 따라붙더니 그의 앞을 막아섰다. 윤성은 두 사람의 모습을 보고 턱을 매만졌다.

"무슨 일입니까."

세륜의 어투를 들은 윤성은 이호가 그를 따라 했다는 걸 확신했다.

"여기서는 좀 그렇고요. 따로 조용한 곳에서 이야기히고 싶은데요."

"이곳도 조용하군요. 여기서 듣겠습니다."

"다른 사람들이 지나다니는데요?"

"권은정 씨가 다른 사람들이 들어서는 안 되는 회사 기밀을 알고 있는 것도 아니잖습니까."

다른 이야기 말고 회사 이야기만 하라는 뜻이 담겨 있었다. 은정의 입술이 불만으로 툭 튀어나왔다. 세륜은 할 말 없으면 가보겠다고 하며 그녀를 지나쳤다.

윤성은 자신 쪽으로 다가온 세륜이 가볍게 묵례를 하고 지나가자 마찬가지로 가볍게 고개를 끄덕였다. 그는 아쉬운 눈길로 세륜의 뒷모습을 좇는 은정을 보고 고개를 기울였다.

"뭐, 다 아는 사실이에요. 은정 씨가 진 대리를 좋아하고 있어요."

"그렇군요. 그런데 진 대리하고 하 주임이 사귀는 사이인 거 다 알지 않나요?"

"은정 씨가 무슨 잘못이 있겠어요. 진 대리의 어장 관리 피해자죠."

순간 윤성은 비웃음을 흘릴 뻔했다. 저게 어디를 봐서 어장 관리하는 사람의 행동인 건지 모르겠다.

"하 주임도 알고 있나요?"

"알기야 하겠죠. 차일까 봐 참는 것 같아요. 진 대리가 뭐라고."

윤성의 이마가 찌푸려졌다. 그걸 보지 못한 이호는 세륜의 험담을 이어갔다. 평소에 그에게 쌓아둔 게 많았는지 사무실에 들어갈 때까지 옆에서 좋알거렸다.

커피를 내려 잔에 옮겨 담는데 누군가가 탕비실로 들어왔다. 윤성은 연수임을 확인하고 입매를 늘였다.

"커피?"

"아니요. 차 마실 거예요."

"그래. 이야기 좀 할까?"

"무슨 이야기요?"

"나랑 할 이야기는 없다는 걸로 들리네? 그럼 조용히 차 한잔하자."

윤성이 따라오라는 고갯짓을 해서 어쩔 수 없이 차를 탄 연수는 테이블을 사이에 두고 그와 마주 보고 앉았다. 조용히 차 한잔하자던 윤성은 커피를 한 모금 넘긴 뒤 후후 불면서 차를 식히는 연수에게 말을 걸었다.

"진세륜 씨 인기 많던데."

"원래부터 인기 많았어요. 잘생겼잖아요. 키도 크고. 머리도 좋아요."

"애인 자랑하라는 말은 아니었는데."

연수의 눈이 나붓하게 내려앉았다. 연하게 웃는 그녀의 얼굴에 윤성의 웃음 끝이 씁쓸해졌다.

"일이 있어서 먼저 일어날게요."

문득 윤성을 피하라고 했던 세륜의 말이 떠올라 연수는 급히 자리에서 일어났다. 누가 봐도 갑자기 자신을 피하는 모습이라 윤성이 미간을 찌푸렸다.

"진 대리가 나랑 같이 있지 말래? 진 대리가 나 싫어하지?"

"일이 밀려 있어서 그래요. 과장님도 내일 연말 보고 때문에 바쁘시지 않아요?"

"갑자기 진 대리가 싫어지네."

"……왜요?"

"생각해 보니 내가 널 꽤 좋아했었거든. 그런 널 가진 진 대리가 미워지네. 이상하게 왜 빼앗긴 기분이지?"

"농담이죠? 우리 끝이 좋지 않았잖아요. 절 꽤 좋아하지 않았던 것 같은데요."

"좋아한 만큼 싸우고 끝난 거겠지. 아니, 나만 그랬던가?"

연수의 얼굴에 경계심이 생겨나기 시작했다. 윤성은 경직되는 그녀의 모습에 고개를 저었다.

"그러니까 나 그만 자극해."

"무슨 자극이요?"

"그러게. 무슨 자극인 걸까."

하연수는 진세륜의 여자라는 명제. 마치 하연수는 진세륜의 여자 말고는 다른 남자의 여자였던 적이 없었다는 말로 들렸다. 자신은 연수를 가져본 적이 없다고 느끼게 만드는 확신에 찬 말. 그 말에 반박하지 못했다. 그게 사실일지도 모르니까.

"가져본 적이 없다고 느끼게 만드니까 가져보고 싶어지잖아."

"네?"

너무 작은 혼잣말이라 듣지 못한 연수가 물었다. 윤성은 별거 아니라는 듯 어깨를 으쓱이고는 말을 돌렸다.

"아까 은정 씨가 진 대리한테 작업 걸던데."

잔잔한 곳에 돌을 던져 괜히 잔물결을 만든 윤성은 연수의 미간이 파이자 짓궂은 미소를 지었다.

❖

퇴근 시간이 되자 세륜은 미련 없이 컴퓨터를 껐다. 연말 보고 자료는 윤성이 검토를 해야 해서 오전 중에 마무리해서 넘겼고, 다른 일도 다 마무리를 지었다. 그뿐만 아니라 대부분이 일찍이 업무를 마치고 퇴근을 기다렸다.

"내일 7시까지 늦지 말고 오세요. 늦는 분은 따로 연수원으로 오셔야 합니다. 다시 말씀드리지만, 지각자는 기다리지 않고 출발합니다. 오늘은 모두 일찍 들어가세요."

윤성의 말에 다들 자리에서 일어났다. 아침 일찍 회사 앞에 집결해야 해서 모두들 빨리 귀가해 짐을 싸고 쉴 생각을 했다.

세륜은 연수와 사무실을 나서면서 물었다.

"저녁 먹고 갈까?"

"응."

"국수?"

"응."

"왜 또 귀엽게 나오실까. 집에 가서 정수기 봐주겠다니까?"

아침에 연수를 데리러 갔을 때 정수기에서 이상한 소리가 난다는 걸 그냥 넘겼다. 기다려도 이상한 소리가 나지 않아 그냥 출근을 했는데 종일 그것에 기분이 상한 듯하다.

"그것 때문이 아니야."

"그럼? 피곤해? 어제 잘 못 잤다고 했지? 오늘 재워줄게."

"그것 때문이 아니라고!"

팩 성질을 내고 엘리베이터를 기다리는 사람들 뒤에 서는 연수를 보고 세륜은 낮은 숨을 내쉬었다.

"말 좀 해줄래. 말 안 하면 모른다니까."

"절대 이건 질투 아니야."

"뭐가?"

"권은정 씨, 거슬려."

"……나만 할까. 너, 탕비실에서 과장님이랑 차 마셨다며."

"어떻게 알았어?"

"다른 팀 직원이랑 김 주임이 봤다고 이야기해 주더라. 가만히 앉아 있어도 너 뭐 하는지 다 이야기가 들어와. 몰랐지?"

"상사가 권하는데 무시할 수 없었어. 아주 잠깐 앉아 있다가 바로 일어났어."

"응."

"화났어?"

"아니. 금방 일어났다며. 그렇게 보지 마. 진짜 화 안 났어."

어제 핫초코로 충분히 연수는 자신의 믿음을 샀다. 윤성이 무슨 생각을 하는지 모르겠지만, 하연수가 자신의 여자라는 걸 잘 인지시켰고 그가 별다른 움직임이 없으니 그냥 지켜보는 중이었다. 그렇지만 경계 태세를 늦춘 건 아니다.

"화…… 안 났어?"

"그렇다니까. 왜 그래?"

"화 안 내는 것도 기분 나빠."

"화내면 화낸다고 짜증내고. 화 안 내면 화 안 낸다고 기분 나쁘다 하고."

"내가 언제?"

"네가 지금."

샐쭉하게 보는 시선에 세륜은 그녀의 이마를 손가락으로 튕겼다.

"화 안 났다고 좋다는 건 아니다. 경고야. 옐로카드."

"레드카드 받으면 퇴장이야?"

또 얄미운 말을 하는 연수의 뒷머리를 감싼 세륜은 자신의 가슴팍에 꾹 눌렀다.

두 사람은 아웅다웅하는 사이 올라온 엘리베이터에 올라탔다. 다들 정시 퇴근을 하는지 꽉 찬 엘리베이터 안에서 세륜은 연수를 거의 안다시피 해서 사람들에게 밀리지 않게 막았다. 그 모습을 본 몇몇이 낮게 헛기침을 하며 흘끔 쳐다봤다.

1층에서 절반 이상이 내리자 공간에 여유가 생겼지만 세륜은 연수의 허리에 두른 팔을 풀지 않았다. 주차장에서 내려 조수석에 태울 때까지 그 팔을 풀지 않았다.

회사 주차장에서 벗어나 도로에 합류한 지 얼마 지나지 않아 갓길로 빠졌다.

공터에 주차를 하고 몇 번 왔었던 국수 가게로 들어서자 훈기가 돌았다. 세륜은 안쪽에 자리를 잡아 연수를 앉힌 뒤 따뜻한 물을 떠왔다. 따뜻한 물로 몸을 녹이는 사이 국수가 빠르게 나왔다.

"밀가루 음식이니까 천천히 먹어. 또 소화 안 된다고 하지 말고."

앞 접시 하나를 부탁해 연수의 국수를 덜어 후후 식혀준 세륜은 그녀가 호로록 면발을 빨아들이는 걸 보고 입술을 말아 올렸다. 볼이 작게 파이면서 숨어 있던 보조개가 모습을 드러냈다.

"안 먹고 뭐 해?"

우물거리는 볼로 손을 뻗은 세륜은 보조개 자리를 손가락으로 툭툭 두드렸다.

한없이 사랑스럽다는 시선으로 제 앞에 앉은 여자에게서 눈을 떼지 못하는 세륜을 주위의 다른 테이블에 앉아 있던 여자들이 보고 부러움이 가득한 눈길로 연수를 힐끔거렸다.

연수의 원룸으로 들어온 두 사람은 부엌을 보고 망연자실한 얼굴을 했다.

"보고 출근했었어야 해."

"씻고 나와. 내가 치울게."

정수기에서 이상한 소리가 흘러나오고 있었다. 그리고 바닥에 물이 흥건했다. 코트와 양말을 벗은 세륜은 찰박찰박 물을 밟고 가 정수기를 확인했다. 전원을 끈 그는 물이 새는 곳을 찾았다.

"나, 진짜 씻어?"

"응. 연수야, 부인러 먼저 켜. 온도 높이고."

세륜이 시키는 대로 한 연수는 걸레를 찾아 그의 옆에 두고 씻으러 들어갔다.

정수기를 어떻게 고쳐야 하나 고민을 하는데 화장실 문이 열렸다. 무심코 고개를 돌린 세륜은 가느다란 하얀 손이 열린 문틈으로 나와 벗은 옷을 바닥에 내려놓는 걸 봤다.

오늘 입었을 레이스가 달린 검정색 속옷. 문 앞에 놓인 속옷이 연수가 나, 지금 다 벗었다고 말하는 듯했다.

"따라 들어오라는 건가."

갑자기 가슴이 훅 뜨거워졌다.

세륜이 몸을 일으키려던 찰나 문이 닫혔다. 그런데 문을 잠그는 소리가 들리지 않았다.

"고민하게 만드네."

자신 혼자 사는 집에서 화장실을 갈 때 문을 잠그는 사람이 몇이나 될까.

당연히 연수는 자신의 집에서 문을 잠그는 버릇이 없었다. 지금처럼 씻으러 들어가 옷을 벗어 문밖에 놓아두는 것도 늘 하던 행동이었다. 절대 어떠한 유혹이 담긴 행동이 아니었다. 그걸 알면서도 세륜은 뭔가 의도가 있지 않을까, 하는 기대를 품었다.

이내 곧 세륜의 시선은 다시 정수기로 향했다.

샤워를 마친 연수는 뒤늦게 갈아입을 옷을 챙기지 않은 걸 깨달았다. 습관적으로 그냥 들어와 옷을 벗고 씻었다.

"밖에 세륜이 있는데."

씻기 전 욕실 문을 열어 옷을 놓아둘 때 밖에 있는 세륜을 전혀 생각하지 못했다. 무념무상이었다.

연수는 재빨리 몸에 수건을 두르고 문을 빠끔 열었다. 바닥을 확인했는데 벗어둔 옷이 없었다. 그거라도 주워 입으려고 했던 그녀는 당황해하다가 조금 더 문을 열었다.

침대에 세륜이 누워 눈을 감고 있었다. 주방 쪽을 확인하자 바닥에 흥건했던 물은 싹 닦여 있었다.

"세륜아, 자?"

대답이 들리지 않아 연수는 발 하나를 밖으로 뺐다. 보일러를 틀었지만 막 씻고 나온 연수에게는 방 안의 온도가 낮았다. 몸을 움츠린 그녀는 조용히 걸음을 옮겼다.

옷장 문을 열고 속옷을 꺼내는데 뒤에서 부스럭거리는 소리가 났다. 고개를 돌리자 언제 일어났는지 세륜이 침대에 앉아 있었다.

휘익.

짧은 휘파람 소리가 세륜의 입술에서 흘러나왔다. 그는 수건만 걸친 연수를 눈을 가늘게 뜨고 응시했다.

여기까지는 많이 겪은 상황이었다. 이다음은 세륜이 연수에게 손을 뻗고 그녀의 몸에 둘러진 수건을 풀어내는 걸로 이어졌다. 지금처럼 묘하고 어색한 분위기와 침묵이 흐르지 않았다.

세륜의 시선이 새하얀 둥근 어깨와 도톰한 가슴 둔덕, 그 한참 아래 드러난 매끈한 다리로 흘러내려 갔다.

저 수건 안에 감춰진 가느다란 허리선과 굽곡진 골반선을 투시라도 할 듯이 그의 시선이 짙어졌다.

"보지 마!"

"보라 해도 더는 못 보겠다."

보기만 해도 몸이 뜨겁게 달아올라 세륜은 도망치듯 화장실로 들어갔다. 그러지 않으면 연수를 침대 위로 내팽개치고 그 위로 올라탈 것 같아서.

세륜이 화장실로 들어가자 연수는 재빨리 속옷과 잠옷을 꺼내 입었다. 씻는 소리가 들리자 그녀는 세륜이 갈아입을 옷을 챙겨 문 앞에 놓았다. 그리고는 워크숍에 필요한 짐을 싸기 시작했다.

"연수야, 옷 좀."

다 씻었는지 욕실 문이 열리고 뜨거운 김이 흘러나왔다. 세륜의 말에 연수는 고개를 돌리지도 않고 바닥에 옷이 있다는 걸 알려주었다.

잠시 뒤 화장실에서 나온 그는 연수의 짐을 보고 아차 싶은 얼굴을 했다. 그제야 연수는 그도 짐을 싸야 한다는 걸 깨달았다.

"어차피 하루인데. 내 옷 있지?"

자연스럽게 옷장 문을 열고 내일 입고 갈 옷과 가서 갈아입을 옷을 챙긴 세륜은 멀뚱히 서 있는 연수를 보고 눈매를 좁혔다. 그녀는 방금 전 서로가 느꼈던 성적 긴장감 때문에 쉽게 침대 위로 못 올라가고 있었다.

"안 잘 거야? 내일 일찍 일어나야 해. 잠 안 자고 나랑 뭐 할 거 아니면 눕지?"

"뭐, 뭘 해?"

"이 밤에 할 게 달리 있나."

야릇하게 웃는 세륜에게 눈을 흘긴 연수는 침대 위로 올라가 누웠다. 세륜은 불을 끄고 그녀의 옆에 누워 자신의 팔을 내어주었다. 그의 몸이 자기 몸에 닿자 연수가 몸을 움츠렸다.

"안 하니까 몸에 힘 빼. 오빠 믿어. 고이 재워줄게."

세륜은 연수를 자신 쪽으로 돌려 눕히고 등을 쓸어 만졌다. 평소라면 그의 터치에 스멀스멀 잠이 쏟아져야 하는데 지금은 다른 감각이 피어났다. 세륜의 손길이 닿는 곳에 열기가 조금씩 피어오르고 있었다. 그리고 그가 내쉬는 숨결이 정수리로 떨어지는데 머리부터 발끝까지 그 온기가 퍼져 나가는 것 같았다.

"자장, 자장."

낮게 울리는 목소리가 귓가에 감미롭게 감돌았다. 그의 손이 등을 타고 길게 내려가 움푹 들어가는 허리에 닿았다. 그 순간 연수는 입술을 질끈 깨물었다.

손에 닿는 가녀린 등과 가슴에 흩어지는 가느다란 숨이 머릿속을 아찔하게 만들었다. 한번 달아오른 몸이 쉽게 가라앉지 않았다. 그렇다고 해서 연수에게서 떨어지고 싶지는 않았다. 솔직히 참기 힘들지만 손을 떼는 건 싫었다.

세륜은 애써 자장가를 읊조렸다. 고요하게 흘러나오는 자장가와 달리 그의 머릿속은 많이 어지러웠다. 생각이 자꾸만 농밀하고 엉큼한 쪽으로 흘렀다.

세륜의 손이 자신도 모르게 아래로 내려가 폭 들어간 가녀린 허리를 훑었다.

"아……."

입술을 꽉 깨물고 버렸는데 연수가 참지 못하고 신음을 흘렸다. 순간 세륜의 손이 멈췄다. 그는 자신이 어떤 식으로 연수를 매만 졌는지 깨닫고 눈을 질끈 감았다.

이미 그녀의 신음에 반응을 보인 몸이 단단하게 부풀어 올랐다.

"하아."

숨을 들이마시는데 연수의 체 향이 잔뜩 섞여 폐부로 들어왔다. 제 안으로 퍼져 나가는 그녀의 향에 세륜은 침을 삼켰다.

심장이 빠르게 뛰기 시작했다. 쿵. 쿵. 쿵. 두 사람의 심장이 엇 갈려 크게 박동했다. 바짝 붙어 있는 몸 때문에 서로의 심장박동 이 느껴졌다. 마치 누구의 박동 소리가 큰지 경쟁이라도 하듯 점 점 더 크게 울렸다.

"연수야."

낮게 부른 세륜이 연수의 이마에 입술을 댔다. 고개를 살짝 들 어 올리고 그의 목울대와 날렵한 턱선을 응시하던 그녀는 그가 관 자놀이로 입술을 움직이자 속눈썹을 파르르 떨며 눈을 감았다.

몸이 살짝 돌아가는가 싶더니 등에 매트리스가 닿았다. 자신의 몸 위로 올라타는 세륜의 어깨에 손을 올린 연수는 그가 볼에 연 달아 키스를 하자 나른한 숨을 토해냈다.

촉촉한 입술이 주는 감각이 몽롱하면서도 저릿하다.

"세륜아…… 아!"

어느새 입가로 그의 입술이 내려왔다. 세륜은 자신의 이름을 부 르는 붉은 입술을 이로 살짝 깨물었다.

"키스. 키스만 할게."

고개가 위아래로 끄덕여지는 걸 확인한 세륜은 성급하게 그녀의 입술 위로 자신의 입술을 가져 댔다.

부드러운 입술이 비벼지는 느낌이 아찔하리만치 너무나 좋았다. 서 있었다면 다리에 힘이 풀려 무릎이 꺾여 주저앉았을지도 모른다.

"으응⋯⋯."

비비던 걸 멈추고 아랫입술을 가볍게 빨아들이자 연수가 비음 섞인 소리를 흘리며 입술을 벌렸다. 그 틈새로 뜨겁고 달콤한 숨결이 토해졌다.

세륜은 고개를 비틀고 갈라진 틈으로 혀를 밀어 넣었다. 고른 치열을 훑고 볼 안쪽을 훑는데 연수의 혀가 그의 혀를 건드렸다. 그쪽이 아니라 이쪽으로 오라고 유혹하는 그녀의 혀를 얽어맨 그가 급격히 흥분해 가슴을 들썩였다.

타액이 섞이는 소리가 적나라하게 두 사람 사이에서 울렸다. 집요하게 입술을 물고 빨고 핥는 걸 반복했다. 진한 키스에 입술이 따끔거렸다. 퉁퉁 부어오른 입술과 숨이 막혀오는 긴 키스에 연수가 할딱이며 고개를 돌렸다.

"그, 그만⋯⋯ 아앗!"

호흡이 힘겨운 키스를 피해 연수가 얼굴을 돌리자 세륜은 그녀의 볼을 깨물었다. 그리고는 연수의 턱을 쥐고 다시 자신을 향해 돌렸다.

"조금만 더."

서로의 타액으로 번들거리는 입술과 입가가 다시 맞붙었다. 세룬은 연수가 삼키지 못한 타액을 꿀꺽 삼키면서 더 깊이 키스했다.

자각하지 못하는 사이 그의 손은 본능적으로 연수의 몸 위를 배회했다. 옷 위로 가슴을 쥐고 허리선과 골반선을 훑고 엉덩이를 매만진 손이 어느새 치맛자락 안으로 들어왔다.

"아앙…… 하아, 흐응……."

정신없이 연수의 입술을 탐하던 세룬은 자신의 입안에서 터지는 그녀의 신음에 가까스로 정신을 차려 입술을 떼고 상체를 들었다.

키스하는 도중 연수가 헤집어 헝클어트린 머리카락 사이로 그녀의 부푼 입술이 눈에 들어왔다. 붉은 입술이 더 도톰해져 달뜬 숨을 토해내고 있었다. 그녀의 시선은 몽롱하게 잠겨 초점이 흐렸다.

시선을 내리자 가녀린 목덜미와 자신이 가슴을 쥐면서 구겨진 앞섶이 차례로 눈에 들어왔다. 더 훑어 내려 보자 치맛자락은 허리까지 말려 올라가 있었고 팬티가 드러났다. 자신의 하체는 그녀의 허벅지에 문질러지고 있었다.

"아, 미치겠네."

허리 놀림을 멈추었지만 크게 부푼 페니스가 계속 연수의 허벅지 안쪽을 쿡쿡 찔렀다. 새하얀 허벅지가 움찔거리는 걸 본 세룬은 몸을 잘게 떨었다.

"키스만 하려고 했는데."

순간적으로 자제심을 잃고 선을 넘었다. 더 선을 넘기 전에 세륜이 물러나려 했다.

그런데 연수가 그에게 손을 뻗어 목을 감싸고 끌어 내렸다.

"조금만…… 더 만져 줘."

"연수야, 괜찮아? 조금 더 해도 되겠어?"

"끝까지 해도 좋아."

"그건…… 안 돼."

"왜? 혹시…… 내가 또 다음 날 달라질까 봐 그래?"

연수는 자신이 세륜을 유혹해 밤을 보내고 다음날 돌변했던 이야기를 꺼내며 미안한 표정을 지었다.

그날은 자신이 많이 잘못했다. 혹시나 그때의 일이 상처로 남아 그가 망설이는 건가 싶어 조심스럽게 눈치를 살폈다.

"아니. 그런 거 아니야."

"그럼? 끝까지 해줘. 널 갖고 싶어."

연수의 도발에 세륜은 끙, 앓았다.

당연히 하고 싶었다. 동의와 허락을 받았으니 당장 하고 싶어 미칠 것 같았다. 그런데 나름대로 다짐한 게 있었다. 그 다짐은 가족 여행을 갔던 날, 우리의 문제를 같이 해결하자고 하면서 했었다.

세륜은 둘 사이의 문제를 다 풀고 다시 사귀기 전까지는 연수와의 육체적인 관계를 멀리하기로 결심했다

"연수야, 기억나? 내가 전에 했던 말. 섹스가 다인 것 같다고 했던 거."

그는 헤어지기 전 섹스에 대한 자신의 생각을 그녀에게 고백했

던 걸 떠올렸다.

"연수야. 난 가끔 권태기가 아닐까 싶었어. 아니, 권태기가 있었어. 그땐 너랑 자고 나면 마치 섹스가 전부인 것 같은 거야. 그럼 죄책감이 들더라. 사랑이 아니라 몸이 목적인가 싶어서 마음이 불편해졌어. 섹스를 하려고 너를 만나는 건가 싶었어. 우리 다른 건 다 안 맞아도 몸은 진짜 잘 맞잖아. 너와 나는 섹스에 만족해서 이어지는 관계가 아닐까 하는 생각이 들기도 했어. 그런데 또 지나고 나면 네가 너무 좋아 미칠 것 같아. 그땐 내가 널 진짜 사랑하는구나 싶어서 안도감이 들었어. 그러면 이상하게 더 너한테 갈구하게 되더라. 내가 이만큼 사랑하니까 더 사랑해 달라고. 그걸 또 섹스로 풀었어. 자, 이러면 이러든 저러든 나에게는 섹스가 다인 것 같지 않아? 나 너 보면 섹스부터 생각해. 가끔은 네가 싫다고 하면 강제로라도 할 마음을 먹은 적도 있었어. 끔찍하지 않아? 연인을 강제로 범할 생각을 하다니."

연수가 자신의 바닥을 내보일 때 똑같이 추악한 면을 드러내면서 한 말이었다.

사랑이 아니라 섹스가 전부라는 생각이 들 때가 있었다. 그럴 때면 섹스 때문에 연수를 만나는 것 같아 자괴감이 들었다. 그렇게 엇나간 건 자신의 불안함과 모든 걸 다 섹스로 풀려고 했던 것 때문이었다.

섹스를 하고 나면 잠시 불안함이 사라졌다. 그런데 지나고 나면 불안감은 더 커졌다. 그래서 더 섹스에 매달렸다. 결국 섹스로는 불안감을 해소하지 못했다. 하지만 잠시의 불안감이 사그라지는 것 때문에 섹스에 의지했다.

"너, 내가 화내다가도 막 안으려고 하면 싫어했잖아. 그게 내 집착과 불안감 때문이라는 거 알잖아."

연수에게 혹시나 또 섹스로 사랑을 갈구하고 자신은 또 모든 걸 섹스로 풀려고 하는 건 아닐까, 그러면서 또 섹스가 다인 것 같다는 역겨운 생각을 하게 될까 봐 걱정되었다.

그래서 연수를 향한 자신의 도를 넘는 집착이 줄어들고 불안감이 사라지고 그 문제가 어느 정도 해결이 될 때까지 참으려고 했다.

"아직도 내가 불안해? 나, 지금은 많이 솔직해졌는데도?"

"예전만큼은 아닌 것 같기는 한데, 그렇다고 불안하지 않다고 단정 지어 말할 수가 없어. 불안감과 집착을 쉽게 떨쳐 낼 수 없는 것 같아."

"지금은 불안해서 하자고 하는 거 아니잖아. 우리 순수하게 서로를 원하는 거잖아."

"그렇지. 원하지. 지금은 그게 맞는데 내가 조금 더 달라지면 안고 싶어. 불안감이나 다른 이유 없이 오로지 널 원해서 안는다는 확신만 가득할 때 안고 싶어."

"미안. 나 때문인 거잖아. 내가 솔직했다면……."

세륜은 달싹이는 연수의 입술을 자신의 입술로 막았다. 쪽, 짧게 빨아들인 그가 이마를 맞대고 말했다.

"전에 이야기했지. 네 잘못이라고 생각하지 말라고."

몸을 굴려 연수의 위에서 내려온 그는 그녀를 다정하게 껴안았다. 아직 몸이 뜨거웠지만 이야기를 하고 나니 더 결심이 서서 그런지 조금씩 욕망이 가라앉고 있었다.

세륜은 연수의 달뜬 숨이 진정되기를 기다렸다. 그런데 그녀는 그의 체온에 쉽게 진정되지 않았다. 충족되지 못한 욕망에 어쩔 줄 몰라 하던 연수는 결국 그의 품에서 벗어났다.

"이렇게 잠 못 잘 것 같아."

연수는 그에게서 등을 돌려 누웠다.

"혹시 마음 상했어?"

"아니."

"연수야, 내가 널 얼마나 원하는지 알지? 혹시나 이상한 오해로 마음 상하지 마."

"오해 안 해. 등 두드려 줘."

세륜은 가녀린 등을 일정한 속도로 두드렸다. 그의 손길이 닿는 등으로 감각이 쏠렸지만 품에 안겨 있는 것보다는 나았다.

다행히도 얼마 뒤 연수의 눈이 가물가물 감겼다. 연수가 잠이 들려고 하는 걸 알아차린 세륜은 나직한 목소리로 좋은 꿈을 꾸라고 인사했다.

알람 소리에 잠이 깬 세륜은 자신의 품에 안겨 있는 연수가 뒤척이자 몸을 일으켰다. 동시에 울리는 휴대폰 두 개의 알람을 끈 그는 끙 소리를 내며 다시 베개에 머리를 묻었다.

"일어나야 하는데."

빨리 준비를 하고 가야 하는데 자신의 품에서 곤히 잠든 연수를 보자 출근하기가 싫어졌다.

같이 확 연차를 써버리고 쉬자고 할까 고민하다가 워크숍이 회사의 큰 행사라는 걸 생각한 세륜은 감겨지는 눈을 억지로 떴다. 그는 연수의 목 뒤에서 팔을 조심스럽게 꺼냈다. 그 팔을 세워 얼굴을 괸 그는 미간을 좁혔다.

"이렇게 잘 자면 깨울 수가 없잖아."

어디선가 아무리 불면증이라 한들 잠자는 시간은 불규칙해도 일어나는 시간은 비슷해야 한다는 이야기를 듣고 한동안 억지로 깨웠었다. 그때 얼마나 속상했는지 모른다. 한동안 그러다가 말아버렸다. 어차피 취직을 하면 출근 때문에 같은 시간에 일어나야 할 테니 그때까지는 잘 수 있을 때 자도록 그냥 두었다.

그런데 막상 연수가 취직하고 난 뒤 잘 자다가 이른 시간에 일어나야 한다는 게 속상하다. 지금도 그랬다.

고민하던 세륜은 조심스럽게 그녀를 깨워보았다.

"연수야, 일어날 수 있겠어?"

"으…… 응."

어깨를 쥐고 살짝 흔들었더니 바로 연수가 얼굴을 찌푸렸다. 대답과는 다르게 잠에서 깰 수 없다는 듯 찡그려지는 눈가에 세륜은 그녀의 등을 두드렸다.

"나 씻고 나올 테니 그동안만 더 자."

다시 잠잠해지는 표정에 세륜은 일어났다. 이불을 더 끌어 올려 덮어준 그는 욕실로 들어갔다.

샤워를 마치고 나온 세륜은 시각을 확인하고는 어쩔 수 없이 연수에게 덮어준 이불을 거뒀다.

"연수야, 일어나. 준비하고 가야 해."

등 뒤로 손을 밀어 넣어 연수의 상체를 일으킨 세륜은 그녀의 이마에 입술을 묻었다. 짧게 입을 맞추고 연수의 손을 잡아 주물렀다. 손목과 팔로 마사지가 이어졌다. 세륜의 커다란 손이 어깨를 주무를 때 연수가 겨우 눈을 떴다.

"몇 시야?"

"여섯 시 조금 안 됐어."

"벌써?"

세륜의 품에서 잠을 자면 왜 이렇게나 시간이 빠르게 흐르는지 모르겠다.

더 자고 싶은데 그럴 수 없는 현실이 실망스러워 연수는 맥없이 그의 몸에 기대 한숨을 내쉬었다.

"연수원까지 두 시간밖에 안 걸리는데 내 차로 따로 갈까?"

"아니. 어쨌든 워크숍 시작 시각이 정해져 있어서 출발해야 하는 시간은 비슷하잖아."

세륜이 운전해야 하는 불편함만 생기는 일이었다. 연수는 힘이 들어가지 않는 몸을 억지로 일으켰다.

세륜의 손이 연수의 양어깨를 주물렀다. 시원한 안마에 그녀가 눈을 감고 낮은 신음을 흘렸다.

"세륜아, 그만해. 이제 잠 다 깼어."

"눈이나 뜨지?"

"눈 떴는데? 씻고 나올게."

가물거리는 눈을 억지로 뜨고 침대 밖으로 다리를 내린 연수가 욕실로 흐느적거리며 걸어 들어가자 세륜은 꾹꾹 눌러두었던 말을 흘렸다.

"진짜 일 좀 쉬게 할까."

그러고 싶은 마음은 굴뚝같지만 연수가 싫어할 거라는 걸 알아 그는 혼자 중얼거리는 걸로 만족해야 했다.

연수가 샤워하는 사이 세륜은 진우의 문자를 받고 급히 집으로 향해야 했다.

윤성이 어제 깜빡하고 중요한 공지를 빼먹었었다. 입사할 때 회사에서 제공했던 단체복을 입어야 한다는 공지를 하지 않았다. 뒤늦게 그걸 기억해 낸 그는 진우에게 가장 먼저 알리면서 팀원들이 집에서 출발하기 전에 빨리 공지를 전달해 달라고 부탁했다.

세륜은 진우의 문자를 확인하자마자 연수가 씻고 준비하는 사이 자신의 집으로 가 단체복으로 갈아입고 돌아왔다. 그리고는 연수를 태우고 서둘러 회사로 향했다.

정신없이 회사 주차장에 도착한 두 사람은 단체복을 입은 사원들이 버스에 짐을 싣는 걸 발견했다.

"다행이다. 늦지 않았나 봐."

안도한 연수는 급히 안전벨트를 풀고 차에서 내렸다.

유명 아웃도어 브랜드의 옷에 회사 로고가 박혀 있는 단체복을 입지 않은 사람은 연수가 유일했다. 사람들 사이에서 확 튀자 진우가 그들을 바로 발견했다.

"낙오될 기회를 잃었네."

아쉽다는 듯 말하는 진우를 노려본 세륜은 그들이 타야 하는 버스를 물었다. 진우가 가리킨 버스 앞에는 팀원들이 모여 있었다.

"우리 팀은 다 왔군요."

인원 파악을 하고 있었는지 윤성이 세륜과 연수를 보고 고개를 끄덕였다. 뒤늦게 그에게 인사를 한 두 사람은 팀원들 옆에 섰다.

"짐은 짐칸이나 버스 안 자기 자리 위에 실으면 됩니다."

윤성의 말이 끝나자 모두들 일사불란하게 움직였다.

"아, 하 주임."

윤성의 부름에 연수가 대답을 하고 그를 쳐다봤다. 세륜도 덩달아 짐을 실으러 가려던 걸음을 멈췄다.

"지금 바로 이걸로 갈아입고 와요. 아직 오고 나서 단체복 안 받았죠?"

윤성의 손에는 회사 단체복이 들려 있었다. 그는 비닐에 담겨 있는 새 단체복을 연수에게 건넸다.

"제 건가요?"

회사에 온 지 며칠 안 된 윤성이 회사 단체복을 입고 있었다. 연수는 그가 단체복을 받으면서 자신의 것도 같이 챙겨 받았다는 걸 눈치껏 알아차렸다.

"사이즈는 예전 그대로로 받았는데 맞나요?"

윤성의 질문에 세륜의 얼굴이 굳어졌다. 그의 시선이 연수가 들고 있는 단체복으로 옮겨갔다.

"⋯⋯네?"

"맞을 것 같네. 1층 올라가서 데스크에 물으면 갈아입을 곳을 알려줄 겁니다. 빨리 갈아입고 와요. 곧 출발하니까."

윤성이 시간이 없다고 재촉하자 연수는 세륜의 눈치를 살핀 뒤 걸음을 옮겼다.

'오래전 헤어진 여자의 옷 사이즈를 기억하고 있는 남자라. 기억도 기억이지만 사이즈를 알고 있다는 것 자체가 짜증난다.'

세륜의 서늘한 시선이 윤성의 옆얼굴에 닿았다. 윤성이 고개를 돌리자 눈이 마주쳤다.

"왜 그렇게 봐요?"

"연수 옷 사이즈를 어떻게 아나 싶어서 봅니다."

"설마하니 만나는 동안 옷 한 벌 안 사줬겠어요."

도발. 이건 분명 도발이었다.

하연수는 자신의 여자라고 단호하게 말했다. 그건 연수가 자신이 아닌 다른 남자와 엮여 거론되는 일이 없어야 한다는 경고였다. 그리고 거기에는 한때나마 연수와 사귀었던 걸 절대 꺼내지 말라는 부탁도 포함되어 있었다.

지금 윤성은 그걸 알면서도 과거를 꺼냈다.

세륜은 자신이 어찌할 수 없는 그 과거에 속 좁게 질투가 나고 화가 났다.

"하 주임이 오면 버스에 탈 거죠? 전 먼저 탑니다, 그럼."

윤성이 버스에 오르는 걸 노려보던 세륜은 짐을 실으러 다시 걸음을 떼며 뇌까렸다.

"쓸데없는 것에 기억력이 좋긴."

연수에 관한 건 모두 다 잊어줬으면 했다. 아니, 아예 연수 자체를 잊어버렸으면 좋겠다. 부분 기억상실 같은 거라면 얼마나 좋을까.

짐을 싣고 연수를 기다리며 세륜은 그런 생각을 했다.

혹시나 자신 때문에 늦을까 걱정이 되었는지 단체복으로 갈아입은 연수가 뛰어왔다.

"입고 왔던 옷은?"

"챙길 데가 없을 것 같아서 맡기고 왔어."

빨리 버스에 오르자는 걸 잡아 세운 세륜은 연수의 몸에 꼭 맞는 단체복에 이맛살을 구겼다.

"권 과장이 무슨 옷 사줬었어?"

"응?"

"예전에 무슨 옷 사줬었냐고. 뭘 사줬는데 네 사이즈를 기억해?"

'설마 속옷까지 사줬던 아니겠지? 두 사람이 깊은 사이는 아니었으니까 그러지는 않았겠지?'

연수의 대답이 늦어지자 세륜의 얼굴이 차갑게 굳어갔다.

"기억 안 나는데. 반팔이었는지 긴팔이었는지 잘 기억이 안 나."

"그게 다야?"

"응."

"그런데 네 사이즈를 정확하게 알고 있어?"

세륜의 날카로운 눈매가 의심으로 가늘게 접혔다. 연수는 자신이 입고 있는 옷을 내려다본 뒤 고개를 기울였다.

"아웃도어 옷이 맞춤복도 아니잖아."

남자든 여자든 가장 많이 나가는 사이즈가 있다. 연수는 아마 대부분의 여직원이 자신과 같은 사이즈일 거라고 덧붙였다.

"그냥 눈대중이다?"

"아마도?"

"그런데 왜 말을 그딴 식으로 해, 사람 열 받게."

"나도 놀랐어."

연수도 윤성이 세륜의 앞에서 자신의 옷 사이즈를 잘 알고 있다는 듯 말해서 당황했었다.

"진짜 받은 게 그 옷 하나가 다야?"

"응. 내가 선물받는 거 싫어하는 거 알잖아."

세륜은 고개를 끄덕였다. 그도 연수에게 선물을 사 안기는 데 시간이 좀 걸렸었다. 지금이야 사다 주는 족족 잘 받아주지만 예전에는 몇 차례 거절을 하다가 마지못해 받았었다.

"그 옷 가지고 있어?"

"아니. 없어."

그럼 됐다고, 그만 차에 타자는 턱짓에 연수가 버스에 올라탔다.

사람들은 팀에 상관없이 다 섞여 앉아 있었다. 중간쯤으로 가자 빈자리가 보였다.

"하 주임님, 저랑 같이 앉아요."

혼자 앉아 있던 윤주가 연수를 보고 손을 흔들었다.

"가서 앉아. 난 뒤에 앉을게."

세륜이 연수의 등을 살짝 떠밀었다. 윤주가 앉은 바로 뒤에 진우가 앉아 있었다. 진우가 '자기, 나 여기 있어' 하는 시선으로 보자 세륜은 눈을 찌푸리며 그의 옆으로 가 앉았다.

운전기사가 인원 파악 끝났으면 출발한다고 말한 뒤 출입구를 닫았다.

세륜은 몸을 앞으로 빼 연수의 어깨를 두드려 그녀만 들을 수 있는 목소리로 말했다.

"안전벨트 매."

"아, 응."

연수가 안전벨트를 찾아 잡아당겼다. 세륜은 그걸 빼앗아 직접 채워준 뒤 의자 옆에 있는 등받이 위치 조절 레버를 찾았다.

그가 레버를 잡아당기면서 동시에 연수의 의자 등받이를 뒤로 당겼다.

"뒤로 더 해줘?"

"아니. 이것도 많이 기운 것 같은데. 너, 안 좁아?"

"어. 더 뒤로 젖히고 편하게 가."

세륜이 등받이를 더 뒤로 당기려 하자 연수는 고개를 저어 거절했다.

"아니, 딱 좋아."

"허리 아프면 뒤로 당겨. 불편한 거 참지 말고."

"응, 그럴게."

연수는 세륜이 뒤로 물러나 앉자 정면으로 고개를 돌렸다.

"진 대리님, 진짜 하 주임님한테 자상하시네요. 저런 모습 볼 때마다 놀라워요."

윤주의 부러워하는 시선과 감탄에 연수는 겸연쩍은 미소를 지었다.

연수원으로 가는 도중 버스 안에서 방 배정을 받았다. 적지 않은 수가 함께 쓰기 때문에 불편함이 따르겠지만, 하룻밤만 참으면 다음 날 집으로 돌아가니 다들 불만을 죽였다.

"작년에는 꽤 멀리 갔어요. 그것도 2박 3일로요. 숙소는 엄청 좋았는데 둘째 날 내내 산을 탔거든요."

"아, 들어서 알아요. 눈도 많이 와서 힘들었다면서요."

"진 대리님께 들으셨겠네요. 맞아요. 발가락 동상 걸릴 뻔한 사람도 있었어요."

그 정도로 많이 힘들었었다고. 차라리 올해처럼 연수원에서 팀별로 성과 보고를 하고 끝내는 게 더 나은 것 같다는 윤주의 말에 연수는 고개를 끄덕여 동의했다.

운동에는 젬병이라 등산은 언두도 나지 않았다. 연수는 이번 위크숍에 등산이 없는 사실에 안도했다.

연수원에 도착하자마자 배정받은 방에 짐을 두고 업무 수첩과 볼펜만 챙겨 대강당으로 모였다. 윤주와 자리를 잡아 앉은 연수는 처음 와본 연수원을 둘러봤다.

"하 주임님은 여기 처음 오시죠. 별거 없죠? 주변에도 뭐 없어요."

윤주가 연수원에 대해 이것저것 설명을 해주었다. 그리고 워크숍이 어떻게 진행되는지도 알려주었다.

"워크숍이라고 해서 별다른 게 없네요. 은근 기대했는데요."

연수의 말에 윤주가 아닌 다른 사람이 대꾸했다.

"어머. 전에 있던 회사에서는 워크숍 없었어요?"

뒤에서 들리는 목소리에 윤주와 연수가 고개를 돌렸다. 은정이 바로 뒷자리에 다른 팀원의 여자들과 앉아 있었다.

"작은 회사는 워크숍 같은 거 없다던데. 하 주임님, 전에 다니던 회사가 그랬나 봐요?"

인적성검사부터 최종 면접까지 합격해서 대기업에 입사한 것에 대한 자부심과 운이 좋아 이직을 한 연수에 대한 무시가 섞여 있었다.

"그게 궁금합니까. 그럼 작은 회사로 이직해 보지 그럽니까."

연수의 고개가 반대편으로 휙 돌아갔다. 언제 온 것인지 세륜이 수첩을 내려놓고 그녀의 옆에 앉았다.

"제가요? 제가 다니기엔……."

"하긴. 작은 회사가 더 사람을 가려 뽑는다고 하더군요. 놀지 않고 성실하게 일하는 사람을 선호한다더군요."

은정은 업무 시간에 번번이 다른 팀의 여직원들과 우르르 몰려
다니며 수다를 떨었다. 그래서 일은 뒷전인 경우가 많았다. 이번
인사고과에서 가장 점수가 낮은 사람이 은정이라는 말이 있었다.
그런 주제에 감히 누구를 무시하는 건지 세륜은 이가 갈렸다.

"진 대리님……."

"권은정 씨, 남들 대화에 끼어 이러쿵저러쿵할 시간에 자기 일
이나 신경 써요. 그리고 동료들 험담할 시간 있으면 그 시간에 업
무 능력을 키워보는 게 어떻습니까."

"제가 누구 험담을 했다고 그러세요."

세륜은 은정이 연수의 험담을 하고 다니는 걸 진우에게 전해 들
었다. 회사 내에 무슨 소문이 떠돌든 전혀 관심이 없는 그이지만,
연수가 그 소문의 주인공이라면 달랐다. 연수의 안 좋은 소문을
듣고 그러지 않아도 벼르고 있었다.

세륜은 은정의 도가 넘는 행동을 더는 무시로만 넘길 수 없어
날카롭게 지적했다.

"권은정 씨가 누구누구를 험담했는지 회사 내에서 모르는 사람
없습니다. 당사자도, 당사자를 소중하게 여기는 사람도 다 권은정
씨에게 반감을 갖고 있다는 거 못 느꼈습니까."

세륜은 은정과 같이 몰려다니며 남들 씹기 바쁜 사람들을 하나
하나 서늘하게 응시했다. 다들 그의 시선을 피하며 고개를 숙였
다.

연수가 그만했으면 됐다고 그의 손등을 두드렸다. 세륜은 경고
가 섞인 시선을 은정에게 던진 뒤 손을 뒤집어 자신의 손등을 두

드리던 연수의 손을 쥐었다.

"진짜 멋있으셔."

윤주가 작게 중얼거린 뒤 정면으로 고개를 돌렸다.

"내가 한 소리 하려고 했는데."

연수가 세륜만 듣게 작게 속삭였다.

알고 있다. 연수가 은정을 따끔하게 혼내는 걸 본 적도 있고, 그녀가 가만히 듣고만 있지 않을 거라는 걸 알았다. 그리고 자신이 끼어들면 상황이 악화될 수 있다는 것도 안다. 다 알지만 계속 연수에게 기어오르는 은정을 그냥 보고만 있는 것도 한계가 있었다.

"내가 화나서. 감히 누구를 건드리려고 해."

세륜은 연수의 손을 꽉 쥐었다가 놓았다.

지루한 발표가 이어졌다. 초반에는 관심을 갖고 듣던 사람들도 조금씩 집중력이 흐트러졌다. 그 틈에서 연수는 오전 발표가 끝날 때까지 허리를 꼿꼿하게 세우고 바른 자세를 유지했다.

점심 식사를 마치고 여유 시간이 생겼다. 연수는 윤주가 졸려 죽겠다고 쉬다가 오자고 해서 방이 있는 층으로 올라갔다.

달콤한 낮잠을 자는 윤주 옆에 있다가 연수는 방을 빠져나왔다. 구경도 할 겸 해서 긴 복도를 왔다 갔다 했다. 다른 층도 내려가 구경을 하는데 낯익은 목소리가 그녀를 불렀다.

"하연수, 여기서 뭐 해?"

"과장님."

흡연 구역을 찾고 있었는지 담배를 비스듬히 입술에 물고 서 있는 윤성에게 연수가 작게 묵례했다.

"점심은? 먹었어?"

"네."

"그래. 나도 맛있게 먹었어."

윤성은 임원진과 따로 식사를 했다. 그 덕에 그가 이사 누구의 조카인지에 대한 소문이 더 무성해졌다.

연수는 윤성이 누구와 식사를 했든 맛있게 먹었든 관심이 없었다. 그저 그와 같이 있는 게 불편해 자리를 뜰 생각만 했다.

"그럼 가보겠습니다."

"너무 노골적으로 피하지 마. 그러면 잡고 싶어지잖아."

"과장님. 부탁드립니다. 그런 말씀하지 말아주세요."

"무슨 말씀?"

"남들이 들으면 오해할 만한 말씀이요."

"무슨 오해?"

"뭐든지요. 회사 상사와 부하직원, 그게 전부였으면 합니다."

"우린 그게 전부가 아니잖아?"

"과장님!"

적나라한 거부 반응에 윤성은 기분이 상했다. 그는 입술에 물고 있던 담배를 손가락 사이에 끼우고 명확한 발음으로 물었다.

"너, 내가 많이 미워?"

"갑자기 그게 무슨 말이에요?"

"내가 많이 밉냐고. 꼴도 보기 싫고 말도 섞기 싫어?"

"……."

"나에 대한 감정이 그런 것밖에 없어? 뭐, 그리웠거나 하는 건 한 번도 없었어?"

비스듬하게 섰던 자세를 바로 세우고 한 걸음 다가온 윤성이 대답해 보라고 짙은 시선으로 내려다봤다.

"진짜 왜 이래요? 우리 헤어질 때 과장님이 했던 행동 잊었어요?"

"아니. 그래서 사과했잖아. 기억하니까 사과했지."

"그 사과 받았잖아요. 저는 그게 끝이에요. 아니, 그 사과 받을 생각도 없었어요. 그때 다 끝났으니까요. 감정 같은 거 남지 않아요."

"……어떻게 그래?"

윤성의 눈이 어둡게 잠겼다. 그는 연수의 말에 형언할 수 없는 감정에 사로잡혔다. 실망감보다 더 짙은 감정. 윤성은 손가락에 끼우고 있던 담배를 손에 쥐고 우그러트렸다.

"뭐가요?"

"어떻게 감정이 남지 않아? 차라리 미워라도 하지 그랬어?"

"선배?"

연수는 자신도 모르게 윤성을 선배라 불렀다.

"미워서라도 내 얼굴 떠올렸어야지. 아, 이런 나쁜 남자가 있었구나, 했어야지."

"선배."

"나는 네 생각 많이 했었어. 너에게 한 행동이 미안해서. 네가 날 얼마나 미워할까, 그 생각에 가슴도 아팠어."

"……."

"한국에 들어와야 하는 일이 생겼는데 그걸 제치고 오자마자 널 찾았어. 그런데 넌……!"

"……."

"다른 남자 곁에 있더라. 진세륜 씨. 그때 얼마나 허탈하고 참담했는지 모를 거야."

"선배. 선배가 먼저 헤어지자고 했잖아요."

"나는 너와 헤어지고 싶지 않았어. 그런데 포기해야 했어. 그래야만 했단 말이다."

"그게…… 무슨 말이에요?"

윤성은 아련한 눈으로 연수의 얼굴을 더듬었다. 연수는 그의 기묘한 시선을 눈을 돌리고 외면했다. 자신의 시선을 불편해하는 모습에 그가 짧게 웃었다.

"차라리 네가 그대로였다면 내가 이런 기분이 들지 않았을 거야. 그냥 과거로 끝냈을 거야."

"제가 그대로였다면요?"

"그래. 그런데 이렇게 변하면 어떡해. 아무도 피우지 못하는 꽃봉오리로 남아 있지 그랬어."

잠시 한국으로 들어왔을 때 연수의 곁에 세륜이 있는 걸 보고 충격을 받았다. 다른 남자를 만나는 걸 확인하고 배신감과 원망감에 잊어주겠다 결심했다. 그리고 진짜로 잊고 살았다. 그런데 이렇게 다시 만나게 되었다.

회사에 오기 전 팀원들의 이력서를 먼저 확인했다. 연수의 이력서를 보고 당연히 놀랐다. 그녀의 곁에 여지없이 세륜이 있어서 놀라운 한편 김빠지는 웃음이 나왔다.

두 사람이 오랫동안 사귀고 있는 사실에 처음에는 놀라움 말고는 없었는데, 슬슬 기분이 나빠지기 시작했다.

세륜의 적대감과 경고가 시발점이 된 것 같다. 두 사람이 함께 있는 모습이 마음속 깊은 곳을 자극했다. 연수와 한없이 가까운 세륜이 질투 나 죽겠다.

"너, 내 앞에서는 그렇게 편하게 행동한 적 없었잖아."

"……."

"네가 나한테 그런 모습을 보였다면 난 그렇게까지 하지 않았어."

"지금 선배 잘못이 저 때문이었다는 거예요?"

연수가 황당해하며 물었다.

"우연히 꽃봉오리를 발견했어. 활짝 피면 아주 사랑스러운 꽃이 될 것 같아서 내 화분에 옮겨 심었어. 그런데 아무리 정성을 들여도 꽃봉오리는 그대로인 거야. 나는 꽃이 피기를 초조하게 기다렸어. 그런데 나에겐 시간이 없었어. 그리고 누군가가 내 화분에 그 꽃봉오리가 있는 걸 싫어했어. 그 꽃봉오리를 짓밟으려고 했어. 그래서 어쩔 수 없이 다시 내 화분에서 꺼내야 했어."

"계속 이상한 말씀만 하시네요."

"그 꽃봉오리가 너야. 네가 그 봉오리를 틔웠다면 달랐을 거야. 우리가 헤어지는 일은 없었을 거라고."

윤성의 눈에 원망이 가득했다. 그리고 후회가 뒤섞여 있었다.

15. 위험한 워크숍

    윤성이 자신에게 팔을 뻗자 연수는 뒷걸음질을 치다가 황급히 몸을 돌렸다. 윤주가 자고 있는 방으로 돌아온 그녀는 바닥에 주저앉아 자신의 몸을 감싸 안았다.

    윤성의 눈빛에 기묘한 느낌이 들고 소름이 끼쳤다. 윤성이 자신에게 보인 그 눈빛은 세륜이 했던 것과 같았다. 싸우고 헤어질 때 세륜이 했던 눈빛과 똑같았다.

    세륜이 그런 눈빛을 하면 가슴이 서늘해지고 아릿해지고 슬펐다. 그런 눈을 하게 만들어서 미안했다. 그런데 윤성이 그런 눈빛을 하는 건 소름 끼쳤다. 상당히 불쾌하고 거부감이 들었다.

    연수는 부르르 몸을 떨었다.

    잠시 뒤 점심시간이 끝날 때쯤이 되자 연수는 윤주를 깨워 대강당으로 돌아왔다.

"안색이 왜 그래? 어디 아파?"

세륜의 나직한 질문에 연수의 고개가 빳빳하게 돌아갔다. 그는 희게 질린 그녀의 얼굴에 미간을 찌푸렸다.

"연수야. 괜찮아?"

세륜의 손이 연수의 이마에 닿았다. 열을 재는 따스한 손길에 연수가 속눈썹을 파르르 떨며 눈을 감았다.

"점심 먹은 게 체했나 봐."

조금만 신경 쓰이는 게 있으면 바로 이렇게 드러났다. 세륜은 갑자기 연수가 무엇 때문에 이러는 것인지 걱정되었다.

"무슨 일 있었어?"

"……나도 잘 모르겠어."

"응?"

"아까……. 아니. 나중에 이야기해."

다시 진행되는 성과 보고에 연수가 고개를 저었다.

"우선은 약 먹을래? 아마 관리부에 비상약 있을 거야."

연수가 말릴 틈도 없이 세륜이 일어났다. 세륜이 양해를 구하자 그의 옆에 차례로 앉아 있던 진우와 대영, 이호가 의자를 앞으로 당겨 길을 내주었다. 세륜은 조용히 관리부 직원을 찾아 약을 받아왔다.

"먹어."

손바닥에 털어주는 소화제를 입에 넣자 세륜이 생수를 건네주었다. 꿀꺽 약을 삼키자 세륜의 걱정 섞인 표정이 한결 풀렸다.

"계속 안 좋으면 이야기해."

"응."

세륜은 테이블 아래로 연수의 손을 잡아 정성껏 주무르기 시작했다. 이 마사지가 조금이라도 소화에 도움이 되기를 바라며 한참 동안 주물렀다.

저녁 식사 시간이 될 때까지 연수의 체기는 내려가지 않았다. 세륜이 죽을 사오겠다고 했지만 연수는 생각이 없다고 쉬겠다며 방으로 돌아갔다.

대강당에 있던 책상과 의자가 치워지고 밤늦게까지 술을 마실 수 있도록 개방되었다. 세륜은 그곳에 있다가 연수가 걱정이 되어 결국 자리에서 일어났다. 대강당을 나온 그는 숙소 쪽으로 향했다.

"진 대리님!"

연수가 괜찮은지 보러 가야 하는데 말도 섞기 싫은 사람이 자신을 부르자 그의 얼굴이 절로 얼굴이 찡그려졌다. 세륜은 한숨을 내쉰 뒤 몸을 돌렸다.

"무슨 일입니까."

"저기, 드릴 말씀이 있는데요."

"권우정 씨, 할 이야기 있으면 나중에 회사에서 하세요. 제가 급한 일이 있어서, 이만."

세륜이 듣기 싫다는 태도로 돌아서자 은정은 그의 팔을 잡아 세웠다. 세륜은 자신의 팔뚝을 쥔 손을 내려다보고는 재빨리 털어냈다.

"대리님, 저쪽으로 가서 이야기해요."

은정은 누군가 지나가자 다시 세륜의 팔뚝을 잡고 한적한 곳을 가리켰다. 세륜은 다시 짜증스럽게 팔을 흔들어 은정의 손을 떨쳐냈다.

"1분 드리겠습니다. 여기서 빨리 이야기하시죠."

"아까 하 주임님하고 권 과장님이 함께 있는 걸 봤어요. 두 분이서 이상한 이야기를 나누시던데요."

세륜의 눈썹이 위로 올라갔다. 은정은 이래도 여기서 이야기를 들을 거냐는 표정을 지었다.

"자리 옮기죠."

딱딱하게 굳어진 얼굴로 세륜이 먼저 걸음을 뗐다. 은정은 그의 뒤를 따라 한적한 곳으로 향했다. 세륜은 주위를 두리번거린 뒤 사람이 없는 걸 확인하고 은정에게 시선을 내렸다. 이제 이야기해보라는 눈빛에 은정이 입을 열었다.

"혹시 알고 계셨어요? 하 주임님과 권 과장님 예전에 만나셨던 사이인 것 같아요."

"알고 있습니다."

세륜은 두 사람이 무슨 이야기를 나누었기에 은정이 그걸 알고 있는 건가 싶었다. 귀찮은 일이 생길지도 모른다는 예감에 그의 이마에 주름이 잡혔다.

"두 분 아직 뭔가 남아 있는 것 같았어요."

"무슨 말입니까."

"과장님이 자기가 그립지 않았냐고 물었어요. 그리고 과장님이 하 주임님 생각 많이 했었다고……."

세륜의 얼굴이 삽시간에 굳어졌다. 은정은 속으로 회심의 미소를 지은 뒤 이야기를 이어갔다.

"과장님은 헤어지고 싶지 않았대요. 과장님이 그 일만 아니었다면 우리는 헤어지지 않았을 거라고 하면서 사과를 하니까 하 주임님이 그 사과를 받아들였어요."

은정은 두 사람이 나눈 대화를 자기 마음대로 뒤죽박죽으로 섞고 교묘하게 편집해서 세륜에게 전달했다. 마치 윤성이 헤어진 걸 후회해서 사과하며 다시 시작하자고 했고 연수가 그 마음을 받아들였다는 듯이 이야기했다.

이야기가 끝나자 세륜은 한동안 가만히 은정을 응시했다. 그의 계속되는 시선에 은정의 얼굴이 붉어졌다.

세륜의 입꼬리가 올라갔다.

"그래서 연수는 뭐라고 했습니까."

"네?"

"이야기가 전부 권 과장님이 하신 말인 것 같은데 우리 연수는 뭐라고 대꾸했습니까."

은정이 연수와 윤성에 대해 할 이야기가 있다고 할 때부터 귀 기울여 들을 생각이 없었다. 은정은 연수를 싫어하고 있었다. 당연히 안 좋은 이야기만 골라서 하고 없던 이야기를 덧붙일 거라고 생각했다.

가만 들어보면 다 윤성 입장에서의 이야기였다. 연수가 무슨 말을 했는지는 교묘하게 다 배제했다.

세륜은 지금 그게 자신에게 통할 거라고 생각했느냐는 시선으로 은정을 조소했다.

"하 주임님은 별다른 말 안 했어요. 그건 은근히 권 과장님을 받아들이는 거나 다름없었다고요! 제가 보기에는 하 주임님 분명 흔들리셨어요!"

"뚫린 입이라고 함부로 지껄이지 마."

"……네?"

순간 은정은 자신이 제대로 들은 건가 싶은 얼굴로 멍하게 세륜을 올려다봤다.

세륜의 얼굴에는 노염이 가득했다. 새파란 예기를 띠는 눈빛은 싸늘했고 경멸이 담겨 있었다. 알싸함이 감도는 비틀린 입술은 냉소를 짓고 있었다.

"봐주는 것도 한계가 있어. 까불지 말라고."

"대, 대리님?"

"하연수가 흔들리기는 누구한테 흔들려. 지금 나한테 지껄인 거 책임질 수 있어?"

"……네?"

"연수에 대해 함부로 지껄이지 마. 네가 뭘 알아."

"……네?"

"오늘 일 다른 곳에 쓸데없이 소문내지 않는 게 좋을 거야. 그리고 죽고 싶지 않으면 그만 기어올라. 내가 연수 건드리는 걸 가장 질색하거든? 감히 누굴 건드려. 봐주는 것도 이번이 마지막이야."

멍한 얼굴로 네? 네? 거리던 은정은 무서운 경고에 겁먹은 표정을 했다.

서슬이 퍼런 말이 다 진심으로 느껴졌다. 연수를 더 건드리면 세륜은 정말로 자신을 가만두지 않을 기세였다.

그동안 그래도 어느 정도 예의를 갖췄는데 그걸 버린 세륜은 몸이 덜덜 떨릴 정도로 무서웠다.

"전, 그러니까…… 대리님이 걱정돼서……."

"그쪽이 뭐라고 내 걱정을 해. 그리고 무슨 걱정."

"과, 과장님이…… 하 주임님한테……."

"하연수한테 나밖에 없는데 뭘 걱정해. 권 과장이 연수한테 미련이 있든 말든 상관없어. 하연수는 내 여자니까. 더는 오지랖 떨지 마. 우리 일에 신경 꺼."

세륜은 은정에게 앞으로는 자신과 연수에게 신경 쓰지 마라는 말을 마지막으로 몸을 돌렸다.

"아시잖아요! 제가 대리님을 좋아하는 거 아시잖아요!"

은정이 앞으로 걸어가는 세륜에게 소리치며 그의 팔을 붙들었다. 세륜은 자신의 팔을 꽉 잡는 손길을 강하게 팔을 흔들어 떨쳐 냈다. 그리곤 다른 쪽 손으로 은정의 손이 닿은 곳을 탈탈 털었다.

더러운 것이 닿아 불쾌하다는 표정으로 자신의 손이 닿은 곳을 털어내는 모습에 은정은 상처받은 얼굴을 했다. 세륜은 그런 그녀에게 더 쐐기를 박았다. 다시 예의를 갖춘 어투였지만, 그전보다 더 선득하게 와닿는 말투로 말했다.

"어딜 손댑니까. 권은정 씨 손대라고 있는 몸 아닙니다."

"……네?"

"내 몸은 하연수가 만지라고 있는 몸입니다. 다른 여자가 손댈 몸이 아니란 말입니다."

"대리님, 너무하세요."

"뭐가 말입니까. 권은정 씨야말로 누구나 다 아는 사실을 알잖습니까. 전 하연수의 남자입니다. 제가 사랑하는 여자는 하연수입니다. 다른 여자는 다 필요 없다는 걸 그렇게도 제 입을 통해서 듣고 싶습니까."

"대리님……."

"하연수가 아니면 안 되는 남자입니다. 하연수한테 미쳐서 다른 여자는 눈에 들어오지도 않습니다. 더 할까요. 얼마나 더 말해야 알아듣겠습니까."

세륜은 달싹이던 은정의 입술이 이내 닫히자 몸을 돌렸다. 그는 성큼성큼 걸어 비상계단으로 향했다. 연수가 있는 층까지 쉬지 않고 올라가 비상문을 열고 나오는 그의 숨이 잔뜩 거칠어져 있다.

"시팔. 권윤성, 이 개자식이 누굴 넘봐. 어디서 개수작질이야."

적나라한 욕설이 세륜의 입에서 거침없이 흘러나왔다.

813호.

연수가 있는 그 룸 앞에는 먼저 온 다른 사람이 서 있었다. 그 사람을 본 세륜의 걸음이 느려졌다. 세륜의 기척을 느꼈는지 그 사람이 고개를 돌렸다.

"여기서 뭐 하십니까."

"아프다고 들어서 걱정이 되어 올라왔습니다."

"하. 진짜 이것들이 보자 보자 하니까. 뭐라고 다 걱정질이야."

주제를 모르는 권은정도, 주제를 넘는 권윤성도 다 구역질이 날 정도로 배알이 꼴리게 했다.

세륜은 속에서 끓어오른 분노가 머리까지 치솟자 얼굴을 구겼다. 그는 뻣뻣하게 굳어지는 목을 느릿하게 돌렸다. 마치 싸울 준비를 하듯 몸을 서서히 풀어갔다.

윤성의 손이 초인종으로 올라갔다. 세륜은 재빨리 그의 손을 쳐 냈다.

"연수 걱정은 제가 합니다. 그러니 다들 그만 빠지라고."

"이런. 저도 연수가 걱정됩니다. 빠질 수는 없겠는데."

"뭐 하자는 겁니까, 지금. 갑자기 나타나서 연수한테 도대체 왜 이러는 겁니까."

"제가 그걸 이야기해야 하나요? 내가 뭘 하든 왜 진 대리가 난 리예요?"

"내 여자한테 집적대는데, 그럼 가만히 보고만 있습니까."

"잘 알고 있네요. 집적대고 있는 거."

"하."

윤성의 당당한 말에 기가 찬 세륜은 헛숨을 내뱉었다. 그의 눈썹이 실룩거렸다. 지금 진짜 싸워보자는 거냐 눈으로 윤성을 노려봤다. 윤성도 지지 않고 그를 거칠게 응시했다.

"연수와 저, 풀지 못한 게 많습니다."

"연수는 전혀 그런 게 없다던데요. 혼자 못 푼 것 같은데, 혼자서 해결하시죠."

"그쪽이 끼어들 일 아닙니다."

"누가 할 소리야. 연수와 내 사이에 끼어드는 건 그쪽입니다."

멀리서 엘리베이터 문이 열렸다가 닫히는 소리가 나고 작은 발소리가 들렸다. 얼마 지나지 않아 전략기획 1팀의 여사원이 모퉁이를 돌아왔다. 그녀는 다가오다가 그들을 발견하고 머뭇거렸다.

심상치 않은 분위기에 눈치를 보던 여사원은 멈췄던 걸음을 다시 뗐다.

"무슨 일 있으세요?"

여사원은 그냥 지나치기 궁금해서 물었다. 회사에서 인기가 가장 많은 세륜과 집안이 대단하다고 소문이 난 윤성이 한자리에 마주 보고 서서 서로를 노려보고 있으니 궁금해지는 건 당연했다.

"우리 팀원이 아프다고 해서 걱정이 돼 왔습니다."

윤성이 여사원의 질문에 빙긋 웃으면서 대답했다. 세륜은 그의 대답에 미묘하게 얼굴을 찌푸렸다.

"그러시구나. 제가 안에 들어가서 봐드릴까요? 저, 그 방에서 묵거든요. 열쇠 가지고 있어요."

"그래 주시겠어요?"

세륜은 윤성이 여사원에게 부탁하는 꼴을 보고는 픽, 웃었다. 어디까지 하나 지켜보는데 아주 가관이었다.

'지 까짓게 뭔데 연수를 부탁해.'

세륜의 눈동자에 신경질이 잔뜩 얽혔다.

여사원은 눈치를 보며 두 사람 사이로 끼어들어 가 카드키로 문을 열고 들어갔다.

"제가 확인하고 갈 테니 그만 가시죠."

"싫은데요. 방금 부탁 제가 했잖아요. 확인도 제가 하는 게 맞죠."

"권 과장님. 그만하시죠. 연수, 제 여자라고 분명 말씀드렸습니다."

"기회라는 게 언제나 있기 마련이죠. 둘이 아직 결혼도 안 했는데 그 기회가 없겠어요?"

세륜의 손이 꽉 주먹이 쥐어졌다. 빙글빙글 웃고 있는 저 얼굴을 한 대 치고 싶었다. 그는 간신히 이성을 유지했다.

"아직 안 한 거죠. 결혼합니다."

"미안한데, 저는 그 결혼 반대합니다."

"당신이 뭐라고!"

세륜의 발 하나가 앞으로 옮겨졌을 때 문이 열리고 여사원이 고개를 빼꼼 내밀었다.

"지금 자고 있어요. 그런데 자면서 땀을 좀 흘린 것 같아요. 옷 갈아입혀야 할 것……."

"제가 갈아입히죠."

세륜은 문을 활짝 열어젖혔다. 그의 기세에 뒤로 물러난 여사원은 휘둥그레진 눈으로 쳐다봤다. 세륜은 신발을 벗고 성큼 들어가 연수가 있는 방으로 찾아들어 갔다.

"안에 아무도 없어요? 그럼 저도 실례."

윤성이 놀란 여사원에게 웃으며 말한 뒤 세륜의 뒤를 따랐다. 바닥에 이불을 깔고 누워 자고 있는 연수의 옆에 앉은 세륜이 세심한 눈길로 그녀를 살피고 있었다.

"수건 있으면 물 좀 적셔서 가져다주겠습니…… 뭡니까. 여길 왜 들어옵니까."

여사원인 줄 알고 부탁을 하던 세륜은 윤성인 걸 확인하고 노골적으로 불쾌한 얼굴을 했다. 세륜은 자신의 여자가 잠든 곳에 침입한 남자에게 경계 태세를 갖췄다.

윤성이 걱정스러운 눈길로 연수의 안색을 살피자 세륜은 손을 펴서 연수의 얼굴을 가렸다.

"남의 여자가 잠든 걸 왜 봅니까."

"거참. 진 대리, 은근히 유치한 구석이 있네요? 얼굴을 왜 가려요? 좀 보겠다는데."

"좀 보지 말라고 가리는 겁니다. 나만 볼 수 있는 모습입니다."

이게 싸움이라면 세륜이 이기는 게 맞았다. 연수와 세륜은 공식 커플이었다. 그러니 당연히 세륜이 유리한 싸움인데 윤성은 여유롭게 웃고 있었다. 그게 세륜의 심기를 건드렸다.

"으음……. 세륜아?"

잠결에 세륜의 목소리를 들은 연수가 눈을 떴다.

"괜찮아? 얼미나 이프기에 네가 잠이 들어."

잠자리를 많이 가리는 연수가 낯선 곳에서 잠이 들었다. 아파서 정신을 잃은 건 아닌가 싶어 세륜의 얼굴이 굳어졌다. 걱정으로 범벅된 그의 표정에 연수가 가까스로 입술을 끌어 올렸다.

"내가 잤어? 방금 전까지 깨어 있었던 것 같은데."

역시나 세륜의 걱정이 맞았다.

"웃음이 나와? 너, 그거 정신 잃은 거야. 어디가 아픈데? 배?"

"머리가 아파. 배도 아프고 속이 답답해."

"누구 때문에 제대로 체했네."

세륜은 고개를 들어 윤성을 노려보았다. 그의 시선을 따라가던 연수는 뒤늦게 윤성을 발견했다. 세륜에게 아프다고 칭얼거리던 표정이 사라지고 더 희게 질렸다.

"……괜찮아? 체한 게 나 때문이야?"

"괜찮아 보입니까. 쉬어야 하니 그만 나가주시죠."

"지금 이야기 중이잖아요. 연수야, 아까는…….."

"그만 가줘요. 쉬어야 할 것 같아요."

연수가 윤성의 말을 잘라냈다. 그녀는 시선을 돌려 도와달라는 눈으로 세륜을 바라봤다. 세륜은 자리에서 일어나 윤성의 앞을 가로막았다. 그만 나가달라는 턱짓에 어쩔 수 없이 윤성은 몸을 돌렸다.

방문 앞에는 여사원이 세 사람의 모습을 구경하고 있었다. 그제야 윤성은 지금 일로 회사 내에 이상한 소문이 떠돌게 될지도 모른다는 걱정이 들었다. 세륜도 여사원을 보고 눈썹을 구겼다.

"아, 저기 수건에 물 적셔왔어요. 땀 닦아야 할 것 같아서요."

세륜은 그녀에게 다가가 수건을 받아 들었다.

"감사합니다. 제가 옆에 있을 테니 그만 가보셔도 됩니다."

세륜은 정중하게 말한 뒤 방으로 들어와 문을 닫았다. 방문 너머로 두 개의 발자국 소리가 멀어졌다.

그는 다시 연수의 옆에 앉아 그녀를 일으켰다.

"세륜아, 그러니까……."

"나중에 이야기하자. 우선 땀 닦고 옷 갈아입자."

세륜은 말없이 연수가 입고 있는 옷을 벗겨냈다. 속옷도 젖어 브래지어 훅을 풀었다.

새하얀 나신이 그의 앞에 고스란히 드러났다. 시선이 저절로 탐스러운 가슴으로 향했다.

모양이 예쁜 가슴의 살결은 굉장히 부드러워 보였다. 핑크빛의 유두가 차가운 공기와 세륜의 시선에 몽글하게 뭉쳐 곧추섰다. 연수는 손을 올려 가슴을 가렸다.

"그렇게 보면 부끄럽잖아."

"뭐가. 이미 다 본 건데."

"그래도."

연수가 고개를 떨궜다. 세륜은 조심스럽게 연수의 턱을 들어 올렸다. 그리고 비스듬하게 고개를 내려 짧게 입을 맞췄다.

입술을 뗀 세륜은 먼저 수건으로 연수의 이마를 닦아냈다. 이마에 달라붙은 머리카락을 넘기고 땀을 닦아내는 손길이 섬세했다. 다음으로 머리칼을 한데 모아 올려 목덜미를 닦았다.

"살 좀 찌지."

가녀린 어깨를 닦아내고 척추가 만져지는 등을 닦아내던 세륜이 결국 한 소리 했다. 등허리를 닦는데 연수의 몸이 움찔거렸다.

자신의 맨몸에 떨어지는 나직한 숨과 조심스럽게 옮겨가며 땀을 닦아내는 손길. 그의 품에 수차례 안겼던 연수에게는 그 하나하나 다 자극적이었다.

세륜도 부드러운 살결과 은근하게 맡아지는 연수의 체 향에 애써 본능을 죽이고 있었다.

등을 다 닦아낸 세륜은 연수의 팔을 치워냈다.

"내가 할게."

연수가 세륜의 손에서 수건을 빼앗아 살짝 몸을 틀고 가슴을 닦았다. 그리고 납작한 배도 닦았다. 그러는 사이 세륜은 연수의 가방에서 옷을 꺼냈다.

연수가 옷을 갈아입는 동안 세륜은 깔고 누웠던 이불을 뒤집었다. 그리고 그 위에 연수를 눕히고 옆에 따라 누웠다.

"누가 오면 어쩌려고?"

"사람들 술 마시느라 오려면 한참 멀었어."

연수가 몸을 돌려 세륜에게 폭삭 안겼다. 그녀의 아랫배에 딱딱한 게 닿았다. 그게 무엇인지 알아차린 연수가 눈동자를 굴렸다.

아랫배에 닿은 열기가 조금씩 그녀의 몸으로 퍼졌다. 연수가 손을 옮겨 세륜의 옷자락을 끌어 올렸다. 그 안으로 손을 집어넣어 단단한 복근을 더듬었다.

"아픈 애가 왜 유혹을 해. 그것도 장소가 이런데."

"……화났어?"

"설마 내 화 풀어준다고 이러는 거 아니지? 말했잖아. 이젠 그런 식은 싫다고."

세륜이 냉정하게 연수의 손을 빼냈다.

"그것 때문이 아니라……. 나는……."

세륜의 냉정함에 당황한 연수가 눈을 끔뻑였다. 결코 그것 때문에 세륜의 몸에 손을 댄 게 아니었다. 조금 전의 상황이 충분히 성적 긴장감을 끌어 올렸고 둘 다 흥분했다. 그럴 때면 서로 거리낌 없이 만지고 했었기에 그 습관이 남아 있어 그런 것뿐이었다.

연수는 무안함에 뒤로 물러났다.

"그만 가. 혼자 있을래."

"왜 또 그래?"

"가. 혼자 쉴래."

"하연수."

세륜은 연수의 허리를 끌어안았다. 연수가 싫다고 몸을 바르작거리자 더 세게 끌어안았다.

세륜의 힘을 이길 수 없어 그의 품을 벗어나지 못한 연수가 주먹으로 가슴을 때렸다.

"왜 그러는데."

"뭐야? 나 계속 네 눈치 봐야 해?"

"무슨 말이야."

"너랑 조금이라도 다투면, 네가 조금이라도 기분이 상해 있을 때면 없는 듯해줄까? 아니, 그냥 눈앞에서 사라져 줘야겠네!"

"뭐라는 거야."

세륜은 자신의 가슴을 때리는 손을 잡아 누른 뒤 그녀의 몸을 타고 올랐다. 씩씩거리느라 오르락내리락하는 가슴이 닿았다가 떨어졌다.

"비켜."

"방금 때문에 그래?"

"비키라고."

"지금 내가 화 안 나 있을 것 같아? 이럴 때 너 안고 싶지 않다고 했잖아."

"알았다고!"

목소리를 높이던 연수는 머리가 띵하니 아파오자 낮게 신음했다. 세륜은 잡고 있던 손을 놓고 한 손으로 그녀의 관자놀이를 꾹꾹 눌렀다.

"지금 너 아픈 것 때문에 참고 있는 거야."

"참지 마. 누가 참으래? 차라리 화를 내고 하고 싶은 대로 하란 말이야. 이게 더 싫어."

"화내고 난 뒤 안으려고 하면 싫어했잖아. 그리고 그렇게 푸는 거 나도 싫다고. 아니, 안 풀려. 이제는 그렇게 해서는 안 풀린단 말이다."

세륜은 몸에 힘을 빼고 연수의 어깨에 얼굴을 묻었다. 아직 그의 부푼 남성이 아랫배를 쿡쿡 찌르고 있었다. 연수가 다리 하나를 그의 허벅지 사이로 밀어 넣었다.

"연수야."

"그냥 안아줘. 내가 안기고 싶어서 그래. 내가 원해."

"오늘따라 왜 그래? 진짜 무슨 일 있었어?"

세륜이 상체를 들어 올려 연수를 내려다봤다. 연수는 머뭇거리다가 점심을 먹고 윤성이 자신에게 했던 이야기를 다 털어놨다.

세륜은 왜 은정이 자신에게 와서 그런 말을 했는지 상황을 알고 나자 기가 막힌 듯 실소를 흘렸다.

"한국에 들어와서 널 왜 찾아. 내가 있는 거 알고 물러났었다면서 지금 왜 그러는 거래?"

"몰라. 나도 왜 그러는지 모르겠어."

"헤어지고 싶지 않았다고? 꽃봉오리 타령은 또 뭐야."

"나도 모른다니까."

세륜은 골치 아픈 얼굴로 연수를 내려다봤다. 둘 사이에 무슨 일이 있었는지 궁금하면서도 알기가 싫어졌다. 뭔가 있다는 느낌이 들자 파고들고 싶지 않아졌다.

하지만 결국 물었다.

"네가 이 이야기하는 거 싫어하는 줄 아는데……. 왜 헤어졌어?"

예전에 물을 때마다 연수는 표정부터 굳히고 입을 다물었다. 겨우 윤성이 누구인지만 알려주고 말았었다. 세륜은 이번에는 꼭 들어야겠다는 얼굴로 연수를 내려다봤다.

고민을 하던 연수는 이내 입술을 달싹였다.

"바람…… 피웠어, 선배가."

"뭐?"

"바람피웠다고."

연수는 잠깐 말을 멈췄다. 그러다 오래전 일을 끄집어냈다.

❖

연수가 입학을 했을 때 윤성은 군대를 다녀온 복학생이었다.

서글서글한 호남형에 성격이 좋아 그는 인기가 많았다. 입학과 동시에 전 학과에 두루두루 인기를 뻗치던 세륜만큼은 아니었지만, 과에서 가장 인기가 많았다.

윤성을 좋아하는 신입생들도 많았다. 많은 여자들이 그에게 오빠, 오빠 하며 밥을 사달라고 졸랐다. 그때마다 윤성은 모두에게 밥을 사주며 친절했다. 모두가 착각에 빠질 만큼 다정했다.

그런 윤성이 언제부턴가 아무도 관심을 갖지 않던 연수에게 다가갔다.

"밥 먹을래?"

"네?"

"밥 먹자."

"……네."

연수는 후배들에게 밥 잘 사주기로 유명해서 아무 의심 없이 그의 제안을 선뜻 받아들였다. 거의 모든 후배들에게 밥을 사줬는데 자신에게는 사준 적이 없어서 그러는 거라 생각했다. 공짜로 밥을 얻어먹는 것이었으니 나쁠 거 없다고 생각하며 따라갔다.

당연히 다른 후배들도 있을 거라 생각했다. 그런데 아무도 없이 단둘이 마주 앉아 식사를 했다.

"연수 이름이 하연수지? 나 알아?"

"네. 설마 모르는 사람을 따라왔겠어요?"

"그러게. 그런데 내가 뭘 할 줄 알고 따라와?"

"밥…… 사준다고 하셨잖아요. 지금 밥 먹고 있고요."

윤성은 연수의 대답에 환하게 웃었다. 아무런 의심 없이 선배가 밥을 사준다고 해서 따라나선 그녀가 귀여웠다. 연수는 무심한 얼굴로 그를 빤히 보다가 마저 식사를 이어갔다.

밥을 먹고 가게를 나오자 윤성은 커피를 사주겠다고 카페로 데리고 갔다.

아르바이트로 피곤한지 지친 얼굴로 커피 잔을 내려다보고 있는 연수는 앞에 윤성이 있는 것도 잊은 것 같았다.

"너, 분위기 되게 묘한 거 알아?"

"네?"

"너, 나랑 사귈래?"

"……아니요."

갑작스러운 윤성의 사귀자는 말에 놀라는 것도 잠시, 연수는 덤덤하게 거절했다. 그게 더 윤성의 관심을 끌었다.

윤성은 그 뒤로 사귀자는 말을 하지 않았다. 하지만 연수가 있는 곳에 대뜸 나타나 얼굴을 보고 사라졌다. 연수는 그런 그를 어떻게 해야 할지 몰랐다. 적정선을 넘지 않고 묘하게 신경을 건드리는 윤성을 어떻게 대해야 할지 몰랐다.

연수가 아주 지친 날이 있었다. 외롭기도 하고 누군가에게 기대고 싶은 그런 날이었다. 그날 그녀가 일하는 곳으로 윤성이 찾아왔다.

"밥…… 말고 술 마실래?"

술을 좋아하지 않았고 잘 마시지도 못하지만 따라나섰다. 윤성
은 아무것도 묻지 않고 조용히 술을 같이 마셔주었다. 그날따라
지쳐서 살짝 풀린 연수는 그의 그런 모습이 마음에 들었다. 눈치
좋은 윤성은 그 틈을 파고들었다.

"나랑 사귈래?"

"……네."

대답을 하자마자 후회했다. 누군가와 사귈 생각이 없었기 때문
이다. 그런데 윤성은 무르기 없다는 말로 교제를 확정 지었다.

곧바로 다음날 사귄다는 소문이 났다. 두 사람은 그렇게 시작되
었다.

2학기 시험을 망쳐 장학금을 놓쳤다. 그래서 연수는 휴학했다.
윤성은 왜 상의도 없이 휴학을 하냐고 화를 냈다.

그때부터였다. 연수와 윤성이 멀어지기 시작한 것은. 아니, 윤
성이 점점 변하기 시작한 것이 그 시점부터였다.

연수는 휴학을 하고 더 아르바이트를 늘렸다. 그러다 보니 반대
로 윤성을 만나는 시간이 줄어들었다. 그렇게 시간이 꽤 흘렀을
때 한 여자가 연수를 찾아왔다.

"그 사람 그만 놓아줘요."

윤성과 만난 지 한 달이 넘었다는 여자는 아주 화려한 미인이었
다

여자가 돌아가고 얼마 지나지 않아 어떻게 알았는지 윤성이 연

수의 앞으로 헐레벌떡 뛰어왔다.

"만났다며."

"네."

"그래서?"

"네?"

윤성은 차분하게 앉아 있는 연수를 뚫어져라 응시했다. 잠시 뒤, 그의 얼굴이 와락 일그러졌다.

"헤어지자."

윤성이 먼저 이별을 고했다.

"네. 그래요."

그리고 연수는 덤덤하게 그 이별을 받아들였다.

"진짜 너 나쁘다. 독하네, 하연수."

윤성은 그런 연수에게 모진 말을 퍼부었다. 연수의 입장에서는 왜 자신이 이런 소리를 들어야 하는 것인지 이해가 가지 않았다. 그런 그녀에게 윤성은 화를 냈다. 그리곤 벌떡 일어나 사라졌다.

두 사람의 이별 소식은 삽시간에 퍼져 나갔다. 그런데 이상한 소문도 돌았다. 윤성이 연수 때문에 많이 힘들었다는 소문이 떠돌았다.

연수는 어느 순간 이별의 원인이 되어 있었다. 그녀는 사람들에게 윤성이 바람을 피워서 헤어졌다는 걸 이야기하지 않았다. 아무런 해명을 하지 않았다.

고민을 하던 연수는 짝학기 복학을 했다. 당연히 윤성과 마주쳤

다. 그는 그녀를 투명인간 취급했고, 그것 때문에 연수의 소문은
더 안 좋게 퍼졌다.

두 사람은 그렇게 끝이 났었다.

"그래 놓고 지금 네 앞에서 그따위로 당당하게 굴어?"

세륜은 하, 짧게 숨을 토했다. 그러다 연수가 그 일로 큰 상처를
받았었나 하는 생각에 얼굴을 찌푸렸다. 연수가 그딴 새끼 때문에
조금이라도 상처를 받았다는 게 오장육부가 뒤틀렸다.

"네가 왜 그런 소문에 휩쓸렸어야 해! 왜 네가 피해를 봤냐고,
열불 나게!"

"금세 다 잊었었어. 선배는 다음 해에 졸업했고, 내가 또 반년
휴학하고 돌아왔을 땐 그 소문은 아예 가라앉았어. 그리고 기억하
고 싶지 않아서 빨리 잊었어. 화내지 마. 이미 지난 일이야."

연수는 그의 가슴을 두드리며 진정시키려 했다. 그런데 세륜은
그 손을 잡아 내리누르고는 고개를 내렸다.

"그때 얼마나 상처받았어?"

"응?"

"이야기해 봐. 내가 그만큼 그 자식 죽여놓을 테니까. 네가 상처
받은 거랑, 피해본 거 다 합한 것에 이자까지 쳐서 갚아줄게."

자신의 일에 가장 많은 걱정을 하고 화를 낸 사람. 그 사람이 세
륜이라는 걸 실감한 연수는 그가 지금 이 순간 못 견디게 사랑스

러웠다.

"······그러는 대신 안아줘."

"뭐?"

"안아줘. 네가 안아주면 뭐든 다 괜찮아질 것 같아."

윤성에게 신경을 쓰고 싶지 않았다. 지금 세륜만 신경 쓰고 싶었다. 가장 중요한 건 우리 둘이지, 다른 사람이 아니었다.

연수는 다른 사람이 끼어들 수 없게 하고 싶었다. 오로지 세륜과 자신만 존재했으면 하고 바랐다. 그의 품에 안겨 다른 모든 걸 잊고 싶었다.

"우리 언제 다시 시작하는 거야? 나 더는 못 기다리겠어. 네가 필요해, 응?"

"연수야, 아직은······."

연수는 뒤로 물러나는 세륜의 목을 팔로 감싸 끌어당겼다.

"네가 화를 내든 말든 난 지금 너한테 안기고 싶어. 안아주면 안 돼?"

상대방이 싫다고 해도 이기적으로 갖고 싶었다. 연수는 세륜이 억지로라도 자신을 품고 싶을 때가 있었다는 말이 지금 이 순간 아주 이해되고 공감 갔다.

"연수야."

연수의 떨리는 시선이 세륜의 입술에 닿았다. 그 순간 힘에 이끌려 그의 일굴이 내려가고 거칠게 입술이 부딪쳤다.

기습에 고개를 내린 세륜이 힘을 줘 다시 얼굴을 들려고 했다. 연수는 양팔에 잔뜩 힘을 주고 그의 입술에 자신의 입술을 비볐다.

혀로 입술을 핥자 세륜의 몸에 힘이 바짝 들어갔다. 연수는 그의 아랫입술을 쏙 빨아들이고 이로 자근자근 깨물었다.

"으응……."

연수는 비음을 흘리고 몸을 비틀면서 한쪽 무릎으로 그의 허벅지 사이를 자극했다. 그리고 다른 쪽 다리를 그의 엉덩이 위에 올리고 오금까지 쭉 훑어 내려가 쓱쓱 비비면서 유혹했다.

연수의 손가락이 세륜의 머리칼 안으로 파고들었다. 계속해서 혀가 입을 열어달라고 두드리자 그가 뜨거운 숨을 토하면서 입술을 열었다.

"음……."

입안으로 가득 밀려들어 오는 작은 혀에 세륜이 목을 울렸다. 입천장을 훑은 혀가 맹랑하게 자신의 영역인 것마냥 움직였다. 세륜은 그녀의 맹랑함을 기꺼이 받아주었다.

연수의 혀를 건드리고 옭아매 깊은 키스의 주도권을 빼앗아오면서 그가 연수의 옷 안으로 손을 집어넣었다. 곧장 가슴까지 올라간 손이 브래지어를 파고들어 유두를 비틀었다.

"아!"

봐주는 거 없이 유두를 강하게 비트는 손길에 아릿한 통증을 느낀 연수가 입술을 떼며 신음했다.

"하아……. 막무가내로 유혹한 벌이야."

서로의 타액으로 젖은 입술이 번들거렸다. 세륜은 그녀의 입술을 혀로 핥고는 입맛을 다셨다. 그는 자신의 목에 둘러진 팔을 떼어내고 몸을 일으켰다.

이제 막 흥분으로 몸이 달아올랐다. 그건 그도 마찬가지였다. 그런데 이렇게 쉽게 그가 일어나서 문 쪽으로 걸어가자 연수가 애타는 목소리로 그를 불렀다.

"세륜아, 어디 가?"

"문 잠그러."

세륜은 문을 잠그고 몸을 돌렸다. 그리고는 연수를 한번 보고는 씩, 웃었다.

화가 난 상태에서 연수를 안는 걸로 기분을 풀고 싶지 않았다. 하지만 그녀가 이렇게 자신을 원하니 계속 참기가 어려웠다. 장소가 조금 위험하기는 했다. 부디 사람들이 술에 빠져 일찍이 올라오지 않기를 바랄 뿐이었다.

세륜은 연수에게 야릇한 미소를 보인 뒤 상의를 벗었다.

탄탄한 근육질의 몸매가 드러났다. 그는 상의를 바닥으로 떨어트리고는 바지에 손가락을 걸었다.

"왜, 벗어줘?"

자신의 몸에서 눈을 떼지 못하는 연수에게 세륜이 장난스럽게 물었다. 원한다면 기꺼이 벗어주겠다는 그의 표정에 연수가 눈을 흘겼다.

세륜은 바지 버클을 풀고 연수에게 다가갔다. 그리고는 곧장 그녀의 몸을 타고 올랐다.

"지금 여기가 어디인지는 알지?"

"아, 응."

"혹시 모르니까 소리 참아."

이미 참을 수 있는 단계는 넘었다. 세륜은 성인군자 흉내를 내던 걸 벗어던지고는 더 거칠어졌다. 그는 곧장 연수의 상의를 벗겨냈다. 그녀의 바지도 속옷과 같이 벗긴 뒤 자신도 속옷과 바지를 무릎 아래까지 내렸다.

다시 입술이 부딪혔다. 음탕하게 서로의 입안을 오가는 혀가 묘한 소리를 냈다.

숨결을 빼앗고, 대신 숨을 쉬어주면서 호흡이 섞였다.

세륜의 손이 연수의 몸 위를 배회했다. 연수도 그의 몸을 마음껏 매만졌다.

녹아날 듯이 부드러운 살결, 쫀득한 촉감, 손길에 일그러지는 가슴, 손바닥을 긁는 유두, 그 모든 게 세륜은 좋아 미칠 것 같다.

단단한 가슴, 탄탄한 어깨, 불끈거리며 움직이는 근육, 뜨거운 체온, 자신의 몸을 내리누르는 무게. 세륜을 느끼는 연수도 그 못지않게 달아올랐다.

"하앙! 응……."

목덜미를 지분거린 입술이 가슴으로 내려갔다. 연수는 그의 머리칼을 헝클어트리며 허리를 비틀었다.

자신의 손길과 애무로 아찔하게 움직이는 여체에 세륜은 눈을 가느스름하게 떴다. 뇌쇄적이고 유혹적인 모습에 그의 가슴이 크게 팽창했다.

가슴에 잔뜩 타액을 묻히고 자국을 남기 그가 더 아래로 내려갔다. 납작한 배에도 이를 세운 그는 연수의 크고 탐스러운 가슴만

큼이나 자신이 가장 좋아하는 허리와 골반 라인을 손으로 훑었다.

"다리 벌려봐."

부들부들 떨리는 허벅지가 벌어졌다. 세륜은 그 다리를 자신의 어깨에 올리고 고개를 숙였다.

장소가 은밀한 곳이 아니라는 점과 누가 곧 올지도 모른다는 아슬아슬함과 그럼에도 서로를 갖고 싶고 가져야 한다는 마음이 뒤섞이면서 평소와는 다르게 조급해지고 빠르게 뜨거워졌다.

세륜은 애액으로 젖은 곳에 입술을 묻었다. 혀로 갈라진 틈을 비집자 연수가 참지 못하고 교성을 흘렸다.

"하앙…… 아! 아아!"

세륜이 고개를 들어 어깨에 올려진 다리를 내리고 그 사이에 자리를 잡았다.

"쉿! 조금만 소리 죽여. 여기 방음 그리 좋지 않아."

누가 이 방에 들어오지 않는다고 해도 옆방에 사람이 있다면 들을 수도 있었다. 세륜은 자신의 입술로 연수의 입술을 막으면서 허리를 내렸다.

골반을 쥔 손에 힘이 들어가면서 힘줄이 툭 솟아났다. 페니스가 여성을 벌리고 들어갈수록 골반에 가해지는 힘이 강해졌다.

수없이 했는데도 연수의 속은 좁았다. 오늘은 상황이 여의치 않아 애무가 적었더니 빠듯하게 더 자신을 옥죄어왔다.

세륜은 정신이 나갈 것 같은 자극에 남은 절반을 한꺼번에 밀어 넣었다.

연수의 목 안에서 신음이 터졌다. 세륜도 신음을 흘리면서 허리를 움직였다.

서로의 입안에 달뜬 신음을 흘리고 받은 숨을 내쉬면서 둘은 리드미컬하게 움직였다. 세륜이 허리를 내리면 연수가 허리를 들어 그를 받아들이고, 그가 허리를 뒤로 빼면 연수가 허리를 내려 그의 기둥을 조여가며 훑었다.

"하악, 학……."

세륜의 움직임이 거세지면서 입술이 떨어졌다. 곧장 공기 중으로 흩어지는 신음 소리와 두 사람의 몸이 부딪히면서 나는 소리가 뒤섞였다. 세륜은 재빨리 손으로 연수의 입술을 틀어막았다.

"좋아. 하, 미치겠어."

연수의 귓가에 속삭인 그는 허릿짓을 강하게 했다. 연수의 허리가 휘면서 그녀가 크게 움찔했다. 방금 찌른 곳에서 그녀가 크게 느끼자 세륜은 그곳을 공략했다.

연수가 어디를 가장 잘 느끼는지 잘 알고 있었다. 그래서 그는 늘 그곳을 가장 마지막에 자극했다.

단단한 페니스가 파고들어 찌를 때마다 연수가 부르르 몸을 떨었다. 희열에 몸서리치고 진저리 치는 모습을 내려다보면서 세륜은 피치를 올렸다. 그러다 돌연 움직임을 멈췄다.

"뒤로. 돌아봐."

연수의 안에서 제 것을 꺼낸 그가 그녀를 일으켰다. 연수가 몸을 돌려 엎드렸다. 무릎으로 바닥을 딛고 팔로 바닥을 짚었다. 세륜은 자신의 허벅지를 밀어 넣고 더 넓게 연수의 다리를 벌려 뒤에서 그녀를 끌어안았다.

"빨리……."

여성에 닿은 남성이 들어올 듯 말 듯 애태우자 연수가 흐느끼며 재촉했다. 세륜은 한 팔로 그녀의 허리를 단단히 감싸 안고 다른 손으로 입을 막았다. 그리고는 여성에 페니스를 다시 밀어 넣었다.

손으로 막았는데도 연수의 신음이 작게 흘러나왔다. 세륜은 그녀의 어깨를 물고 빨아들이면서 신음을 삼켰다.

점점 페니스를 조이던 여성이 한 번 강하게 수축했다. 세륜은 가장 깊이 남성을 묻고 하반신에 힘을 줬다. 그대로 안에다 사정하고 싶었지만 간신히 버티면서 허리를 느릿하게 돌렸다.

여성 전체를 문지르고 자극하자 팔이 꺾여 앞으로 무너진 연수가 주먹을 꽉 쥐었다. 그녀의 손 관절이 희게 질렸다.

세륜은 땀이 배어 나온 등을 입술로 훑었다. 잠시 뒤 경련하던 여성이 수축한 채로 부르르 떨던 걸 멈췄다.

"조금만 더. 알았지?"

"으응……."

세륜이 멈췄던 피스톤 운동을 이어갔다. 이미 절정에 달한 여성이 아릿하게 아팠지만 연수는 다시 피어나는 감각에 집중했다.

"크윽!"

남성이 쑥 빠져나가고 엉덩이가 뜨거워졌다. 연수의 엉덩이 위로 사정한 세륜은 그대로 몸이 푹 아래로 꺼질 것 같은 걸 느꼈다. 힘을 다 짜내 버티고 있던 그는 끈적한 자신의 정액이 곡선을 따라 허리로 흘러내려 가는 걸 봤다.

"하아, 하아, 하아."

연수는 작게 가쁜 숨을 흘리고 있었다. 세륜은 아까 연수의 몸을 닦았던 수건을 집어 들고 자신의 흔적을 지워갔다.

시간이 흐르면서 흥분이 가라앉고 바들바들 떨던 몸도 차분해졌다. 그러자 점점 이성이 찾아들었다.

"누가…… 오지는 않았겠지?"

"다행히도."

세륜은 뒤늦게 걱정하는 연수를 보고 웃음을 삼켰다. 그는 수건으로 자신의 하반신을 닦은 뒤 무릎 아래로 내려간 바지와 속옷을 끌어 올렸다. 반나체인 그와 달리 실오라기 하나 걸치지 않은 연수가 뒤늦게 옷을 찾았다.

"잠깐. 땀 닦고 입어."

세륜은 일어나 잠근 문을 열었다. 연수는 혹시나 하는 마음에 조마조마한 얼굴로 이불을 끌어 올려 몸을 가렸다. 그녀는 대범하게 욕실로 들어가는 세륜의 모습을 보고 초조한 눈으로 현관 쪽을 힐끔거렸다.

여자의 숙소에서 너무 태연하게 상의를 벗은 채로 다니는 거 아닌가, 싶던 그녀는 그게 다 자신 때문이라는 걸 상기하고는 멋쩍은 표정을 했다.

수건을 빨고 다시 물을 적셔온 세륜이 세심하게 몸을 닦아주고 옷을 입혀주었다. 본인 옷도 챙겨 입은 그가 얼굴을 찌푸리며 말했다.

"가기 싫지만 이제는 가야겠다. 곧 사람들 올 것 같아. 왠지 사고 치고 내빼는 것 같은 기분이 들어. 그냥 있을까?"

"아니. 사람들 오기 전에 가."

"몸은? 아픈 애 안아놓고 이걸 묻자니 미안해지네."

"괜찮아. 아, 그거 나 주고 가면 안 돼?"

연수는 세륜이 벗어놓았던 회사 단체복을 집어 드는 걸 보고 탐을 냈다. 세륜이 고민도 없이 바로 그걸 주자 그녀는 등산복의 외피와 내피를 분리했다. 그의 체 향이 가득한 내피를 챙기고 외피를 돌려주고는 만족스러운 미소를 지었다.

세륜은 나른한 몸을 이끌고 자신의 짐을 푼 방으로 향했다. 그곳엔 윤성이 그를 기다리고 있었다.

연수와 사랑을 나눠서 하늘을 둥둥 떠다니는 듯했던 기분이 단번에 아래로 떨어졌다.

윤성은 자신을 보자마자 얼굴을 딱딱하게 굳히는 모습에도 아랑곳하지 않고 그에게 물었다.

"연수 괜찮아요?"

"알려 드려야 할 이유가 없군요. 쉬십시오, 그럼."

세륜은 윤성을 피해 방으로 들어가려 했다.

"설마 아픈 사람 두고 온 건가요?"

세륜의 미간에 주름이 잡혔다. 그는 무시할까 했는데 계속 따라다니며 물을 것 같았다. 그게 아니면 직접 가서 연수가 괜찮은지 확인할 것 같아 말해주기로 했다.

관계 후 곧장 나오려다 불면증을 겪는 연수가 걱정되어 재우고 나왔다.

"잠자는 거 보고 왔습니다."

"연수, 낯선 곳에서 잠 잘 못 자는데요."

"지금 제 앞에서 연수에 대해 알은체하는 겁니까? 하, 그녀에 대해서는 제가 더 잘 압니다."

하연수에 대해 자신만큼 아는 사람이 절대 없었다. 그런데 지금 누구 앞에서 그녀에 대해 안다고 떠드는 것인지 기가 막혔다.

세륜은 윤성의 행동에 헛숨을 흘렸다.

"저도 알 만큼은 압니다."

"아, 진짜. 뭘 안다는 겁니까?"

"뭐, 사소한 것부터 큰 것까지요. 가벼운 건 연수가 비를 좋아한 다는 거고, 큰 것은 아버지와 사이가 나쁘다는 걸 알죠."

세륜은 신경질적인 손놀림으로 마른세수를 했다. 그는 적개심 이 가득한 눈으로 윤성을 응시했다.

"연수가 비를 좋아하기는 한데, 걔 비 오면 절대 밖으로 안 나갑 니다. 비를 맞거나, 비가 몸에 튀는 건 싫어합니다."

"그렇군요."

'그렇군요는 무슨.'

세륜이 속으로 비죽였다. 그는 마저 말을 이었다.

"아버지와 사이가 나쁜 건 맞는데 이유는 아십니까. 그 이유는 모르잖습니까. 어디서 알은체를 합니까."

연수가 아버지와 왜 사이가 나쁜지 윤성이 절대 안 리기 없을 거라는 확신이 있었다. 윤성이 그걸 알고 있다면 바람을 피웠으면서 뻔뻔하게 연수의 앞에 고개를 들이밀 수 없을 거였다. 연수는 아버지 때문에 바람피우는 사람을 경멸했다.

연수가 어렸을 때 그녀의 부모님이 이혼한 이유가 바로 부친의 바람 때문이었다.

세륜의 짐작대로 아버지와 사이가 나쁜 이유는 알지 못하는지 윤성의 눈가가 찡그려졌다.

"그건 제가 졌군요. 저보다 연수를 오래 만났으니 그건 인정해야겠네요."

굉장히 쿨한 반응에 세륜은 짜증이 났다. 그 꼴이 보기 싫어 세륜은 남자의 체면이 깎이는 자랑이지만, 가장 큰 승리감을 맛볼 수 있는 이야기를 꺼냈다.

유치하긴 하지만 이 이야기를 들으면 저 여유로운 모습을 유지하지 못할 거란 생각에 미소가 지어졌다.

"시간이 중요하기는 한데, 꼭 그것 때문만은 아니라고 봅니다."

"그게 무슨……."

"연수의 몸도 마음도 다 제 것입니다. 그쪽이 과거에 갖지 못했고, 앞으로도 절대 갖지 못하는 걸 다 제가 가졌고, 가질 겁니다. 지금처럼 말이죠."

"지금 연수랑 잠자리를 가졌다고 자랑하는 건가요? 오래 만났으니 그 정도는 이해합니다."

"자랑은 맞는데 이해하라고 하는 말 아닙니다. 일 년 가까이 사귀면서도 연수의 마음 한 자락도 제대로 못 얻어낸 게 한심해서 하는 말입니다. 앞으로도 얻지 못할 테니 포기하라고 말씀드리는 겁니다."

"한심? 포기?"

"저는 세 달 만에 연수 마음 얻어내고 몸까지 가졌습니다. 사랑의 질과 양이 있다면 제 쪽 사랑의 질이 훨씬 좋고 양도 더 많은 것 같군요. 처음부터 연수에게 받은 사랑이 다르다고 생각되는군요. 그쪽은 시작부터 졌어요. 그러니 포기하시죠."

"……"

네가 연수와 먼저 사귀었을지는 몰라도, 나는 처음부터 너와는 차원이 다른 사랑을 받았다는 기세등등한 표정에 윤성의 여유로운 얼굴에 금이 갔다. 세륜은 공격을 이어갔다.

"그런데 정말 뻔뻔하시군요. 바람피웠다고 들었습니다. 그래 놓고 연수를 탓한 건 같은 남자로서 창피하군요."

"잘 알지 못하면서 그런 말 하지 말죠? 그때 그 바람은……."

"바람은 바람입니다. 무슨 변명을 하려는 겁니까. 연수가 착해서 사과를 받아준 것 같은데, 그럼 그쯤에서 반성하고 진짜 그만두시죠."

"그땐 그럴 수밖에 없었어요. 연수를 놓고 싶지 않았지만 그럴 수밖에 없었어요. 바람을 피우고 싶어서 피운 게 아니었다고요. 연수도 그걸 알면……."

"알고 싶지 않습니다. 그때 어떤 일 때문에 연수를 두고 바람을 피웠는지 알고 싶지 않습니다. 그러니 말하지 마시죠. 물론 연수도 알고 싶지 않을 겁니다. 이미 지나간 과거이고 좋지 않은 기억인데, 이제 와 그 불쾌한 걸 다시 떠올려 가며 알고 싶겠습니까."

"그걸 진세륜 씨가 어떻게 장담하는 거죠?"

"아니까. 하연수를 잘 아니까 장담하는 겁니다. 그리고 쓸데없는 데 힘 빼지 마시죠. 연수가 그쪽에게 흔들릴 일 절대 없으니까."

세륜은 더는 이야기 나누고 싶지 않다는 얼굴로 방문을 열고 들어갔다.

❖

이른 아침, 연수는 눈을 떴다. 코 아래까지 끌어 올려 덮고 잤던 세륜의 옷에 얼굴을 묻고 깊이 숨을 들이마셨다.

잠을 자지 못할 것 같았는데 어제 세륜이 재워준 덕분에 잠이 들었다. 일찍 일어나기는 했지만 도중에 단 한 번도 깨지 않았다. 이게 다 세륜의 체취가 가득 밴 옷 때문인 것 같다.

연수는 집에서도 잘 때 세륜의 옷을 덮고 잘까, 하는 생각을 했다. 그의 체취를 맡으면서 잠자리에 누우면 뒤척이는 것도 줄고 빨리 잠들 수 있을 것 같다는 생각이 들었다.

'왜 진작 이 생각을 하지 못했지…….'

한참 세륜의 옷에 얼굴을 묻고 그런 생각을 하던 연수는 잠이 다 깨자 몸을 일으켰다.

"윽, 술 냄새."

뒤늦게 방 안에 가득한 알코올 냄새가 맡아졌다. 다들 얼마나 마시고 온 것인지 제대로 이불을 펴지 않은 채 꼭 붙어서 자거나 따로 떨어져 몸을 웅크린 자세로 자고 있었다.

연수는 남은 이불로 사람들을 덮어준 뒤 조심스럽게 빈 공간을 밟으면서 방을 나왔다.

"시간이⋯⋯. 세륜이는 아직 자고 있겠지?"

전화를 할까 고민하다가 말았다. 연수는 일찍 일어난 김에 아침 산책이나 할까 싶어 신발을 신고 나왔다.

엘리베이터를 타고 1층에서 내린 연수는 건물 밖으로 나갔다. 문을 열고 나가자마자 차가운 겨울 공기가 얼굴을 때렸다. 그녀는 순간 도로 들어갈까 생각했지만, 이왕 나온 거 한 바퀴는 둘러보자 싶어 걸음을 뗐다.

겨울이라 밤이 길어 아직은 어두웠다. 드문드문 불이 켜져 있는 곳으로 걷던 연수는 겨울바람이 너무 차가워서 결국 걸음을 되돌렸다.

"연수?"

막 건물 안으로 들어가려는데 누군가가 그녀를 불렀다. 낮게 가라앉은 목소리에 연수가 누군지 바로 알아차리지 못한 상태로 고개를 돌렸다.

"⋯⋯과장님."

윤성은 연수를 발견하고 다가왔다. 가까이 다가간 그는 연수가 입고 있는 옷을 보고 미미하게 이마에 주름을 잡았다.

연수는 자신의 체격에는 과하게 큰 옷을 입고 있었다. 남자의 것이 틀림없었다. 그 남자는 바로 진세륜일 테고.

윤성은 연수가 세륜의 옷이 아닌, 자신의 우을 입고 있는 걸 상상했다. 그러면서 동시에 또 세륜을 질투했다.

"일찍 일어났네. 아니, 잠을 못 잔 건가? 잠 못 잤지?"

"아니요. 잘 잤어요."

"잤어? 잘?"

"네. 푹 자고 일어났어요."

"진짜 잠을 잤단 말이지."

낮게 읊조리는 말에 연수가 고개를 기울였다. 그러다 그녀는 자세를 바로 하고 윤성을 올려다봤다.

"과장님, 드릴 말씀이 있어요."

"뭔데?"

"과장님이 왜 이제 와서 저한테 이러시는 건지 모르겠어요. 왜 제게 미련이 남아 있는 건지 모르겠지만, 지금 저는 세륜이 말고는 다른 사람을 생각할 겨를이 없어요."

"진세륜 씨뿐이다?"

"네. 그러니까 더는 어제처럼 그러지 말아주세요."

윤성은 들고 있던 담배를 입에 물었다. 그는 연수에게 양해를 구하는 눈빛을 보낸 뒤 불을 붙였다.

후. 공기 중으로 희뿌연 연기가 흩어졌다.

"왜 이제 와서 이러는지 모르겠다고 했지? 알게 해줄게. 그러지 않아도 나도 할 말이 있었어. 그때 나는 겁이 났어."

"겁이라니요?"

"네가 잘못될까 봐 겁이 났어. 네가 알지 못하는 게 있어. 그때 내가 실수를 했던 건……."

"과장님."

연수가 윤성의 말을 끊어냈다. 그는 그녀가 자신의 이야기를 듣고 싶지 않아 한다는 걸 알아차렸다.

"연수야, 내 이야기 좀 들어봐."

"그만요. 그만하세요. 저는 선배가 그때 무슨 일이 있었는지, 이유가 무엇인지 알고 싶지 않아요."

"……알고 싶지 않아?"

"네. 죄송하지만 그 할 말, 안 들을게요. 먼저 들어가 볼게요."

세륜이 연수도 알고 싶어하지 않을 거라고 했다. 짜증나게도 그의 말처럼 행동하는 연수를 본 윤성은 얼굴을 구겼다.

연수가 건물 안으로 사라졌다. 윤성은 손가락 사이에서 담배가 다 타들어갈 때까지 망연한 얼굴로 서 있었다.

16. 그때처럼, 조금은 다르게

툭. 툭.

일어나라고 투박하게 어깨를 두드리는 손길에 세륜은 느릿하게 눈을 떴다. 달리던 버스는 정차해 있었고 사람들이 버스에서 내리기 위해 줄지어 통로에 서 있었다.

"도착했어?"

"어. 좋은 꿈 꿨냐?"

세륜이 진우에게 왜 그런 질문을 하는 것이냐고 눈짓으로 물었다. 진우가 어깨를 으쓱이고는 자는 내내 네가 웃고 있었다고 말을 하면서 혀를 찼다.

"꿈꾸면서 웃을 수도 있지."

"무슨 꿈을 꿨기에 연수 이름을 불러가며 웃어?"

"아아."

세륜은 어렴풋이 기억나는 꿈에 입매를 늘였다.

연수와 여행을 가서 처음 잠을 자고 난 뒤의 일들을 꿈꿨다. 연수에게 시도 때도 없이 몸이 달아올랐던 때였다. 갖은 핑계를 대가며 그녀의 집에 눌어붙어 있으려 했었다.

'커피 한 잔만 마시고 갈게.'

'보고 싶은 프로그램이 곧 시작하는데 그거만 보고 갈게.'

'갑자기 너무 졸린다. 한숨만 자고 갈게.'

연수를 집 앞까지 데려다주고 헤어지기가 아쉬워 미적댔었다. 그래서 현관문 앞에서 늘 핑계를 대고 연수의 집 안으로 들어갔다. 그리고는 눈치를 보다가 연수를 침대에 눕혔다.

몇 번 넘어가 주던 연수는 매번 침대 위로 자신을 넘어트리고 올라타자 그 뻔한 수법에 더는 넘어가지 않았다.

뭐, 그래도 결국에는 자신이 고집부려 뜨거운 밤을 보냈었다.

"왜 그때를 꿈꾼 거지. 그리운 건가."

"뭐라고?"

세륜은 자신의 혼잣말을 얼핏 듣고 묻는 진우에게 아무것도 아니라고 고개를 저은 뒤 사람들이 버스에서 내려 통로에 여유가 생기자 일어났다.

버스에서 내린 세륜은 곧장 연수를 찾았다. 먼저 버스에서 내려 짐을 찾고 있는 그녀를 발견한 그가 낮게 웃었다.

자신의 몸보다 훨씬 큰 옷을 걸치고 사람들 틈에서 짐을 찾아 기웃거리는 모습이 귀여웠다.

세륜은 성큼 다가가 연수의 양쪽 어깨를 쥐고 옆으로 밀어냈다.

"올라가서 옷이나 찾아와."

연수가 올 때 입었던 옷을 찾으러 가는 걸 확인한 세륜은 짐을 찾아 자신의 차 뒷좌석에 실었다. 차에 기대서서 연수를 기다리며 집으로 돌아가는 동료들에게 가볍게 묵례로 인사를 하던 그의 눈에 윤성이 들어왔다.

윤성이 자신에게 다가오자 세륜은 차에 기댔던 몸을 떼고 바로 섰다.

"연수와 잠깐 이야기를 나누고 싶은데 진 대리 허락을 받아야 할 것 같더군요."

"……그걸 이제야 아셨습니까."

"그걸 알아서 기분이 좋지 않으니 자극은 주지 말죠?"

"무슨 이야기를 하고 싶으신 겁니까."

"내용까지 진 대리의 사전 검사가 필요한 건가요? 걱정 마세요, 작업은 아니니까. 오해는 꼭 풀고 싶어서 그럽니다."

"그 오해 꼭 풀어야 합니까?"

"왜요. 오해가 풀리면 연수가 흔들릴 것 같아요?"

"전혀요."

세륜의 확신에 찬 즉답에 윤성이 희미하게 웃었다.

"둘이 뭐…… 해요?"

연수의 목소리에 두 남자의 시선이 돌아갔다. 그녀는 아직 남아 있는 사원들의 눈치를 살피며 두 남자에게 다가갔다. 멀찍이 떨어져 있어서 그들의 대화가 들리지는 않겠지만, 다들 흥미를 보이며 쳐다보고 있었다.

"이런. 널 두고 주먹다짐하기를 기대한 것 같은데 점잖게 대화 중이었어. 지금이라도 기대에 부응해 줘?"

"과장님!"

"놀라기는. 농담이야. 너한테 할 이야기가 있어서 허락받는 중이었어."

아침과 달리 가벼운 분위기의 윤성은 대학 시절의 모습을 떠올리게 했다.

사람마다 편안함이 달랐다. 세륜이 무심한 얼굴로 무뚝뚝하게 있을 때 그에게 편안함을 느낀다면, 윤성은 유쾌하고 능청스러울 때 편안함을 느꼈다.

헤어질 때와 재회 후 보인 모습과 달리 다시 예전의 원래 모습을 되찾은 그에게 연수는 경계심을 늦췄다.

윤성은 부드러운 미소를 지은 뒤 연수와 눈을 맞췄다.

"너와 잘해보고 싶었지 미움받고 싶지는 않았어. 그래서 이런 식으로 두 사람 괴롭히는 건 그만하려고."

"선배."

"바로 선배 소리 하는 거 봐. 진 대리, 연수 은근히 잘 휘둘리는 거 알아요?"

"휘둘리게 두지 않을 테니 걱정 마시죠."

세륜은 금세 허물어진 연수에게 날카로운 눈빛을 보냈다. 연수는 두 남자의 말에 황당한 표정을 지었다.

"단둘이 이야기하고 싶은데 진 대리가 그렇게 두지는 않을 것 같고."

"무슨 이야기요?"

"두 사람이 듣고 싶지 않았다는 이야기."

윤성은 정말 너무한 거 아니냐는 표정으로 두 사람을 번갈아 응시하고는 다시 연수와 시선을 맞췄다.

"오해는 꼭 풀고 싶어서. 나, 바람 핀 거 아니야."

"네?"

"바람 아니었다고. 널 두고 바람을 왜 펴, 내가."

"그럼 그 여자는요?"

"그 여자가 널 찾아가기 한 달 전에 집안 모임에서 처음 봤어. 그 뒤로 집안일로 몇 번 만나야 했어. 그래. 어쨌든 아무 말 없이 네가 아닌 다른 여자와 만났으니 바람이라고 볼 수 있겠지. 그렇게 보면 난 바람을 피웠어. 하지만 내가 바람을 피우고 싶어서 피운 건 아니야. 정말 집안일 때문이었어. 감정이 있어서 만났다거나 했던 거 절대 아니야. 그건 그 여자도 마찬가지였고. 그 여자와 아무 일도 없었어. 그러니까 네가 생각하는 바람은 안 피웠어."

바람을 피웠지만, 바람을 핀 게 아니다. 연수는 오류 같은 말을 어렴풋이 이해했다.

"그런데 왜……."

사귄 것도 아닌데 왜 자신을 찾아와 그렇게 말했었는지 이해하지 못하겠다는 연수의 표정에 윤성이 똑같은 표정을 지었다.

"첫눈에 나한테 반한 건가. 하여간 이놈의 인기는."

윤성의 능청에 연수가 설핏 웃어버렸다. 옆에서 듣고 있던 세륜이 눈썹을 실룩거리며 팔꿈치로 찌르자 연수는 표정을 가다듬었다.

"그런데 선배는 왜…… 아니에요."

왜 그때에는 오해를 풀지 않고 자신에게 헤어지자고 했었는지 이제 와 물으면 뭐 하나 싶어 연수는 질문을 하다 말았다. 윤성과 세륜이 곧장 뒷말을 눈치챘지만, 두 사람 다 각기 다른 이유로 그녀의 질문을 모르는 체했다.

윤성은 아직 더 해명하고 싶은 이야기가 많았지만 그 이야기를 털어놓지 않기로 마음먹어 연수의 의문을 외면했다.

세륜은 연수가 해명을 듣고 그를 이해하는 꼴을 보고 싶지 않아 그녀의 흐려진 질문을 흘려 넘겼다.

"새해 복 많이 받고, 다음 주에 보자."

윤성은 연수에게 인사를 한 뒤 뒤로 물러났다. 세륜이 연수에게 차에 타라는 눈짓을 했다. 그녀가 조수석에 올라타자 세륜은 윤성에게 가볍게 고개를 숙여 인사한 뒤 운전석 문을 열기 위해 손을 가져갔다.

"아 참, 혹시나 오해할까 봐 하는 말인데. 연수 포기한 건 아닙니다. 그러니 틈 보이지 마요. 두 사람 다."

"새해에는 부디 좋은 여자 만나서 결혼하시길 바랍니다."

세륜의 새해 인사에 윤성이 웃음을 터트렸다.

"아, 결혼. 그건 나한테 악담인데."

뜻 모를 말을 한 윤성은 친구에게 인사하듯 손을 흔들어 보인 뒤 뒤돌아 멀어졌다.

❖

현관문 앞에 선 세륜은 연수에게 힐끔 눈길을 던졌다. 그의 이상한 시선에 연수가 고개를 옆으로 기울였다.

"왜 그래?"

"나, 그냥 가?"

"응?"

"집에 커피 있잖아. 라면도 있고."

갑자기 왜 집에 초대해 주기를 바라는 건지. 들어오고 싶으면 허락 없이 들어와도 되는데.

전에도 그러더니 새삼스럽게 구는 모습에 연수가 눈이 가늘게 떴다.

"아, 졸리네. 커피 한잔 얻어먹고 가야겠다. 한숨 자고 가면 더 좋고."

연수의 눈이 동그래졌다. 그러다 이내 눈매가 반달 모양으로 곱게 휘어지면서 그녀가 웃었다.

연수는 세륜이 버스 안에서 꿈을 꿨던 그 시점의 일을 떠올렸다. 자신의 집에 들어오고 싶어서 안달이 났던 스물셋의 세륜을 기억 속에서 더듬은 그녀는 웃음이 가시지 않은 입술을 움직였다.

"진짜 커피만 마시는 거지?"

오래전 몇 번 그의 술수에 당하면서 의심스럽게 물었었다. 그때 세륜은…….

"아니. 야한 짓 할 건데. 어제 조금 부족했거든."

의도를 파악한 자신의 질문에 당황한 기색을 애써 숨기며 커피만 마시고 가겠다고 격하게 고개를 끄덕였었다. 지금처럼 당당하게 다른 목적이 있다고 밝히지 못했었다.

세륜의 레벨이 많이 높아진 걸 본 연수는 눈을 새치름하게 떴다.

"말만이라도 커피만 마시고 간다고 하지."

"어제 대놓고 하자고 유혹한 사람에게 그렇게 순진한 술수는 안 통할 줄 알았는데."

"여자들은 뭐든 간접적인 걸 좋아해. 부끄러움이 많다고."

"어제 안아달라고 조른 걸 보면 부끄러움이 많아 보이지는 않…….."

연수는 어제 일을 자꾸 들먹거리는 세륜의 입을 손으로 막았다.

"예전 진세륜이 그리워지는 순간이야."

세륜이 손바닥 아래에서 뭐라고 중얼거렸다. 그래서 연수는 손을 떼고 무슨 말을 한 거냐고 물었다. 그의 눈매가 가늘게 뜨이고 붉은 입술이 움직였다.

"어제 할 때 입 막았다고 이렇게 복수하는 거냐고."

연수는 그를 흘겨보는 현관문을 열었다. 세륜은 그녀가 들어가고 현관문이 닫혀도 가만히 서 있었다. 닫힌 문이 다시 열리고 연수의 얼굴이 밖으로 쏙 나왔다.

"커피 줄게. 마시고 가."

"흠. 아직은 내가 현관문을 넘어가기엔 부족한데, 조금만 더."

갑자기 왜 자신이 그가 집 안으로 들어오게 유혹해야 하는 분위기로 흐른 것인지 모르겠다는 연수는 통명한 시선으로 올려다봤다. 그러다 불현듯 생각나는 게 있어 그에게 말했다.

"아, 형광등 갈아야 하는데. 그거 갈아줘."

"다른 뜻 없이 진짜로 형광등을 갈아야 하는 거지? 부려먹을 생각을 하네, 요게."

"뭘 원하는 거야?"

세륜은 상체를 숙이고 연수의 귓가에 은밀하게 속삭였다.

"자, 따라 해봐."

세륜이 야릇한 어조로 귓가에 속삭이는 말에 연수의 얼굴이 발개졌다. 그녀가 그를 새치름하게 흘겨보고는 그대로 따라했다. 그러자 세륜이 또 다른 말을 속삭인 뒤 따라 해보라고 했다.

"그만! 이런 말이 진짜 듣고 싶어?"

세륜은 이게 자신의 로망 중 하나였다고 낮게 웃었다. 연수는 그의 가슴을 주먹으로 때린 뒤 은근히 궁금한지 다른 로망이 있었냐고 물었다. 그러자 그가 현관문을 활짝 열고 성큼 들어갔다.

가방을 바닥으로 던진 세륜은 벽으로 연수를 밀고 입을 맞췄다. 놀란 연수가 눈을 크게 떴다가 그의 손이 외투를 벗기자 눈을 감았다. 세륜은 그녀가 입고 있던 외투를 벗긴 뒤 자신의 외투를 벗어 던졌다.

입안으로 들어온 혀가 거칠게 헤집고 자신의 혀를 낚아채 아릿

할 정도로 빨아들이자 연수의 목 깊은 곳에서 신음이 올라왔다. 세륜은 그 소리에 더 흥분한 듯 그녀의 바지 속으로 손을 넣었다.

양손으로 엉덩이를 꽉 쥐고 둥글게 주무르면서 그는 자신의 하체를 밀착했다. 신장 차이 때문에 부푼 남성이 연수의 배에 닿았다.

"갑자기 왜……. 하아, 이게 로망이야?"

얼굴 곳곳에 쏟아지는 입맞춤에 연수가 목을 비틀면서 물었다.

"내 로망은 너랑 하는 거지. 모든 걸 다."

낮게 가라앉은 목소리로 달콤한 말을 하는 세륜의 목에 팔을 두른 연수는 그의 입술을 찾았다.

세륜의 손이 팬티 안으로 슬며시 들어와 더듬자 연수의 허벅지가 본능적인 부끄러움에 맞붙었다. 세륜은 그녀의 허벅지 사이로 무릎을 밀어 넣어 벌린 뒤 허벅지 안쪽 매끄러운 살결을 쓸어 만졌다.

"아훗!"

긴 손가락이 은밀한 지점과 가까운 곳을 매만지자 연수가 신음했다. 세륜은 그녀의 목덜미를 입술로 지분거리며 손을 움직였다.

팬티 안으로 들어간 그의 손이 음모를 헤치고 더 아래로 내려가 살을 갈랐다. 그리고는 숨겨진 클리토리스를 찾아 건드렸다. 몸이 저릿해지는 자극에 연수가 허리를 떨며 그의 목을 더 세게 감싸 안았다.

손가락으로 건드리고 꼬집자 클리토리스가 도톰하게 부풀어 오르기 시작했다. 세륜의 손가락이 길게 훑고 더 내려가 촉촉하게 젖어드는 곳으로 향했다.

"아! 세륜아……."

"힘 빼."

어르고 달래듯 상냥하지만 명령조가 섞인 그의 말에 연수의 허벅지가 파르르 떨렸다. 힘을 빼고 싶어도 그게 마음대로 되지 않았다. 그의 손가락 하나가 몸 안으로 들어오자 연수는 자동적으로 아랫배에 힘을 주었다.

손가락을 감싸는 속살이 꽉 조여들자 세륜은 거친 숨을 토해낸 뒤 연수의 목덜미에 자국을 남겼다.

"아아, 앙! 그, 그만!"

"이제 막 하나 넣었어. 힘 빼봐."

손가락 하나가 더 안으로 밀고 들어오자 연수가 입을 벌리고 숨을 크게 들이마셨다.

안으로 들어온 손가락이 속살을 건드려 가며 내부를 휘저었다. 길을 내듯이 들어갔다 나가며 여성을 벌려놓았다. 내밀하게 조여드는 속을 뭉근하게 손가락으로 문지르던 세륜은 더는 못 참겠는지 조급한 숨을 내쉬면서 떨어져 나갔다.

손가락이 빠져나갔다. 세륜은 애액으로 젖은 자신의 손가락을 보고 혀로 입술을 훑었다.

"세륜아……."

간신히 벽에 기대선 연수가 가느스름하게 눈을 뜨고 그를 불렀다. 세륜이 그녀의 바지와 속옷을 벗겨내면서 무릎을 꿇었다. 그는 한 발씩 차례로 바지와 팬티를 벗겨내면서 신발도 같이 벗겨냈다.

"서 있을 수 있겠어?"

연수의 다리 하나를 자신의 어깨에 올리며 그가 물었다. 허벅지에 자잘하게 키스가 이어지자 그녀가 작게 고개를 끄덕였다. 버텨볼 테니 어서 자신을 어떻게 해달라는 듯 연수가 그의 머리칼을 쥐었다.

세륜의 입술이 은밀한 곳에 닿았다. 뜨거운 숨이 토해지자 여성의 입구가 파르르 떨며 수축했다.

"하앙! 아, 흐으응…… 아흑!"

세륜의 입술이 여성을 빨아들이고 그의 혀가 갈라진 틈을 훑고 안으로 들어설 때 연수의 입에서 간드러지는 신음이 연이어 쏟아졌다. 세륜은 눈을 치뜨고 그녀의 표정을 놓치지 않았다.

한 여자가, 사랑하는 여자가 자신으로 인해 이성을 잃고 무너지는 모습은 그에게 형언할 수 없는 느낌을 선사했다. 그리고 그건 그를 그 어느 때보다 오만하게 만들었다.

연수가 허리를 비틀자 그녀의 엉덩이를 혼내듯 찰싹 때린 그는 자신의 입으로 더 끌어당겼다. 한참을 음탕하게 애무하자 연수가 결국 허물어졌다.

벽을 타고 흘러내리는 몸에 세륜이 입술을 뗐다. 주저앉으려는 연수를 받아 안아 든 그가 손등으로 입술을 훔쳤다.

"그냥 여기서 해도 되지?"

"……빨리."

아직 채워지지 않은 욕구에 연수가 빠르게 고개를 끄덕였다. 먼저 흥분한 자신보다 더 크게 음욕에 잠긴 연수를 안아 든 그는 신을 벗고 집 안으로 한 발짝 들어왔다. 침대까지 갈 여유가 없어 그 자리에 연수를 눕힌 세륜은 바지와 속옷을 벗은 뒤 그녀의 다리를 갈랐다.

"연수야. 하연수."

연수의 이름을 애타는 목소리로 부르며 세륜은 자신의 페니스를 그녀의 안으로 밀어 넣었다. 단번에 이뤄진 삽입에 연수는 숨이 멎는 소리를 내며 허리를 휘었다.

세륜이 느릿하게 허리를 움직이자 연수가 다리로 그의 허리를 감싸고 엉덩이를 흔들었다.

삽입과 후퇴가 수없이 반복되는데, 그 반복되는 움직임이 전혀 지루하지가 않았다. 오히려 더 계속 움직이라고 서로를 독려했다.

연수는 그의 상의 안으로 손을 넣어 탄탄한 근육을 더듬어가며 계속 자극했고, 세륜도 그녀의 상의와 브래지어를 목 아래까지 끌어 올려 가슴을 애무했다.

세륜의 허릿짓이 거칠어지는 순간 연수가 전율에 몸을 떨었다. 희열이 가득한 신음을 흐리며 그에게 매달렸다.

"하연수, 사랑해."

사랑한다는 말을 수십 년 만에 하는 기분이 들었다. 사랑한다는 말을 하는 순간 세륜은 가슴이 벅차올랐다.

이 말을 디는 하지 못할 수도 있었다는 게 가슴을 선득하게 했고, 앞으로도 계속할 수 있기를 바라며 더 노력해야겠다는 결심에 심장이 뜨거워졌고, 지금 이 순간 그 말을 할 수 있어서 눈가가 뜨끈해졌다.

그러는 한편 이 말을 그녀를 가질 때 하는 자신이 미워졌다.

절대 섹스 때문이 아니라고, 색정에 빠져 하는 말이 아니라고, 정말로 너를 많이 사랑하는 거라고 알아주라는 듯 그가 그녀의 몸을 껴안았다.

"사랑해…… 세륜아."

"사랑해. 연수야, 사랑해."

"흐윽……."

세륜과 비슷한 감정을 느낀 연수는 흐느끼며 그의 가슴에 얼굴을 묻었다.

지금 우리는 괜찮아진 걸까. 아직 풀지 못한 게 있는데. 그래도 그걸 풀어가려 애쓰고 있으니 우리는 괜찮은 걸까.

세륜은 잠든 연수의 얼굴을 손가락으로 더듬으며 생각에 잠겼다.

확실하게 눈에 보이는 게 없었다. 우리가 겪었던 문제들이 무엇인지, 그것들 중 어떠한 게 해결이 되었는지, 어떤 게 풀어지고 있는지 알지 못했다. 그게 못내 불안하지만 지금 너와 함께 있는 이 순간이 그 불안감을 잠재웠다.

"이상하지? 우리가 함께하면서 여러 문제가 발생했고, 그것 때문에 괴로워했는데. 그런데 같이 있는 걸로 그 괴로움이 잠재워지는 게 이상하지 않아?"

잠든 연수에게서는 당연히 답이 없었다.

"차라리 헤어지면 괜찮아졌을까. 난 그런 생각 못 해. 너와 헤어지고 다시 만나기까지 난 살아 있는 것 같지가 않았어. 더 괴로웠어."

세륜은 고개를 숙여 연수의 볼에 입을 맞췄다.

"연수야, 앞으로 우리는 아마 숱한 문제들을 더 맞닥트리게 될지도 몰라. 지금보다 더 심각한 문제를 직면할 수도 있어."

세륜은 연수의 허리를 끌어당겼다. 잘 자고 있는데 건드려서인지 그녀가 바르작거렸다. 그는 자신의 품으로 더 깊이 안겨드는 연수의 등을 토닥거렸다.

"그래도 우리 함께하자. 전처럼 문제들을 쌓아두고 쌓아두다가 한꺼번에 터져 서로 등을 돌리게 되는 일이 일어나지 않도록 하자. 내가 더 노력할게."

자신이 보다 더 빨리 연수를 이해했다면 좋았을걸. 그럼 우리가 이렇게 돌아오지는 않았을 텐데.

"나도⋯⋯. 나도 더 잘할게."

"⋯⋯언제 깼어?"

"음⋯⋯. 네가 끌어당길 때 깼어."

언제 잠이 든 것인지 모르겠다고 중얼거리며 연수는 몸을 돌려 반듯하게 누웠다. 눈을 비벼 잠을 털어낸 그녀는 자신을 향해 모로 누워 얼굴을 괸 세륜을 쳐다봤다.

"안 자고 혼자 뭐 했어?"

"그냥 있었어."

"지금보다 더 심각한 문제가 생길까 봐 걱정돼서 잠 못 잤어? 혼자서 그런 걱정한 거야?"

"아니. 그럴 수도 있다는 거지."

"……그럴 수도 있다고 해도, 네가 마음 가는 대로 하라고 했으니 그렇게 할 거야."

입을 닫고, 혼자 고민하고, 많은 생각 끝에 속마음과 달리 행동하고, 마음을 감추면서 끝내 그를 상처 주었다. 이제는 그러지 않겠다고, 너를 상처 주는 일이 없도록 하겠다고 다짐했다.

"마음 가는 대로?"

"응. 너랑 함께할래. 세륜아, 우리 이제 다시 시작하자."

"……아직 문제가 남아 있어도 괜찮아?"

"응. 같이 풀어가기로 했으니까. 그러니까 함께하자. 함께하면서 풀어나가고 싶어."

문제가 해결되기 전까지 관계를 진전시키지 않겠다는 약속이 깨지고 있는 시점에서 너무 솔깃한 말이다.

"흐지부지해지다 되풀이되는 거 두려워했잖아."

"달라지기 시작했어. 그래서 안 두려워."

세륜은 고개를 숙여 입을 맞췄다. 자연스럽게 자신의 목을 감싸는 여린 팔에 그가 만족스러운 신음을 흘렸다.

"마음대로 되는 게 없어. 너하고는 마음먹은 대로 되는 게 없어. 내가 원하는 대로 통제가 되지 않아 짜증나는데, 결국엔 다 어쩔 수 없다는 걸로 끝나."

연수가 자신에게 더 정성 들이기를 바랐고, 주도권을 가져오고 싶었다. 그런데 결국엔 이렇게 쉽게 넘어갔다. 연수에게 약해지는 건 어쩔 도리가 없었다.

"누구는 뭐, 안 그러는 줄 알아?"

툴툴대는 목소리에 세륜은 낮게 웃으며 그녀의 가녀린 어깨에 얼굴을 묻었다.

"올해에는 더 사랑하자."

"아, 새해구나. 응. 더 많이 사랑하자. 세륜아, 새해 복 많이 받아."

이런 분위기에도 새해 인사를 꼭 해야 할 것 같았는지 연수가 작게 속삭였다. 세륜은 그런 그녀가 귀엽다는 핑계로 몸을 타고 올랐다.

쉬는 날 내내 서로를 탐했다. 함께 눈을 감기 전까지 서로를 품었고, 눈을 뜬 후에는 키스를 했다. 그렇게 서로의 체온을 느끼면서 사랑을 나눴다.

어제까지만 해도 그게 정말 좋았는데 지금은 둘 다 피로감에 휩싸였다. 하지만 기분 좋은 피로감이라 얼굴에 연한 미소가 감돌았다.

"어떻게 인사드리는 걸 깜빡했지?"

"그럴 수도 있지. 퇴근하고 진짜 가?"

"응. 가야지. 죄송해서 어떡하지?"

연수는 세륜의 부모님께 새해 인사를 하는 걸 까맣게 잊어버린 걸 죄송스러워하고 걱정했다. 세륜도 마찬가지로 잊었지만 연수보다는 태연자약했다. 자기 부모님이라 저렇게 큰 걱정을 하지 않는 거라고 눈을 흘긴 연수는 쌩하게 먼저 사무실로 들어갔다.

"새해 복 많이 받으세요!"

들어가자마자 대영이 활기차게 인사를 했다. 그는 세륜이 뒤이어 사무실로 들어올 때에도 큰 목소리로 인사했다.

다들 새해라 의욕이 넘쳐 보였다. 올해는 더 잘해보자는 의지가 가득한 얼굴로 업무 시작을 앞뒀다. 물론 얼마 가지 않아 월요병으로 다들 흐느적거렸다.

업무를 보던 연수는 왠지 모를 허전함에 고개를 돌렸다. 은정이 세륜의 옆에 서서 업무에 관해 이야기를 나누고 있었다. 그런 두 사람을 유심히 살피던 연수는 고개를 갸웃했다.

평소라면 세륜에게 달라붙어 갖은 아양을 다 떨 은정이 적정 거리를 두고 서 있었다. 말을 하면서 세륜의 눈치를 살피는 게 마치 큰 잘못을 한 것처럼 보였다. 이야기가 끝났는지 은정은 뒤도 돌아보지 않고 자리로 돌아갔다.

지난주까지만 해도 연수는 은정이 세륜에게 치근덕거리는 걸 보고 신경이 곤두서고 짜증이 났었다. 그런데 지금은 은정에게서 그 감정을 느끼지 못했다. 감정적인 허전함이었다는 것을 깨달은 그녀는 다시 고개를 돌려 휴대폰을 쥐었다.

「은정 씨, 뭐 잘못했어? 혼낸 거야?」

곧바로 메시지를 확인했는지 숫자가 사라졌다. 그리고 세륜에게서 답장이 왔다.

「언제 일을 잘했다고.」

늘 일을 못했는데 이제 와 혼낼 게 뭐 있겠느냐는 말이었다. 그럼 왜 너한테 겁먹은 것 같은 모습이냐고 물으려던 연수는 뭐 하러 은정에게 신경을 쓰는 건가 싶어 말았다.

다시 한참 일에 몰두하던 연수는 퇴근 시간이 가까워지자 파우치를 챙겨 들고 화장실로 향했다. 세륜의 부모님께 인사드리러 가기로 한 터라 화장을 고칠 생각이었다.

화장 수정 전에 먼저 볼일을 보기 위해 화장실 칸으로 들어갔다. 그녀가 막 칸에 들어가고 난 뒤 화장실 안으로 여자들 몇몇이 들어왔다. 연수는 그들이 들어오자마자 하는 말에 움직임을 멈추고 소리를 죽였다.

"이름이 하연수랬지?"

"응. 하연수 맞아. 어떻게 생겼는지 봤어?"

"전에 막 이직해 왔을 때 진 대리님 여자 친구라고 해서 가서 봤었지."

한 여자의 말에 다른 여자가 자신도 궁금해서 슬쩍 보러 갔다고 대꾸했다. 연수는 자신의 이름과 세륜의 이름이 연이어 흘러나오자 귀를 기울였다. 엿듣고 싶지 않았지만 자신이 화제의 주인공이라 숨을 죽이고 대화 내용을 들었다.

"좀 별로지 않아?"

"그치? 나, 엄청 실망했어. 진 대리님이 훨씬 아깝지?"

"다들 그 이야기했잖아. 너무 안 어울리는 거 아니냐고."

세륜이 더 아깝다는 말에는 별 반응이 없던 연수는 안 어울린다는 말에 울컥했다. 그 뒤이은 말에 그녀의 이마가 찌푸려졌다.

"진 대리님이 내 애인이면 난 그렇게 안 다녔어."

"나도. 진 대리님 생각해서라도 좀 꾸미고 다녀야 하는 거 아니야?"

"누가 아니래? 진 대리님 좋아하는 여자들이 얼마나 예쁘게 하고 다녔는데. 다들 진 대리님 여자 친구 보고 완전 맥이 빠졌다잖아."

"남자 친구랑 같은 회사면 좀 신경 써야 하는 거 아니야? 진 대리님한테 안 좋은 말만 생기잖아."

"뭐? 무슨 말?"

"진 대리님 질투했던 남자들이 이상한 말을 하고 다니더라. 여자가 돈이 많아서 만나는 거라고. 진 대리님이 속물근성이 다분하다고."

연수는 문을 투시라도 할 듯 노려봤다.

'여자가 돈이 많은 것이냐는 소리를 들을 정도로 자신의 외모가 못나다고 생각하지 않았다. 그리고 세륜이 속물근성이 있다니! 나름 금수저인데 그걸 마다하고 독립해 자기 노력으로 떳떳하게 대기업에 입사했다고! 월급을 쪼개 적금을 붓고 있는 성실한 근로자야!'

그녀는 억울한 마음에 지금 이 문을 열고 나갈지 고민했다. 막

문고리에 손을 가져갔는데 다른 이름이 불쑥 나오자 그녀의 손이 허공에서 굳었다.

"자기들, 그 소문도 들었어?"

"무슨 소문?"

"새로 오신 권윤성 과장님."

"아, 상무이사님 조카래!"

"아니, 그 소문 말고. 권윤성 과장님이랑 하연수 주임이랑 예전에 사귀었었대."

연수는 입이 경악으로 벌어졌다. 그게 어떻게 소문이 난 것인지 순간 정신이 멍해졌다. 정신이 되돌아온 그녀는 신음이 나오려는 입을 손으로 틀어막았다.

"아, 그거 아니래. 그냥 친한 선후배 사이였다던데."

"그래?"

"응. 권윤성 과장님이 직접 그렇게 이야기했대."

"어쨌든 난 모르겠어. 그 여자의 매력이 도대체 뭐야?"

누군가의 질문에 자신도 모르겠다는 동의가 나왔다.

한참 수다를 떨던 사람들이 퇴근 시간 다 됐다고 부산을 떨며 화장실을 나갔다.

잠시 뒤, 화장실 칸막이에서 나온 연수는 세면대 앞에 서서 자신의 모습을 응시했다.

억지로 색을 죽인 입술에 언하게 한 화장은 살짝 들떠 있어서 생기가 없어 보였다. 밋밋한 치마 정장이 한몫해 딱 삶에 지친 사회인이었다.

'언제부터 이런 모습에 익숙해졌지?'

연수는 얼마 전 예쁘게 꾸미고 세륜과 데이트하는 것에 점점 소홀해졌다고 생각하면서 후회했던 걸 떠올렸다.

"진짜 성의 없이 만났었구나."

데이트 코스를 짜지 않았으면 예쁘게 꾸미기 정도는 했어야지. 자신이 예쁘게 하고 나오면 세륜이 티 나게 좋아했었는데.

연수는 세륜이 자신이 돈이 많아서 만나는 속물이라는 얼토당토 않는 소리를 듣고 있다는 사실이 신경 쓰였다. 더불어 그에게 성의 없는 모습만 보였다는 것도 마음에 걸렸다.

퇴근하고 들른다는 말에 모두들 식사를 하지 않고 기다리고 있었다. 연수와 세륜은 새해 인사를 드리고 가족들과 식탁에 앉았다.

"잠시 드릴 말씀이 있습니다."

세륜의 형인 세훈의 말에 다들 식사를 멈췄다. 그의 옆에 앉아 아들의 식사를 돕던 제희가 남편의 옆구리를 찔렀다.

"여보, 나중에 과일 먹을 때 이야기해요."

"그때까지 어떻게 참아. 당신 지금 속 안 좋잖아. 석훈이 밥은 내가 먹일 테니까 말씀드리고 올라가서 쉬어."

세훈이 제희의 어깨를 두드린 뒤 부모님을 응시했다.

"무슨 일이니?"

주연의 질문에 제희가 고개를 살포시 숙였다.

"제희가 아기를 가졌습니다. 입덧이 시작되나 봐요. 당분간은 같이 식사를 못 할 수도 있습니다."

세훈과 제희를 제외한 모두의 눈이 화등잔만 해졌다. 다들 자연스레 제희의 배로 시선이 향했다.

"어머, 축하한다! 몇 주니?"

"10주 차에 접어들었어요."

"10주나 됐어?"

"네. 식사 후에 초음파 사진 보여 드릴게요. 지지난 주에 받아왔었어요."

두 번 놀라는 시점이었다. 임신 사실을 진작 알았던 것 같은데 왜 이제야 밝히는지 의문을 가졌다. 하지만 잠시 뒤 짐작 가는 게 있어서 다들 그 의문을 지웠다.

제희가 첫 아이인 석훈 다음에 두 번의 임신을 했었는데, 그 두 번 다 8주가 되지 않아 자연유산을 했다. 그것 때문에 제희와 세훈이 마음고생이 많았었다. 제희뿐만 아니라 부모님도 상심이 크셨다. 아마도 부모님을 생각해서 이제야 소식을 전하는 듯했다.

"아가, 너는 올라가서 쉬어라. 당신은 집안일 도울 사람 찾아봐. 그리고 석훈이는 우리가 데리고 자자고."

"그렇게 해요. 어서 올라가서 쉬어라. 필요한 거 있으면 내려오지 말고 석훈 아범 시켜. 석훈 이범은 잘 보살펴 주고."

경국과 주연의 걱정과 배려에 제희의 눈가가 촉촉하게 젖어들어갔다. 세훈은 유산 후 뒤에서 힘들어했던 아내의 손을 꽉 잡았다.

"형수님, 축하드려요. 필요하신 거 있으면 말씀하세요. 아기 옷이랑 장난감 다 제가 사드릴게요."

조카라면 껌뻑 죽는 세륜이 제희의 임신 소식에 크게 기뻐하며 통 크게 쏘겠다고 했다. 연수도 그에 보태겠다고 하며 축하했다.

"나중에 두 사람 아기 낳으면 다 물려줄게."

세훈의 말에 순간 묘한 정적이 흘렀다.

말은 안 했지만 세륜의 부모님은 두 사람의 결혼을 기다리고 있었다. 장성한 자식이 빨리 가정을 꾸리고 잘살아가는 모습을 보고 싶은 부모님의 마음을 세륜은 어느 정도 알고 있었다. 그는 수개월째 그 부모님의 마음을 모르는 체하는 중이었다.

"그전에 누나가 가져갈 것 같은데. 매형이 아이 욕심이 많더라고."

세륜은 슬쩍 발을 뺐다. 예전에는 결혼에 대해 생각을 했지만 연수와 의견 차이가 난 뒤로는 그 생각을 접었다. 시간이 지나면서 그는 돈을 더 모으고 연수를 데려오는 게 그녀를 덜 고생시킬 것 같다는 생각을 했다.

가끔씩 드는 충동이 아니면 결혼 생각이 크지 않았다. 무엇보다 연수가 결혼을 생각하지 않아서 두 사람 다 때를 기다리고 있었다.

세륜이 자기 결혼 이야기가 나오자 뒤로 물러나는 걸 보고 부모님들이 실망한 표정을 했다. 세훈은 부모님의 표정을 보고 그들이 이제는 결혼에 대해 진지하게 생각을 했으면 하는 마음으로 쐐기를 박았다.

"세인이가 가져가면 내가 새로 사줄게. 걱정하지 마."

세륜이 그 걱정을 하는 게 아니라는 눈초리로 형을 바라봤다. 그때 옆에서 흘러나오는 대답에 세륜의 고개가 휙 돌아갔다.

"네."

연수가 세훈의 말에 대답했다. 짧은 대답이었지만 긍정적인 말에 부모님의 얼굴이 확 폈다.

세륜은 순간 머릿속이 복잡해졌다.

거울을 통해 자신의 모습을 살핀 연수는 마음에 들지 않은지 미간을 연하게 찌푸렸다. 그녀의 손이 머리 뒤로 향하더니 한 치의 망설임 없이 묶은 머리를 풀어냈다.

방금보다 더 낮게 머리를 모아 묶었다. 그리고 자연스럽게 긴 앞머리가 한쪽으로 흘러나오게 했다.

"너무 긴가?"

고개를 갸웃한 연수는 가위를 찾아 조심스럽게 턱선보다 약간 아래로 잘라냈다. 머리카락을 모아 버린 뒤 고데기를 꺼냈다. 고데기를 콘센트에 꽂은 그녀는 오랜만에 사용하는 터라 열이 잘 올라올지 조마조마한 마음으로 기다렸다.

뜨끈하게 열이 오르자 콘센트를 뽑아 적당한 온도로 식힌 뒤 흘러나온 머리카락 끝에 살짝 웨이브를 주었다.

"괜찮나? 과하지는 않겠지?"

은정을 포함해 어린 여직원들이 이보다 더 화려하게 하고 다니는 걸 떠올린 연수는 이 정도면 됐다는 듯 짧게 고개를 끄덕였다. 그녀는 거울 속 자신의 얼굴을 확인했다.

하이라이터로 부분적으로 밝히고 광대 부근에는 블러셔로 생기를 불어넣었다. 그리고 브라운 계열의 섀도로 눈에 음영을 주고 뷰러로 속눈썹을 올렸다. 마스카라를 하면 눈썹이 무겁고 답답해서 그건 포기하고 입술은 투명 립글로스만 발랐다.

평소라면 유독 붉은 입술의 색을 죽이고 차분한 윕톤으로 발랐을 테지만 오늘은 붉은 입술을 더 도드라지게 했다.

"뭉친 데는…… 없고. 나중에 화장을 수정하려면 미스트랑……."

연수는 화장을 수정할 때 필요한 것들을 챙겨 백에 넣었다. 그리고 다시 전신 거울 앞에 서서 옷차림을 살폈다.

출근할 때는 입어본 적이 없었던 원피스는 예전에 세륜이 사주었던 거다. 가슴 쪽에 주름이 져 있고 그 아래로 허리선이 꽉 잡혀 있는 원피스는 무릎에서 반 뼘 위의 높이까지 타이트하게 떨어졌다. 조금이라도 자세가 흐트러지면 옷 태가 나지 않는 원피스였다.

가느다란 다리를 감싼 스타킹은 팽팽하게 당겨지면 작은 십자가 모양의 미세한 구멍 사이로 살이 비쳤다.

"스타킹 갈아 신을까?"

고민을 하던 연수는 화장과 마찬가지로 더 화려한 스타킹을 신었던 여직원들을 떠올리고 고개를 저었다.

휴대폰이 울리자 연수는 시각을 확인했다. 세륜이 집 앞에 도착했으니 내려오라고 메시지를 보낼 시각이었다.

코트를 입고 백을 챙겨 든 연수는 신발장 안에서 힐을 꺼냈다. 긴 시간 힐을 신고 있을 생각을 하자 눈앞이 깜깜해졌다.

"여자로 태어난 죄지."

각선미를 위해서는 아픔을 감수해야 하는 게 모든 여자들의 숙명이었다. 연수는 힐에 발을 끼워 넣으며 한숨을 내쉬었다.

어젯밤에 내린 눈이 아직 차로에 쌓여 있었다. 평일인데다 딱히 연수와 뭘 하겠다고 생각해 둔 것도 아니었는데 데이트는 물 건너 갔다는 생각을 한 세륜은 헛숨을 내쉬었다.

그는 연수가 내려올 때쯤이 되자 차에서 내려 원룸 건물 입구로 향했다. 눈이 쌓여 있어서 미끄러웠다. 연수가 넘어지지 않도록 에스코트하기 그곳에서 기다렸다.

또깍. 또깍.

여자 구두 소리에도 세륜은 입구 안쪽을 들여다보지 않았다. 평소에 듣던 연수의 구두 소리와는 달라 관심을 갖지 않은 그는 그저 쌓인 눈을 보며 이게 언제쯤 녹을까, 하는 생각을 했다.

또깍. 또깍.

구두 소리가 멈췄다. 세륜은 여자가 자신의 옆에 섰는데도 시선을 들지 않았다. 그의 눈길은 여전히 하얀 눈에 박혀 있었다.

"뭐 보는 거야?"

연수의 목소리에 퍼뜩 시선을 옮기던 세륜은 눈에 담기는 그녀의 모습에 눈을 키웠다. 동시에 굳게 닫혀 있던 그의 입술이 벌어졌다.

"연수야?"

"응?"

반듯하게 선 자세로 연수가 작게 고개를 기울였다. 그녀는 세륜이 무엇을 보고 있었는지 궁금해 시선을 내렸다.

살짝 내리뜬 눈. 말끔한 피부 결을 살린 화장. 조붓하게 다물린 붉은 입술. 고요한 표정. 그리고 정적이고, 고고하고, 고혹적인 분위기.

세륜은 자신의 가슴을 들쑤시는 그 아련한 분위기에 매료되었다.

두근. 두근.

귀에 들릴 정도로 거세게 뛰는 심장에 세륜은 가슴 위로 손을 올렸다. 지그시 가슴을 누른 그가 연수를 눈에 담았다.

딱히 화장이 그녀의 분위기를 좌지우지하지 않았다. 화장을 지워도 연수는 자신만의 독특한 분위기를 흘렸다. 단지 지금의 화장과 헤어스타일과 옷차림이 그 분위기를 더 살린 것뿐이었다. 그런데 그 약간의 변화가 아주 크게 느껴졌다.

"밤에 눈 내렸었구나. 몰랐어."

낮게 내리뜬 눈을 들어 올리면서 연수가 미간을 찌푸렸다.

"세륜아?"

평상시와 똑같은 어조로 부르는데 오늘따라 유독 간질거렸다. 세륜은 간들거리는 심장 위를 손으로 긁었다.

"머리 묶었네. 옷도……."

"응. 이상해?"

"전혀. 예쁘다. 진짜 예뻐."

세륜은 입매를 늘이면서 팔로 연수의 허리를 감아 안았다.

"예뻐?"

"응."

세륜이 고개를 숙여 연수의 볼에 입을 맞추려 했다. 그런데 연수가 고개를 살짝 빼 피했다.

"화장 신경 썼어. 미안."

"아, 미치겠다."

세륜은 연수의 손을 잡아 손등에 입을 맞췄다. 그것으로는 부족했는지 손바닥에도 연이어 입을 맞췄다. 그런데도 부족했다.

"누가 이렇게 예쁘래. 그런데 어쩐 일이야, 하연수가 이렇게 꾸미고."

"음……. 진세륜 설레게 하려고?"

"나 설레게 해서 뭐 하려고."

"알면서."

"응?"

"날 갖고 싶게 만드는 거지."

순간 세륜의 표정이 묘해졌다. 연수가 왜 그러느냐는 시선으로 보자 그가 입꼬리를 올렸다. 세륜은 연수의 코트 앞자락을 어머주고 다시 그녀의 허리에 팔을 감았다.

"가자. 눈 때문에 미끄러우니까 조심해."

힐을 신은 연수가 조심스럽게 한 발을 내딛자 세륜은 그녀의 속도에 맞춰 걸어나갔다. 조수석에 연수를 태우고 보닛을 돌아 운전석에 오른 그는 다시 그녀의 모습을 본 뒤 곤혹스러운 미소를 지었다.

갑작스러운 일이 발생해 팀 전체가 야근을 하는 중이었다. 9시가 넘어가자 다들 지쳐 가기 시작했다. 막 내선 전화를 끊은 윤성은 피로한 표정의 팀원들을 보고 자리에서 일어났다.

"대영 씨, 잠깐 저와 어디 좀 다녀옵시다."

"네, 과장님!"

대영이 냉큼 일어나 윤성을 따라나섰다. 흘끗 그들을 본 팀원들은 다시 일에 집중했다.

이호가 하던 일을 멈추고 연수의 자리로 향했다. 그리고 그녀를 불렀다.

"하 주임…… 님."

이호는 자신도 모르게 끝에 '님' 자를 붙였다. 윤주에게는 '김주임'이라고 부르면서 말을 놓던 이호는 연수에게는 그러지 못했다.

처음에는 세륜의 여자 친구라 굳이 말을 섞고 싶지 않아 피했었다. 일 때문에 어쩔 수 없이 이야기를 할 때는 은근슬쩍 말을 놓고 높이는 걸 반복했었다. 그런데 지난주부터 이호는 연수의 얼굴을 제대로 쳐다보지 못하고 있었다. 그리고 호칭과 말투가 달라졌다.

이호의 부름에 연수는 의자를 돌렸다.

"네, 무슨 일이세요?"

"이거…….'

뭐라 제대로 말을 하지 못하는 이호에게서 서류를 받아 든 연수는 살펴보고 알겠다는 듯 고개를 끄덕였다.

"나머지 부분은 제가 하면 되는 거죠?"

"아, 네."

연수가 다시 컴퓨터 쪽으로 의자를 돌리고 일에 집중했다. 이호는 자신의 자리로 돌아가면서 연수를 흘끔거렸다. 그러다 그녀의 뒤에 앉아 있는 세륜과 눈이 마주쳤다.

이호가 재빨리 자리에 앉아 모습을 감추자 세륜은 이맛살을 구겼다. 그는 연수의 뒷모습을 눈에 담았다.

지난주 이후로 연수는 매일 공들여 화장을 하고 평소에는 입지 않았던 옷을 입고 출근하고 있었다. 오늘 입은 옷은 지난 주말에 구매한 거였다. 이 옷 말고도 일곱 벌이나 더 샀다. 이제껏 같이 한 쇼핑 중 가장 많은 옷을 샀었다.

연수가 꾸미고 출근을 하면서부터 사무실 내의 분위기가 달라졌다. 아니, 그녀를 보는 사람들의 시선이 달라졌다. 특히나 남자들의 시선이 많이 변했다.

'은근히 남자가 꼬인다니까.'

갑자기 세륜은 경계심이 발동되었다. 그는 주위를 두리번거리며 연수를 몰래 훔쳐보고 있는 자가 있는 건 아닌지 확인했다. 다행히도 없었다.

"야식 드시고 하세요! 과장님이 쏘시는 거예요!"

윤성과 같이 나갔던 대영이 사무실 문을 열고 회의실에 야식을 가져다 놓았다며 신이 난 목소리로 말했다. 다들 환호성을 지르며 사무실을 빠져나갔다.

"야식 안 먹어?"

"어. 먹어야지."

연수의 질문에 자리에서 일어난 세륜은 그녀의 손을 잡았다. 사무실 안에서 손을 잡아오는 그를 놀란 토끼 눈이 되어 보던 연수가 가볍게 흘겨봤다.

"왜?"

"머릿속이 복잡해서."

"일 때문에?"

"아니. 그런데 화장 고쳤어?"

"응. 조금 전에."

"옷 계속 이렇게 입고 다니는 거 불편하지 않아? 편하게 다녀."

"왜? 다들 예뻐졌다고 하던데. 그렇게 많이 달라졌나? 전 회사 팀장님이셨던…… 지금은 전략기획 3팀의 이 과장님이 결혼하느냐고 물으셨어. 여자는 결혼할 때가 되면 예뻐지는데 혹시 하면서 물으시더라. 그만큼 많이 예뻐졌대."

세륜의 눈이 무겁게 잠겼다. 그는 잠깐 생각을 하고 옅은 미소를 지었다.

"그래. 이제 됐으니까 예전처럼 하고 다녀."

"응? 됐다고?"

이젠 그 모습 나만 보고 싶다고 말하려던 세륜은 또 치밀어 오르는 독점욕에 입을 꾹 다물었다. 그는 한 박자 늦게 대답을 했다.

"네가 예뻐서 일에 집중이 안 되잖아."

연수는 그 소리가 듣기 좋았는지 그저 환하게 웃을 뿐이었다.

17. 서로 다른 소문

복사실로 들어선 연수는 먼저 와 있는 사람에게 가볍게 고개를 끄덕여 인사했다. 전략기획 2팀의 여직원으로 은정과 어울려 다니는 걸 자주 봤었다.

"그거 카트리지 없어서 작동 안 돼요."

연수가 다른 복사기 앞에 서자 그 여직원이 알려주었다. 연수는 고맙다는 뜻으로 살짝 웃어 보인 뒤 물었다.

"복사 많이 남으셨어요?"

"거의 다 했어요. 이게 마지막이에요."

기다리자 여직원이 복사기를 다 사용했다는 듯 물러났다. 연수가 복사를 하는 사이 여직원우 뒤쪽에 있는 테이블에서 복사한 것들을 정리했다.

"어머, 자기 여기 있었어?"

높은 하이톤의 목소리에 연수가 고개를 살짝 돌렸다. 뒤에 있던 여직원에게 반갑게 인사를 하던 한 여자가 연수를 발견하고 놀란 표정을 지었다. 연수는 같은 회사의 직원이라 고갯짓으로 인사를 했다. 여자도 연수를 따라 인사했다.

연수는 여자가 뭔지 모를 이상한 시선으로 자신을 쳐다보는 것에 의문을 갖다가 복사가 다 끝나자 몸을 돌려 정리했다.

"자기, 그거 들었어?"

"뭐요? 뭔데요? 무슨 일 있어요?"

"영업부서에 감사팀 떴대."

"왜요?"

"자세한 건 아직 못 들었는데, 어디 하청업체에서 접대 받았는데 돈 받았나 봐."

"웬일이야. 누가요? 얼마나 받았대요?"

연수는 복사물을 챙겨 복사실을 나서면서 두 사람이 호들갑을 떨며 하는 이야기를 흘려들었다. 복사실을 나와 몇 걸음 걷던 그녀는 갑자기 뒷골이 당기는 느낌에 걸음을 멈췄다.

"뭐지? 어디서 들어봤는데."

두 사람이 나누던 대화 내용이 아니라 이야기하는 패턴과 목소리를 어디선가 들어본 것 같다는 느낌에 연수는 기억을 더듬었다.

"아, 화장실!"

연수는 지난주 화장실에서 자신과 세륜, 윤성을 두고 이야기를 했던 사람들 중에 저 두 사람이 포함되어 있었다는 걸 직감했다.

연수는 몸을 돌려 되돌아갔다. 벽에 등을 대고는 고개를 살짝 내밀어 염탐을 하듯 안을 들여다봤다. 그리고 두 사람의 얼굴을 확실하게 머릿속에 담았다.

"그런데 아까 복사하던 사람, 하연수 맞지?"

복사실로 들어오자마자 떠도는 소문을 주절주절 늘어놓던 여자가 물었다.

'내가 네 친구니? 이름을 왜 막 불러?'

속으로 꿍얼거린 연수는 자리를 뜨려다 자신의 이름이 나와 더 귀를 기울였다.

"네, 맞아요."

"완전 다른 사람인 줄 알았어."

"그래요?"

"응. 서현 씨가 이야기했을 때 안 믿었는데 진짜 달라졌네. 진작 저렇게 하고 다니지. 그런데 어떻게 저렇게 변했지? 성형했나?"

성형이라는 황당한 이야기에 연수가 눈을 찡그렸다.

"성형했으면 회사 바로 못 나왔겠죠."

"그럼 진짜 화장 때문이야?"

"뭐, 여자들 다 그렇잖아요. 화장법 조금 바꾸고 옷도 다른 스타일 입으면 확 변하잖아요."

"그러기는 하지."

성형 이야기가 쏙 들어가자 연수는 안도했다. 보아하니 회사 내에 떠도는 소문 중 꽤 많은 것들이 저들로 인해 퍼지는 것 같았다. 연수는 사실이 아닌 것도 저들의 입을 통하면 기정사실로 되는 것 같아 자신을 두고 허튼 이야기가 오가지 않았으면 했다.

"진 대리님하고 매일 같이 출퇴근한다며? 그 두 사람이 같이 있는 걸 본 사람들이 은근히 어울린다고 하던데."

"저 봤어요. 잘 어울리던데요."

전과는 다른 평가에 연수는 만족스러운 듯 고개를 끄덕였다. 더는 소문을 걱정하지 않아도 될 것 같아 조용히 자리를 떴다.

세륜은 맞은편에서 걸어오는 연수와 눈이 마주치자 눈매를 휘었다. 연수도 은은한 미소로 화답한 뒤 그를 스쳐 지나갔다. 세륜은 잠시 걸음을 멈춰 고개를 돌려 그녀의 뒷모습을 응시했다.

잘 가던 연수가 걸음을 멈추더니 누군가와 이야기를 나누기 시작했다.

"어? 여기서 뭐 해."

툭, 어깨를 친 손이 친근하게 위에 걸쳐졌다. 세륜은 제 어깨에 팔을 올린 진우에게 물었다.

"누군지 알아?"

"누구? 아, 전략기획 3팀 주은성 씨. 연수랑 같이 이직해 왔잖아."

"아아."

세륜은 낮게 소리를 내며 고개를 끄덕였다. 그는 은성의 표정을 유심히 살폈다. 연수가 반가운지 연신 싱글벙글이었다. 짧은 대화를 나누고 연수가 돌아섰다. 그때 그녀의 몸이 휘청거렸다.

은성이 놀란 표정으로 연수에게 손을 뻗었는데 그보다 더 빠른 손길이 그녀를 지탱했다. 마찬가지로 놀라 한 걸음 떼던 세륜은 연수가 균형을 잡는 걸 보고 안도의 숨을 내쉬었다. 그런데 곧바로 미간이 찌푸려졌다.

균형을 잃은 연수를 잡아준 사람이 윤성이었다. 세륜은 곧장 두 사람을 향해 걸음을 옮겼다. 그의 어깨에 팔을 올리고 있던 진우가 '어, 어' 거리다가 따라갔다.

"바닥이 미끄럽네. 조심해."

"네. 감사합니다."

윤성은 연수를 걱정스러운 표정으로 바라보다가 세륜이 다가오는 걸 보고 물러났다. 그리고 다른 부서 사무실로 쏙 들어갔다. 은성도 연수가 멀쩡하게 서는 걸 보고 인사를 한 뒤 사무실로 들어갔다.

"괜찮아?"

세륜이 연수의 팔꿈치를 잡고 그녀의 다리를 살폈다.

"응. 봤어? 다행히 넘어지지 않았어."

"다행은 무슨. 발목 꺾이는 거 봤는데."

"그것도 봤어? 살짝 삐끗하기는 했어. 꺾이는 정도는 아니었어."

세륜이 자세히 살펴보려는지 다리를 접으며 상체를 숙였다. 연수가 재빨리 그러지 말라고 그를 만류했다.

"걸을 수 있어? 발목 안 아파?"

"진짜 괜찮아."

"거짓말이면 가만 안 둔다."

연수가 삐끗한 왼쪽 발보다 오른쪽에 더 힘을 주고 서 있는 게 보였다. 세륜이 으름장을 놓자 그녀가 멋쩍은 표정을 했다.

"조금 시큰거리기는 한데 괜찮아. 그럼 가보겠습니다, 진 대리님."

다른 부서 사무실에서 사람들이 우르르 쏟아져 나오자 연수의 말투가 바뀌었다. 그녀는 세륜에게 눈짓을 한 뒤 걸어갔다.

"그렇게 걱정되냐?"

"다리 절뚝거리는 거 같지?"

"……모르겠는데."

두 남자는 심각한 얼굴로 연수가 걷는 걸 지켜봤다. 멀어지던 연수는 다시 누군가에게 붙잡혀 이야기를 나누었다. 일 이야기를 나누는 것인지 연수를 붙잡은 남자가 가지고 있던 서류를 그녀에게 보이며 뭐라 설명하고 있었다.

"전략기획 3팀의 연 대리야."

"그건 나도 알아."

"연수가 전략기획팀에서 인기 많다며."

"뭐?"

"못 들었어? 일 잘해서 인기 많다던데. 우리 팀이랑 일하기 싫어하던 사람들도 연수리면 쌍수 들고 환영이라잖아."

전략기획팀과 일로 가장 많이 연계가 되어 있어 긴밀한 관계를 유지하고 있는데, 그만큼 사이가 틀어질 때가 많았다. 같이 일을 하다 보면 의견 차이로 매번 틀어졌다. 하지만 계속 같이 일을 해야 했다. 그래서 앙금이 쌓이고 풀리는 게 반복됐다. 그러다 보니 되도록 부딪치지 않기 위해 서로 조심했다.

부서의 특성상 누구와 일하든 의견이 충돌하기 마련이라 사람을 가리는 경우가 드물었는데 연수와 같이 일하기를 선호한다는 말에 세륜이 못마땅한 표정을 했다. 그의 귀에는 전략기획 남자들이 연수에게 관심을 두고 있다는 걸로 들렸다.

"어!"

연수를 보던 세륜의 입에서 짧은 고함이 터져 나왔다. 연수가 또 삐끗했다. 이번에는 발 한쪽이 살짝 밀려났다. 세륜은 불안한 눈으로 연수를 응시했다.

점심을 먹고 세륜은 잠시 외출을 했다. 회사로 돌아온 그의 손에는 쇼핑백이 들려 있었다.

세륜은 사무실로 올라가기 전 주차장에 들렀다. 그는 뒷좌석 문을 열고 담요를 챙겨 들었다.

"옷을 새로 사주는 게 나을까."

예쁘게 하고 다니는 모습이 보기 좋아 지난 주말에 연수보다 더 쇼핑에 열을 올려 자신의 취향의 옷을 권했었다. 세륜은 그걸 지금 후회하고 있었다.

사무실로 돌아온 세륜은 연수를 불러내 회의실로 향했다. 빈 회의실로 들어와 문을 닫은 그는 연수의 허리를 잡아 테이블 위에 앉혔다.

"다리 좀 보자."

"진짜 괜찮은데."

무릎을 접고 앉아 힐을 벗긴 세륜은 스타킹에 감싸진 발을 만지작거렸다. 부은 곳은 없는지 만지던 그가 발목을 조심스럽게 돌렸다.

"어때?"

"안 아파."

세륜이 다른 쪽 발도 똑같이 확인했다. 정말 이상이 없는 걸 확인한 그는 쇼핑백에서 사 가지고 온 물건을 꺼냈다.

"그게 뭐야?"

"오피스 슬리퍼. 겨울용이라 따뜻할 거야. 회사에서는 이걸 신어. 미끄럼 방지용이니까 힐 신을 때처럼 힘주면서 걷지 않아도 돼."

"잠깐 나갔다 온다더니 이거 사온 거야?"

"응. 힐 계속 신고 있으면 힘들다며. 다리 부은 것 좀 봐라."

세륜은 슬리퍼를 신기고 연수의 종아리를 주물렀다. 뭉친 근육이 풀리자 그녀가 나른한 표정으로 길게 숨을 내쉬었다.

"고마워."

양쪽 다리를 다 주물러 준 뒤 연수를 땅으로 내려놓은 그는 차에서 챙겨온 담요를 펼쳐 절반으로 접었다.

"그건 왜?"

"치마가 짧아. 이걸로 감싸고 있어."

"많이 짧은 건 아닌데. 이상해."

연수는 자신의 허리에 둘려져 매듭이 지어진 담요를 보고 볼을 부풀렸다. 싫다는 표현이었지만 세륜은 더 꽉 매듭을 조였다.

"사무실에서만이라도 하고 있어. 너, 감기 걸릴까 봐 걱정돼."

늘 모친이 세인에게 여자는 하체가 따뜻해야 한다고 잔소리하던 걸 떠올린 세륜이 그걸 추가로 핑계 댔다.

연수는 담요와 슬리퍼를 보고 고아한 미소를 지었다. 그녀가 고개를 들었을 때 세륜은 두 개의 손가락에 연수의 힐을 걸어 들고 회의실을 빠져나가고 있었다.

밖에서 점심을 먹고 돌아온 윤성은 회의실을 지나가다 연수가 있는 걸 발견했다. 그제부터 담요를 몸에 두르고 다니는 모습에 한 가지 걱정을 했던 그가 회의실 안으로 들어갔다.

"혼자서 뭐 해?"

"아, 과장님. 그냥 뭐 좀 보고 있었어요."

아직은 어색해하는 게 남아 있었지만, 전처럼 말 몇 마디 섞고 도망가려는 기색은 보이지 않았다.

윤성은 의자를 꺼내 앉아 연수를 응시했다.

워크숍에서 세륜과 연수의 유대감이 끈끈하다는 걸 확인하고 의지가 꺾였다. 세륜의 말처럼 연수가 자신과의 지난날에 대해 알고 싶지 않다고 했을 때 어느 순간 화 붙타올랐던 연수를 향한 감정에 물이 뿌려졌다. 아직은 미지근하게 열기가 남아 있지만 그전처럼 맹렬한 감정은 아니었다.

연수가 자신의 이야기를 안 듣겠다고 노골적으로 거부를 한 충격이 가신 뒤 한 통의 전화를 받았다. 그게 의지를 꺾는 데 한몫했다.

돌아오는 버스 안에서 어떻게 해서든 모든 이야기를 털어놓으면 지금과 많이 달라지지 않을까, 하는 생각을 그만두었다. 그 생각을 그만둔 건 뭘 하든 두 사람이 헤어지는 일이 없을 것 같아서였다.

그냥 바람에 대한 오해만 푸는 것으로 만족하기로 했다. 그래도 그 오해를 풀어서인지 전보다는 관계가 한결 좋아진 것 같았다. 헤어진 후 얼굴도 마주치지 못하고 인사도 못 할 정도로 나빴던 것보다 훨씬 좋지 않은가. 그거면 됐다.

윤성은 이 정도도 만족스럽다는 생각에 옅은 미소를 지었다.

"혹시 감기 걸렸어?"

윤성은 담요를 본 뒤로 묻고 싶었던 걸 이제야 물었다.

"아니요. 안 걸렸어요."

"그런데 왜 계속 담요를 두르고 다녀? 사무실 안이 추워?"

"아니요. 세륜이가 두르고 있으라고 해서요. 제 옷차림이 불편해 보이나 봐요."

윤성이 아, 짧게 소리 내며 고개를 끄덕였다. 그는 뒤이어 연수가 보고 있던 깃에 관심을 두었다.

"카탈로그네? 뭐 사려고?"

"네. 정수기 바꾸려고요. 정수기 종류가 많아서 고민 중이었어요."

윤성은 점심을 먹으면서 들었던 이야기가 떠올랐다.

같이 점심 식사를 한 1팀 강 과장이 어제 자신의 팀원이 마트의 가전제품 코너에서 세륜과 연수를 봤던 이야기를 해주었다.

TV 제품이 진열된 곳에서 마트 직원의 설명을 듣고 있던 걸 보고 지나쳤는데 나중에 다시 그 근처에 가보니 그들이 다른 가전제품도 구경하고 있었다고 했다.

그 사원이 오늘 아침에 세륜을 만났을 때 어제 마트에 있는 걸 봤다고, 뭐 사려던 거냐고 물었는데 세륜이 아직 구매는 못했고 연수가 고민 중에 있다고 대답을 했단다. 사원이 혹시 준비 중에 있냐고 물었더니 세륜이 짧게 고개를 끄덕였다고 했다.

그래서 지금 두 사람이 결혼 준비를 하고 있는 중이라는 이야기가 돌았다. 설마 했는데 정수기 카탈로그를 보는 연수를 보니 입 안이 썼다.

"진짜 결혼 준비해?"

"네?"

"너, 진 대리랑 결혼 준비하냐고."

"결…… 혼이요? 아니요?"

난데없는 결혼 이야기에 연수가 눈을 동그랗게 떴다. 그녀의 부정에 윤성은 눈썹 끝을 올렸다.

"아니야?"

"네. 갑자기 결혼이라니요. 저희 아직 생각 없어요."

"그래? 진 대리가 그렇다고 했다던데?"

"······세륜이가요?"

연수의 고개가 한쪽으로 기울여졌다. 그녀는 윤성을 앞에 두고 생각에 잠겼다. 윤성은 뭔가 오해가 있었나 보다, 하며 가볍게 넘겼다.

"아니면 아닌 거지, 왜 심각한 얼굴이야. 그런데 정수기는 왜 바꾸게?"

"아, 집에 있던 정수기가 고장 난 것 같아서요. 이참에 새로 사려고요."

윤성은 짧게 고개를 끄덕였다. 자신이 아는 분야라면 조언을 해 주겠지만, 가전제품에 대해 잘 모르는 터라 그는 잘 고민해 보라고 한 뒤 자리에서 일어났다.

"왜 거기서 나오십니까?"

따뜻한 차가 든 잔을 들고 있는 세륜과 회의실 앞에서 맞닥트렸다. 찌푸려진 그의 눈썹에 윤성은 씩, 웃었다.

"잠깐 이야기 좀 나눴어요."

별 이야기 안 했다는 듯 윤성이 어깨를 으쓱였다.

"그런데 회의실에서 연애해도 되는 건가요? 한 사람을 다른 팀으로 보내야 하나."

"우리 회사에 사내 연애에 관해 특별한 규정은 없는 걸로 알고 있습니다."

"아십네요."

윤성을 노려보던 세륜은 그를 지나쳐 회의실 안으로 들어갔다.

"골랐어?"

"아니, 아직. 그냥 생수 사서 마실까? 나 혼자라 정수기를 많이 사용하는 편도 아닌데."

"사. 있는 게 편하잖아. 음식 해 먹을 때 수돗물 말고 정수기 사용하는 게 더 좋기도 하고."

"그런가. 뭘 사지? 세척이랑 소독 기능이 중요해?"

"있으면 좋지."

"이 두 개 중에서 뭐가 좋을까?"

"이거 해."

세륜이 하나를 콕 집어주었다. 연수는 잠시 고민을 한 뒤 그의 의견을 수용하기로 하고 고개를 끄덕였다.

아직 회의실 앞에 서서 두 사람이 주고받는 이야기를 들은 윤성은 열려 있는 회의실 문을 닫아주었다.

문이 움직이는 소리에 잠깐 고개를 들었던 두 사람이 다시 카탈로그로 시선을 내리는 모습을 마지막으로 문이 닫혔다.

"진짜 많이 달라졌네."

연수는 사소한 것부터 큰 것까지 의견을 나누는 일이 없었다. 늘 혼자서 해결했다. 그게 사귀는 내내 서운했었다. 무슨 일이든 자신에게 털어놓는 법이 없었다. 나중에는 그게 조금씩 화가 나기도 했었다.

휴학도 자신과 의견을 나누기는커녕 말도 없이 결정했다. 아무런 기색도 보이지 않았다가 갑자기 휴학 결정을 해서 넋이 나갔었다. 쌓였던 게 폭발해 싸웠었다. 아니, 일방적으로 화를 냈었다. 연수는 자신이 왜 화를 내는지 이해하지 못하고 곤혹스러워

했었다.

그랬던 그녀가 세륜에게 의견을 묻고 그의 말에 따르는 걸 보니 또 느꼈다. 확실히 세륜은 자신과 다르다고. 작은 것에서 그가 연수에게 의미 있는 사람이라는 게 보였다.

윤성은 씁쓸한 얼굴로 돌아섰다.

휴게실로 들어서던 세륜은 연수가 윤성과 이야기를 나누고 있는 걸 발견했다. 윤성이 뭐라 말하자 연수가 웃음을 터트렸다. 그 모습에 세륜의 얼굴이 미미하게 굳어졌다.

윤성이 먼저 세륜을 발견했다. 그가 연수에게 세륜이 왔다는 걸 알려주었는지 그녀가 고개를 돌렸다.

연수가 눈웃음으로 알은체를 하자 세륜의 표정이 풀렸다. 그는 가볍게 손을 흔들어 인사한 뒤 탕비실로 들어가 커피머신 앞에 섰다.

"커피 많이 마시지 마세요, 진 대리님."

세륜은 작은 목소리로 말하고 휴게실을 나서는 연수에게 픽, 웃어 보였다. 그녀가 나가고 잠시 뒤 윤성이 휴게실을 나갔다.

세륜은 커피를 들고 구석진 자리에 앉았다. 그가 커피 한 모금을 마시고 업무의 긴장감을 내려놓고 있는데 한 무리가 들어왔다. 그녀들은 수다에 정신이 팔려 세륜을 미처 보지 못했다.

"진짜 뭐 있는 거 아니에요?"

"그러니까. 은정 씨가 뭐래?"

"물었는데 말 안 해줘요."

"은정 씨가 뭐 알아요?"

"권 과장님이 팀에서 유독 한 사람을 편애한다고 하더라고요. 그게 진 대리님 여자 친구, 하연수 씨를 말하는 것 같아요. 소문에 둘이 그렇고 그랬던 사이라잖아요."

"그 소문 사실 아니라며?"

"권 과장님이 하연수 씨를 두고 안 좋은 이야기가 나돌까 봐 감싼 거였다는데요?"

여자들의 수다를 우연히 듣게 된 세륜은 기가 찬 웃음을 흘렸다. 그는 이런 소문이 나돌고 있는지 전혀 몰랐었다.

이야기는 계속해서 이어졌다.

"하연수 씨 꾸미고 다니는 게 권 과장님 오시고 얼마 뒤였지?"

"권 과장님께 잘 보이려고 꾸미는 것 같죠?"

"뭐야? 권 과장님과 진 대리님을 두고 저울질하는 건가?"

"진 대리님을 차는 거 아니에요? 다시 만난 옛사랑으로 돌아가는 여자들 많잖아요."

"진 대리님이랑 오랫동안 사귀었잖아? 두 사람 곧 결혼한다는 이야기 있던데."

"그야 모르죠. 식장에 누구 손잡고 들어갈지는."

이제는 아주 막장 소설을 쓰기 시작하는 여자들을 노려보던 세륜은 드르륵 의자를 뒤로 끌고 일어났다. 여자들의 어깨가 눈에 띄게 움찔했다. 세륜을 발견한 그녀들의 얼굴이 새하얗게 질리기 시작했다.

여자들은 서로 세륜이 있는 거 알았냐는 시선을 주고받았다. 당연히 알지 못했다는 표정으로 그녀들은 세륜의 시선을 피했다. 혹시 들렸을까, 작게 속삭이며 그들은 제발 세륜이 그냥 나가주기를 바랐다.

하지만 그 바람을 무참히 짓밟은 세륜은 뚜벅뚜벅 걸어가 그녀들의 앞에 섰다.

"들으려고 한 건 아닙니다."

이야기를 다 들었다는 말에 여자들의 어깨가 흠칫 떨렸다.

"저희는 그냥 떠도는 소문을 이야기한 것뿐이에요."

변명을 하던 여자의 목소리가 점점 작아졌다. 서늘한 세륜의 시선에 기가 죽은 여자들이 서로 어떻게 좀 해보라고 옆구리를 찔렀다.

"그런 말도 안 되는 소문의 근원지가 어딥니까?"

"……저희야 모르죠."

근원지가 여기인 것 같다는 강한 느낌을 받은 세륜은 여자들을 노려봤다.

"당사자들에게서 확인되지 않은 이야기는 하지 말아주셨으면 합니다."

"……네."

"세가 연수가 다른 사람들 입에 오르락내리락하는 걸 아주 싫어합니다."

"죄송합니다."

"이건 확실히 해두겠습니다. 지금 저희 더할 나위 없이 사이좋고 행복합니다. 그리고 연수는 저한테 예쁘게 보이려는 겁니다. 또한 식장은 제 손을 잡고 들어갈 겁니다."

세륜은 더는 쓸데없는 소문이 나돌지 않도록 주의 바란다는 말을 하고 휴게실을 나섰다.

휴게실을 나선 그의 입에서 나직한 욕설이 흘러나왔다.

"무슨 그따위 소문이 나돌아?"

세륜은 이상한 소문을 어떻게 하면 싸그리 잠재울 수 있을지 고민했다. 그 고민이 한 생각으로 이어지자 그의 표정이 진중해졌다.

연수는 말똥말똥한 눈으로 자신의 옆에서 잠든 세륜의 얼굴을 쳐다봤다.

블라인드를 미세하게 통과한 빛이 그의 하얀 피부 위로 떨어졌다. 엎드려 누운 자세로 얼굴 절반을 베개에 묻었고, 팔 하나는 연수의 몸 위에 둘러져 있었다. 이불이 흘러내려 가 그의 탄탄한 등 근육이 드러났다. 역삼각형의 떡 벌어진 어깨와 허리까지 점점 좁아져 가는 그의 상반신에도 빛이 떨어졌다. 빛이 눈꺼풀을 간질거리는데도 그는 곤히 잠들어 있었다.

이미 한참 전부터 잠에서 깨 있었던 연수는 아직 잠든 그를 눈으로만 구경하는 게 점점 심심해지자 손을 뻗었다. 이제는 만져

가며 구경을 할 심산이었다.

"음음음."

콧노래를 부르며 그의 어깨를 둥글게 쓸어 만졌다. 여자의 나른한 손길에 근육이 수축했다.

등으로 흘러내려간 손이 반듯한 척추를 모양을 따라 더듬었다. 자신의 몸보다 훨씬 거대한 그의 상체를 만져 가던 연수는 슬며시 눈꺼풀이 올라가는 걸 보고 입매를 휘었다.

느릿하게 올라간 눈꺼풀이 까만 동공을 드러냈다. 아직 잠기운이 남아 있어 초점이 맞춰지지 않아 탁한 동공이 연수를 담았다.

다시 느릿하게 감겼다가 뜨였다. 조금 전보다는 초점이 맞춰져 명확한 눈빛을 보였다.

또 한 번, 방금보다는 빠른 속도로 감겼다가 뜨였다. 몇 번 반복하니 눈빛에 생기가 감돌았다.

연수와 눈을 맞춘 세륜은 입매를 늘였다.

"잘 잤어?"

"어."

낮게 가라앉은 허스키한 목소리가 짧게 흘러나왔다. 어젯밤 내내 자신의 몸 안으로 뜨겁게 파고들면서 귓가에 사랑을 속삭이던 목소리와 닮아 있었다.

순간적으로 그가 머물렀던 몸 안에서 열기가 감돌아 연수는 몸을 꼬았다.

"언제 일어났어?"

목을 가다듬고 싶은 생각이 없는지 세륜은 피부를 따끔거리게 만드는 그 목소리로 물었다.

"좀 됐어. 해가 중천이야."

"그래?"

슬쩍 시선을 돌려 블라인드를 통해 들어오는 빛과 사이드 테이블에 놓인 시계를 확인한 세륜은 다시 연수를 눈에 담았다.

"계속해 봐."

"뭘?"

"노래. 듣기 좋다."

연수는 노래가 아니라 허밍이었다고 정정해 주고 다시 처음부터 콧소리가 섞인 소리를 냈다.

두 사람 다 노래를 듣는 데에는 큰 취미가 없었다. 이어폰을 꽂고 돌아다니는 사람들을 보면 눈살부터 찌푸렸다. 그래서 유행하는 노래를 잘 모르고 아는 노래도 몇 없었다.

같이 영화를 보고 OST가 좋으면 찾아서 들은 적이 몇 번 있었다. 그렇게 알고 있는 노래가 몇 개 있는 정도였다.

지금 연수가 허밍하는 노래는 재작년에 같이 봤던 영화의 주제곡이었다.

"좋네. 이렇게 잠 깨니까."

"아침마다 불러줄까?"

부드럽게 감겼던 눈이 단번에 뜨였다. 세륜은 고아하게 웃고 있는 연수의 얼굴을 보면서 눈을 가느스름하게 떴다. 마치 그녀의 의중을 살피듯이.

"왜 그렇게 봐?"

"아니, 그냥. 아침마다 불러준다고?"

"응."

"계속 같이 잠자자고?"

연수가 주먹으로 그의 등을 때렸다. 제법 아팠는지 세륜의 눈가가 찌푸려졌다.

"전화로 불러주면 되지."

"아, 전화."

묘한 어조로 말을 흘린 세륜은 몸을 일으켰다. 자신으로 인해 이불이 흘러내려 가 새하얀 나신이 드러난 연수를 내려다보며 짓궂게 웃은 그가 뒤늦게 아침 인사를 했다.

"잘 잤어?"

"응. 너도 잘 잤어?"

세륜은 대답 대신 상체를 숙여 연수의 입술에 입을 맞췄다.

평일에 몇 번 야근을 했더니 두 사람 다 밖에서 데이트를 할 의지가 없었다. 세륜의 집에서 오랜만에 같이 IPTV로 영화를 결제해 그걸 보면서 시간을 보냈다.

"아, TV 언제 살 거야?"

"아버지가 직접 보고 고르신대. 형이 같이 가려나 봐."

전에 정수기를 보면서 TV를 구경했었다. 세륜의 부모님이 거실에 있는 TV를 조금 더 큰 걸로 바꾸고 싶다고 하셔서 간 김에 어떤 제품이 있나 설명을 들었었다.

결국 본인이 가서서 보고 구매하시는 걸로 결정했나 보다.

"아, 진우다."

휴대폰이 울려 메시지를 확인한 세륜은 미간을 찌푸렸다.

"뭔데?"

"오늘 신년회 파티한다고. 갈래?"

"신년회 파티?"

"응. 한준이네 BAR에서. 듣기로는 이번에는 초대하는 사람들이 제법 많다고 들었어."

한준이네 BAR에서 여러 명목으로 파티가 열렸었다. 가끔 연예인이 오기도 했다. 그런데 파티에 참석한 사람들에서 늘 남자들보다 여자들의 비중이 더 많았다.

"또 여자들만 바글바글하겠지."

모르는 여자들이 세륜에게 다가가 인사를 하는 걸 몇 번 봤다. 세륜은 그 접근을 무시하기 일쑤였지만 그걸 보고 기분이 마냥 좋았던 건 아니었다.

"안 가도 돼. 나중에 애들 따로 보면 돼."

참석을 쉽게 포기해 버리는 모습에 연수는 고민했다.

"아니야, 가자."

시각을 확인하한 세륜은 그럼 슬슬 준비하자고 일어났다.

오랜만에 온 한준이 운영하는 BAR는 내부 인테리어가 바뀌어 있었다. 그전 인테리어도 감각적이었었다. 무엇보다 내부 인테리어를 바꾼 지 얼마 되지 않았던 걸로 알고 있었다.

이게 소위 말하는 돈지랄인가 싶어 연수가 눈가를 찌푸렸다. 가끔 한준과 여환의 씀씀이는 따라잡기가 어려웠다.

세륜은 연수의 코트를 벗겨 자신의 것과 함께 직원에게 맡기고 안쪽으로 들어갔다.

조명은 평소보다 밝았다. 한쪽에서는 칵테일 쇼가 벌어지고 있었고 없었던 당구대가 자리를 차지하고 있었다.

눈동자를 굴려가며 구경을 하던 연수는 한준과 여환, 진우를 발견했다. 역시나 그들의 테이블에 여자들이 있었다.

"오랜만이다? 진짜 같이 오네."

연수와 헤어지고 무감각한 위태로운 모습을 보였던 세륜이 떡하니 그녀를 데리고 오자 단번에 여환이 빈정댔다.

"박여환."

그의 이름을 낮게 부르며 세륜은 그러지 말라고 경고했다.

헤어졌다 사귀는 걸 반복하는 지긋지긋한 저 커플을 비웃은 여환은 앉으라고 턱짓했다. 두 사람은 마찬가지로 오랜만에 보는 한준에게 가볍게 인사를 하고 앉았다.

"세륜아, 오랜만이야!"

어차피 모르는 여자들이겠거니 해서 인사 없이 자리에 앉았던 세륜은 자신을 부르는 목소리에 고개를 돌렸다. 연수도 마찬가지로 시선을 돌렸다.

여자를 확인하고 동시에 두 사람의 얼굴이 굳어졌다. 세륜은 자신도 모르게 바로 연수의 눈치를 살폈다.

"그런데 왜 둘이 같이 와?"

"……손유리."

고등학교 졸업 후 근 10년 만에 보는 얼굴이었다. 연수는 그녀의 옆에 앉아 있는 여자도 확인했다.

김정화. 일 년 동안 연수가 그녀를 찾아 학교 내를 돌아다니느라 고생을 했었다. 그러면서 손유리와 몇 번 부딪쳤었다.

그때는 손유리의 존재를 크게 여기지 않았는데 지금은 달랐다. 그녀와 사귀었던 남자가 지금은 자신의 남자가 됐다.

한 남자를 두고 두 여자가 대치했다. 그 남자의 과거의 여자와 현재의 여자가 마주한 상황이었다.

연수는 과거는 과거일 뿐이라는 걸 머리로는 이해했지만 가슴은 그렇지 못했다. 왈칵 짜증이 치솟아 올랐다.

"왜 같이 오냐고. 둘이 헤어졌다며?"

유리가 날카롭게 여환에게 물었다. 그녀가 가장 만만하게 보는 사람은 아이러니하게도 여환이었다. 한준은 굉장히 무서워했고 진우도 어려워했다. 모두가 안하무인이었던 여환을 피해 다녔는데, 유리는 그를 가장 만만하게 대했었다. 보아하니 지금도 그러는 것 같았다.

"……다시 만난대."

"뭐? 왜?"

"그걸 왜 나한테 물어."

"그런데 왜 나한테 말 안 했어?"

"깜빡했어."

여환이 양주가 담긴 잔을 들고 마시면서 유리의 시선을 회피했다. 유리는 이 중에서 다음으로 만만하게 생각하는 연수를 노려봤다.

"너도 참 징그럽다."

"손유리, 말조심해."

세륜은 얼굴을 찌푸리면서 유리에게 경고했다. 유리가 서운한 표정을 지으며 붉게 칠한 입술을 움직였다.

"오랜만에 보는데 인사도 안 하고. 우리 사이에 이래도 되는 거야? 나, 안 보고 싶었어?"

연수가 바로 옆에 있는데도 자신에게 앙탈을 부리는 유리 때문에 세륜은 난감한 기색을 보였다. 그는 대답하지 않고 연신 연수의 눈치를 살폈다.

자신이 있든 없든 과거의 남자에게 치근거리는 여자. 연수는 불쾌감에 속에서 열이 올랐다. 그녀는 세륜이 윤성을 보고 지금 자신이 느끼는 것과 같은 감정을 느꼈을 거라는 걸 깨닫고 볼 안쪽 살을 깨물었다.

"쟤들 온다는 말 없었잖아."

세륜은 진우에게 낮게 화가 섞인 질문을 던졌다.

"아, 내가 말 안 했나? 이번 신년회는 동창회도 같이 한다고. 다른 애들도 많이 왔어."

그걸 알면 내가 연수를 데리고 왔겠느냐는 살벌한 시선으로 세륜은 진우를 노려봤다.

유리는 자신의 질문을 무시한 세륜에게 팽 토라졌다. 그녀는 그의 옆에 앉아 있는 연수를 노골적으로 쏘아봤다. 연수는 그 시선에 지지 않고 유리를 응시하면서 친밀함을 보여주듯 자연스럽게 세륜의 어깨에 뒷머리를 기댔다. 유리가 그 모습을 보고 눈을 매섭게 떴다.

두 여자의 기 싸움이 팽팽하게 이뤄졌다.

세륜은 처음으로 겪는 이 상황이 곤욕스러워 이 자리를 빨리 뜨고 싶었고, 여환은 유리를 보고 낮게 한숨을 내쉬었다. 그리고 나머지는 흥미진진한 시선을 했다.

묘한 정적을 깬 사람은 웨이터였다. 웨이터가 얼음과 짙은 갈색의 양주가 든 사각 모양의 잔을 세륜의 앞에, 색이 예쁜 무알콜의 칵테일이 든 역삼각 모양의 잔을 연수의 앞에 내려놓았다.

"저기, 도수가 있는 걸로 다시 가져다주겠어요?"

애인의 전 여자 친구의 얼굴을 맨정신으로 마주하자니 기분이 따라주지 않았다. 술기운이 돌면 바닥으로 곤두박질친 기분이 조금은 업되겠지 싶어 연수는 웨이터에게 다른 걸 부탁했다.

이상한 분위기를 읽은 눈치 빠른 웨이터가 세륜과 눈을 맞췄다.

'어떻게 할까요?'

웨이터의 눈에 담긴 질문에 세륜은 도수가 높지 않은 걸로 가져다 달라고 주문했다. 연수가 마실 칵테일이 다시 나오기까지 정적은 계속되었다.

아까부터 계속 세륜은 연수에게 시선을 고정하고 있었다. 자신에게 눈길조차 주지 않으려 하는 그의 모습에 유리의 눈이 점점 뾰족해졌다. 히스테릭해져 가는 그녀의 표정에 정화가 눈치를 보다가 입을 열었다.

"미국에서 세륜이가 반장이랑 사귄다는 소식 듣고 뒤로 넘어갔었다니까. 유리랑 반장이랑 차이가 너무 심하잖아. 그래서 난 반장이 성형 수술했나 했지. 성형 수술해서 유리, 너보다 예뻐진 건 아닐까 기대했었는데."

정화가 유리의 기분을 맞추려고 애쓰기 시작했다.

객관적인 관점에서 유리의 외모는 굉장히 빼어났다. 미국에서도 지나가는 외국 남자들이 다 걸음을 멈춰 한 번씩은 쳐다봤고, 그녀에게 반해서 쫓아다니는 남자도 많았다.

정화가 여러 일화들을 꺼내며 유리의 자부심을 한껏 더 끌어 올렸다. 칭찬으로 유리의 기분을 좋아지게 만들려 애썼다. 이렇게 유리의 진가를 알리면 세륜의 시선이 그녀에게 옮겨갈 거라 생각했다.

"성형한다고 다 예뻐지겠어? 보통은 한두 번으로는 부족하지. 그런데 손을 많이 댈수록 성형 티 많이 나. 그냥 생긴 대로 살아야지."

"아, 그런가? 하긴 성형수술 한다고 해서 유리, 너보다 더 예뻐지겠어? 본판 불변의 법칙이라잖아. 이렇게 한자리에서 보니까 네가 엄청 예쁘다는 게 새삼 실감난다."

한자리. 즉 평가를 내리는 정화 본인을 제외하면 여자는 연수와 유리 두 사람뿐이었다. 정화가 연수가 너에 비해 외모가 너무 딸린다고 말하며 기분을 풀어주려고 애쓴 덕분에 유리의 표정이 조금 풀렸다.

"너도 참. 너무 대놓고 그러지 마. 민망하다."

정화가 '쿵'을 하면 유리가 '짝'을 했다. 쿵짝이 잘 맞는 두 사람은 그렇게 연수를 깔아뭉갰다.

그런 유리의 자신감을 단박에 꺾고 정화의 입을 다물게 한 사람은 세륜이었다.

"성형은 손유리가 필요하지 않나?"

순식간에 모두의 시선이 세륜에게로 향했다. 그는 여전히 비스듬히 고개를 꺾고 연수를 응시하고 있었다.

"······뭐?"

여환이 뭘 잘못 들은 것 같다는 듯 자신의 귀를 손가락으로 후비며 물었다.

"연수가 더 예쁘지 않아?"

스윽, 시선을 올린 세륜이 가장 먼저 눈이 마주친 사람에게 물었다. 그 상대는 한준이었다.

"어딜 봐서?"

한준의 입이 열리기 전, 진우의 목소리가 먼저 들렸다. 연수는 뭔지 모를 배신감에 진우를 노려보았다. 그는 유리를 편들고 있는 게 아니라 사실을 따져 보려는 것이란 표정을 했다.

"어딜 봐서긴. 얼굴. 연수가 더 예쁜데."

객관적으로 아름다운 외모에 박하고, 취향을 탈 법한 외모에는 높은 점수를 주는 세륜의 남다른 미적 감각이 또 나왔다. 그의 표정은 진실했다.

"······깜빡했다. 진세륜 눈 낮은 거."

여환의 말에 연수가 발끈하는 눈으로 그를 노려봤다. 여환은 네가 그렇게 노려보면 뭘 어쩔 거냐는 표정으로 응수했다.

"쟤가 더 예쁘다고?"

자존심이 확 상한 목소리가 유리의 붉은 입술에서 새어 나왔다. 세륜의 시선이 그녀에게 짧게 닿았다. 다시 확인해도 연수가 더 예쁘다는 그의 표정에 유리가 기가 찬 웃음을 흘렸다.

"예쁘네. 하연수가 더."

세륜에게로 향했던 모두의 시선이 한준에게 쏠렸다. 그는 한참 만에 세륜의 질문에 대답을 했다. 순간 분위기가 기묘하게 일렁거렸다.

유리는 이런 모욕은 처음이라는 듯 파르르 몸을 떨다가 벌떡 일어나 사라졌다. 정화도 그녀를 따라 자리를 떴다. 그 빈자리를 몇몇의 사람들이 돌아가며 채웠다.

자리를 채운 사람들 중에는 학창 시절에 여환, 한준, 세륜, 진우와 어울렸던 남자들도 있었고 그들과 친해지고 싶어 하는 여자들도 있었다.

세륜에게 관심을 보이는 여자들이 나타나면 연수는 그와 눈을 맞췄다. 자신에게서 조금이라도 시선이 비켜가지 못하도록 그와 눈을 맞추고 단둘이서만 대화를 나누었다. 연수는 다른 여자들이 세륜에게 말을 걸 틈을 내어주지 않았다.

동창회라는 명목에 맞게 대부분이 아는 얼굴이었는데, 그들은 모두 연수와 세륜을 보고 놀라워했다. 그들은 두 사람이 함께인 걸 보고 다 똑같은 질문을 했다.

질문은 이러했다.

"둘이 사귀었었다며?"

"헤어졌어도 친구로 지내나 보네?"

그 질문 중간에는 연수를 다시 봤다는 시선이 꼭 있었다.

"두 사람 헤어진 거 아니야?"

똑같은 질문을 6번째 받을 때 세륜의 인내심은 바닥으로 뚝 떨어졌다.

"도대체 누가 그렇게 지껄였어?"

말이 험해지기 시작하는 세륜을 보고 그 질문을 던졌던 남자의 눈이 휘둥그레졌다.

"아니야? 유리가 그랬는데. 나는 너랑 유리가 다시 만나는 줄 알았어. 유리가 아까 그렇게 말하던데."

세륜과 연수가 오기 전 유리가 이곳에 먼저 왔었다. 오랜만에 한국으로 들어온 유리에게 사람들이 몰렸고, 다들 그녀의 근황을 궁금해했다.

알아주는 집안의 막내딸인 그녀에게서 콩고물이 떨어지기를 바라는 얼굴로 붙는 사람들에게 유리는 은근슬쩍 집안의 재산이 더 늘어났다는 자랑을 하고 자신의 화려한 삶을 주저리주저리 늘어놓았다.

유리는 이번에 한국으로 들어온 이유가 결혼 때문이라고 말했다. 부친이 슬슬 결혼 준비를 하라고 해서 들어왔고, 자신의 배우자가 될 사람은 세륜이라고 이야기했다.

연수와 세륜이 사귀는 걸 아는 몇몇의 사람이 그게 사실이냐고 의심스러워했다. 유리는 두 사람은 이미 끝났고 세륜은 자신과 곧 결혼을 앞두고 있다고 말했다.

이게 다 세륜과 연수가 이곳에 오기 전에 일어난 일이었다.

"손유리, 어디 있어."

헛소리를 지껄인 손유리를 가만두지 않겠다는 얼굴로 세륜이 주위를 두리번거렸다. 유리는 어디로 사라진 것인지 보이지 않았다. 그의 화는 다른 곳으로 향했다.

"누구야? 나랑 연수 헤어졌던 거 손유리한테 이야기한 사람이."

그의 시선은 여환을 향해 있었다. 손유리와 지속적으로 연락을 하는 사람은 여환밖에 없었으니 당연했다.

"유리가 널 진짜 좋아하긴 했나 보다. 너랑 연수 헤어졌다는 이야기 듣자마자 한국 들어온 거 보면."

"박여환, 죽을래?"

"나라고 뭐 말하고 싶어서 한 줄 알아?"

"그럼?"

"내 화를 있는 대로 돋운 상태에서 네 근황 묻는데 나도 모르게 이야기가 나왔어."

여환은 구겨진 얼굴로 잔을 들었다. 그가 다시 잔을 내려놓을 땐 얼음만 남아 달그락거리는 소리가 났다.

이상하게도 세륜은 여환에게 더는 화를 내지 않았다. 연수는 빠르게 네 남자가 자신이 모르는 시선을 주고받는 걸 보고 어리둥절한 표정을 했다.

한참 술을 마시던 네 남자는 오랜만에 한 게임하자며 당구대로 향했다. 유리 때문에 연거푸 마신 칵테일로 취기가 오른 연수는 창백한 얼굴로 근처 소파에 앉아 네 남자가 당구를 치는 걸 구경했다.

틈틈이 자신을 보는 세륜에게 연수는 희미하게 웃어 보였다.

자신의 차례가 지나가자 세륜은 기다란 큐대를 들고 연수의 앞에 섰다.

"술 그만 마셔."

세륜은 연수의 옆에 있는 테이블에 놓인 칵테일 잔을 보고 미간을 찌푸렸다.

"이건 무알콜이야."

"머리는? 괜찮아?"

술을 과하게 마시면 꼭 두통을 호소하는 터라 세륜은 걱정스러운 얼굴로 물었다.

"조금 어지러워."

"집에 가자."

"가긴 어딜 가. 오랜만에 만났는데 술 더 마셔야지. 오늘 여기 거덜 내고 가게."

그들 근처에서 각도를 재고 있던 진우가 세륜을 흘끗 보며 말했다. 탁, 시원한 소리를 내며 앞으로 쭉 뻗어 나가다가 벽에 부딪쳐 다른 방향으로 튀어나가 곳이 다른 공을 때렸다.

"애들이 밤새 술 마시자고 했어. 우리 그렇게 놀아본 지 오래됐잖아."

세륜의 어깨를 툭툭 두드리며 가지 말라고 한 진우는 공이 있는 곳으로 걸어갔다.

"진우 말대로 해. 나는 이따가 술 깨면 택시 타고 갈게."

"위험해. 갈 거면 같이 가."

"애들 오랜만에 보는 거잖아."

"나중에 또 보면 돼."

"나중은 무슨. 너, 오늘 가면 절교다. 하연수, 너도 가지 말고 있어."

당구대를 돌아 반대쪽으로 가던 여환이 두 사람의 대화를 듣고 멈춰 서서 입매를 비틀며 말했다. 평소라면 너는 빨리 집에나 가라고 할 여환이 자신도 가지 말라고 하자 연수가 눈을 키웠다.

"나도?"

"어. 가지 마라. 진짜 가면 안 돼."

반어법으로 가라고 떠미는 건지, 아니면 정말 가지 말라는 것인지 구분이 안 가 연수는 그를 흘겨봤다. 여환은 시니컬한 표정을 지어 보인 뒤 등을 돌려 몇 걸음 걸어가 큐대를 가로로 눕히고 자세를 숙였다.

진우에 이어 여환까지 붙잡자 연수가 고개를 저었다.

"여기 더 있어도 괜찮겠어?"

"응. 진우가 다음이 네 차례라고 하는 것 같은데? 나, 잠깐 화장실 좀 다녀올게."

연수가 자리에서 일어날 행동을 취하자 세륜은 손을 내밀었다.

연수의 손을 잡아당겨 쉽게 일으킨 그는 그녀가 화장실로 향하는 걸 지켜봤다.

"안 갈 거지?"

자신의 차례가 끝나자 여환이 세륜의 옆에 서서 물었다.

"가야지. 연수 조금이라도 자야 해. 안 그럼 불면증 심해져."

"징그럽게도 챙기네. 그래. 갈 거면 둘 다 가라."

둘 다 있든지, 둘 다 가든지 하라고 말한 여환은 주머니에서 담뱃갑을 꺼냈다. 그가 담배를 입에 물자 한준과 진우가 다가와 손을 내밀었다. 그들에게 담배를 물려준 여환은 슬쩍 세륜에게 들이밀었다.

"안 펴."

내기 당구는 뒷전으로 밀려났다. 세 사람은 당구대에 큐대를 기대 세워놓고 뻐끔뻐끔 담배를 피웠다. 여환은 애꿎은 큐대로 바닥을 툭툭 두드리며 딴생각에 잠겨 있는 세륜을 보고 물었다.

"너, 아까부터 계속 잠깐씩 혼자 딴생각하는 것 같다? 무슨 일 있어?"

그 질문에 세륜은 잠시 머뭇거리다가 입을 열었다. 그는 자신 혼자 고민하던 걸 친구들에게 털어놨다.

"슬슬 결혼할까 해."

짧은 정적이 흘렀다.

"응?"

"드디어?"

"……."

진우가 정말이냐는 듯 물었고, 여환은 반기듯 물었고, 한준은 눈썹 끝을 올렸다.

"연수가 결혼 생각 없다고 하지 않았어?"

진우가 고개를 갸웃하며 물었다. 작년 봄쯤에 진우는 으레 오래된 연인에게 하는 질문을 했었다. 연수와 세륜에게 결혼 언제 할 거냐고 물었던 적이 있었다.

그때 연수는 딱 잘라 생각 없다고 했었고, 세륜은 둘 다 준비가 안 됐다고 했었다.

"좀 달라진 것 같아."

세륜은 말을 하면서도 긴가민가하는 모호한 표정을 지었다.

"뭐가?"

질문을 던지면서 진우는 확신이 서지 않은 세륜의 표정에 결혼하겠다는 말이 진심인 것인지 알아내려고 그를 면밀하게 살폈다.

"연수가 좀 달라졌어. 다시 만나면서 달라졌어."

"그래 보이긴 하더라. 연수가 널 대하는 태도가 달라지긴 했어."

진우가 회사 내에서 직원들의 시선 때문이든 아니든, 확실히 연수가 세륜을 전보다는 더 배려하고 존중하는 것 같다고 덧붙였다.

담배 연기를 내뱉으면서 여환이 그럼 좋은 거 아니냐고 말을 한 뒤 그래서 결혼 생각이 든 거냐고 물었다.

"나 말고. 연수가 결혼을 생각하는 것 같아."

"연수가?"

"응. 여자들은 그런다며. 결혼하고 싶어지면 은근히 떠보고 한다며."

"하연수가 널 떠보든?"

"그러는 것 같아."

세륜은 혼자 고민하던 걸 다 이야기했다. 누군가에게 의견을 구하고 싶은데 가족은 절대 불가능했다.

가족들 모두 당장 결혼하기를 바라고 있는 눈치라 결혼에 '결' 자만 꺼내도 날을 잡을 것 같았다. 그래서 친구들에게 의견을 구했다.

세륜은 간략하게 연수가 자신을 떠본 것 같았던 일을 이야기했다. 그리고 친구들의 판단을 기다렸다. 잠깐 생각을 하던 그들은 각자 자신의 의견을 꺼냈다.

"음……. 조금 더 확실하게 표현을 해주면 좋을 텐데. 헷갈리네. 나는 맞는 것 같은데."

진우는 말하면서도 고개를 갸우뚱했다.

"모르겠다, 난. 그냥 그 분위기에 한 말 아니야? 평소에는 그런 말 안 했어?"

"응."

진우와 여환이 한준을 응시했다. 이제 네 의견을 말하라는 그들의 시선에 한준은 재떨이에 담뱃재를 털고 입을 열었다.

"헷갈리면 확인해 보지? 너도 은근히 같이 떠봐. 연수가 결혼하고 싶어서 그러는 거면 맞장구치겠지."

그럼 되겠다는 표정으로 여환과 진우가 세륜을 쳐다봤다. 고개를 끄덕이던 세륜은 다른 문제가 더 있다는 듯 나지막히 한숨을 내쉬었다.

"왜 그래?"

세륜은 이건 말하지 않겠다고 고개를 저었다.

그 시각 화장실에서 볼일을 본 연수는 손을 씻은 뒤 거울에 비친 얼굴을 보고 아연한 표정을 지었다. 아이라이너가 번져 눈 밑에 점점이 검은색으로 물들어 있었다.

"아, 봤으면 이야기 좀 해주지."

분명 봤을 텐데 말해주지 않은 세륜을 원망하며 연수는 손가락으로 눈 밑을 닦으려다 멈칫했다. 그녀는 밖으로 향하는 문이 아닌 그 옆에 굳게 닫힌 문을 주시했다.

화장실 안에 파우더 룸이 따로 있었다. 그곳에 여성용품과 화장을 수정할 때 필요한 면봉과 기름종이, 클렌징 등등이 있다는 걸 떠올렸다.

연수는 파우더 룸의 문을 열고 들어섰다.

"아, 깜짝이야!"

"엄마야!"

안에 있던 두 여자가 갑자기 열리는 문에 화들짝 놀라 작은 소리를 질렀다.

"여기서 뭐 해?"

연수는 소파에 앉아 있는 유리와 정화를 발견하고 물었다. 두 사람은 연수를 확인하고는 동시에 짜증이 가득한 표정을 지었다.

서로를 응시하던 세 사람은 같은 기억을 떠올렸다.

학창 시절 연수는 교내를 휘젓고 다니면서 유리랑 숨어 있는 정화를 찾아다녔었다. 지금 상황이 그때와 비슷했다.

"뭐 하긴. 아무것도 안 했어. 넌 왜 왔는데?"

정화가 연수에게 새치름하게 반응했다.

"화장 고치러."

연수는 짧게 대답을 한 뒤 거울 앞에 섰다. 거울 앞 선반에 있는 면봉 하나를 집어 들고 조심스럽게 눈 밑을 닦아냈다.

"목마르다. 가서 마실 것 좀 가져와."

"여기로?"

"어."

유리의 명령에 정화가 자리에서 일어났다. 굳이 화장실을 통하지 않아도 밖으로 나가는 문이 따로 있어서 정화는 그 문을 이용했다.

연수는 거울을 통해 두 사람을 곁눈질했다. 그러다 정화가 문을 열 때 잠금장치를 푸는 걸 확인했다. 정화가 나가자 아무도 들어오지 못하게 유리가 바로 문을 잠갔다.

번진 화장을 다 닦아낸 연수는 면봉을 쓰레기통에 버린 뒤 몸을 돌렸다.

"혹시 도망 와 있는 거야?"

"도, 도망이라니?"

"여기 숨어 있는 거냐고."

"내가 왜?"

"사람들한테 이상한 이야기했던데. 지금 그것 때문에 여기 숨어든 거 아니야?"

유리가 당황한 기색을 고스란히 내비쳤다. 연수의 말대로 유리
와 정화는 이곳에 숨어 있었다.

연수와 세륜이 다시 만나는 걸 몰랐던 유리는 사람들에게 그와
결혼할 거라고 다 떠벌렸었다. 그런데 연수가 세륜이 같이 나타났
고, 그 뒤로 몇 명이 그녀를 이상한 눈초리로 쳐다봤다.

분명 얼마 가지 않아 두 사람이 여전히 사귀고 있다는 사실이
알려질 게 뻔했다. 그러면 당연히 유리는 비정상적인 사람으로 비
쳐질 거였다.

창피해서 집으로 그냥 돌아가려 했다. 그런데 그냥 가면 진짜
자존심이 상할 것 같았다. 다들 자신을 주시하고 있었다. 그래서
모양 빠지게 가게 밖으로 도망갈 수가 없었고, 그 모습을 보이고
싶지도 않았다. 그렇다고 뻔뻔하게 그 이상한 시선들을 견디면서
있을 수가 없었다.

아니, 실상 유리는 자존심이고 뭐고 창피해서 돌아가려고 했다.
입구 쪽으로 가고 있는데 누군가가 말을 걸며 다가왔다. 그녀는
지레 찔려 방향을 돌려 이곳으로 숨어들어 왔었다.

여환이 자정이 넘으면 사람들을 다 돌려보내고 자기들끼리 놀
거라고 했었다. 그래서 유리는 이곳에서 시간을 죽이고 있었다.

유리와 정화는 밖과 화장실로 이어지는 문을 다 잠그고 있었다.
그러다 방금 전 정화가 화장실에 다녀왔는데 문을 잠그는 걸 깜빡
했고, 하필 연수가 문을 열고 들어온 것이었다.

"무, 무슨 말인지 모르겠는데?"

"우리 헤어졌다고 네가 다 소문냈다던데? 그리고 세륜이하고

결혼한다고 했다며."

"너네 진짜 헤어졌었잖아! 다시 만나는 거 몰랐어!"

"……그래. 그건 그랬다고 치고. 결혼은?"

"아, 몰라!"

연수는 팔짱을 끼고 정색한 얼굴로 유리를 응시했다. 그 비정한 얼굴이 오래전 정화에게 네 잘못을 부모님께 다 말씀드리겠다고 협박했던 일을 떠오르게 했다.

연수는 잘 모르겠지만 유리는 새가슴이었다. 보기와는 달리 마음이 여렸다. 연수의 시선에 괜히 찔리고 주눅이 든 유리는 주저리주저리 다 털어놨다.

"그래 나 세륜이하고 결혼하려고 했어! 아빠가 잘 알지도 못하는 남자랑 선보게 하고 결혼시키려고 해서 이왕 하는 정략결혼이면 아는 사람하고 하려고 했다, 왜?"

"정략결혼? 세륜이랑?"

"아빠가 재작년부터 결혼하라며 한국으로 들어오라고 했어. 계속 버텼더니 용돈도 다 끊어버리잖아. 돈이 다 떨어져서 결국 한국으로 들어와야 했는데 때마침 여환이가 너랑 세륜이하고 헤어졌다고 하잖아."

"그래서?"

"그래서 한국으로 들어와 세륜이랑 결혼하겠다고 말씀드렸지. 그런데 아빠가 안 된대! 이미 결혼할 남자 물색해 놨대! 나보다 7살이나 더 많아! 너 같으면 결혼하겠어? 세륜이랑 결혼한다고 소문내 버리면 아빠가 그 결혼 안 시킬 것 같았어."

"너는 그걸 지금 말이라고 하니? 세륜이 의견은? 그리고 왜 하필 세륜이야? 세륜이 말고 다른 애들 있잖아!"

"다른 애들? 진우네 집안은 망했고, 한준이는 호적에 들어갔다지만 걔 사생아야. 집안 사업에서 배척돼 BAR나 운영하고 있잖아. 아빠 눈에 차겠어? 여환이? 우리 아빠 뒤집어지실걸. 잊었어? 여환이네 집안 알잖아. 그나마 세륜이가 가장 낫지. 아이씨. 너네는 왜 다시 사귀는 건데!"

유리의 이야기를 들은 연수는 황당한 표정을 감추지 못했다.

"세륜일 아직 못 잊었던 거라면 애잔하기라도 했을 텐데. 이건 뭐……."

연수는 정략결혼을 피하고자 세륜을 이용하려한 유리를 철부지 아이를 보듯 했다.

"안 잊었어. 내가 세륜이 얼마나 좋아했는데. 유학 때문에 어쩔 수 없이 헤어졌지만, 그거 아니었으면 네 자리는 내 자리였어. 좋아하니까 결혼할 생각이 있었지."

이제 와서 세륜을 향한 애정을 드러내는 유리는 황당함을 넘어섰다.

"너는…… 됐다."

순간 맥이 빠진 연수는 말문이 막혔다.

"짜증나. 네가 나보다 어디가 더 예쁘다는 거야? 진세륜 눈 삔 거 아니야?"

"죽을래?"

연수가 주먹을 쥔 뒤 때리는 시늉을 했다.

"엄마야! 뭐야, 너 이런 애였어?"

"그러는 너는 이런 애였니?"

고등학생 때 유리는 늘 자신을 고까운 눈으로 깔봤었다. 자신뿐만 아니라 모든 애들을 자기 아래에 뒀었다. 세륜에게 과하게 매달리는 모습을 보이기는 했지만, 유리는 아무도 건드리지 못하는 도도한 공주님이었다.

정화 때문에 한 학년 동안에만 간접적으로 겪었어도 이런 성격인지 전혀 몰랐었다. 연수는 자신이 생각했던 이미지와 너무 다른 유리 때문에 머리가 아득해졌다.

"나 세륜이하고 결혼해야 하는데. 안 그럼 창피해서 어떻게 살아!"

"네가 낸 소문에 나랑 세륜이가 더 피해 입었거든?"

"나 진짜 이상한 남자랑 결혼하게 되면 어떡해?"

"내 알 바 아니지, 그건."

연수는 유리의 투정을 들어주고 싶지 않아 냉정하게 몸을 돌렸다. 그런 연수의 등에 대고 유리가 말했다.

"잠깐. 너네 아직 결혼한 것도 아니잖아. 아, 맞다. 나 세륜이 첫 여자 친구였지. 남자들 첫사랑에 약하잖아?"

"그래서 뭐. 나한테서 세륜이 빼앗아가겠다고? 우리 결혼할 거거든?"

유리에게 버럭 내지른 연수는 잠긴 문을 열고 밖으로 나갔다.

18. 헛소문의 여파

파우더 룸을 나와 복도를 걷던 연수는 중간에서 여환을 만났다.

"세륜이 집에 간다고 너 기다리고 있더라."

"아, 나 혼자 돌아갈 거야. 걱정 마."

여환은 이건 또 무슨 소리냐는 듯 눈썹을 일그러트렸다.

"왜 혼자 가?"

"세륜이 오늘 그냥 가면 절교하겠다며. 너희들 오랜만에 만났으니까 재미있게 놀아. 난 빠져 줄 테니까."

"빠져 주는 건 또 뭐야?"

"너희들 놀 때 나 있는 거 싫어했잖아."

"누가?"

"네가."

"내가?"

여환은 황당하다는 표정으로 연수를 내려다봤다. 그의 표정에 연수가 더 황당해했다.

"왜 아닌 척해? 네가 나 가장 싫어하잖아."

혹시나 보게 되면 빨리 집에나 가라고 한 사람이 여환이었다. 그는 만나자고 약속을 잡을 때 세륜에게 자신을 떼어놓고 오라고 하기도 했었다.

연수는 그걸 근거 삼아 네가 날 가장 싫어하는 거 알고 있다고 말했다.

"와, 이거 진짜 웃기네. 내가 저한테 얼마나 잘해줬는데. 너 싫어했으면 내 성격상 가만뒀겠어? 그리고 나 싫어하는 사람이랑은 한자리에 못 있어."

"잘해주는 게 보면 늘 시비 걸고 집에 가라고 내쫓는 거야?"

"그거야 네가 있으면 한…… 됐다."

여환은 입을 다물더니 신경질적으로 머리를 헝클어트렸다.

"내가 있으면 뭐? 봐봐. 역시 내가 있는 거 싫지?"

"너 진짜 뭘 잘못알고 있는 것 같은데."

"뭘?"

"우리들 중에서 너랑 세륜이 사귀는 거 그나마 내가 좋게 생각하고 있어. 정진우, 그 자식이 너 가장 싫어했거든? 초반에는 그 녀석이 너 진짜 싫어했어. 극혐이라고 아냐?"

"진우가? 정말?"

여환, 한준, 진우, 세 사람 중에서 진우가 가장 편했고 그와 가장 친하다고 생각하고 있었다. 그래서 연수는 여환의 말에 꽤 놀랐다.

"됐다. 안 믿기면 믿지 마. 어쨌든 세륜이 여기에 둘 거면 너도 가지 말고 있어."

"왜?"

"유리 있잖아. 또 무슨 짓을 할 줄 알고. 잠깐 한눈판 사이에 이상한 소문이나 내고 있고. 진짜 확 때려주고 싶네."

여환은 툴툴대더니 골치 아픈 얼굴로 발로 바닥을 찼다. 분명 짜증을 내고 있었다. 그런데 여환의 말속에서 연수는 다른 걸 느꼈다. 그녀는 순간 등줄기를 타고 올라오는 소름 비슷한 걸 느꼈다.

"너…… 손유리 좋아해?"

툭. 바닥을 차던 발이 멈췄다. 여환은 연수를 노려보더니 어색하게 고개를 돌렸다. 그는 도망치듯 걸음을 옮겼다. 파우더 룸 문 앞에 서서 그만 나오라고 문을 두드리는 그를 황망하게 보던 연수는 헛숨을 내쉰 뒤 몸을 돌렸다.

바글바글하던 사람들이 사라진 BAR는 황량했다. 중앙의 테이블로 옮겨 앉아 있는 걸 발견한 연수는 그곳으로 향했다. 곧장 세륜이 자리에서 일어나 그녀를 반겼다.

"사람들은?"

"다 보냈어. 이제 우리들끼리 논다고. 왜 이제야 와. 늦어서 무슨 일 있나 걱정했잖아."

"유리랑 이야기 좀 하느라."

"······무슨 이야기?"

세륜의 미간이 깊게 파였다. 유리가 이상한 말로 연수의 속을 뒤집어놓은 건 아닌지 긴장한 표정을 했다. 연수는 유리와 나눈 이야기를 하려다 한준과 진우, 정화를 보고 나중에 이야기하자고 한 뒤 자리에 앉았다.

"왜 앉아. 집에 안 가?"

"우리들끼리만 논다고 사람들 보냈다며. 조금 더 있다 가자."

손목시계로 시각을 확인한 세륜은 이맛살을 구겼지만, 순순히 자리에 앉았다. 얼마 지나지 않아 유리와 여환이 왔다. 곧바로 진우가 잔을 돌렸다.

차분한 얼굴로 시선을 내리깔고 있었지만 연수의 속은 전혀 차분하지 않았다.

"세륜아, 진짜 보고 싶었어. 내가 유학을 가는 게 아니었는데."

이 말이 유리의 입에서 몇 번이나 흘러나왔는지 모른다. 연수는 세다가 지쳐서 말았다. 세륜의 몸이 자신에게로 기울자 연수는 고개를 돌렸다.

세륜의 팔에 얼굴을 묻고 칭얼대는 유리를 여환이 다시 끌어다 자신에게 기대게 했다. 그런데 유리는 다시 세륜에게 매달리려고 했다. 세륜은 그런 유리를 밀어내지 않고 그저 최대한 피하고 있었다.

"손유리, 정신 차려."

"왜 또 차갑게 굴어? 그러지 마. 나 상처받잖아. 애들아, 세륜이

혼내. 응? 나한테 그러지 말라고 혼내."

술에 취한 유리가 계속 세륜에게 치근덕댔다. 윙크도 하고 예전처럼 안아달라고 조르더니 이제는 키스를 해달라고 졸랐다.

"예전에는 내가 해달라는 대로 다 해줬잖아!"

"박여환, 더 못 참겠으니까 손유리 좀 어떻게 해봐."

세륜은 키스에서 연수가 꽤 화가 난 걸 감지하고는 유리의 입을 틀어막고 여환에게 밀어냈다.

"해달라는 대로 다 해줬나 봐?"

"해주기는. 손유리가 멋대로……. 그만 집에 갈까?"

싸우더라도 집에 가서 싸우는 게 낫겠다고 판단한 세륜은 연수를 일으키려고 했다.

"대학 가서 많은 여자들이랑 놀았던 거 나 때문 아니었어? 내가 없어서 허전해서 그런 거 아니었어? 이씨. 날 못 잊었으면 기다렸어야지! 하연수도 그래서 만나는 거지?"

세륜은 유리를 노려봤다.

이래서 그는 아까 연수를 데리고 가려고 했었다. 유리는 애들과 한자리에 있으면 참았던 불만을 터트렸고, 그럴 때면 여환과 진우가 잘 좀 하라고 타박을 놓았다. 유리는 그걸 노려 늘 자신에게 무언가를 요구했었다.

예전처럼 차갑다고 불만을 쏟아내고 애들에게 혼을 내라고 하는 깃도 모자라 술에 취해서인지 급기야 혼자만의 착각을 이야기하는 유리를 세륜은 포기한 눈으로 바라봤다.

그는 집으로 돌아가 연수에게 해명해야 할 것들을 머릿속으로 정리했다.

"나는 이 결혼 반대야! 세륜이는 나랑 결혼해야 해!"

"너랑 안 해. 나랑 해."

유리의 말에 더는 참지 못하겠는지 연수가 단호하게 대꾸했다. 그녀의 말에 네 남자가 시선을 주고받았다.

연수를 노려보던 유리는 싸늘한 그녀의 시선에 기가 팍 죽었다. 그녀는 굉장히 억울하다는 듯 혼잣말을 하기 시작했다.

"왜 하필 하연수야. 쟤가 뭔데 다들 쟤를 좋아해. 나보다 안 예쁘잖아. 그런데 왜. 진세륜도 하연수를 좋아하고, 서한준도 하연수를 좋아하⋯⋯ 읍!"

유리의 혼잣말에 경악한 여환이 그녀의 입을 급히 막았다. 하지만 이미 분위기는 싸해졌다. 모두가 얼어붙은 듯 미동도 하지 못했다.

"유리가 많이 취했네. 야, 김정화 좀 깨워봐. 둘 다 보내자, 그만."

여환이 테이블에 엎드려 자고 있는 정화를 깨우라고 진우에게 말했다. 그런데 그는 한준을 보고 있었다.

"한준이 너, 연수 좋아해?"

진우의 입에서 질문이 나왔다. 술로 입안을 헹구고 넘긴 한준은 내내 닫혀 있었던 입술을 움직였다.

"설마."

"아니지? 아, 놀랐네. 손유리, 쟤는 왜 헛소리야."

진우가 안도한 표정으로 술잔에 손을 가져갔다. 그런데 뒤이은 한준의 말에 그의 손이 허공에서 멈췄다.

"좋아했었지. 좋아하는 건 아니고."

다시 또 분위기가 싸해졌다. 여환의 손에 입이 틀어 막혀 있던 유리가 그의 손에서 벗어나더니 연이어 폭탄을 터트렸다.

"한준이 첫사랑이 하연수잖아. 도대체 쟤가 어디가 예뻐?"

"손유리 입 좀 다물어."

소파에 등이 세게 부딪힐 정도로 휙, 유리를 잡아당겨 민 여환은 낮게 읊조렸다. 자신에게 사나웠던 적이 없던 여환의 행동에 유리가 놀라 화등잔만 해진 눈으로 그를 보다가 고개를 끄덕였다.

"하. 서한준, 방금 한 말 농담이지? 설마 진담이야?"

짧게 숨을 내뱉은 세륜은 한준을 노려보며 물었다. 연수에게 접근하는 모든 남자에게 경계심부터 보이는 그가 바로 험악한 표정을 지었다.

"뭘 어쩌겠다고 생각한 적 없어. 그냥 좋아했던 것뿐이야. 술맛 떨어졌네. 그만들 가라."

한준은 나중에 보자며 자리에서 일어나 자신의 사무실로 사라졌다.

묵직한 공기에 갇혀 다들 섣불리 말을 꺼내지 못했다. 세륜은 복잡한 얼굴로 생각에 잠겼고, 진우는 본인의 의도는 아니었겠지만 친구들 사이를 갈라놓는 연수를 삐딱하게 쳐다봤다. 여환은 이 사태를 만든 유리를 노려봤고, 유리는 뭔가 잘못된 걸 감지했는지 죄지은 얼굴로 고개를 숙였다.

연수는 빈 한준의 자리를 응시하다가 생각에 잠긴 세륜의 옆얼굴을 눈에 담았다.

"진우는 몰랐던 것 같고. 나랑 연수는 당연히 몰랐고. 여환이 너랑 유리는 알고 있었던 거지?"

세륜이 낮게 가라앉은 목소리로 물었다.

"……어."

"어떻게? 본인한테 직접 들었어?"

"아니. 그 녀석 자기 속내 안 드러내잖아. 어쩌다 눈치로 알게 됐어."

언젠가 이상한 느낌을 받았다. 여자 이름을 못 외우는 한준이 연수의 이름은 잘 기억했다. 그 뒤로 한준을 주시하게 됐다. 그가 연수를 대하는 모습에 아주 사소하지만 특별한 게 있었다. 그걸 다 합쳐 생각한 뒤에 알아차렸다. 한준이 연수를 좋아하는 것을.

그래서 놀 때 연수를 빨리 보내려 했고 세륜이한테 데리고 오지 말라고 했었다. 혹시나 한준이 연수를 더 좋아하게 될까 봐 그랬었다.

일부러 연수에게 시비를 걸고 그녀의 험담을 늘어놓은 것도 다 한준의 마음을 되돌리기 위해서였다. 가끔 한준이한테 너도 연수를 싫어하지 않느냐, 라고 끈질기게 물어 그의 동의를 받아냈다. 그때 아마도 한준은 눈치챘을 거다.

한준은 연수를 향한 감정을 자신이 알아차렸다는 걸 눈치채고 더욱 조심했다. 혹시나 세륜이도 그걸 알게 될까 봐 신중하게 행동했다.

"한준이 지금껏 단 한 번도 내색 안 했어. 너랑 틀어질까 봐. 지금 저 녀석 너한테 미움 살까 봐 도망간 거야. 그러니까 좀 이해해라. 쟤라고 친구 연인을 좋아하고 싶었겠냐."

"우리 먼저 간다."

세륜은 연수를 일으켜 세운 뒤 입구 쪽으로 빠르게 걸어갔다. 그에게 손목이 잡혀 휘영청 걷는 연수를 보고 여환이 걱정스러운 표정을 지었다. 설마 애먼 불똥이 그녀에게 튀는 건 아닌지 싶었다.

"야, 진세륜! 야!"

여환이 그를 불렀지만, 세륜은 직원에게서 코트를 받아 들고 가게를 나갔다.

겨드랑이를 파고들어 간 큼직한 손이 등을 지나 목 뒤에 닿았다. 그 손이 뒷목을 감싸고 들어 올리자 연수의 고개가 절로 뒤로 젖혀졌다. 벌어지는 입안으로 세륜의 혀가 깊이 파고들었다.

"으응…… 음."

세륜이 뒷목을 더 들어 올리자 연수의 고개가 한껏 젖혀짐과 동시에 상체가 위로 살짝 들렸다. 그의 다른 손은 허리 아래로 들어가 그녀의 몸을 바짝 끌어당겼다. 그와 동시에 남성이 여성 안으로 가득 찼다.

빈틈없이 맞물린 몸이 위아래로 함께 흔들렸다. 세륜이 엉덩이를 크게 돌려 여성 전체를 압박하자 연수가 자지러지며 허리를 낭

창낭창하게 휘었다.

"크…… 읏, 하아."

내밀한 속살이 잔뜩 조이자 세륜은 짙은 신음을 흘렸다. 그는 연수의 몸을 놓아주고 팔꿈치로 매트리스를 짚었다.

음욕으로 세륜의 눈자위가 붉어졌다. 그는 오로지 이 행위에만 집중해 몸을 움직였다. 다른 생각을 떨쳐 내려는 듯 거칠게 움직이며 쾌락만을 좇았다.

"아, 세륜아…… 아흐응!"

두 사람의 온몸이 땀으로 젖어 있었다. 세륜의 등을 감싸 안고 있던 여린 팔이 땀에 주르륵 미끄러졌다.

세륜의 볼을 타고 흘러내린 땀방울이 턱 끝에 맺혔다. 이내 중력을 이기지 못하고 뚝, 연수의 몸 위로 떨어졌다.

"그, 그만……."

더는 세륜의 욕망을 좇아가지 못할 것 같은 연수가 그의 어깨를 살짝 밀어냈다.

"미안. 힘들어?"

작게 고개를 끄덕이는 연수의 이마에 입술을 묻은 세륜은 느릿하게 자신의 몸을 빼냈다. 아직 끝나지 않았다는 듯 남성이 불끈거렸지만 그는 몸을 돌려 반듯하게 누웠다. 이전에 한 관계에서 크게 절정을 느꼈기 때문인지 참을 만했다.

"헉, 헉, 헉."

세륜의 입에서 터끼기 숨이 한 듯한 거친 숨이 흘러나왔다. 그의 가슴이 크게 오르락내리락했다. 마찬가지로 숨을 고르던 연수가 고개를 돌렸다.

"세륜아."

계속 신음을 내질러서인지 목이 잔뜩 쉬었다. 연수가 자신을 부르자 세륜은 반사적으로 몸을 돌려 그녀를 껴안았다. 여체가 땀으로 진득하니 젖어 있자 그는 시트를 끌어다 닦았다.

"조금만 쉬고 씻겨줄게."

"그냥 잘래."

체력이 바닥난 몸은 휴식을 필요로 했다.

"내일 연차 내자. 출근 못 하겠다."

이렇게 심란한 상태에서 출근을 해봤자 일에 집중하지 못할 것 같았다. 그전에 아침에 일어나지도 못할 것 같았다.

세륜은 바닥으로 꺼지는 몸에 눈을 감았다.

두 사람 다 눈을 감았지만 쉽사리 잠이 들지 못했다.

한준의 BAR에서 나온 뒤부터 세륜은 입을 닫았다. 혼자 생각을 하다가 갑자기 연수를 안고, 그걸 반복했다.

연수는 세륜이 무슨 생각을 하고 있는지 궁금해졌다. 그녀는 한준이 자신을 좋아했었다는 것에 놀랐다. 그녀는 그뿐이었는데 세륜은 달랐다.

"세륜아, 자?"

"……아니."

"한준이……."

세륜이 손을 움직여 연수의 입술을 건드렸다. 툭툭 입술을 건드리는 손길에 그녀가 말을 하다 말았다.

"네 입에서 한준이 이름 나오는 거 싫어."

"나는 전혀…… 그러니까……."

무슨 말을 어떻게 해야 할지 몰라 연수가 우물쭈물했다. 눈을 감고 있던 세륜은 느리게 눈꺼풀을 들어 올렸다. 이야기를 나누고 싶어하는 걸 알아차린 그는 낮게 한숨을 내쉬었다.

"지금 뭘 어떻게 해야 할지 모르겠어. 그냥 복잡해. 미안. 또 이렇게 널 안아서."

연수가 괜찮다고, 사과하지 말라고 고개를 저었다.

"한준이…… 누구를 쉽게 좋아할 녀석 아니야. 엄마에게 버림받고 본가로 들어가면서 마음을 닫았어. 그나마 우리들한테 마음을 연 거야. 누구를 좋아하는 걸 본 적도, 좋아한다고 말하는 걸 들어본 적도 없었어. 그런 녀석이 누군가를 좋아했다는 게, 그게 너라는 게…… 하아."

연수는 지금 세륜이 한준을 걱정하고 있다는 걸 깨달았다. 그를 미워하는 줄 알았는데 아니었다.

하기야 세륜은 마음을 준 사람에게는 늘 진심으로 대했다. 자신이 싫어해도 친구들을 놓지 않았다는 건, 그들을 정말로 좋아했다는 거였다.

"난 그것도 모르고 네 이야기 많이 했었어. 너 때문에 내가 얼마나 행복한지 자랑했었어."

"세륜아."

"그게 미안해. 그런데 한편으로는 원망스러워. 왜 하필 내 여자야. 너를 좋아했다는 건 어쨌든 욕심이 났다는 거잖아. 뒤에서는 내 뒤통수를 칠 생각을 하지는 않았을까, 너와 헤어졌을 때 그 녀석은 웃고 있지 않았을까."

"……."

"나는 왜 널 한준이 앞에 보였을까. 나만 널 볼걸. 왜 그 녀석 눈에 들게 했을까. 널 다른 눈으로 봤을 한준을 생각하면 화가 나. 널 탐내는 다른 남자들은 다 없애 버리고 싶을 정도로 싫어. 한준이도 마찬가지야."

"세륜아."

"그런데 걘 내 친구잖아. 앞으로 계속 볼 평생 친구."

다른 사람이 우리를 좋아한다고 한들 연수는 상관없다고 생각했다. 우리 둘이 사랑하면 그만이라고 생각했다. 윤성이 자신을 좋아하고, 유리가 세륜을 잊지 못했다고 해도 불쾌하기만 했을 뿐 크게 개의치 않았다.

그런데 그건 그 사람들이 우리에게 중요하지 않았기 때문이다. 반면 한준은 세륜에게 중요한 사람이었다. 윤성과 유리와는 달랐다.

"지금은 널 단념했다고 해도…… 아, 모르겠다. 단념했다면 지금 와서 굳이 밝힐 필요 없었잖아. 손유리가 취해서 한 말이라고 넘어갔으면 되잖아. 아직 널 좋아하는 건 아닐까? 그래서 지금이라도 뭘 어떻게 해보려고 하는 걸까? 그 녀석에게 나보다는 네가 더 중요해진 건 아닐끼?"

"……."

"……복잡해, 그냥."

연수는 조금씩 세륜의 마음을 읽었다. 자신 때문에 한준과 틀어질까 걱정이 되고, 그렇다고 해서 자신을 포기할 마음은 절대 없는 그 고뇌를 읽었다.

"사랑해. 세륜아, 사랑해."

연수가 위로로 해줄 수 있는 말은 이것밖에 없었다. 세륜은 눈을 감고 연수의 가녀린 어깨에 얼굴을 묻었다.

아침이 밝았을 때 연수는 눈을 떴다. 세륜은 쥐 죽은 듯이 잠들어 있었다. 연수가 품에서 벗어나 부스럭거리며 일어나도 그는 깨지 않았다.

연수는 씻고 난 뒤 출근 준비를 했다. 세륜의 옷장에 걸린 자신의 옷을 찾아 꺼내 입고 화장을 마친 그녀는 일어나서 자신을 찾을 그를 위해 메모를 남겼다.

출근길이 너무 고단했다. 택시를 탔는데도 어젯밤의 여파로 몸이 나른했다.

사무실로 들어서서 인사를 한 연수는 묘한 분위기를 읽었다.

모두들 자신을 흘끔거리다가 눈이 마주치면 화들짝 놀라며 시선을 피했다.

그녀는 일단 윤성의 앞으로 걸어갔다.

"과장님,"

"하 주임."

"진 대리님, 오늘 몸이 안 좋으셔서 연차……."

세륜이 오늘 회사에 나오지 못할 것 같다는 말을 하려던 연수는 윤성의 예사롭지 않은 표정에 고개를 갸웃했다.

"하 주임이 안 나올 줄 알았는데, 진 대리가 안 나오네요? 진 대리 쪽이 타격이 더 클 리가 없는데."

"네?"

"연차 처리하겠습니다. 난 또 사표 들고 오는 줄 알고 놀랐네."

"무슨 사표요?"

어리둥절한 연수를 윤성은 안쓰럽게 쳐다봤다. 자리로 돌아가라는 그의 손짓에 연수는 찜찜한 마음으로 돌아섰다. 그녀가 업무 준비를 할 때 진우가 사무실로 들어왔다. 그는 곧장 연수에게 다가가 그녀의 어깨를 꽉 움켜쥐었다.

"나 좀 보자."

따라나오라는 눈짓에 연수는 그를 뒤따랐다. 가는 내내 기묘한 시선이 그녀를 따랐다. 지나가는 사람들이 다 한 번씩은 자신을 쳐다보자 연수는 불길한 느낌에 사로잡혔다.

빈 회의실로 연수를 데리고 온 진우가 물었다.

"세륜이는?"

"연차야, 오늘."

"출근하라 해."

"왜?"

"소문났어. 너랑 세륜이 헤어졌다고."

"응?"

진우가 한준에 대한 이야기를 할까 봐 조마조마했다. 그런데 전혀 생각지도 못한 말이 나왔다. 그 말에 연수의 눈이 휘둥그레졌다.

다시 사귀는 지금, 왜 헤어졌다는 소문이 난 것이냐는 표정으로 그녀가 진우를 바라봤다.

"그제 BAR에 회사 사람 중 누가 있었나 봐. 손유리가 세륜이랑 결혼한다고 하는 거랑 너랑 헤어졌다고 말하는 걸 들었나 봐. 너랑 세륜이가 BAR에 같이 모습을 드러내기 전에 이미 다른 직원들한테 그 이야기를 해서 지금 회사에 다 소문났어."

"뭐?"

"소문도 아주 거지같이 났어. 세륜이네 집안도 다 알려진 것 같아. '정략결혼으로 세륜이랑 유리가 결혼을 할 예정이고, 그것 때문에 너는 지금 버림받았다' 내가 들은 소문은 여기까지야."

연수는 윤성의 말을 이제야 이해했다. 왜 그가 안쓰러운 눈으로 자신을 봤는지 알고서는 그녀는 황당함을 감추지 못했다.

"한시라도 빨리 소문 가라앉히는 게 좋을 거다. 아, 진짜. 한준이 때문에 안 그래도 머리 아픈데."

"한준이랑 그 뒤에 이야기 나눠봤어?"

"아니. 세륜이는 뭐래?"

"복잡한가 봐."

"그러겠지. 나 같아도 생각 많아지겠다."

먼저 회의실을 나서는 진우의 뒷모습을 보던 연수는 휴대폰을 꺼내 세륜에게 전화를 걸었다. 잠에서 이제 깬 것인지 세륜은 연수의 전화를 받고 당황해했다. 같이 연차 쓰자고 했더니 왜 출근을 했냐고, 할 거면 깨우지 그랬냐고 타박을 놓는 그에게 연수는 지금 회사 내에 떠돌고 있는 소문을 이야기했다.

낮은 목소리로 손유리를 가만두지 않겠다고 이를 갈던 세륜은 금방 가겠다고 한 뒤 전화를 끊었다.

월요일 업무는 늘 회의로 시작이 되었다. 연수는 힐끔힐끔 자신에게 쏟아지는 시선에 볼 안쪽 살을 깨물었다.

누가 먼저 지금 돌고 있는 소문이 사실이냐고 물어봐 준다면 아니라고 대답을 할 텐데 다들 눈치만 보고 있었다. 우리 안 헤어졌다고 말하고 싶었는데 지금 그들이 그걸 믿어줄지 미지수였다.

지금 자신은 버림받은 여자가 되어 있는 상황이었다. 먼저 아니라고 하면 버림받은 걸 인정하지 못하고 매달리는 꼴로 보일 것 같다고 진우가 세륜이 오면 같이 해명을 하라고 했다.

기묘한 분위기 속에서 회의가 끝나가고 있을 때 회의실 문이 벌컥 열렸다.

"……죄송합니다. 늦었습니다."

세륜이 회의실로 들어오자 다들 연수와 그를 번갈아가며 쳐다봤다.

"연차 쓴 거 아니었나요?"

"연차 쓸 상황이 아니더군요."

윤성의 질문에 대답한 세륜은 곧장 연수의 옆으로 걸어갔다. 그녀의 옆에 앉아 있던 대영이 슬그머니 일어나 자리를 옮겼다. 세륜은 그 빈자리에 앉고는 팀원들을 차례로 응시했다.

"회의 중에 죄송하지만, 지금 이상한 소문이 돌고 있는 것 같아 부탁 좀 드리려 합니다. 저희 안 헤어졌습니다. 저, 다른 여자와 결혼 안 합니다. 지금 무슨 소문이 더 어떻게 돌고 있는지 모르겠지만, 다 사실무근입니다. 그러니 이 이야기 좀 퍼트려 주시겠습니까."

세륜의 이야기에 윤성의 얼굴에 짧은 아쉬움이 스쳐 지나갔다. 그걸 놓치지 않은 세륜의 입가가 일그러졌다. 자신이 없는 사이에 설마 연수를 노린 건 아니겠지, 하는 시선으로 그를 노려봤다.

월요일 오전에 떠돌았던 황당한 소문은 가라앉았다. 하지만 며칠이 지난 지금도 의혹 섞인 눈초리가 뒤따랐다.

연수는 사내 연애의 피곤함을 몸소 체험 중이었다. 더불어 소문의 무서움까지 경험하고 있었다.

두 사람의 이별 소동은 짧은 해프닝으로 끝나는 듯했으나 그 여파는 계속해서 일어났다.

문제는 소문의 일부가 사실이라는 것에 있었다. 세륜의 집안이 호텔과 리조트를 경영하고 있는 재력가라는 게 밝혀지면서 한바탕 난리가 났다.

외모 하나만으로 여자들의 인기를 독차지했는데 집안까지 받쳐 주자 그의 인기는 더 치솟았다. 인기가 더 많아진 것에서 끝났다면 좋았을 텐데 그게 끝이 아니었다.

"진 대리님, 이것 좀 드셔보세요. 제가 오늘 구운 쿠키예요."

"대리님, 쿠키 드실 때 이거랑 같이……."

복도를 거닐던 세륜은 갑자기 튀어나온 두 명의 여직원에게 붙들렸다.

"됐습니다."

세륜의 눈동자에 짜증이 가득했다. 그는 며칠째 이와 비슷한 일을 겪고 있었다. 그리고 그 모습을 연수가 번번이 목격했다.

이번에도 어김없이 반대편 복도에서 진우와 걸어오던 연수가 그 모습을 목격했다. 연수는 옆에 있는 진우에게 요 며칠 다들 왜 저러는지에 대해 물었다.

"갑자기 왜들 저래?"

"돈 많고, 잘생기고, 능력 있는 남자를 좋아하는 여자들이 한둘인가."

"전에는 안 저랬잖아."

여직원들에게 워낙 차갑게 구는 세륜인지라 다들 그에게 섣불리 다가가지 못했었다. 더불어 애인까지 있으니 접근하지 못했다. 애인 있는 남자한테 치근덕대 봐야 좋은 소리 들을 거 없었으니 당연했다. 물론 은정과 같은 예외가 있기는 했지만, 제대로 된 사고를 하는 사람이라면 그러지 못했다.

"신데렐라 환상이 실현될 기회가 주어졌잖아."

"집안 때문에 저런다고?"

"너 돈의 무서움 모르지? 있으면 벌 떼같이 달려들어. 지금 저

들 눈에 세륜의 짜증이나 정떨어질 정도로 차가운 성격이 보일 것
같아? 아니, 전혀 개의치 않을걸. 돈 많으면 애인이 있든 여자가
많든 그것도 다 상관없어. 그러다가도 그 돈이 사라지면 뒤도 안
돌아보겠지."

진우의 말은 굉장히 시니컬했다. 그건 그의 경험담이기 때문일
지도 모른다. 갑자기 집안이 망하면서 그의 주위에 있던 많은 사
람들이 등을 돌렸었다.

"그래도. 내가 보고 있는데."

"헤어졌었다는 소문이 났었잖아. 아니 뗀 굴뚝에 연기 나겠느
냐, 둘이 사이가 안 좋았었던 게 틀림없다. 이런 생각을 하고 있겠
지. 요즘 세륜이 표정이 안 좋잖아."

세륜은 아직 한준과 연락을 하지 않고 있었다. 이대로 두 사람
의 우정이 깨지는 건 아닌지 진우는 걱정했다. 네 남자의 우정이
얼마나 돈독했는지 아는 연수도 걱정하지 않을 수가 없었다.

그 때문인지 세륜은 살이 조금 빠졌다. 원래 날렵했던 턱선이
더 날카로워졌다. 차가운 인상이 더 서늘하게 도드라졌다. 그래서
전보다 냉기가 더 폴폴 날리는데 접근하는 여직원들은 기하급수
로 늘어났다.

진우는 세륜에게 안달난 여직원들을 보고 매섭게 혀를 찼다. 연
수는 그의 뒤를 따르며 세륜을 둘러싼 여자들을 노려봤다.

가서 뭐라고 하기엔 애매했다. 여직원들이 그저 간식을 주는 것
뿐인데 왜 그러느냐고 따지면 자신만 속 좁고, 의심 많고, 애인 일
에 오버하는 여자가 되기 십상이었다.

부산지점 기획조정 부서에서 본사로 출장을 왔다. 그것 때문에 세륜과 진우는 회의실에서 종일 시간을 보내고 있었다. 연수는 빈 세륜의 자리 위에 놓인 초콜릿과 비타민 제품 등등의 각종 간식을 노려보았다.

"오늘도 진 대리님 인기가 많으시네요. 어머나, 또 오네."

윤정이 세륜의 자리를 보고 한마디 했다. 연수의 속을 뒤집으려고 하는 말이 아니라, 눈치를 보며 세륜의 자리로 다가오는 여직원에게 들으라는 말이었다.

윤정에 이어 연수와 눈이 마주친 여직원은 샐쭉한 표정으로 끝까지 세륜의 자리에 물건을 놓고 갔다.

"여기가 무슨 고등학교인 줄 아나 봐요."

"그러게요."

노골적으로 세륜에게 대시를 하거나 이렇게 몰래 마음을 표현하는 여자들에게 연수는 점점 질려가기 시작했다.

윤정이 커피 한잔하러 가자는 제안했다. 연수는 잠깐의 휴식을 취하는 게 좋을 것 같아서 자리에서 일어났다. 두 사람은 휴게실로 향하면서 회의실을 지나갔다.

블라인드가 올라가 있어 회의실 안이 들여다보여 무심코 안쪽을 보던 연수는 두 남녀를 보고 걸음을 멈췄다.

"김 주임님, 저분 알아요?"

"누구요? 아, 부산지점 기획조정 부서의 신나희 대리님이세요."

세륜의 옆에 낯선 여자가 앉아 있었다. 두 사람은 한 노트북을 들여다보면서 이야기를 나누고 있었다. 단지 그뿐이었다면 그냥 지나쳤을 거다.

요즘 내내 잘 웃지 않았던 세륜이 미소를 짓고 있었다. 억지로 끌어 올린 입술이 아니라 눈매도 살짝 접어 진짜로 웃고 있었다.

세륜의 연한 미소를 본 연수는 순간 심장이 내려앉았다. 낯선 여자에게 그가 웃어 보일 거라는 건 상상조차 해보지 않았었기에 적지 않은 충격을 받았다.

"하 주임님?"

"아, 가요."

신나희라는 여자에게서 무슨 이야기를 들은 것인지 세륜의 입매가 다시 호선을 그렸다. 그 모습을 마지막으로 연수는 걸음을 옮겼다.

퇴근 전에 세륜이 사무실로 복귀했다. 그는 제 책상에 있는 것들을 보더니 한데 모아 빈 책상 위에 올려두었다. 아무나 와서 가져가 먹으라는 뜻이었다.

세륜은 연수의 옆에 허리를 숙이고 서서 낮게 속삭였다.

"오늘 혼자 집에 가야 할 것 같은데."

"왜?"

"부산지점에서 온 사람들이랑 회식 있어."

"아⋯⋯."

"늦지 않으면 네 집으로 갈게."

"늦더라도 와. 기다릴게."

"그래. 이번 주말에는 어디 놀러 갈까? 하룻밤 자고 오자."

"일요일 오전에 결혼식 있잖아."

"아, 그랬지."

일요일에 세륜의 외가 쪽에 결혼식이 있었다. 여행은 조금 더 날이 풀리면 가기로 하고 연수는 먼저 퇴근 준비를 했다.

사무실을 나선 연수는 복도에 서 있는 그 여자를 발견했다. 눈이 마주쳤는데 그녀가 연수에게 고개를 작게 숙였다 들며 인사했다. 연수도 똑같이 인사했다. 여자는 환하게 웃어 보인 뒤 다시 자신의 동료들과 이야기를 나누었다.

이상하게 귀가한 한참 뒤에도 연수는 그 여자의 미소가 머릿속에서 떠나지 않았다.

"뭐지? 왜 그렇게 웃은 거지?"

혹시나 그 웃음에 무슨 의도가 있었나, 하는 의심까지도 들었다. 요즘 자신을 보며 묘한 웃음을 짓고 적대적인 시선을 보내는 여직원들이 한둘이 아닌지라 모든 웃음이 다 의심스러웠다. 하지만 근 시일 내에 다시 볼 사람도 아니니 신경 쓰지 말자는 결론을 내리고 세륜이 오기를 기다렸다.

처음에는 아무렇지도 않았었다. 그런데 시간이 지날수록 연수는 초조해졌다.

8시. 9시. 술자리가 2차까지 이어지면 더 늦어질 수도 있었다.

그래서 더 기다렸다.

10시. 11시. 지금쯤이면 술자리가 파할 시간이었다. 그런데 세륜한테서 아직까지 연락이 없었다.

12시. 날이 바뀌었다.

초조함이 점점 커지고 불안함이 섞이기 시작했다. 연수는 너무 늦는 거 아닌가 싶어서 세륜에게 전화를 걸었다. 그런데 그가 전화를 받지 않았다. 음성사서함으로 넘어가면서 연수는 머리부터 발끝까지 섬뜩해지는 걸 경험했다.

1시가 넘어가자 그녀는 갖은 상상을 하게 되었고 머릿속을 새하얗게 만드는 불안감에 휩싸였다.

내일이 주말이라 일찍 내려가겠다더니 술이 한잔 들어가자 끝장을 보려고 했다. 1차보다 더 길어진 2차에 가게를 나설 때는 10시가 넘었다. 대리운전기사를 부른 뒤 차에서 쉬고 있던 세륜은 휴대폰이 울리자 발신자를 확인했다.

먼저 연락이 올 거라고 생각하지 않았던 사람이었다. 세륜은 목소리를 가다듬고 전화를 받았다.

"여보세요."

[안 바쁠 때 가게로 와.]

대답을 하려던 차에 누군가가 운전석 창문을 두드렸다. 대리 부르셨냐고 묻는 목소리에 세륜은 잠금장치를 풀었다.

"지금 갈게."

대답을 하자마자 전화를 끊은 그는 차 문을 열고 내려 뒷좌석으로 옮겨 탔다. 대리운전기사에게 한준의 BAR 위치를 알려준 뒤 그는 휴대폰을 만지작거렸다.

연수에게 한준을 만나러 간다고 이야기를 할까 고민을 하던 세륜은 휴대폰을 주머니에 넣었다.

한준을 만나는 걸 알면 연수는 아마도 자신과 한준의 생각하면서 기다릴 터였다. 자신 말고 다른 남자를 생각하는 것조차도 싫어 말하기 싫었다. 이럴 때 보면……

"변한 게 없네."

약간의 위기나 경계심이 생긴다 싶으면 발동되는 자신의 독점욕에 세륜은 쓴웃음을 지었다.

목적지가 바뀐 탓에 대리운전기사는 더 먼 거리를 운전해야 했다. 세륜은 넉넉한 대리운전 비용을 지불했다.

BAR에 들어서자 직원이 가장 안쪽 자리로 안내했다.

"잘 못 지낸 얼굴이다?"

"너도."

세륜은 평소와 달리 탈색된 머리칼이 헝클어지고, 구겨지고 느슨한 옷차림의 한준을 보고 미간을 찌푸렸다.

"앉아."

한준의 맞은편에 앉은 세륜은 양주병을 드는 그에게 맞춰 잔을 들었다. 짙은 고동색의 액체가 채워졌다. 얼음 없이 스트레이트로 잔을 비운 두 남자는 정적을 즐기는 듯 말이 없었다.

몇 차례 더 잔을 주고받은 뒤에 한준이 담배를 꺼내 물었다. 희뿌연 연기가 그의 입술에서 나와 허공으로 흩어졌다. 그 연기처럼 몽롱한 얼굴을 한 한준에게 세륜이 먼저 말을 꺼냈다.

"안 들은 걸로 할게."

이대로 한준과 등을 질 수는 없었다. 그간 고민 끝에 세륜은 이와 같은 결론을 내렸다.

"……그럴 줄 알았다."

"미안하다. 나, 네 마음 외면하고 싶어."

"누가 들으면 너한테 고백한 줄 알겠다."

한준의 농담에 세륜의 입에서 픽, 짧은 웃음이 나왔다. 덕분에 분위기가 처음보다 가벼워졌다.

"과거라며. 현재는 아니라고 했으니까 없던 일로 하자."

"과거인데 굳이 이야기 꺼냈다는 건 현재 진행형일 수도 있다는 생각 안 해봤어?"

"서한준."

"이것도 농담인데. 다 지난 일이야. 하연수한테 마음 접은 지 좀 됐어."

한준은 쿡쿡 웃고 잔을 비웠다. 세륜은 한준의 말이 거짓일 거라는 느낌을 더 강하게 받았다. 하지만 그걸 내색하지 않았다. 한준의 말을 믿어줘야 할 것 같았다. 그가 지금 자신과의 우정을 지키려고 하고 있다는 걸 알아 속아 넘어가야만 했다. 그리고 세륜은 내심 안도했다.

"그런데 왜 털어놨어."

"여환이 그만 좀 하라고. 너랑 연수랑 같이 있을 때 자꾸 나 떠보고 쉴드 치는 것 좀 그만 보고 싶어서. 다 털고 끝났으니 그만하겠지, 이젠."

"그것 때문이었어?"

"어. 난 아무렇지도 않은데 여환이가 자꾸 눈치 보니까 짜증나더라고. 불편하기도 했고."

"그랬겠네."

다 피운 담배를 재떨이에 비벼 끈 한준은 소파에 깊숙이 몸을 묻었다. 세륜은 변명 같지 않은 말을 받아들이고 이해하는 척하는 자신에게 욕지기가 나왔다. 속으로 자신을 향해 혀를 찬 그는 답답함에 연거푸 술을 들이켰다.

"안 맞았나?"

갑자기 여환의 목소리가 툭 끼어들었다. 고개를 들자 여환과 진우가 서 있었다. 그들은 세륜과 한준이 옆에 자리했다.

"안 맞다니?"

"한준이가 너 만난다고 해서 달려왔지. 혹시나 네가 한준이 때리면 구해주려고."

"이 자식들이 날 뭐로 보고."

얼굴을 구긴 세륜은 술이나 마시라고 양주병을 여환에게 밀었다. 여환과 진우가 첫 잔을 비웠을 때 한준이 갑자기 폭탄을 터트렸다.

"나 결혼해."

"뭐?"

세 남자의 입에서 한마디의 말이 동시에 쏟아졌다. 그 기가 막힌 하모니에 한준은 키득키득 웃었다.

"놀라기는. 우리 집 꼰대가 결혼하란다. 나에게는 아주 감지덕지한 집안이라고 귀에 인이 박이도록 이야기하더라. 집안 좋더라. 예비 신부는 어려. 이제 대학 졸업반. 불쌍하지 않냐? 나한테 시집오는 게."

한준은 자신보다 자신에게 시집올 여자가 불쌍하다는 듯이 이야기했다.

세 남자의 머릿속에 하나의 같은 생각이 스쳐 지나갔다.

본가로 들어가면서 한준은 부와 물질적으로 부족함 없는 삶을 얻는 대신에 자신을 넘겨줘야 했다. 그는 자신이 언제 어느 값에 팔려갈지 모른다는 걸 계속 각오하고 있었다.

각오를 했다고 하지만 막상 자신의 의지대로 할 수 없는 그 일이 닥쳐오자 갑갑하고 억울했다. 자신의 마음과 의지가 한 톨도 없는 결혼이 기폭제가 되어 그날 숨겨뒀던 마음을 흘리게 된 것이었다.

아무리 친구라지만 집안일에 왈가왈부할 수가 없었다. 무엇보다 한준이 이런 결혼을 스스로 받아들이려 하고 있었다. 세륜은 여환이와 진우보다 더 마음이 묵직해졌다. 그는 한준을 노려보듯, 안타깝다는 듯 보면서 물었다.

"그 결혼 꼭 해야 해?"

"축하 고맙다, 술이나 마시자."

한준은 친구들과 자기 잔을 가득 채운 뒤 단번에 비웠다. 세 남자는 무거운 시선으로 잔을 노려봤다.

"그 결혼 내가 깨줄게."

여환이 그 결혼 자기가 파투 나게 해주겠다고 하자 한준은 고개를 저었다.

"넌 손유리 결혼이나 깰 생각해."

여환의 어깨를 주먹으로 툭 친 한준은 잔을 다시 채워 들었다.

새벽 2시가 넘어서 현관문 비밀번호가 해제되는 소리가 났다. 벌떡 일어난 연수는 현관문을 열고 들어오는 세륜을 확인하고 침대에서 일어났다.

"지금이 몇 시인 줄 알아?"

"미안. 연락하는 걸 깜빡했어."

"깜빡할 게 따로 있지! 전화도 안 받고! 뭐 했는데? 술 많이 마셨어? 술 냄새 좀 봐!"

코를 찌르는 술 냄새에 연수가 인상을 썼다. 세륜은 신을 벗고 집 안으로 들어와 그런 그녀를 물끄러미 내려다보았다.

"지금까지 뭐 했어? 그 사람들이랑 계속 같이 있었어?"

"아니."

"그럼? 설마…… 그 여자랑 단둘이 있었던 건 아니지?"

"그 여자라니?"

흥분해서 막 질문을 던지던 연수는 입을 꾹 다물었다.

혼자서 세륜을 기다리면서 그녀는 이상한 상상까지 하게 되었다. 물론 그 상상 끝에 말도 안 되는 거라고 자신을 힐난했다.

세륜이 절대 한눈을 팔 일이 없지만 계속 그의 미소와 그 여자의 미소가 마음에 걸렸다. 그래서 세륜을 믿는데 자꾸 불안했다.

"그 여자 누구?"

"신나희인가 뭔가 하는 사람."

"신 대리님? 하연수, 너 무슨 생각을 한 거야."

"네가 지금까지 연락이 안 되니까 그렇지!"

"그렇다고 그런 생각을 해? 내가 너 두고 다른 여자랑 단둘이 있었겠어?"

"아까 낮에……."

"낮에 뭐?"

세륜은 빨리 마저 이야기해 보라고 그녀의 볼을 잡아 늘렸다.

"네가 그 여자 보고 웃는 거 봤단 말이야. 몇 번이나 웃었어, 이야기하면서. 너 다른 여직원들이랑 대화할 때 웃은 적 없잖아."

연수의 이야기가 끝나자 세륜의 입술이 작게 떨렸다. 그가 웃음을 참고 있다는 걸 알아차린 연수는 눈썹을 일그러트리며 그를 노려봤다.

"왜 웃어?"

"기분이 안 좋았는데, 네 덕분에 웃는다."

"진세륜!"

"지우 이야기 하면서 웃었어. 신 대리님이 예전부터 지우 좋아했었대."

"……진짜?"

"응."

짧게 대답한 세륜은 코트와 재킷을 벗은 뒤 넥타이를 풀었다. 셔츠 단추를 풀면서 욕실로 들어가는 그를 보며 연수는 민망함에 괜한 머리카락을 괴롭혔다.

샤워를 하고 나온 세륜은 바지만 걸치고 피곤한 얼굴로 연수의 옆에 누웠다. 그리고 연수의 작은 손이 그의 탄탄한 가슴근육을 더듬기 시작했다.

"늦게까지 어디서 술 마셨어?"

아직 그 대답을 듣지 못한 연수가 그의 몸을 타고 올라가며 물었다. 그녀가 왜 대답이 없냐고 재촉한 끝에 세륜의 입술이 열렸다.

"애들 만났어. 한준이랑 여환이, 진우."

"……그랬어?"

"응. 내일 이야기해 줄게. 자자."

세륜이 몸을 돌려 침대에 연수를 눕힌 뒤 품에 안았다. 자신의 체온보다 뜨거운 그의 몸에 바짝 제 몸을 붙이며 연수는 그 아늑함을 만끽했다.

세륜이 오기 전까지 초조함과 불안함에 발을 동동 굴렸던 게 맞나 싶을 정도로 마음이 확 놓였다.

"나, 알 것 같아."

"뭘?"

술기운 때문인지 연수를 재우기도 전에 자신이 먼저 잠들 것 같다고 생각을 하는 그에게 연수가 오늘 자신이 느꼈던 걸 이야기했다.

"내가 말 안 해서 나에 대해 모른다는 생각이 들면 불안하다고 했던 거."

세륜이 왜 그 여자에게 웃어준 걸까. 지금 어디에 있는 걸까. 누구와 무슨 이야기를 하고 있는 걸까.

모른다는 게 이렇게 불안한 것인지 몰랐다.

"나는 네가 내 사랑을 의심하는 거라 여겼는데, 그게 아니었던 거야. 사랑을 믿어도 알지 못하니까 불안감이 생겨. 그 불안감은 점점 더 커져. 거대해진 불안감이 사랑을 의심하는 것처럼 보이는 거였어."

"무슨 일 있었어?"

세륜은 자신이 없는 사이 무슨 일이 있었나 싶어 가물거리는 눈을 떴다.

"네 연락이 없는 사이 불안했어. 이상한 상상을 할 정도로."

"미안. 꼭 연락할게."

"모르는 게 이렇게 불안한 거였구나. 나도 네 사랑을 의심하는 것처럼 보이겠지? 나 이제야 네가 한 말을 알겠어."

"연수야."

세륜은 나직하게 부르며 연수의 등을 쓸어내렸다.

"그리고 불안할 때마다 날 안는 걸로 풀었다는 것도 이해가 돼. 네가 오기 전까지 나는 네가 빨리 와서 날 안아줬으면 했어. 빨리 와서 날 안아주고 달래줬으면 했어. 너도 내가 이렇게 불안함을 달래줬으면 했던 거였구나. 그치?"

아마 세륜도 자신과 비슷한 게 아니었을까 싶었다.

그때 그의 불안함을 나무라지 말고 달래주지 못한 게 미안해졌다. 안아주기만 해도 됐었을 텐데 그가 먼저 다가와 자신의 온기를 취해 혼자 마음을 달래게 한 게 미안하다.

입을 닫았을지언정 따스하게 안아줄 것을. 한 번이라도 그래 볼 것을.

연수가 자신이 생각한 게 맞느냐는 시선으로 봤다. 곰곰이 생각하던 세륜은 그럼 더 좋았을 것 같다고 말하며 고개를 끄덕였다.

그동안 안에 쌓여 있었던 서운함이 눈 녹듯이 녹았다.

"연수야, 고마워. 이해해 줘서."

이렇게 서로의 입장에 서서 이해하면 쉽게 풀리는 문제였다는 걸 두 사람은 다시 깨달았다.

다음 날 세륜에게서 한준의 결혼 소식을 들은 연수는 새삼 그의 부모님께 감사했다. 좋은 집안이니 비슷한 재력의 며느리를 원할 법도 한데, 그의 부모님은 자식이 좋다면 그걸로 만족해하셨다. 연수는 부족한 자신을 예뻐해 주시는 것에 마음 깊이 감사했다.

세륜은 미안하지만 한준의 마음을 잊어줄 수 있겠느냐고 물었다. 불편하면 되도록 한준과 마주치는 일이 없도록 하겠다는 그에게 연수는 일부러 그러지 말라고 했다. 그녀는 도를 지나치는 조심스러움이 세륜과 한준의 사이를 또 서먹하게 만들까 봐 걱정했다.

연수는 세륜과 한준의 우정이 앞으로도 이어지게 된 것에 안도했다. 한준을 생각하면 정말 이기적인 것이지만 그의 결혼이 그 안도에 크게 기여했다.

자기 사랑을 위해서 이기적으로 생각할 줄은 몰랐던 연수는 세륜 못지않게 씁쓸해했다.

서로 내색하지 않으려 했지만 한준의 결혼 이야기에 두 사람은 우울한 토요일을 보냈다. 대신 다음 날 아침 웃으면서 하루를 시작했다.

정장 재킷을 걸치고 마지막으로 손목시계를 차던 세륜은 자신의 앞으로 슬그머니 다가오는 뒷모습에 입매를 늘였다.

"해줘."

연수가 머리카락을 한쪽으로 모은 뒤 원피스 지퍼를 올려달라고 부탁했다. 드러난 야리야리한 뒷목에 입을 맞춘 세륜은 더 고개를 내렸다. 목줄기를 따라 내려간 입술이 등으로 이어졌다.

"뭐 하는 거야, 간지러워!"

"몸에 키스해 달라는 거 아니었어?"

"지퍼 올려달라는 거였지!"

세륜은 낮게 웃으며 지퍼를 올렸다.

외출 준비를 마친 두 사람은 곧장 결혼식장으로 향했다. 예식이 진행될 층에 도착하자 세륜의 눈에 낯익은 얼굴들이 많이 보였다. 그는 오랜만에 보는 친지들을 보고 낮게 신음했다.

"일단 부모님께 먼저 가자."

"응."

오늘이 처음이 아니었지만 친척들에게 인사를 드릴 생각에 연수는 긴장했다. 긴장을 풀라고 가볍게 손으로 툭툭 등을 두드린 그는 부모님을 찾아 그녀를 에스코트했다.

부모님부터 시작해 눈에 띄는 친지들에게 정신없이 인사하고 나서야 식장 안에 들어설 수 있었다. 세륜은 갑자기 축의금을 받아달라는 부탁에 연수를 두고 일어나야 했다. 연수를 세인에게 부탁한 그는 이렇게 혼자 둬서 미안한 기색을 내비쳤다. 연수는 정말 괜찮다고 환하게 웃어 보였다.

식장 내부를 둘러보던 연수는 뒤늦게 세인이 자신을 빤히 쳐다보고 있는 걸 발견했다.

"언니, 무슨 할 말 있으세요?"

"둘이 사이 괜찮은 거지?"

"네?"

"너랑 세륜이. 이상한 소문이 돌아서."

"무슨 소문이요?"

"너희들 헤어졌다는 소문이 돌더라고."

그날 한준의 BAR에 수많은 사람들이 있었다. 어디를 가나 인맥은 꽤 얽히고설켜 있었다. 세인의 지인의, 지인의, 지인이 그날 그 BAR에 있었다.

"아니에요! 저희가 왜 헤어져요. 그러지 않아도 그 소문 때문에 곤혹을 치렀어요."

"아니지? 아, 깜짝 놀랐어."

"혹시 아버님하고 어머님도 아세요?"

"아니. 나랑 오빠만. 오빠도 어디서 들었나 봐. 오빠는 바로 헛소문으로 치부하더라. 그 소문을 낸 사람이 누구야? 누구인지까지는 못 알아냈는데. 내가 가만두나 봐라."

'세륜이 과거의 여자가요.'

순간 일러바치고 싶어진 연수는 입술을 꾹 닫았다. 손유리가 아주 제대로 한 건 했구나 싶어 연수는 속으로 혀를 찼다.

"너희가 많이 놀랐겠다. 잘 만나는 커플을 골로 보내려 했네."

"아직도 저희가 헤어진 줄로 믿고 세륜이한테 접근하는 여직원들이 있어요."

"정말?"

"네."

"쟤 얼굴 말고는 봐줄 것도 없잖아? 우리가 말은 안 하지만 너한테 얼마나 고마워하는데, 저런 녀석 만나줘서. 학교 다닐 때 사고란 사고는 다 치고 다니고 대학 가서도 정신 못 차리는 것 같았는데 너 만나고 확 달라졌잖아."

"그 봐줄 만한 잘생긴 얼굴 때문에 인기가 많은 거죠."

"외모야 한때지. 그래서 그런 여자들 가만뒀어? 임자 있는 사람 건드리는 것들은 다 아작을 내야 해."

"어떻게요?"

"머리카락을 다 쥐어뜯어 놔야지. 아니다, 이건 세륜이가 문제다. 처신 잘해서 네가 걱정하지 않게 해야지."

"세륜이 처신 하나는 아주 잘해요."

"그래? 다행이네."

"근데 가끔 참을 수 없을 정도로 짜증이 나기는 해요. 아무도 접근 못하게 세륜이를 확 가둬 버릴까, 했어요."

연수의 말에 세인이 웃음을 터뜨렸다.

"안 그렇게 생겼는데 너도 독점욕이 있구나?"

세인은 농담이었는지 자신이 한 말에 더 크게 웃었다. 그런데 그 농담에 연수는 웃지 않고 혼잣말로 중얼거렸다.

"……요즘은 세륜이 마음이 다 이해 가더라고요."

"응? 뭐라고?"

연수는 아무것도 아니라고 고개를 저었다.

예식이 시작된다는 말에 홀에 사람들이 들어차기 시작했다. 세륜은 아직도 축의금을 받는 것인지 홀에 들어오지 않았다.

조명이 달라지고 예식이 시작되었다. 씩씩한 신랑 입장 뒤에 신부 입장이 진행되었다.

"드레스 예쁘다."

"네, 예뻐요. 저는 반짝거리는 비즈 같은 게 박힌 것보다 저렇게 차분한 게 좋아요."

"그래. 너는 그게 어울리겠다. 저 신부처럼 허리에서 퍼지는 거 말고 엉덩이까지 타이트하게 붙었다가 그 아래로 퍼지는 거 어때?"

"음…… 예쁠 것 같아요."

"부케는? 요즘은 디자인 다양하더라."

"디자인은 많이들 하는 거요. 동그란 거. 꽃은 수국이요. 저는 장미 들어가는 거 별로더라고요."

"수국 좋다. 생각만 하지 말고 빨리 결혼해. 결혼식장에 오면 결혼 생각이 들지 않아?"

"들죠."

연수의 시선은 식의 주인공들한테서 떨어지지 않았다. 행복해 보이는 두 사람의 미소에 그녀도 절로 미소가 지어졌다.

연수는 눈치채지 못했지만 식이 시작되고 얼마 지나지 않아 세륜이 홀 안에 들어왔다. 그는 연수의 옆자리에 누군가 앉아 있어서 그녀의 뒷자리에 자리했다. 앉자마자 연수의 어깨를 두드리려 했던 그는 세인과 나누는 대화를 듣고 자신의 존재를 알리지 않았다.

세륜은 조용히 연수가 하는 이야기를 귀담아들었다. 그리고는 이내 심각한 표정으로 그녀의 뒷모습을 응시했다. 연수가 예식 중간에 뒤에 앉은 그의 존재를 알아차릴 때까지 세륜은 예식은 뒷전이었고, 깊은 생각에 빠져 있었다.

19. 이제는 널 알아

결국 참다못한 세륜이 자신에게 업무 외의 일로 말을 거는 여직원을 사람들 앞에서 뭐 하는 짓이냐고 면박해 창피를 준 뒤로 유리가 낸 소문의 해프닝은 완전히 끝났다.

평화로운 일상에 적응할 무렵, 연수는 부친의 연락을 받았다. 전화가 온 게 아니었다. 회의를 하고 나왔는데 휴대폰에 짧은 문자가 와 있었다.

오늘 저녁에 한정식당으로 나오라는 일방적인 통보에 가까운 문자에 연수는 떨리는 한숨을 내쉬었다.

"뭔데 그래?"

휴대폰에서 눈을 떼지 못하는 걸 발견한 세륜은 그녀의 등 뒤에 서서 물었다. 메시지를 확인한 그의 얼굴이 삽시간에 굳어졌다.

"같이 갈까?"

연수가 부친을 만날 때 세륜은 몇 번 동행하고 싶어했다. 그때마다 연수는 그에게 '다음에'라는 말로 계속 거절했었다. 서먹한 부녀 관계를 그에게 보여주고 싶지 않았고, 자신이 부친과 그의 가족에게 받는 대우도 보여주고 싶지 않았다.

이번에도 연수는 우물쭈물했다. 그 모습에 세륜은 물러났다.

"퇴근하고 데려다주기만 할게."

"응."

"나중에 인사드린다고 잘 말씀드려."

해가 바뀌고 세륜은 부친에게 인사드리러 가야 하는 거 아니냐고 연수에게 넌지시 물었다. 연수는 바로 고개를 저었다. 대학 졸업 후 부친과의 연락은 급격하게 뜸해졌다. 특별한 날이라고 해서 서로의 안부를 묻거나 전하지 않았다.

용건이 있어야만 연락을 했다. 남보다 더 못한 부녀 관계가 된지 오래였다.

퇴근 시간이 되자 연수는 눈에 띄게 기분이 가라앉아 있었다. 그리고 약속 장소로 향할 때는 얼굴이 파리하게 질렸다.

예전이라면 세륜은 그런 모습을 보고 이럴 거면 차라리 만나지 말라고, 바보처럼 또 만나서 어떤 상처를 받고 오려고 하냐고 화를 냈을 거였다. 그는 그러는 대신 연수의 손을 꽉 잡아주었다.

약속 장소 앞에 차를 세운 세륜은 걱정스러운 눈으로 연수를 바라봤다.

"기다릴까?"

"아니."

"그래. 잘 만나고 와."

"연락할게."

연수가 차에서 내려 가게 안으로 들어갔다. 세륜은 그녀의 뒷모습이 사라지고 한참 뒤에야 자리를 떴다.

가게 안은 바깥과 달리 따뜻했는데도 연수는 손끝이 차가웠다. 그녀는 주먹을 쥐었다가 펴며 카운터 앞에 섰다.

"예약하셨나요?"

"하우석으로 예약이 되어 있을 거예요."

"아, 먼저 오셔서 기다리고 계세요."

"저기, 화장실이 어디죠? 먼저 들르고 싶은데요."

직원이 위치를 알려주자 연수는 그곳으로 먼저 향했다. 거울을 통해 자신의 모습을 점검한 연수는 다시 카운터로 나왔다.

"연수?"

"과장님?"

카운터 앞에는 윤성이 서 있었고 그의 옆에 단아한 외모의 여자가 함께 있었다.

"당신, 아는 사람이에요?"

여자가 소개해 달라는 듯이 물었다. 눈가를 찌푸린 윤성은 마지못해 소개했다.

"여긴 나랑 같은 팀의 하연수 씨. 이쪽은 서예진 씨."

"안녕하세요, 하연수입니다."

"안녕하세요, 이 사람 전처 서예진이에요."

전처라는 말에 연수의 눈이 살짝 커졌다. 윤성은 예진이 덧붙인 소개에 얼굴을 굳혔다.

"제가 알고 있는 하연수 씨가 그쪽인 것 같은데 맞나요?"

"……저를 아시나요?"

윤성은 쓸데없는 이야기하지 말라는 시선으로 예진을 노려봤다. 예진은 그 시선을 받고 그만하겠다는 듯 고개를 끄덕였다.

"여기서 약속 있나 보네. 가봐."

"네."

두 사람에게 인사를 한 연수는 직원의 안내를 받아 어느 룸 앞에 섰다. 직원이 열어주는 문 안으로 들어선 그녀는 오랜만에 보는 부친을 마주했다.

우석은 오랜만에 보는 딸의 얼굴을 잠시 말없이 눈에 담았다.

"시간 맞춰 왔구나. 앉아라."

우석의 첫 마디에는 자식과의 약속에 대한 설렘이나 자식에 대한 애틋함이 조금도 없어 보였다. 연수는 그런 아버지를 마주할 때면 그저 그의 타고난 성정이 무뚝뚝한 것뿐이라고 생각했다. 그러지 않으면 자신만 상처받으니 애써 그런 거라 여겼다.

우석의 맞은편에 앉은 연수는 전보다 주름이 깊어진 아버지의 얼굴에 가슴이 서걱거렸다.

언제부턴가 아버지와 마주하는 게 불편해 연락조차 피했다. 그랬는데도 그는 아무렇지도 않은 듯했다. 연락이 뜸해지는 딸을 걱정하거나 더 관심을 갖거나 하지 않았다. 그러다 보니 의례적인 안부 인사도 줄었고, 이렇게 서로 용건이 있을 때에만 마주하게 되는 지경에까지 이르렀다.

이제는 정말 형식적인 부녀 관계가 되었다고 생각했다. 그런데 전보다 늙은 아버지의 모습에 가슴이 아리는 걸 보니 부모란 그런 존재인가 싶어 연수는 씁쓸해졌다.

"잘 지내셨어요."

"그래."

우석은 딸의 안부에 대해서는 묻지 않았다. 그래서 연수는 회사를 옮겼다는 것을 포함한 자신의 근황을 꺼낼 수 없었다.

부친이 묻는다면 이야기하겠지만 굳이 먼저 이야기를 하지 않는 건, 아버지가 주저리주저리 늘어놓는 자신의 근황에 관심 없는 모습을 보일까 봐 그랬다.

연수는 언제나 우석의 앞에서는 행동하기 앞서 생각을 먼저 했다. 그래서 늘 긴장하고 경직됐다.

"음식 식겠다."

자신이 오기도 전에 이미 차려진 음식을 찬찬히 살펴보던 연수는 그제야 희미한 미소를 지었다.

원래대로라면 떡갈비가 나왔어야 하는데 그것 대신 버섯구이가 상에 올라와 있었다. 그리고 기본 메뉴 외의 나물 반찬들은 다 자신의 입맛에 맞는 식단이었다.

연수는 그래도 우석이 자신을 조금이나마 생각하는구나 싶어 안도했다.

조용한 식사가 진행되었다. 젓가락과 숟가락이 식기에 부딪치는 소리만 흘러나왔다.

절반 이상 음식을 비웠을 때 갑자기 우석이 입을 열었다.

"그 후에 혹시나 또 널 찾아오는 일이 있더냐."

"네? 무슨……."

"그 여자 말이다."

물로 입을 헹구는 우석을 보던 연수는 뒤늦게 무슨 이야기인지 알아차렸다.

부친과 세 번째 재혼을 했었던 여자가 자신의 빚을 갚으라고 찾아왔던 일을 말하는 것이었다. 우석의 권유로 투자를 했다가 빚이 생겼으니 대신 갚으라고 했던 여자 때문에 세륜과 싸웠었다.

"아니요."

"이야기했듯이 그 투자는 난 모르는 일이었다."

"네."

"그런데 왜 널 찾아간 것인지……. 쯧."

혀를 낮게 차는 우석이 마치 어리석게 그녀에게 휘둘릴 뻔한 자신을 나무라는 것 같아 순간 연수는 명치가 답답해졌다. 그녀는 수저를 내려두고 우석을 응시했다.

그는 모르겠지만 그의 여자들이 자신을 찾아왔던 게 한두 번이 아니었다. 아버지와 다시 잘해보고 싶은데 직접 그를 만날 수 없어서 자신을 통해 만나려고 했었다. 또 아버지에게 덜 뜯어냈다는 생각에, 혹은 아버지와 나눈 돈이 아까워서 되찾고 싶어서 찾아오기도 했다. 가장 안 좋았던 일로 아버지에게 갈 복수가 자신에게 로 겨누어진 적이 있었다.

"……앞으로는 이런 일 없도록 할게요."

연수의 말에 우석이 낮게 헛기침을 했다. 그는 잘못을 저지르고 다시는 그러지 않겠다는 딸의 태도에 당황했다.

딸의 탓을 하려고 했던 건 아니었다. 그 상황을 만든 게 미안하고 아비로서 창피한데 사과를 하자니 낯부끄러워 그 여자를 이해할 수 없다는 걸로 돌린 거였다.

"그런 뜻이 아니었다."

"네."

"연수야, 혹시나 그런 일이 또 생기면 즉각 이야기해라."

다정한 부름과 든든한 말에 연수는 마른침을 삼켰다. 울컥 올라오는 묘한 감정을 함께 삼키며 고개를 끄덕였다.

우석은 마저 식사를 하자는 눈짓을 했다. 다시 이어진 식사는 보다 더 따뜻한 분위기가 형성되었다.

하지만 그 분위기는 끝까지 이어지지 못했다.

식사를 마치고 직원을 불러 상을 물렸다. 후식으로 나온 수정과를 마실 때 우석은 진짜 용건을 꺼냈다.

"집으로 들어와라."

"……네?"

"서정이가 올해 말에 유학을 간다. 그전에 다 같이 살았으면 하는구나."

서정은 우석이 연수가 고2 때 한 네 번째 재혼에서 생긴 여동생이었다. 그의 핏줄이 아닌, 마찬가지로 재혼이었던 새어머니가 데리고 온 딸이었다.

"갑자기 왜요?"

"왜기는. 가족이니 함께 지내는 게 맞지 않겠느냐."

독립 후 몇 년이 지나도록 단 한 번도 같이 살자는 말을 하지 않았었다. 갑자기 이러는 데에는 다른 이유가 있는 게 분명했다.

"싫어요."

고민도 없이 나오는 거절에 우석의 이마에 주름이 팼다.

"생각해 봐라."

"생각해도 똑같아요."

"왜?"

"······불편해요."

그 집에 자신의 자리가 없다는 걸 연수는 잘 알고 있었다. 그걸 우석도 알 텐데 왜 갑자기 이런 이야기를 꺼내는 것인지 연수는 곤혹스러운 표정을 했다.

"연수야, 언제까지 네 새엄마와 이렇게 지낼 거냐. 10년이 넘었다. 이제 그만 친해져야지."

순간 연수는 헛웃음이 새어 나왔다.

절대 친해질 수 없는 사람이 새어머니였다. 다른 사람들은 좋은 새어머니를 만나기도 하던데 자신은 언제나 그러지 못했다.

우석이 모친 말고 결혼한 여자는 총 네 명. 그리고 동거한 여자는 두 명. 동거의 경우 여자의 외모가 굉장히 뛰어났었다. 그리고 만남은 짧았다. 반면 그가 결혼한 여자들은 다 집안이 뛰어났다. 우석은 돈 때문에 재혼했다. 자기 사업을 키워줄 여자를 만나 재혼했다.

모친의 친구였던 첫 번째 새어머니는 모친의 딸이라는 이유로 자신을 미워했었고, 다른 새어머니들은 돈 때문에 미워했었다. 물론 미워한 이유는 더 있었지만, 돈 때문이 컸다.

그들의 돈이 우석에게 쓰이는 건 어찌 보면 미래와 노후에 투자를 하는 것이기 때문에 양껏 퍼부었지만, 의붓딸인 자신에게는 아니었다. 자신이 먹고 입는 것에 돈이 쓰이는 걸 아까워했었다.

먹을 게 입으로 들어가는 것조차 싫은 의붓딸과 친해지려 했겠는가. 그리고 자신도 그런 그들과 친해지고 싶지 않았다.

우석은 정말 무리한 요구를 하고 있었다.

"저는 지금이 좋아요."

"이렇게 계속 남처럼 살 수는 없잖니."

남처럼 살고 있는 건 아나 보구나.

연수의 쓴웃음이 커졌다.

"지금처럼 지내는 게 서로에게 좋아요."

"뭐가 좋다는 건지 모르겠구나."

"새어머니도 동의하셨나요?"

연수는 질문에 우석의 입이 다물어졌다. 연수는 그럼 그렇지, 하는 표정을 지었다.

"가족이 같이 살자는 건데 동의가 왜 필요해."

"갑자기 왜 이러세요. 서정이가 유학 가기 전 같이 살아보자는 건 이유가 되지 않아요. 그게 이유였다면 제가 독립 전 같이 살았었던 걸로 충분한 것 같아요."

단호한 연수의 표정에 우석은 낮게 한숨을 내쉬었다.

"나도 나이가 드니 자식 생각이 난다. 네 생각이 많이 나. 네가 시집가면 기회가 없을 것 같으니 같이 지냈으면 했던 거다."

분명 다른 이유가 있을 거라 생각했는데 우석의 입에서 흘러나온 말은 연수가 전혀 생각도, 기대도 하지 않은 말이었다.

연수의 표정이 멍해졌다. 우석이 말로 부정(父情)을 드러낸 건 그녀의 기억에서 처음이었다. 나이가 들면 변한다더니 아버지가 많이 나이 드신 건가 하는 생각에 가슴이 뭉클해졌다.

"그만 일어나자."

우석은 할 말이 끝났는지 곧장 일어났다. 연수도 그를 따라나왔다.

가게 주차장으로 가자 우석의 운전기사가 기다리고 있었다.

"다시 생각해 봐도 싫니?"

"죄송해요."

우석의 마음은 알겠지만, 그 집으로 들어가는 건 정말 싫었다. 두 사람 사이에 다시 딱딱한 분위기가 흘렀다. 우석은 연수를 지그시 보다가 뒷좌석에 올라탔다.

"데려다주마."

"아니요. 택시 탈게요."

우석은 고개를 끄덕인 뒤 문을 닫았다.

낮게 진동한 차가 주차장을 빠져나갔다. 멀리 사라지는 차의 뒷모습을 보던 연수는 탁 트이는 숨을 내쉬었다.

"아버지셔?"

"깜짝이야!"

갑자기 들리는 목소리에 뒤를 돌자 윤성이 담배를 물고 서 있었다. 연수는 그의 주변을 살폈다. 그와 같이 왔었던 전처라던 여자가 어디 있나 살피는 행동이었다.

"안에 있어."

윤성은 누구를 찾는지 알아차리고는 알려주었다.

"여기서 뭐 하세요?"

"잠깐 담배 태우러 나왔어."

"기다리시겠어요. 어서 들어가세요."

마지막 담배 연기를 허공으로 내뿜고 담배를 끄는 윤성에게 연수는 인사를 한 뒤 돌아서려고 했다.

"아버지랑 사이 안 좋지 않았어? 생각만큼 나쁜 것 같지는 않은데."

"과장님이 신경 쓰실 일 아니에요."

"그래, 그렇지. 그냥 나보다는 나은 것 같아서 다행이라고."

"네?"

"나도 아버지랑 사이 안 좋거든."

그 한마디가 묘한 동질감을 느끼게 했다. 아니, 윤성이 지은 표정에 연수는 그걸 느꼈다.

거의 포기한 얼굴. 지리멸렬함. 답답함. 그리고 상처.

윤성은 자신이 지었던 표정을 그대로 하고 있었다.

연수는 그에게 고개를 끄덕였다.

"좋았다, 안 좋았다 하는 게 부모와 자식 사이인 것 같아요."

"좋았다, 라. 글쎄. 기억이 안 나는데."

"실은 저도 기억이 잘 안 나요. 그런데 분명 있었어요. 안 좋았던 기억이 더 선명해서 그러는 거겠죠."

"지금 위로하는 거야?"

윤성은 연수가 자신을 위로하려고 하는 이야기라는 걸 바로 알아차렸다.

"위로 같은 거 잘 못해요. 그리고 누굴 위로할 처지도 아니고요."

"이게 위로지, 뭐. 가슴이 따뜻해졌거든."

윤성은 오른손을 자신의 왼쪽 가슴 위에 올렸다.

"……위로 아니라니까요."

민망한지 멋쩍은 웃음을 짓는 연수를 윤성은 따스하게 바라봤다. 그의 눈빛에 아련함이 가득했다.

"두 사람, 뭐 해요?"

갑자기 날아온 날카로운 음성이 두 사람을 갈랐다.

예진이 다가와 윤성과 연수를 노려보았다. 그녀의 매서운 눈빛에 연수는 희미하게 미간을 찌푸렸다.

"분위기 좋네요?"

"왜 나왔어."

"왠지 나와야 할 것 같은 느낌이 들어서 나왔는데 덕분에 좋은 모습 보게 됐네요."

비꼬는 기색이 가득한 말에 연수는 윤성을 쳐다봤다. 아까 인사를 나눌 때 묘한 적개심을 느꼈다. 잘못 느낀 것이 아니었다는 확인을 받은 연수는 왜 저러는 것이냐고 시선으로 물었다.

"그냥 마주쳐서 인사 나눈 거야."

"인사는 아까 나누지 않았었나요?"

"그랬다고 해서 마주쳤는데 무시하고 지나쳐?"

"인사 이상인 것 같아 보이는데요."

"오해하지 마. 그냥 인사야."

"당신의 그런 눈빛, 나는 처음 보는데 오해가 아니라고요?"

이혼한 부부의 싸움에 낀 연수는 난감한 표정을 지었다. 왜 자신이 이 두 사람의 싸움에 끼게 된 것인지 당혹스러웠다. 그러다 이내 예진이 윤성과 자신의 오래전의 사이를 알고 있어서 이러는 거라는 걸 깨달았다.

연수, 그녀도 유리를 만났을 때 불쾌했었다. 헤어진 사이였지만 만약 예진이 윤성에게 아직 마음이 남아 있다면 이런 반응을 보일 수도 있다고 생각했다.

"오해하신 것 같아요. 잠깐 인사만 나누었어요."

"이 사람 입 맞춰주는 거예요?"

연수는 오해를 풀려고 한 말인데 예진이 더 불쾌해했다. 연수의 당혹함은 더 커졌다. 어떻게 해야 하느냐는 시선으로 윤성을 보자 그가 자신이 알아서 하겠다는 듯 고개를 끄덕였다.

"너는 가봐. 당신은 들어가서 이야기해."

"왜 가라고 해요. 아직 이야기 안 끝났어요."

"예진아."

"이혼하고 한국으로 들어와 곧장 이 여자가 있는 회사로 들어간 거죠?"

"서예진!"

"이혼한 이유가 이 여자 때문 맞죠?"

"아니야. 그보다 당신, 연수를 어떻게 알고 있었던 거야? 대체 뭘 어디서 들었어?"

"어디서 들었는지가 중요해요? 말 돌리지 마요. 내가 지금 목격했는데 잡아떼는 거예요? 언제부터 다시 연락했어요? 작년 여름? 그때부터 당신 이상했어."

연수는 자신을 가정 파탄범으로 몰아가는 예진의 말에 황당함을 감추지 못했다. 윤성과의 재회는 정말 우연이었다. 그런데 예진은 계속해서 그와 연락을 해왔고, 두 사람의 이혼에 영향을 끼친 걸로 생각하고 있었다.

"정말 오해하고 계신 것 같아요. 저와 과장님은……."

"오해라 하면서 빠져나가지 마요. 왜요? 제가 아버님께 이야기할까 봐 걱정되나 보죠?"

연수는 자신의 말을 듣지도 않는 예진에게 입을 다물었다. 윤성은 예진의 어깨를 잡아끌었다.

"들어가서 이야기해. 나랑 이야기하자고."

"내가 저 여자 머리끄덩이라도 잡을까 봐 겁나요? 그렇게 소중해요? 하기야 아버님이 저 여자 어떻게 할까 봐 아버님의 뜻대로 다른 여자를 만났었다면서요. 결국엔 억지로 헤어져 한동안 폐인처럼 살았다면서요. 저 여자를 오죽 사랑했으면……. 나랑 결혼하고도 잊지 못했었어요? 계속 그리워했던 거예요? 그래서 나랑 이혼하고 다시 만난 거죠?"

"예진아, 제발 좀!"

윤성이 재빨리 예진의 말을 막으려 했지만 이미 늦었다. 아버지 때문에 바람을 피우고 자신과 억지로 헤어졌었다는 예진의 말에 연수는 놀라 눈을 키웠다.

"그게 무슨…… 말이에요?"

"알면서 뭘 모르는 척이에요? 두 사람 끝까지 내 앞에서 잡아떼 겠다는 거예요?"

"서예진! 아니라고! 연수는 아무것도 몰라! 그리고 연수 결혼할 남자 있어! 당신 지금 실수하는 거야."

자신의 어깨를 강하게 잡고 흔들며 고함치는 윤성의 서늘한 표 정을 본 예진은 뒤늦게 정신을 차렸다.

"……진짜 아니라고요?"

"하아. 당신 정말!"

"그럼 왜 나랑 재혼 안 하겠다고 하는 건데요? 우리 나름 괜찮 았잖아요. 그런데 왜……."

"들어가서 이야기해."

윤성은 연수에게 눈으로 인사한 뒤 예진을 데리고 가게 안으로 들어갔다. 연수는 때마침 울리는 휴대폰에 정신을 차리고 몸을 돌 렸다.

원룸 건물 앞에서 택시가 멈췄다. 택시비를 계산하는데 뒷문이 벌컥 열렸다. 그 탓에 연수와 택시기사가 놀라 동시에 '헉!' 숨을 들이켰다.

"놀랐잖아."

세륜은 빨리 계산하고 내리라는 눈빛을 던졌다. 택시비를 치르고 내리자 그는 연수의 뒷머리를 감싸고 끌어안았다.

"언제부터 나와 있었어? 추운데."

"얼마 안 됐어. 춥다 빨리 들어가자."

연수의 어깨를 감싼 세륜은 그녀의 표정을 살핀 뒤 원룸 건물 안으로 들어갔다.

집 안으로 들어온 그는 연수가 벗은 코트를 옷걸이에 걸었다.

"소화제 줄까?"

"……응. 먹어야 할 것 같아."

답답한지 블라우스 단추를 풀고 침대 위에 앉는 걸 본 세륜은 재빨리 소화제와 따뜻한 물을 가져왔다. 그는 연수가 약을 먹는 사이 치마 단추를 풀어주고 블라우스 안으로 손을 집어넣어 브래지어 훅을 풀어냈다.

연수는 보자마자 아버지와 무슨 이야기를 나누었는지 물을 줄 알았던 그가 잠잠히 있자 눈치를 봤다.

"등 두드려 줄게."

세륜은 연수의 뒤에 앉아 그녀의 등을 적당한 힘으로 두드렸다. 잠시 뒤 연수가 먼저 운을 뗐다.

"아버지가 집으로 들어오라고 하셨어."

순간 세륜이 손이 멈췄다. 그는 다시 두드리며 낮게 물었다.

"갑자기 왜?"

이제 와서 왜 그런 제안을 했는지에 대해 세륜도 의문을 가졌다.

"나 결혼 전에 같이 살고 싶으시대."

"……결혼 전에?"

"응. 아버지가 좀 변하신 것 같아."

"어떻게?"

"내 생각을 하신대. 나와 시간을 보내고 싶다고. 혹시 후회하시는 걸까?"

이렇게 틀어져 버린 부녀 사이를 안타까워하시는 걸까. 그 질문을 하며 연수는 몸을 뒤로 기댔다. 등을 두드리던 손이 그녀의 허리를 감쌌다.

연수는 세륜의 어깨에 뒷머리를 기대고는 고개를 위로 들었다. 그가 반대로 고개를 숙여 그녀의 이마에 입을 맞췄다.

"그러실지도."

"순간 그런 생각도 했어. 왜 그런 이야기 있잖아. 아프면 전처나 버렸던 자식을 찾는 그런 거."

"그건 좀…….."

세륜의 얼굴이 찌푸려졌다. 그런 이유에서 널 찾는 거면 또 다른 상처가 될 텐데, 하는 걱정을 하는 그를 올려다보며 연수가 고개를 흔들었다.

"그런 기색은 아니었어. 조금 늙으신 것 같지만 아프신 것 같지는 않았어."

"그래. 다행이다."

"아버지가 나랑 같이 지내고 싶다고 하셨을 때 당혹스럽기는 했는데…… 솔직히 조금은 기뻤어. 그런데 거절했어."

"왜?"

"새어머니와 서정이와 같이 지내는 건 싫어. 그냥 지금보다 자주 아버지를 만나는 게 낫지 않을까? 갑자기 같이 사는 건 아닌 것 같아."

"그래."

세륜이 연수의 허리를 강하게 옥죄었다. 그의 강한 힘에 입매를 늘였던 연수는 조심스럽게 불렀다.

"저기……."

"응?"

"나, 과장님 만났어."

"거기서?"

"응."

"오늘 회의하고 난 뒤부터 자리 비우더니 거기 계셨어? 외부 미팅 있다는 말 못 들은 것 같은데."

윤성의 사생활이라 이야기를 하면 안 될 것 같았지만 연수는 고민하다가 이야기했다.

"전처랑 같이 있었어."

"누구?"

"전처."

세륜는 눈을 가느스름하게 뜨고 헛웃음을 흘렸다.

"돌싱이라는 말 못 들었는데?"

"나도 오늘 처음 알았어."

"한 번 갔다 온 걸 음흉하게 감추고 너한테……. 그 인간 재수 없네."

으득 이를 간 세륜이 회사에 돌싱이라고 확 소문을 내버릴까, 하고 낮게 읊조리자 연수는 그의 팔을 꼬집었다.

"이혼해도 만나는 거 보면 사이는 좋나. 둘이 다시 잘됐으면 좋겠네."

"저기, 세륜아. 일이 더 있었는데……."

"무슨 일?"

한 번 눈치를 본 연수는 윤성과 그의 전처인 예진과 있었던 일을 털어놨다. 이야기 도중 왈칵 성질을 내는 세륜을 달래가며 이야기한 그녀는 끝에는 시니컬하게 웃는 그를 보고 숨을 죽였다.

"이상하다 했어. 그때 바람 핀 거 아니라고 했을 때 뭐가 더 있는 것 같더니."

세륜은 연수와 윤성의 이별에 피치 못할 사정이 있었다는 걸 확인받고 나자 기분이 착잡했다.

어느 한쪽이든 깔끔하게 끝나지 않은 이별은 나중에 꼭 탈을 만들기 마련이었다. 지금 그게 이렇게 나타났다. 연수와 윤성의 과거에 속이 탔다.

세륜은 자신이 어쩌지 못하는 두 사람만의 이야기에 속이 뒤틀렸다.

"뭐가 더 있다고 해도 상관없어. 그러니까 신경 쓰지 마. 나 모르는 척할 거야. 그건 선배의 상황이었지, 나와는 상관없어."

자신 때문에 윤성이 어떤 일을 겪었는지, 무슨 선택을 했는지 중요하지 않았다. 그 당시 자신과 어떠한 의논도 하지 않았었는데 한참이 지난 지금 뭘 어쩌겠는가. 그리고 그는 과거이지, 현재가 아니었다. 자신의 현재는 세륜이었다.

연수는 예진의 말이 마음 한구석에 걸렸지만, 그건 단지 그녀가 오해했던 게 신경이 쓰이는 것뿐이었다. 윤성이 그 오해는 잘 풀 테니 다른 건 신경 안 쓰기로 결심했다.

윤성이 들으면 굉장히 모질게 느껴질 말이었지만, 세륜은 잘 생각했다고 그녀의 정수리에 다정하게 입을 맞췄다. 뒤틀렸던 속이 풀리자 그가 미미한 미소를 지었다.

출근한 뒤로 연수는 몇 번이나 자신에게 닿는 윤성의 시선을 느꼈다. 하지만 연수는 그 시선을 외면했다.

점심 식사 이후 윤성의 시선이 더는 느껴지지 않아 안도했을 때 다른 게 그녀를 뒤덮쳤다. 윤성의 시선하고는 비교가 되지 않을 정도로 심장을 덜컥 내려앉게 만드는 전화에 연수는 부르르 진동이 울리는 휴대폰을 챙겨 들고 조용한 곳으로 향했다.

빈 회의실을 찾아들어 간 그녀는 끈질기게 울리는 전화를 받았다.

"여보세요."

[나다. 회사 근처인데 좀 보자.]

업무 시간에 대뜸 보자는 연락에 연수는 소리 없는 한숨을 흘렸다. 서로 보지 않고 사는 게 최선일 텐데 이렇게 찾아오자 연수는 안 좋은 예감이 들었다.

"죄송하지만, 업무 시간이에요."

[잠깐이면 돼.]

"이따가 퇴근하고……."

[바쁜데 일부러 시간 내서 왔다. 저녁에 모임 있으니 지금 보자.]

만나기 전까지 돌아가지 않을 새어머니의 기세에 연수는 입술을 짓이겼다.

잠깐 자리를 비우기 위해서는 상사인 윤성에게 허락을 구해야 했다. 문제는 지금 윤성과 그 어떠한 대화도 하고 싶지 않다는 거였다.

연수의 고민이 길어지자 현숙이 빨리 자신이 있는 곳으로 나오라고 성화를 부렸다.

"어디시라고요?"

[네 회사 앞 카페라니까.]

"……저, 이직했어요."

현숙은 이전의 회사 근처 카페에서 기다리고 있었다. 이직했다는 연수의 말에 잠시 침묵하던 현숙은 옮긴 회사가 어디냐고 물었다. 연수가 시언그룹이라 말하자 그녀가 짧게 웃고는 가서 다시 연락하겠다고 했다.

전화를 끊은 연수는 사무실로 돌아와 윤성의 책상 앞에 섰다.

"이따가 잠시 자리 좀 비워도 될까요?"

연수가 다가오자 뭔가 결심한 얼굴로 자세를 바로 했던 윤성은 힘이 빠진 얼굴로 물었다.

"무슨 일 있나요?"

"급한 용무가 있어서요. 오래 걸리지는 않을 것 같아요."

"그렇게 해요, 그럼."

연수가 살짝 고개를 숙인 뒤 돌아서려 하자 윤성은 재빨리 그녀를 불렀다.

"하 주임, 할 말이 그게 끝인가요?"

"……네."

"뭐라도 물을 줄 알았는데. 됐으니 가봐요."

허탈한 얼굴로 윤성은 손을 내저었다.

마치 시험이나 중요한 면접을 앞둔 것처럼 초조했다. 집중되지 않는 일을 억지로 하고 있을 때 현숙에게서 전화가 왔다.

연수는 마찬가지로 빈 회의실로 들어가 전화를 받았다.

"여보세요."

[1층 카페다. 빨리 내려와라.]

"1층이요? 거기 말고 근처에 다른 카페에서 봬요."

연수는 1층 카페에 있다는 말에 난색을 표했다. 회사 근처 카페에서 보자고 했지만 현숙은 이미 주문까지 했고, 자리를 옮길 시간도 아깝다는 듯 거절하고는 전화를 끊어버렸다

현숙은 사람들의 시선을 많이 의식했다. 그래서 그녀가 아는 사

람이 있는 곳에서는 절대 자신을 마주하려고 하지 않았다.

마찬가지로 자신과 친분이 있는 사람들에게 함께 있는 걸 보이고 싶어하지 않았다. 자신과의 관계를 부정하고 싶어했다.

그런 그녀가 자신의 일터인 걸 뻔히 알면서 자신이 아는 사람들이 많이 있을지도 모르는 데도 그곳에서 보자고 하며 자리를 지키고 있다는 건, 일부러 그러는 가능성이 컸다.

연수는 아마도 이전의 회사에 가느라 낭비한 시간에 대한 불만을 이렇게 드러내는 것일 거라고 생각했다.

1층으로 내려와 카페에 들어선 연수는 아는 얼굴이 있는지부터 확인했다. 다행히 업무 시간 중이라 사람이 많지는 않았지만 외부 업체 사람들을 이곳에서 만나고 있는 이들이 몇 보였다.

마지막으로 현숙을 찾아 걸음을 옮기던 연수는 옆 테이블에 앉아 있는 여자를 보고 얼굴을 굳혔다. 그 여자와 마주 앉아 있는 남자가 있다는 것도 확인하고 속눈썹을 파르르 떨었다.

정말 공교롭게도 현숙이 앉아 있는 테이블의 옆 테이블에 예진과 윤성이 있었다. 연수는 자신을 차가운 시선으로 보며 기다리고 있는 현숙 때문에 억지로 걸음을 뗐다.

현숙의 맞은편에 앉자 예진과 윤성이 연수를 보고 반응을 보였다. 연수는 그들에게 시선을 던지지 않고 현숙에게 묵례했다.

"안녕하셨어요."

"피차 서로가 바쁘니 짧게 이야기하마. 집에 들어올 거니?"

설마 했는데 그 이야기가 나오자 연수는 속으로 신음했다.

새어머니에게 동의를 받지 않았다고 해서 안심하고 있었는데 어제 돌아간 뒤에 이야기를 한 것 같았다.

연수는 거절했는데 굳이 현숙에게 이야기한 아버지를 원망했다.

"아니요."

"그래. 그 마음 변치 않았으면 하는구나."

"그걸 확인하시려고 여기까지 오셨어요?"

현숙의 얼굴에 조소가 걸렸다. 연수는 다른 무언가가 있다는 걸 직감하고 테이블 아래 손을 꽉 쥐었다.

"결혼할 때 네 아버지가 약간의 재산을 가져왔던 거, 너도 알지?"

"네."

"그렇다고 해서 유산 기대하는 거 아니겠지?"

"기대 안 합니다."

"정말이니?"

"네."

"그럼 네 아버지 생각일 뿐인 거니?"

"아버지와 돈에 관해 어떠한 이야기도 나눈 적 없어요. 왜 이런 말씀을 하시는지 모르겠어요."

현숙은 찻잔을 들어 입술을 축인 뒤 연수를 노려보았다.

"너는 모르겠지만 5년 전에 네 아버지 사업이 힘들었다. 그때 회사를 다시 바로잡는 데 적지 않은 돈이 들어갔어. 물론 처음부터 우리 친정 돈이 많이 들어갔었다."

"그런데요?"

"재작년 말에 한 번 더 회사가 위기를 겪었다. 그때도 우리 친정에서 큰 도움을 줬어. 그러니 네 아버지가 가지고 왔던 돈은 하나도 남아 있지 않아. 다 우리 친정 돈이야."

"……."

"얼마 전 우리 친정에서 돈으로 조금 뭐라고 했는데 네 아버지가 심기에 거슬리셨나 보다. 나한테 그걸 풀려고 널 거론하더구나."

"……네?"

"갑자기 너를 집으로 데려오고 싶다고 하시면서 스트레스를 주더구나."

"지금 무슨 말씀을……."

"알잖니. 날 화나게 만들 수 있는 게 네 존재라는 걸. 자주 있었잖니? 네 아버지가 네 존재로 나를 화나게 만들어 자신의 불쾌함을 풀었던 일이."

"어제 아버지께서……."

"무슨 말을 하셨든 그걸 믿었니? 한두 번 겪어? 나나 너나 네 아버지가 이랬던 거 처음 봐?"

"……."

속았다. 또 아버지에게 이용당했다.

연수의 얼굴이 희게 질렸다.

우석은 재혼한 아내들에게 화가 났을 때면 유독 자신에게 친절했다. 그 모습에 새어머니들은 파르르 떨었고 그런 새어머니들을 보고 우석은 마음을 풀었다. 새어머니들은 혹시나 우석이 자신이 아닌 딸만 신경을 쓸까 봐 그 뒤로 남편을 더욱 살뜰히 챙기고 존중했다. 그녀들은 모두 우석이 과거가 아닌 지금의 새 가정에 더 마음을 두기 원했다.

독립 후에 연수는 우석이 부를 때마다 기대를 하고 갔다. 하지만 우석은 늘 그녀를 그렇게 이용했다. 본인의 결혼 생활을 조금 더 윤택하게 하기 위해, 아내에게 무언의 경고를 주기 위해 이용했다.

"어제 널 만났다고 말하시기에 이번에는 나도 참지 않았다. 이혼 이야기를 먼저 꺼냈더니 네 아버지 금방 후회하시더구나. 다시는 네 이야기 꺼내지 않겠다고 하셨다. 하기야 네 아버지도 나이가 있는데 재혼이 어디 쉽겠니. 혹시나 어제 아버지와의 만남에서 네가 헛된 생각을 할까 봐 확인하러 왔다. 이걸로 너와의 인연이 정말 끝이었으면 좋겠구나."

현숙은 부녀의 관계를 깨트린 것이 지극히도 만족스러운지 처음으로 환한 미소를 보이고는 자리에서 일어났다.

연수는 멍하니 앉아 있었다. 현숙이 사라진 자리에 누군가가 앉을 때까지 정신을 놓고 있었다.

"연수야, 괜찮아?"

윤성의 목소리에 고개를 든 연수는 망연한 표정을 지었다.

"죄송하지만 혼자 있고 싶어요."

다른 누군가가 자신이 가족에게 이런 취급을 받고 있다는 걸, 받아왔다는 걸 보여주고 싶지 않았다

"가족에게 이용당하고 버려졌을 때 기분이 참 엿 같지."

"……."

"아버지랑 내가 왜 사이 안 좋은지 알아? 나 혼외자야. 그리고 아버지는 날 이용하려고 해."

"……."

"대학 졸업 후 바로 날 약혼시키려고 하셨어. 널 찾아갔다는 그 여자는 아버지 눈속임하려고 만났어. 그 여자도 처음에는 나랑 뜻이 같았는데 아버지에게 협박받고 널 만나러 갔더라. 그건 경고였어. 네 존재를 알고 있다는. 널 힘들게 할 게 뻔해서 헤어지자고 했어. 뭐, 그 당시 네가 날 많이 사랑하지 않은 것도 작용을 하기는 했지만."

"듣고 싶지 않아요."

"그 뒤에 유학이라는 명목으로 해외로 추방당했어. 그러다 다시 불러들이셨어. 다른 여자와 약혼하라고. 그때 한국에 들어와 널 찾았어. 그런데 네 옆에 진 대리가 있었지."

"듣고 싶지 않다고요."

"약혼하고 결혼했어. 내 전처의 집안에 돈이 많아. 그 돈은 다 고스란히 아버지에게 흘러들어 갔어. 그런데 그 돈이 막힌 거야. 아버지는 내게 이혼을 강요하셨어. 내 전처는 그 사실은 몰라. 그냥 성격 차이라고 했으니까."

"그만요."

"아버지는 지금 다른 여자와 날 결혼시키려 해. 또 이용할 생각이신 거지."

"도대체 하고 싶은 말이 뭐예요? 아버지 때문에 나와 헤어졌고,

전처와 이혼한 이야기를 왜 하는 건데요!"

"이번에 재혼시키려고 해서 깨달았지. '아, 이자는 내 아버지가 아니다'라고. 그동안 내가 왜 이 사람이 하라는 대로 멍청하게 살았나 싶더라. 그로 인해 많은 걸 놓쳤어. 상처도 많이 받았고. 보다시피 내 삶이 한심해졌어. 세상의 모든 아버지가 다 자식을 위하며 살지 않아. 네 아버지도 그런 것 같은데. 본인의 이익을 위해서 자식을 이용하는 아버지에게 끌려다녀 한심하게 살고 있는 나를 봐. 그리고 네 모습을 봐."

"……방금 일을 목격했다고 해서 모든 걸 다 안다는 듯 이야기하지 마요. 선배와 제가 똑같다고 생각하지 마세요. 그만 일어날게요."

의자를 뒤로 밀고 일어나 카페를 나서는 연수를 보던 윤성이 급히 그녀를 따랐다.

윤성은 엘리베이터 앞에서야 연수를 붙잡았다.

"궁금한 게 있는데 진 대리는 전부 다 알아?"

"무슨 상관이에요."

엘리베이터 문이 열리자 연수는 바로 올라탔다. 윤성도 따라 탄 뒤 닫힘 버튼을 눌렀다. 두 사람 외에 아무도 타지 않은 엘리베이터가 위로 올라갔다.

"난 전처에게 말 안 했었어. 예진이는 그냥 아버지의 독단적인 면 때문에 나랑 사이가 원만하지 않고, 내가 아버지를 이기지 못한다는 정도만 알고 있었어. 내가 혼외자라는 것도 몰랐지. 어제 오해를 풀면서 다 털어놨어. 내가 집안에서 어떤 존재인지, 어떻게 살아왔는지 다 이야기했어."

"왜 이래요?"

"그래도 몇 년 같이 살았다고 위로해 주는데 큰 위안이 되더라. 새장가 갈지도 모른다는 것에 엄청 화를 내기는 했지만. 이게 중요한 게 아니라, 너도 이야기하지 않은 게 있으면 진 대리에게 다 털어놔. 널 주저앉히는 손에 잡히지 말고 널 일으켜 주는 손을 잡아."

"자꾸 선배와 저를 동일시하지 마요."

"알아. 다르다는 거. 그리고 내가 모르는 게 많다는 거. 조금 전의 일만 보고 함부로 개입하는 거 오지랖이라는 거 알아. 걱정돼서 그래. 지금 네 얼굴 모르지? 핏기가 하나도 없어. 금방이라도 쓰러질 것 같아. 혼자 끙끙 앓을 것 같아서 그래. 내가 해봐서 아는데 혼자 아파하는 거 제 상처만 더 곪게 만들어. 진 대리한테……."

"세륜이를 왜 자꾸 언급해요?"

"지금 네 상처 보듬어줄 수 있는 사람이 진 대리밖에 없잖아."

띵. 작은 소리가 나고 엘리베이터 문이 열렸다.

열린 문 앞에 세륜이 서 있었다. 그를 발견한 연수는 놀라 눈동자를 키웠다.

세륜은 묘한 기류를 읽었다. 아무도 미동하지 않자 도로 닫히는 엘리베이터 문 사이로 세륜은 팔을 뻗었다. 그리고 다시 문이 열렸다.

"안 내립니까?"

연수가 먼저 엘리베이터에서 내렸다. 세륜은 자신을 지나치려는 그녀의 팔을 잡아 세웠다.

"너, 얼굴이 왜 그래."

"아무것도 아니야."

"뭐가 아무것도 아닌데."

세륜은 창백하게 질린 연수의 얼굴에 눈을 가느스름하게 떴다.

"연수 조금 전에……."

"과장님께 안 물었습니다."

"선배!"

세륜은 윤성을 보지도 않은 채 말을 잘랐다. 그는 자신의 말과 함께 쏟아진 연수의 딱딱한 목소리에 눈가를 찌푸렸다.

"하연수, 네가 말해."

"……아무것도 아니라니까."

어제까지만 해도 아버지가 변했다고 세륜에게 이야기했었다. 아버지가 자신을 생각하고 있다며 기뻐했는데 알고 봤더니 아니었더라는 이이기를 창피해서 할 수가 없었다. 그보다 세륜은 아버지가 자신을 어떻게 이용했는지 모르고 있었다. 그저 재혼과 새어머니와의 마찰 등으로 사이가 안 좋은 걸로 알고 있었다. 그에게 전부 다 이야기하지 않았었다. 이건 정말 그가 알지 않았으면 했었다.

연수는 흔들리는 눈동자로 세륜을 응시했다. 그의 손이 느슨해지더니 잡고 있던 팔을 놓았다.

"그래. 알았어. 아무것도 아니면 됐어."

세륜은 작게 고개를 끄덕였다.

"새어머니가 찾아왔습니다. 지금 연수……."

"선배!"

계속해서 관여하는 윤성에게 연수가 다시 소리쳤다. 그녀는 재빨리 세륜의 얼굴을 살폈다. 표정이 없는 그를 올려다보던 연수는 몸을 떨었다. 가만히 자신을 응시하는 세륜의 시선에 연수는 고개를 흔들고는 몸을 돌려 비상구 쪽으로 빠르게 걸어갔다.

"연수가 지금 힘들 겁니다. 새어머니가……."

"죄송하지만, 안 듣겠습니다. 연수가 제가 알기를 원치 않는 것 같은데 왜 나서는 겁니까."

세륜의 냉기 어린 시선이 윤성에게 향했다.

"진 대리가 알아야 할 것 같아서 그래요."

"제가 모르는 걸 과장님이 알고 계시는 것 같아 기분이 무척 더럽지만, 저는 계속 모른 상태로 있겠습니다. 연수가 직접 이야기할 때 듣겠습니다."

"연수가 말 안 하려고 하는 것 같아서 대신 알려주려는 겁니다. 알아야 연수를 위로해 줄 수 있잖아요."

세륜은 윤성의 말에 픽, 웃었다.

"아는 게 다가 아니죠. 때로는 모르는 게 더 위로가 될 수도 있습니다. 그러니 연수가 원치 않는 일, 하지 말아주시죠. 지금 과장님의 행동이 더 연수의 상처를 건드리고 있는 걸로 보입니다."

"……그렇게는 생각 못 했네요."

"지금 많이 참고 있는 겁니다. 마지막으로 이번까지만 참겠습니다."

"나는 단지 연수가 걱정돼서 그랬어요."

세륜은 입술을 비틀고 멸시가 가득한 시선을 했다. 그는 예의를 버리고 마지막 경고를 했다.

"내 여자라고 했지. 네 걱정 따윈 필요 없어. 연수에게 신경 꺼. 걱정, 위로, 그 외의 것들 전부 다 내 몫이야!"

세륜은 항복하듯 양손을 들어 보이는 윤성을 두고 몸을 돌렸다. 연수가 사라진 비상문을 열고 나가는 걸 본 윤성은 낮게 중얼거렸다.

"진짜 걱정돼서 도와주려고 한 건데. 어제부로 나도 마음 완전히 접었다고."

연수를 다시 만나고 흔들렸다. 그런데 어제 예진을 만나고 깊은 이야기를 나누면서 깨달았다. 결혼 생활 동안 연수를 그리워했던 건 아니었다. 연수를 잊고 살았었다. 그저 과거에 후회 때문에 아련해졌던 거였다. 그 아련함에 빠져 착각했던 거다.

자신을 진심으로 사랑한다는 예진의 말에 더 크게 흔들렸다. 그러면서 자신의 자리는 그곳이라는 걸 깨달았다.

윤성은 부디 자신이 예진에게 큰 위안을 받았던 것처럼 연수가 다 털어놓고 세륜의 위로를 받았으면 했다. 그런 마음이 두 사람에게 다르게 전해진 것 같아 그는 안타까운 표정으로 고개를 저었다.

❖

비상문을 열고 나온 세륜은 회사 내에서 어디로 가야 할지 몰랐는지 계단 앞에서 멍한 모습으로 서 있는 연수를 발견했다.

"하연수."

그의 부름에 연수의 뒷모습이 크게 움찔했다. 세륜은 성큼 다가가 그녀의 팔을 잡아 돌렸다.

"저기, 세륜아……."

세륜은 그대로 연수를 품에 안았다. 그녀의 뒷머리를 감싸 자신의 가슴에 묻고 허리를 바짝 끌어안았다.

"안아줄 수 있게는 해줘야지. 방금 전에 내 품에 안겼어야지. 팔 놓았다고 도망가면 어떡해."

"세륜아."

"네가 먼저 이야기하기 전까지 절대 안 물어. 그러니까 걱정 마."

잠시 뒤 연수는 조심스럽게 그의 허리에 팔을 둘렀다. 그녀의 어깨가 작게 흔들렸다.

"이거면 되는 거잖아. 이렇게 안아주면 되는 거잖아. 충분하지?"

말하지 않는다고 화를 내고 닦달하지 않겠다. 아무것도 해줄 수 없다고 초조해하지 않겠다. 이제는 그저 이렇게 다정하게 안아주는 거면 된다는 걸 아니까. 이걸로 연수가 괜찮다면 자신은 몰라도 됐다.

연수는 그의 품 안에서 고개를 끄덕였다. 그녀의 작은 흐느낌은 세륜의 품 안에서 서서히 잦아들었다.

눈물로 얼룩진 그의 셔츠 자락에 연수가 어찌할 바 몰랐다. 하지만 세륜은 셔츠보다 연수의 얼굴에서 눈물을 닦아내는 데 신경 썼다.

"집에 가자."

"지금?"

아직 울음기가 가시지 않은 떨리는 목소리에 세륜은 고개를 끄덕였다.

"일은?"

"일은 내일 하지, 뭐."

과감하게 일을 제치자는 그의 말에 연수는 고개를 흔들었다. 물론 이 상태로 사무실에 들어가면 난리가 나겠지만 그렇다고 아예 안 들어갈 수는 없었다. 화장실에서 눈물 좀 닦아낸 뒤에 다시 업무에 복귀해야 했다.

"어떻게 그래. 일해야지."

"오빠 믿어. 잘리는 일 없어. 시말서는 쓰겠지만."

"시말서? 안 돼!"

"놀라기는. 바보야, 조퇴가 있잖아. 둘 다 아파서 조퇴한다고 하면 되지."

커플이 나란히 갑자기 조퇴를 하면 무슨 말이 돌게 될까. 연수는 도리질했지만 세륜은 강경하게 나왔다. 그는 휴대폰을 꺼내 진우에게 전화를 걸었다.

잠시 뒤 두 사람의 짐을 손에 든 진우가 비상문을 열고 나왔다.

"둘이 싸웠어?"

운 흔적이 역력한 연수를 보고 진우가 물었다.

"아니. 우리 조퇴한다. 뒷일 좀 부탁해."

"뭐야. 무슨 일인데? 진짜 싸운 거 아니지?"

설마하니 또 싸우고 헤어지네 마네 하면 가만두지 않겠다는 얼굴로 진우가 두 사람을 쳐다봤다. 세륜은 그런 거 아니라고 말한 뒤 연수의 손을 잡고 계단을 내려갔다.

지하주차장까지 계단으로 내려와 차에 오른 연수는 정말 이래도 되나 싶은 얼굴로 시동을 거는 세륜의 옆얼굴을 응시했다.

세륜은 휴대폰이 짧게 진동하자 꺼내서 문자를 확인했다.

"진우다. 우리 둘 조퇴 처리됐대."

문자를 보여주며 걱정하지 말라고 한 뒤 그는 주차장을 빠져나갔다.

이른 시간에 세륜의 집으로 돌아온 두 사람은 옷을 갈아입고 침대에 누웠다. 세륜은 가만히 연수를 안아주었고, 그녀는 그의 품에서 위안을 받았다.

"고마워."

세륜은 말없이 연수의 등을 토닥거렸다.

많이 진정된 연수는 새어머니의 이야기로 받은 충격에서 점차 벗어났다. 하지만 들쑤셔진 상처는 계속 아팠다.

세륜은 몸을 살짝 떼고 가슴 위를 누르는 연수를 보고 안쓰러운 표정을 지었다. 그는 가슴 위에 올려진 연수의 손을 자신의 손으로 감쌌다.

걱정과 안타까움이 가득한 그의 표정에 연수는 울컥했다.

연수는 갑자기 충동이 일었다. 오로지 자신만 중요하다는 듯 회사 일을 뒤로 제치고 이렇게 옆에 있어주는 그에게 털어놓지 못할 이야기가 뭐가 있을까, 하는 생각이 들었다. 그리고 다짐한 게 떠올랐다. 세륜에게 감추는 일은 하지 않겠다고 했던 다짐이.

연수는 길게 호흡을 한 뒤에 입을 열었다.

"새어머니가 찾아왔어. 어제 아버지가……."

연수는 세륜에게 전에 다 하지 않았던, 남은 이야기를 시작했다.

20. 사랑만 알게 하겠습니다

거실 욕실에서 샤워를 하고 방으로 돌아온 세륜은 머리카락을 털던 수건을 목에 걸고 침대 앞에 섰다.

허리를 숙여 연수의 얼굴을 가린 머리카락을 조심스럽게 쓸어 넘긴 그는 드러난 옆얼굴에 눈살을 찌푸렸다. 아직 운 흔적이 남아 있는 볼에 가볍게 입을 맞추고 나직하게 한숨을 흘렸다.

"해야겠다, 결혼."

홧김이든가, 안쓰럽고 애틋해서라든가, 불안해서든가. 각종 이유 때문에 그 순간의 감정에 울컥해서 결혼을 해야겠다고 마음먹었던 걸 시간이 지나면서 잘못된 것이었다고 생각했다. 그리고 아직 준비가 덜 됐다고, 결혼은 아직인 것 같다고 생각해 왔었다.

최근에도 계속 혼자 갈팡질팡했다. 그런데 지금은 확신이 섰다.

홧김이든, 애틋해서든, 불안해서든, 모든 이유 때문이든지 간에 결혼을 해야겠다. 준비가 덜 됐어도 해야겠다.

"해야겠어, 빨리."

지금 자신의 머릿속에는 결혼밖에 없었다.

세륜은 부은 연수의 눈을 가볍게 손가락으로 훑은 뒤에 어깨를 쥐고 흔들었다.

"일어나. 일어날 수 있겠어?"

"……응."

느릿하게 눈을 뜬 연수가 팔로 침대를 짚으며 일어나 앉았다. 그녀가 침대 밖으로 발을 빼자 세륜은 한 걸음 뒤로 물러났다. 막 연수가 다리에 힘을 주고 일어나는 순간, 그는 그녀의 몸이 휘청 거리자 손을 뻗었다.

"괜찮아?"

"아, 어지러워."

잠깐 현기증이 일었던 것뿐인지 연수는 바로 몸을 세웠다.

"오늘 쉴래?"

"아니. 어제 그렇게 조퇴했는데 또 쉬라고?"

"미열이 좀 있는 것 같은데."

세륜은 손등으로 연수의 볼과 목덜미를 만진 뒤 자신의 체온과 비교했다. 평소라면 자신의 체온이 더 높을 텐데 연수가 더 뜨뜻 하자 그가 눈썹을 모았다.

"이 정도는 괜찮아."

"나는 안 괜찮아. 오늘 쉬어."

연수가 싫다고 고개를 젓고 욕실로 향하자 세륜은 그 고집에 미간을 접었다. 비상약이 떨어져서 그는 출근하는 길에 문을 연 약국을 찾아 약을 사먹는 걸로 합의를 봤다.

"혼자 씻을 수 있겠어?"

"응. 나 갈아입을 옷 좀 꺼내줘."

연수가 욕실로 들어가고 얼마 뒤 물소리가 새어 나왔다. 세륜은 머리를 마저 턴 뒤에 서랍장에서 그녀가 갈아입을 속옷을 꺼냈다. 옷을 꺼내다 보니 문득 빨래가 생각났다.

"결혼하면 집안일은 줄겠네. 같이할 테니까."

세륜은 갑자기 생각난 결혼의 장점에 픽, 웃었다.

'둘 다 깔끔한 편이고, 집안일을 몰아서 하지 않고…….'

세륜은 연수와 맞는 점을 찾아내려 머리를 굴렸다. 그런데 애석하게도 그게 끝이었다. 분명 뭔가 더 있을 거라고 떠올려 보려 했지만 잘 생각이 나지 않았다.

그러다 불현듯 연수와 맞지 않은 게 많다는 걸 떠올렸다.

식습관, 선호하는 프로그램, 옷을 미리 다려놓는 자신과 달리 연수는 입기 전에 다리는 것 등의 맞지 않은 건 굳이 떠올리려고 노력하지 않아도 바로 다 떠올랐다.

"아, 갑자기 현실감이 확 사네."

세륜은 머리를 흔든 뒤 속옷을 들고 욕실 문 앞에 섰다. 똑똑, 노크를 하고 들어긴 그는 샤워부스 안에서 씻고 있는 연수에게 속옷을 세면대 옆 선반에 놓아둔다고 표시했다.

속옷을 놓고 나온 세륜은 출근 준비를 했다. 어차피 연수의 속도에 맞추려면 여유롭게 준비해도 되니 그는 서두르지 않았다.

느릿하게 준비를 하다 보니 세륜은 금세 다른 생각으로 빠졌다.

얼마 전 크리스마스 때 들었던 이야기가 다인 줄 알았다. 윤성이 새어머니가 왔다고 심각하게 말했어도 그 이상의 다른 게 있을 줄은 몰랐다. 그저 아버지와의 만남을 새어머니가 마뜩잖아 해서 쫓아왔나, 그런데 그건 좀 너무한 거 아닌가, 정도로 생각했었다.

그랬는데 어제 그 이상의 이야기를 듣고 눈앞이 아찔해졌다. 가끔 연수를 불렀던 이유가 새어머니들을 자극하기 위해서였다니. 자기 딸을 그렇게 이용했다니.

그건 연수를 더욱더 새어머니들과 멀어지게 만드는 행동이었다. 그리고 더 미움받게 만드는 거였다.

그걸 알면서도 연수는 아버지의 부름에 단 한 번도 거절을 하지 않았다. 의도가 있는 아버지의 자상함에 상처를 받아도 만나러 갔던 건, 그 의도적인 애정이라도 느끼고 싶어서였다. 그녀에게 가족은 아버지뿐이었으니까.

"진짜. 왜 이런 면에서는 약해가지고."

어쩌면 자신이 알고 있던 것보다 연수의 속은 더 여릴지도 모른다는 생각에 세륜은 걱정이 들었다.

그는 연수가 씻고 나올 때까지 상념에 빠져 있었다.

회사에 출근하자 윤정이 집안일은 해결이 잘되었느냐고 물었다. 조퇴의 이유를 아픈 것밖에 생각하지 못했던 두 사람과 달리 진우는 다른 이유를 생각해 냈다.

연수의 집에 일이 생겼는데 큰일이라 도움이 필요해 세륜이 같이 조퇴를 하게 됐다고 핑계를 댄 진우 덕분에 갑작스러운 조퇴에 대한 눈총 없이 수월하게 넘어갔다.

그보다는 다른 소문이 회사 내에 파다하게 나 두 사람의 이야기가 묻혔다.

"정말 놀랐다니까요? 과장님이 돌싱이라니. 6년 전에 결혼하셨대요. 작년 초에 이혼하시고."

"……그랬대요?"

"네. 그런데 다시 합치실지도 모르나 봐요. 어제 낮에 전처라는 분이 1층 카페에 찾아오셨대요. 퇴근할 때 또 오셨는데 과장님하고 다정하게 가셨대요."

회사 내에 도는 소문이 생각보다 자세하자 연수는 놀라움을 금치 못했다. 다행히 어제 자신이 카페에서 중년의 여인과 있었다는 이야기는 돌지 않아 안도했다.

시간이 흘러 직원들이 거의 다 출근했을 무렵 윤성이 출근했다. 평상시보다 늦은 출근에 다들 그를 흘끔거렸다.

"저도 제 소문 들었습니다."

이혼이라는 쉽게 묻기 어려운 지극히 사적인 일에 다들 눈치만 보고 있었는데, 윤성이 먼저 이야기를 꺼냈다. 그는 세륜과 연수를 보고 입매를 늘였다.

"이혼이 자랑은 아니지만 다들 궁금해하실 것 같아서 이야기하겠습니다. 결혼했다가 이혼했고, 지금 다시 전처와 시작하기로 했습니다. 딱 이렇게만 소문내 주세요. 누굴 보면서 헛소문이 얼마나 무서운지 알게 됐거든요."

윤성이 세륜을 보고 짓궂게 웃었다. 세륜이 했던 것처럼 소문을 내달라고 한 그는 이제 그만 업무를 시작하자고 하며 사람들의 관심을 물렸다.

어제 연수에게 들어서 윤성의 상황에 대해서도 세륜은 얼추 알게 되었다. 그리고 그가 정말로 다른 마음 없이 자신처럼 아버지와 사이가 안 좋은 연수가 안타까워 그녀를 도우려 했다는 것도 알게 되었다. 단지 걱정했다는 윤성의 말은 진짜였다.

연수가 윤성의 관여에 불만을 토했을 때 세륜은 그의 이야기를 듣고 잠시 다른 생각에 빠졌었다.

세륜은 윤성과 이야기할 기회를 엿봤다. 그는 윤성이 담뱃갑을 챙겨 들고 일어나 사무실을 나설 때 조용히 따라나섰다.

"나한테 뭐 할 이야기 있어요?"

윤성은 세륜이 자신을 따라오고 있다는 걸 알아차리고 걸음을 멈춰 뒤돌아 물었다. 윤성과 달리 걸음을 멈추지 않은 세륜은 그의 앞에 섰다.

"잠깐 시간 좀 내주셨으면 합니다."

"옥외 휴게실로 가죠. 지금처럼 흐릴 때는 더 추워서 사람들이 안 나오더라고요."

세륜은 어디든 상관없다고 고개를 끄덕였다.

옥외 휴게실로 나오자마자 윤성은 담배를 입술에 물고 불을 붙였다.

"할 이야기 있으면 해요."

"우선 어제 과장님의 의도 오해한 것 죄송했습니다."

"아, 내심 그거 몰라주면 서운하려던 참이었는데. 그런데 왜 멋있게 사과를 하고 그럽니까?"

"그래도 도를 넘은 참견은 맞았습니다."

"……깐깐하네요. 그 점은 연수랑 똑같네요."

윤성은 입매를 늘여 웃고는 담배 필터를 빨았다. 그의 숨에 따라 생겨난 연기가 허공으로 흩어졌다.

"재혼 꼭 하셨으면 좋겠습니다."

"그러고 보니 내 재혼 소식에 가장 기뻐할 사람이 여기 있었네요."

세륜은 빈말이라도 부정하지 않았다. 무심히 그가 고개를 끄덕이자 윤성이 눈썹을 구겼다.

"그보다 연수는 어때요?"

"안 좋습니다. 겉으로는 내색 안 하는데 상처가 큽니다."

"들었어요?"

"네."

"이야기 안 할 것처럼 굴더니. 뭔가 얄밉네. 내가 그렇게 말할 때는 귓등으로 듣더니."

"아닙니다. 덕분에 연수와 저, 더 좋아졌습니다."

윤성은 묘한 표정을 지었다. 자신이라는 방해물 때문에 더 불이 타올랐다는 건지, 아니면 자신의 도움으로 좋아졌다는 것인지 의

미가 불분명했다. 세륜이 일부러 그렇게 말했다는 걸 눈치챈 윤성은 졌다는 듯 고개를 저었다.

"진짜로 하고 싶은 이야기가 뭐예요?"

"죄송하지만, 그 이야기 연수에게 들었습니다."

"아아. 제 이야기랑 아버지 이야기요? 뭐, 연수가 다 이야기한다면 그것도 진 대리에게 말할 거라고 생각했던 거라 괜찮아요. 죄송할 거 없어요."

됐으니 윤성은 어서 본론을 꺼내라는 표정을 지었다.

"실례인 줄 알지만 과장님의 결혼에 대해 물어도 되겠습니까?"

"제 결혼은 왜요?"

"……친구가 있는데 과장님과 비슷합니다."

"뭐가 말입니까?"

"재벌가의 혼외자고 집안의 강요로 정략결혼을 앞두고 있습니다."

"그 친구도 삶이 고달팠겠네요."

"그 결혼 하게 돼도 됩니까?"

"보통은 친구라면 남에게 묻기 전에 말리는 것부터 하지 않나요? 정략결혼 자체가 사랑 없는 게 태반인데. 특히나 혼외자에게는 상대방이 제대로 된 집안의 사람이 아닌 경우도 많죠."

본인의 선택이었다며 한준을 말리지 않았던 세륜의 얼굴이 무섭게 굳어졌다.

윤성은 남은 담배를 다 태운 뒤 필터를 모래에 짓이겨 버렸다.

"뭐, 얼마나의 재력가인지는 모르겠지만, 이쪽은 정략결혼이

흔합니다. 혼외자가 아니더라도 집안의 이익 때문에 정략결혼 많이 합니다. 살다가 정을 붙인 사람들도 꽤 있고. 그러지 못해 다른 상대를 만드는 사람들도 있고. 잘살고 못 살고는 케이스 바이 케이스라."

"과장님은 어떠셨습니까."

"불행했죠. 아내와 사이가 나쁜 건 아니었지만, 행복하지도 않았어요. 그런데 지금은 아이러니하게도 그때가 그리워요. 그 시간이 가장 조용하고 편했거든요. 그리고 제 전처는 좋은 사람이에요. 나한테 무척이나 아까운."

"……좋은 케이스이신 거군요."

"전처를 만난 건 그렇겠죠. 그런데 글쎄요. 우린 이혼했고 다시 시작하는 데에는 아직 넘어야 할 산이 있어서. 집안과 연을 끊을 각오를 했습니다. 이걸로 전처와 제가 불행해질 수도 있겠죠."

세륜은 더 복잡해졌다. 한준의 삶을 가늠할 수가 없기에 불안했다.

"그 친구에게 포기하지 말라고 해주세요. 어떤 일이 닥치든 그대로 흘러가 버리지 말고, 스스로 행복을 찾으라 하세요. 넋 놓고 있다가 불행의 늪으로 빠질 뻔했던지라 이건 장담합니다. 스스로 행복할 의지가 조금이라도 있으면 불행까지는 안 가요. 그리고 싸워야 할 때가 오면 까짓것 싸우라고 해요. 그때 진 대리는 편들어주고 힘이 되어주면 됩니다."

결혼을 해라, 마라를 다른 사람이 결정해 줄 수는 없다. 결정해 준다 해도 그 결과까지 책임져 줄 수 없다. 그러니 응원만 하라는 윤성의 말에 세륜은 고개를 끄덕였다.

❖

야근을 해야 한다고 거짓말한 세륜은 연수가 퇴근하고 20분 뒤에 회사를 나섰다. 그가 향한 곳은 예약제로 운영이 되는 한정식당이었다. 형인 세훈에게 부탁해 급히 예약을 한 세륜은 그곳에서 누군가를 기다렸다.

굳게 닫혀 있던 문이 열리자 세륜은 일어났다. 상대방이 앞에 섰을 때 허리를 깊이 숙였다.

"안녕하셨습니까."

굉장히 오랜만에 뵙는 연수의 부친에게 깍듯이 인사를 한 세륜은 자리를 권했다.

"오랜만일세."

세륜과 인사하고 앉은 우석은 여전히 멀끔한 그의 외모에 희미하게 미간을 접었다.

남자의 외모가 너무 잘나면 여자가 많이 따르는 게 당연했기에 우석은 처음 세륜을 봤을 때 못마땅했었다. 하지만 연수를 보는 눈빛과 하는 행동을 보고 두 사람의 만남을 반대하지 않았다. 그래도 세륜의 외모는 여전히 마음에 들지 않았다.

"진즉에 인사를 드렸어야 했는데 죄송합니다. 그리고 갑작스러운 연락에도 나와주셔서 감사합니다."

"아닐세."

괜찮다고 손을 내저은 우석은 세륜의 옆자리를 보고 옅은 실망 감을 표했다. 세륜이 뵀으면 한다고 연락을 했을 때 내심 그는 연수와 같이 인사를 하려고 하는 거라 기대를 했었다.

"한정식을 즐겨하셔서 이곳을 예약했습니다. 미리 주문도 했습니다."

"몇 번 와봐서 알지. 이곳 음식 솜씨가 좋아."

우석이 고개를 끄덕이자 세륜은 전자 벨을 눌렀다. 잠시 뒤 직원이 들어와 상을 가득 채웠다.

"들지."

"네."

우석이 먼저 식사를 하고 세륜도 뒤이어 숟가락을 들었다.

식사 도중 우석은 세륜의 가족 근황에 대해 물었다. 세륜은 성심성의껏 대답을 한 뒤 편하게 이야기를 나눌 만한 여러 화제를 꺼냈다. 그 화제가 동나자 두 사람의 접점인 연수의 이야기로 흘렀다.

우석은 연수의 이직을 알고 있었다. 사람을 부려 딸의 근황을 알아보는 듯했다.

식사가 끝나고 후식을 앞에 둔 세륜은 고심했던 이야기를 꺼냈다.

"연수가 제가 가족 일에 관여하는 거 좋아하지 않습니다. 하지만 이번은 묵인할 수가 없어서 이렇게 연락을 드렸습니다."

"무슨?"

"잠시 무례를 범하겠습니다."

우석은 자신이 불쾌해할 이야기를 하려고 한다는 걸 눈치챘다. 그는 그래도 들어보겠다고 고개를 끄덕였다.

세륜은 최대한 담담한 어조로 이야기를 했다. 연수의 상처를 더 부각시키지 않았고, 우석을 비난도 하지 않았다. 그저 연수가 겪은 일과 그로 인해 그녀가 아파했던 것, 그리고 아버지를 향한 마음을 차분하게 이야기를 했다.

이야기를 끝냈을 때 우석의 얼굴은 회한으로 가득했다.

"……내가 연수에게 못 해준 게 많지. 자네 말이 맞네. 어린 딸로 처를 압박하면서 사태를 악화시켰어. 내가 중재를 해줬어야 했는데, 늘 바깥일이 바쁘다는 핑계로 빠져나왔었지. 연수가 학대까지 당하고 있었다는 건…… 몰랐네."

우석은 버석하게 메마른 얼굴을 손으로 문질렀다. 세륜은 그가 붉어진 눈시울을 가리려는 행동이라는 걸 알아차리고는 고개를 숙여 상 위를 응시했다.

"나이가 들어서인지 연수 생각이 많이 나. 그 애의 엄마도. 참, 자네에게 이야기하기 부끄럽지만 내 어디에 말할 수가 없어서 그러니 그냥 흘려듣게나."

"네. 말씀하십시오."

"연수는 모를 거야. 그 애가 기억할 무렵에는 그럭저럭 먹고살았으니까. 집이 아주 가난했어. 그걸 찢어지게 가난했다고들 하지? 난 그런 집의 장남이었고 가족들을 책임져야 했어."

우석은 아득해진 표정으로 그때를 떠올렸다.

"좋은 곳에 취직하자 가족들의 기대는 더 커졌지. 좋은 선 자리가 들어왔어. 그런데 그땐 이미 연수의 엄마를 만나고 있었어. 그 사람 집도 많이 가난했지. 그래서 반대가 컸어. 집안의 반대에도 연수 엄마와 결혼을 했어. 그땐 행복할 줄만 알았지."

벌어들이는 돈이 족족 처가로 흘러들어 가자 집안의 불만이 커졌다. 그 불만은 아내에게 향했고, 아내는 시집살림에 말라갔다. 돈이 필요하다고 두 집안에서 들들 볶았다. 그놈의 돈이 문제였다. 그 돈 때문에 부부 싸움이 계속되었다.

태어날 때부터 가난했던 터라 성공에 대한 갈망이 컸다. 그래서 일에 매달리느라 가족을 잘 돌보지 못했다. 결국엔 갈라서게 됐다.

"내 가정을 잃고 나니 삶의 목표가 한순간에 사라진 것 같았어. 허탈하더군. 그 허탈함을 달래주는 건 일밖에 없었어. 돈 때문에 가정을 잃었는데도 더 성공을 좇게 되더군. 그리고 한 번 결혼에 실패하자 사랑은 중요하지 않게 되더군. 그래서 재혼이 다 그랬어."

성공을 위해 결혼하고, 이혼하고, 또 결혼하기를 반복했다. 결혼이 중요한 게 아니었다. 성공이 중요했었다.

그렇게 삭막하게 살았다. 지나고 보니 자신의 삶에 큰 회환이 들었다.

"작년에 연수의 엄마가 묻힌 근처를 지나게 되었어. 갑자기 생각이 많이 나더군. 내가 사랑했던 여자가 몹시도 그리워졌어. 그래서 차를 세우고 찾아갔어. 눈물이 절로 쏟아지더군. 성공만 보며 살아왔는데, 당신을 버리고 살았는데, 지금의 난……. 큼, 너무 늦은 후회를 했지."

한동안 제정신이 아닌 상태로 지냈다. 계속 후회를 했다. 지나온 자신의 삶을. 그리고 사랑했던 여자와 딸에게 주었던 상처들을 떠올리니 가슴이 찢어졌다.

"나도 왜 내가 딸에게 그랬는지 모르겠어. 하나뿐인 소중한 딸을 왜 그렇게 방치했는지. 왜 그런 상처들만 안겨줬는지."

연수는 원래 웃음이 많았다. 아내와 싸우다가도 아이의 웃음소리에 화해를 했었다. 연수가 웃는 얼굴이, 그리고 웃는 아내의 얼굴이 여직 눈에 선했다. 사랑했던 여자의 웃음은 이제 더는 볼 수 없지만, 다행히 연수의 웃음을 볼 수 있는 기회는 아직 있었다.

"연수와 너무 멀어져 버렸더군. 하지만 지금이라도 늦지 않았다면 그 애의 좋은 아비로 살고 싶다네. 그래서 만나자고 했던 걸세. 연수를 보니 더 함께하고 싶어지더군. 그런데 연수는 그러지 않았나 보지? 날…… 받아줄 수 없다고 하던가?"

우석은 오늘의 만남이 세륜이 자신에게 연수를 그냥 내버려 달라고 청을 하러 온 건가 싶어 씁쓸한 표정을 지었다.

세륜은 우석의 부정(父情)을 확인하고 속으로 많이 놀랐다. 그는 이 이야기를 듣고도 우석이 이 모습을 유지해 주기를 바랐다.

"아닙니다. 아직 다 말씀드리지 않은 게 있습니다."

세륜은 그의 현 처가 찾아온 이야기를 마저 했다. 잠자코 이야기를 듣던 우석의 얼굴이 사색이 되었다.

"아닐세! 연수를 만난 걸 알고 화를 내서 싸운 건 맞아. 하지만 이혼은 내가 먼저 꺼냈어! 이혼 이야기에 아내가 다시는 연수를 두고 불평하지 않겠다고 약속했던 거네."

우석은 연수가 집에 들어오지 않겠다는 뜻이 단호했던 걸 알려 주자 좋아하던 아내의 얼굴을 떠올렸다.

"외람되지만, 정말 아닙니까? 그럼 새어머니께서 없는 말을 지어내신 겁니까?"

"내가 연수를 데리고 아내를 압박하는 짓 다시는 안 하겠다고 마음먹었는데, 왜 또 그러겠는가. 절대 아닐세. 아마도 연수와 사이를 되돌리고 싶어하는 것 때문에 아내가 그런 일을 벌인 것 같아."

우석은 아내가 저지른 일에 분노했다.

"이걸 어찌하나. 연수가 또 상처를 받아서 이제 더는 날 안 보려 하면 어찌해."

우석은 지금 당장 연수를 만나 자초지종을 설명하겠다고 나섰다. 그러다 자신의 연락을 안 받을지도 모른다는 걱정을 하기 시작했다.

"제가 자리를 마련해 보겠습니다."

세륜이 부녀를 위한 자리를 마련해 보겠다고 하자 우석은 고마움을 표했다.

"자네가 연수 옆에 있어서 다행이야. 지금처럼 계속 연수의 아픔을 살펴봐 준다면 내 정말 고맙겠네."

세륜에게 완전히 마음을 연 우석은 앞으로도 연수의 옆에서 든든하게 딸을 지켜줬으면 하는 욕심을 내비쳤다.

"그렇게 하겠습니다. 허락해 주신다면 연수와 결혼하고 싶습니다. 연수, 사랑만 알게 하겠습니다."

연수가 사랑만 알게 하겠다는 세륜의 말에 목이 멘 우석이 더욱 붉어진 눈시울로 그를 응시했다. 그는 연신 고맙다고 말하면서 고개를 끄덕였다.

우석과 헤어진 세륜은 한준의 BAR로 향했다.

직원들과 이야기를 나누고 있던 한준은 사전 연락이 없었던 세륜의 급작스런 방문에 눈썹을 올렸다.

"이 시간에 퇴근했어?"

"아니. 약속이 있었어."

"앉아."

"술은 됐어."

한준과 마주 보고 앉은 세륜은 그가 직원에게 음료수를 시키자 잠자코 기다렸다. 잠시 뒤 직원이 가져다준 탄산수가 들어가 톡 쏘는 자몽 에이드에 세륜은 연수를 떠올렸다.

속으로 연수가 좋아하는 건데 생각하며 입술만 축이고 내려놓은 그는 한준을 응시했다.

"무슨 할 말 있어?"

"너, 그 결혼. 진짜 할 생각이야?"

"갑자기 그건 왜."

"하기 싫으면 안 했으면 한다. 난, 네가 행복했으면 해."

"여환이랑 진우랑 짰어? 돌아가면서 그 이야기하네. 새끼들아, 징그러워. 안 하던 짓 하지 마."

"서한준, 우리 다 농담 아니야."

진중한 세륜의 태도에 한준의 눈빛이 가라앉았다.

"알아. 그래서 고맙다. 그런데 나 이 결혼할 거야."

세륜은 눈가를 찡그렸다. 그는 속으로 한숨을 삼킨 뒤 입을 열었다.

"그럼 하나만 약속해라."

"뭘?"

"앞으로는 참지 말고 이야기해. 남 배려하지 말고 살아. 너 원하는 대로. 뭐든지 포기하지 마. 네가 이 BAR를 열겠다고 했던 것처럼 싸워."

"……그래."

세륜은 조용히 한준을 보다가 고개를 떨궜다.

"미안하다."

"네가 미안할 게 뭐있어. 내가 미안하지."

"내가 해줄 수 있는 일 있으면 뭐든 말해."

"설마 너도 예식 도중에 내 손을 잡고 나오겠다는 거 아니지?"

고개를 든 세륜은 그게 무슨 말이냐는 표정으로 한준을 응시했다.

"여환이가 그런다고 해서 기겁했다. 진우는 애까지 안고 오겠다고. 날 게이로 만들고 싶어서 환장했나. 너만은 그런 말 하지 마라. 그리고 말리지 마. 나 이 결혼 꼭 할 거니까."

"꼭?"

한준이 몸을 당겨 세륜에게 나직한 목소리로 말했다.

"알고 봤더니 이 결혼 내가 아니라 셋째가 할 거였다더라. 그 자식 지금 제대로 사고 쳐서 결혼 거절당하고 해외로 쫓겨났어. 그래서 그 결혼이 나한테로 떨어진 거야. 처음에는 하라고 하니 해야지 했는데 꼭 해야 할 결혼이더라. 그 집안이 우리 집안보다 더 재력가야. 결혼하는 순간 아무도 나한테 함부로 못 하게 될 거다. 그리고 무엇보다 내 예비 신부가…… 참 매력적이야."

매력적이라 칭찬하는 얼굴이 아니었다. 골치 아픈 표정의 한준을 보고 세륜은 의아했지만, 그가 가벼운 얼굴로 웃자 마주 웃었다.

"예비 신부 이름은 알고?"

"알지. 임규리."

한준이 여자의 이름을 기억하고 있어 세륜의 눈동자에 잠시 놀라움이 스쳤다. 생각보다 한준의 상황이 최악으로 달리고 있는 것 같지는 않아 세륜은 안도했다.

한준의 BAR에서 금방 나온 세륜은 연수의 집으로 향했다.

"이제는 같이 사는 수준이네. 연수 집이랑 내 집을 번갈아가면서."

새삼 그걸 알아차린 세륜이 픽, 웃었.

결혼하면 지금과 크게 달라지는 건 없지 않을까. 한집으로 한정되는 것뿐이지 않을까.

최근 연수와의 생활은 굉장히 만족스러웠다. 그것의 연장선일 뿐이라고, 오히려 매순간 떨어지지 않으니 더 좋을 거라는 생각이 들었다.

결혼을 생각하는 세륜은 자신도 모르게 계속 결혼의 장점을 찾아내고 있었다.

주차를 하고 원룸 건물로 들어선 그는 연수의 집 현관문 비밀번호를 해제하는 동안에도 결혼의 좋은 점에 대해 생각했다.

"왜 이렇게 늦었어? 일이 많았어?"

야근이라고 했지만 이렇게까지 늦을 줄은 몰랐다. 연수는 피곤할 법도 한데 연하게 웃고 있는 세륜에게 다가갔다.

"좋은 일 있어?"

"……그냥. 씻고 나올게."

"저녁은?"

"먹었어."

옷을 벗으며 욕실로 들어가던 세륜은 결혼을 하면 이렇게 야근해서 늦게 퇴근할 때 자신을 기다려 줄 연수의 모습을 상상하면서 입꼬리를 올렸다.

금요일이라서인지 오전부터 사람들은 활기찼다. 오늘만 버티면 주말이고 월요일부터 수요일까지 설 연휴라 주말을 포함해 무려 5일이나 쭉 쉬었다.

"아우. 피곤하네요."

"어제 늦게 잤어요?"

다들 활기차 있는데 유독 윤주만 아침부터 힘들어했다. 업무 시작 전부터 같이 커피를 마셔달라는 부탁에 휴게실로 따라온 연수는 눈을 끔뻑이는 윤주의 손에 커피 잔을 들려주었다.

"어제 야근했더니 죽을 것 같아요."

"아, 김 주임님도 야근했어요?"

"네. 혼자 하니까 더 힘들더라고요. 같이 야근하던 과장님이 약속 있다고 8시쯤 돼서 가 버리셔서 혼자 했어요."

"아, 그랬어요?"

고개를 끄덕이던 연수는 눈을 키웠다.

"네. 혼자 있다고 경비 아저씨가 부분 소등을 했는데……."

"잠깐만요, 김 주임님 혼자 있었다고요?"

"네."

어제 분명 세륜이 야근한다고 먼저 퇴근하라고 했고, 그는 10시 넘어서 집에 들어왔었다.

"언제까지 했어요?"

"9시 반? 마지막에 불 끄고 나오는데 무서웠어요."

"정말 혼자 있었어요?"

"네. 왜요?"

왜 그러느냐는 시선에 연수가 고개를 저었다.

"아, 아니요. 무서웠겠다 싶어서요."

"말도 마요. 엄청 무서웠어요. 왜, 오피스 괴담 같은 거 있잖아요? 그게 막 떠오르는데……."

연수는 윤주의 말에 중간중간 맞장구를 쳤다.

오전의 짧은 커피 타임을 갖고 연수는 업무 도중에 뒤를 돌아 세륜을 쳐다봤다. 그녀는 왜 그가 자신에게 야근을 한다고 거짓말을 했던 것인지 의심스러운 눈으로 쳐다봤다. 회사에 없었다면 밖에 있었다는 것인데, 누구를 만나고 어디서 뭘 했는지 궁금했다.

연수는 혹시나 해서 옆에 앉아 있는 진우에게 물었다.

"어제 뭐 했어?"

"뭘?"

"퇴근하고."

"백화점 갔는데. 설 선물 미리 사느라. 아 참, 기획안 조정 다 됐나요, 하 주임?"

"거의 다 끝나갑니다. 곧 보내 드릴게요, 정 대리님."

급 업무 모드로 변하는 진우에게서 시선을 돌린 연수는 낮게 숨을 내쉬었다.

점심시간까지 고민하던 연수는 결국 세륜을 빈 회의실로 불러냈다.

책상에 엉덩이를 살짝 걸치고 앉은 세륜의 앞에 팔짱을 끼고 선 연수는 눈을 가느스름하게 떴다.

"왜 그런 눈으로 봐?"

"어제 야근한 거 아니지?"

세륜의 입술이 다물어졌다. 그는 그걸 어떻게 알았느냐는 표정을 지었다.

"김 주임님이 혼자 야근했다고 하던데. 어제 어디 갔었어?"

"그러지 않아도 이야기하려 했어. 조금 더 생각 정리할 시간이 필요했는데."

"무슨 생각 정리?"

세륜은 연수의 팔꿈치를 잡아 끌어당겼다. 팔짱을 풀고 다가온 연수의 양손을 잡은 그는 머뭇거리다 입을 열었다.

"네가 화낼 거 각오하고 저지른 일이야."

"뭘 저질렀다는 건데?"

"아버님 만났어."

"……누구?"

"네 아버지. 어제 아버님 만났어."

연수의 얼굴에서 핏기가 가셨다. 그녀는 세륜이 뭘 해주기를 바라서 이야기를 한 게 아니었다. 그가 굳이 자신이 어떤 대우를 받았던 것인지 확인하러 갔다는 생각에 연수는 화가 났다.

"진세륜, 너!"

"다 듣고 화내. 네 화 다 받을 테니까, 일단 내 이야기부터 들어 줘."

"듣기 싫어!"

잡힌 손을 비틀어 빼내려는 걸 꽉 붙든 세륜은 성급하게 이야기를 꺼냈다.

"오해야. 우리가 잘못알고 있었어. 처음이 맞아. 연수, 네가 아버님 만나고 왔을 때 느꼈던 게 맞아!"

연수의 몸부림이 멈췄다. 세륜은 재빨리 말을 이어갔다.

세륜은 아버님이 후회하고 계신 것과 새어머니의 만행을 이야기한 뒤 연수를 품에 끌어안았다.

"미안. 내 멋대로 아버님 뵙고 와서. 그런데 알지? 널 걱정해서 그런 거야. 이번은 정말 도무지 가만히 있을 수가 없었어."

"아버지…… 아닌 거 맞아? 안 그러셨대?"

"응."

"거짓말하신 거 아니야?"

"정말 후회하고 계셨어. 새어머니가 하신 말, 본인은 한 적 없다고 하셨어. 절대 거짓 아니셨어. 아버님도 많이 황당해하시더라. 그리고 아파하셨어. 네가 상처받았을까 봐 많이 걱정하셨어."

연수가 주먹으로 그의 등을 때렸다.

"왜 아버지를 만났어? 만약에 진짜였으면 어쩌려고 했어?"

아니라니 정말 다행이지만 사실이었다면 어쩌려고. 자신의 일에 누구보다 속상해할 세륜이라 그게 사실이었다면 그도 많이 아파했을 거다.

'어쩌긴. 너에게 그만 상처 주라고 했겠지. 그리고 아마 똑같은 말을 했을 거야. 앞으로는 네가 사랑만 알게 하겠다고.'

세륜은 연수를 꽉 안는 걸로 대답을 대신했다.

어제 야근의 사실 확인을 한 연수는 거짓말을 한 것과 아버지를 말없이 만난 것에 대한 것에 마저 화를 냈다.

거짓말을 한 것에 대한 걸 빌면서 세륜은 어떻게 연수에게 이야기를 할지 고민했던 게 이렇게 뜻하지 않게 풀리자 마음이 가벼워졌다. 야근했다는 거짓말이 들통나게 해준 김 주임에게 다음에 대신 야근을 서 주고 싶은 마음까지 생겼다.

연수의 화가 끝나자 그는 남은 이야기를 시작했다.

"이번 설에 같이 아버님 뵈러 가자. 그리고 어머님도 뵙고 오자. 아버님이 어머님께 같이 가고 싶다고 하셨어."

"……엄마한테? 아버지가 엄마한테 가자고 하셨다고?"

"응."

세륜은 그 어느 때보다 이번 설이 기대되었다.

처음이었다. 세륜의 본가에서 차례상에 올라갈 음식과 가족들이 먹을 음식을 직접 만드는 건 처음이었다.

늘 설날 아침에 일찍 와서 인사를 드렸었다. 설 전날 찾아와 요리를 하는 건 처음이라 연수는 적잖이 긴장해 있었다.

"어머님, 준비는 다 끝난 것 같아요."

"그래. 아가, 너는 입덧도 하는 애가 왜 여기 있겠다고 해. 어서 올라가."

제희의 말에 가짓수를 차례차례 세어가며 빠진 건 없는지 살펴본 주연은 그녀를 부엌 밖으로 밀어냈다.

"어머님, 저는 뭘 할까요?"

다른 재료 손질을 막 끝낸 연수는 주연에게 조심스럽게 물었다.

"연수, 고기 요리는 잘 못하는데. 나물 부치는 건 해. 꼬마을 삶거나."

어느샌가 옆으로 슬쩍 와서 일을 거두고 있던 세륜은 가장 손이 적게 가는 걸 거론했다. 연수가 그러지 말라고 눈치를 준 뒤 전거리를 눈에 담았다.

"제가 전 부칠게요."

"전이 은근 힘들어요. 다른 걸 해요."

가사 도우미가 적지 않은 전 가짓수에 연수를 말렸다. 세륜도 말렸지만 연수는 자기가 하겠다고 고집을 부렸다.

결국 부엌 한쪽 바닥에 신문지를 깔고 연수와 세륜이 마주 보며 앉았다.

"도와주려고?"

"같이해야지. 이 많은 걸 네가 혼자 어떻게 해."

세륜은 뭘 먼저 부쳐야 하는지 고민했다. 그는 가장 만만해 보이는 애호박을 선택했다.

"그 많은 걸 여태껏 엄마는 혼자 했었다?"

돕겠다고 나선 세륜이 기특했지만 안 하던 행동을 하는 이유가 자기 연인이 고생할까 봐여서 주연은 못내 서운했다. 이래서 아들은 키워봤자 소용없다고 생각하며 막내아들을 흘겨봤다.

"아버지 불러 드려요?"

"됐다! 연수야, 쉬엄쉬엄하렴."

연수는 민망한 웃음을 지으며 고개를 끄덕였다.

세륜이 애호박에 밀가루를 묻히고 계란물에 담그는 사이 연수는 전기그릴을 달구고 식용유를 부었다.

세륜은 전기그릴 위에 애호박을 조심스럽게 올려놓으며 연수의 얼굴을 살폈다.

어제 갑자기 어쩐 일로 음식 장만을 돕겠다고 내일 본가에 가자고 하는 연수가 기특하면서도 예뻐서 밤새 품에서 놓아주지 않았었다.

요즘 들어 자꾸 예쁜 짓만 하니 보고만 있어도 웃음이 났다.

전기그릴 위만 지그시 쳐다보면서 집중하는 연수의 얼굴을 빤히 보던 세륜은 그녀의 미간에 주름이 잡히자 시선을 내렸다.

"불이 너무 센가? 탔어."

"그 정도는 괜찮은 것 같은데."

애호박을 뒤집고는 슬쩍 눈치를 보는 연수를 다독이며 세륜은 불 세기를 조절했다.

두 시간이 지나도록 한 자세로 전을 부치자 점점 허리가 뻐근해지고 온몸의 근육이 결렸다. 세륜은 자신도 이렇게 힘든데 연수는 더 오죽하겠나 싶었다.

"좀 쉴까?"

"이제 겨우 절반했어. 세륜아, 다음은 동태전. 육전들은 마지막에 할 거야."

"무슨 전을 이렇게 많이 부쳐?"

"원래 이 정도 했었던 것 같은데. 늘 차례상에 이거 다 올라갔었어."

세륜은 전 부치는 일이 보통이 아니라는 걸 몸소 체험하며 혀를 내둘렀다.

그 후로 두 시간이 더 넘게 전을 부치고서야 마무리가 되었다.

다른 걸 돕겠다는 연수를 거의 다 끝나간다고 주연과 가사 도우미가 말렸다. 세륜은 재빨리 연수의 손목을 잡아끌어 부엌을 나왔다.

"기름 냄새 다 뱄어."

자신의 몸에 밴 기름 냄새를 맡은 세륜은 연수에게 상체를 숙여 똑같이 냄새를 맡았다. 거실에서 아들과 놀아주고 있던 세훈이 그 모습을 보고 바로 시선을 돌렸다. 못 본 척해주려는 것 같았지만 이미 연수와 눈이 마주친 뒤였다.

연수가 화들짝 놀라며 뒤로 물러나자 세륜이 미간을 좁혔다.

"왜?"

"뭐 하는 거야."

"내가 뭘 했는데?"

연수는 됐다고 손을 내저은 뒤 거실로 걸음을 옮겼다. 하지만 몇 발짝 떼기도 전에 세륜에게 잡혔다. 2층으로 올라가자는 손짓에 연수는 못 이기는 척 따랐다.

세륜이 독립하기 전에 사용했던 방으로 들어온 두 사람은 동시에 깊은 숨을 토하며 침대에 앉았다.

"허리 아프지?"

"조금."

"그러게 왜 전을 부친다고 했어."

뻑적지근한 어깨를 돌려 근육을 푼 세륜은 연수의 허리에 손을 올렸다. 허리를 감싸 주무르고 엄지로 꾹꾹 눌러주자 그녀가 신음을 흘렸다.

"원래 전은 가장 아랫사람이 부치는 거야."

"내 잘못이네. 내가 첫째로 태어나야 했네."

세륜의 한탄이 재미있는지 연수가 낮게 웃었다.

허리에 압박을 가하던 손이 등을 타고 올라와 어깨까지 주물렀다. 목 뒤까지 다 주물러 준 세륜은 더는 못 참겠는지 자리에서 일어났다.

"씻어야겠어. 기름 냄새 때문에 속이 느글거려. 너도 씻어."

"집에 가서. 갈아입을 옷도 없어."

"누나 옷 있을 거야. 찾아다 줄게."

됐다고 고개를 젓는 연수에게 그럼 누워서 쉬고 있으라고 말한 세륜은 갈아입을 옷을 챙겨 들고 방을 나와 욕실로 향했다.

다 씻고 나온 세륜은 막 2층으로 올라온 형과 마주쳤다. 그의 손에는 입덧을 하는 아내를 위한 음식이 담긴 트레이가 들려 있었다.

"연수는?"

"방에. 왜?"

"저녁 먹으러 내려오라고."

"아, 알았어."

대답 뒤에 곧장 몸을 돌리는 세륜을 세훈이 다시 불러 세웠다.

"너희도 이제 서른이야. 결혼 생각해 봐. 네 나이 서른이랑 연수 나이 서른이랑 달라. 너희들 연애할 만큼 했어. 연수가 아직 생각 없다고 해도 네가 마음 돌려봐."

"……연수 생각 있을걸?"

"그럼 네가 없는 거야?"

세훈의 질문에 세륜이 씩, 웃었다. 눈을 가느스름하게 뜨고 묘한 웃음을 지은 세륜은 고개를 저었다.

"왜 없어. 할 거야. 안 그래도 반지 주문했어."

금요일 퇴근쯤에 연수에게 일부러 남겨뒀던 일을 시켰다. 연휴를 앞두고 야근을 하는 것에 툴툴대던 그녀가 일에 집중한 사이 재빨리 회사를 나와 근처에서 반지를 주문했다.

연휴도 포함된 데다 예상보다 시일이 많이 걸리면서 계획에 차질이 생겨 다른 반지를 추가로 구매했다.

프러포즈를 할 준비를 마쳤다는 의기양양한 세륜의 표정에 세훈은 엷은 미소를 지었다.

"올해?"

"응."

세훈은 그럼 됐다고 고개를 끄덕이고 몸을 돌렸다. 이번에는 세륜이 그를 불러 세웠다.

"그런데 형."

"왜."

"형도 결혼 전에, 그러니까 프러포즈 전에 좀 그랬어?"

"뭐가?"

"……복잡했거든. 결혼은 당연히 연수랑 하는 거라 여겼어. 그런데 진짜 결혼할 생각을 하니까 생소하다고 할까? 지금까지 결혼해야지, 했던 생각들을 하면서 느꼈던 것과 달라."

막내임에도 불구하고 세륜은 누군가에게 의견을 구하는 일이

거의 없었다. 혼자서 생각하고 해결하는 성격이라 형인 세훈에게도 의지한 적이 없었다.

그런 세륜이 결혼을 앞두고 자신에게 남자로서 질문을 해오자 세훈은 묘한 기분이 들었다.

막내라서 부모님이 오냐오냐 키우셨다. 속을 있는 대로 썩여도 세륜은 예쁨을 받았다. 물론 자신도 막냇동생을 조용히 아꼈다. 성인이 되고, 군대를 다녀오고, 사회생활을 하고 있어도 세륜은 자신의 마음속에서 늘 철부지 막내였다.

결혼을 하면 세륜도 어엿한 한 가정의 가장이 된다는 그 묘한 기분에 세훈은 눈가를 찡그렸다.

"결혼을 앞두고 다시 처음부터 생각하게 되지. 한 여자의 인생을 책임지는 거니까. 그 책임감 때문에 생각하는 것과 느끼는 게 달라져. 남자라면 당연한 거야."

"아……."

"그 과정을 거쳐서 결심이 서면……."

세훈은 말을 끝내지 않고 세륜을 응시했다. 세륜은 알겠다는 듯 고개를 끄덕였다.

이야기를 마친 두 형제는 몸을 돌려 각자의 제 여자를 찾아 방으로 향했다.

도란도란 저녁 식사를 하고 거실로 나와 세륜과 연수는 미리 세배를 올렸다. 내일은 아침 일찍 연수의 부친을 만나 같이 연수 모친의 산소에 가기로 했다. 그래서 미리 세배를 올린 두 사람에게 경국과 주연은 복돈을 챙겨주었다.

세륜은 제법 봉투가 두툼한 게 안을 확인하지 않아도 돈이 꽤 되는 것 같아 의아한 시선을 했다. 혹시나 다른 봉투와 뒤바뀐 게 아닌가 싶어 그는 다시 돈 봉투를 앞으로 밀어냈다.

"아버지, 돈이 잘못 온 것……."

"아 참. 연수 음식 챙겨주기로 했지."

"제가 할게요, 어머님."

갑자기 주연이 부산스럽게 일어나자 연수가 재빨리 따라나섰다. 세륜은 가만히 앉아 있으라는 아버지의 시선에 자리를 지켰다.

"하실 말씀 있으세요?"

"크흠. 결혼을 계속 미루고 있는 이유가 돈이 부족해서면 도와주마. 네 형도, 누나도 다 해줬어."

경국의 말에 세륜이 밀어냈던 돈 봉투를 내려다보았다. 그는 형이 왜 결혼 이야기를 꺼냈는지 알겠다는 표정을 지었다. 부모님이 돈을 준비하셨다는 걸 알고 있었기에 그런 식으로 언질을 줬던 거였다.

"결혼할 돈이 없는 게 아니에요."

"그럼 왜 안 하겠다는 건데."

"누가 안 한대요? 해요, 저희."

경국의 눈이 커졌다. 그는 올라가는 입꼬리를 애써 잡아 누르며 세륜에게 물었다.

"그래, 둘이 하겠지. 언제 할 생각이냐."

"올봄은 이르겠죠?"

"뭐가 일러. 준비하기 딱 충분하지. 예식은 호텔에서 올리면 되겠다, 준비야 요즘은 웨딩 도우미가 있다고들 하던데. 그래서 올봄에 한다는 말이냐?"

"네. 내일 허락받을 겁니다. 뭘 그리 서두르세요. 연수 집에 먼저 허락받고 말씀드리려 했는데."

경국의 입꼬리가 위로 올라갔다.

"그래. 먼저 허락을 받고 와야지. 암."

"아버지 도움 필요하지 않아요. 예식장이면 충분합니다. 나머지는 저희 둘이 준비할게요."

경국이 밀어낸 돈 봉투를 보고 혀를 찼다.

막내라 더 챙겨주고 싶은데 세륜은 자립심이 강했다. 보란 듯이 독립해서 자기가 번 돈으로 생활하는 게 기특하기도 했지만, 제 형이나 누나처럼 누리고 살지 않는 게 안타깝기도 했다.

"복돈이다. 받아둬."

경국은 이 돈은 꼭 받으라는 눈으로 세륜을 쳐다봤다. 세륜은 어쩔 수 없다는 표정으로 돈 봉투를 집어 들었다.

"나중에 연수한테 줄게요, 그럼."

결혼하면 통장이랑 월급봉투를 다 연수에게 쥐어줄 것 같은 막내아들을 보고 경국은 너털웃음을 지었다.

다 맨 넥타이를 만지작거리던 손이 도로 풀어냈다. 세륜은 열린 옷장 앞으로 걸음을 옮겼다. 풀어낸 넥타이를 걸어놓고 다른 걸 신중한 눈길로 골랐다.

"넥타이만 벌써 10분째 고르고 있는 거 알아?"

"중요한 자리잖아."

두 개를 다시 고른 세륜이 연수를 향해 돌아섰다. 차례로 목에 대어보자 연수가 하나를 골라주었다.

다시 거울 앞에 서서 넥타이를 맨 그는 다시 한 번 깔끔하게 세워 넘긴 머리를 확인했다. 재킷을 걸치고 위에 걸칠 코트를 챙긴 세륜은 그제야 거울 앞에서 벗어났다.

"가자. 이거 가지고 가면 되는 거지?"

"응."

두 사람 다 양손 가득 짐을 들고 집을 나섰다.

우석을 만나기로 한 곳은 그가 주로 조찬 모임을 가질 때 이용하는 가게였다. 예약된 룸 안으로 들어서자 우석이 먼저 와 있었다.

"죄송합니다. 저희가 조금 늦었습니다."

"아닐세. 앉게. 연수, 너도."

세륜은 이곳에 거의 도착할 때부터 부쩍 말수가 적어진 연수를 데리고 자리에 앉았다.

"아침 식사했나? 안 했다면 음식 들이지."

"네, 감사합니다."

세륜과 연수 모두 아침 식사를 챙겨 먹은 지 꽤 오래되었다. 둘 다 생각이 없었지만, 세륜은 우석이 미리 주문을 넣어둔 것 같아 거절 않고 응했다.

잠시 뒤 직원이 밑반찬과 죽을 차리고 사라졌다.

"왜 죽을 시키셨어요."

우석은 삼시세끼를 다 밥을 먹었다. 식사는 꼭 제대로 챙겨 먹는지라 아파도 죽을 먹지 않았다. 그런 그가 죽을 시킨 건 요즘 젊은이들이 아침을 잘 챙겨 먹지 않는다는 걸 알기 때문이었다. 그리고 연수가 어릴 때부터 잘 체했던 기억이 있어서 죽을 시켰다.

"이거면 됐다."

먼저 우석이 숟가락을 들고 식사를 시작하자 세륜과 연수가 뒤이어 숟가락을 들었다.

식기가 부딪치는 소리만 조용히 오갔다. 그릇을 다 비운 우석, 세륜과 달리 연수는 절반가량을 비우고 식사를 끝냈다.

"잠시 자리 좀 비워주겠나?"

후식이 나오고 우석이 세륜에게 부탁했다. 세륜은 연수를 잠시 눈에 담고 테이블 아래로 그녀의 손을 꽉 쥐었다 놓았다. 그는 자리에서 일어나 자신과 눈을 맞춘 연수에게 작게 고개를 끄덕였다.

"그럼, 말씀 편하게 나누십시오."

세륜이 룸을 나가고 잠시 정적이 흘렀다. 우석은 사과로 그 정적을 깼다.

"미안하구나."

우석의 사과에 연수가 고개를 떨궜다. 그는 자신의 사과를 외면해 버리는 딸을 보고 침통한 얼굴을 했다.

"언제나 네게 상처를 주는 못난 아비라 미안하다."

"⋯⋯."

"이 아비 이야기 좀 들어주련? 용서해 달라고, 이해해 달라고 하는 게 아니다. 그냥 들어주었으면 좋겠구나."

"⋯⋯말씀하세요."

우석은 먼 곳을 응시하듯 아득한 눈으로 이야기를 시작했다.

우석과 연수, 두 사람만 두고 나온 걸 걱정을 했던 세륜은 화해를 목전에 둔 부녀이니 괜찮을 거라고 생각했다.

짧게 룸 안의 상황을 걱정한 세륜은 금세 다른 고민에 빠졌다.

결혼 준비에 있어서 가장 큰 것 중의 하나인 예식장은 날만 잡으면 집에서 호텔 홀을 빼주겠다고 했다. 그래서 세륜은 다른 큰 준비인 집을 고민했다.

"집을 다시 알아보는 게 좋겠지? 작년에 옆 동에 강도가 들었다고 했는데. 보안이 더 좋은 곳을 알아봐야겠다."

지금 살고 있는 집이 평수도 괜찮고 위치도 나쁘지 않지만 몇 가지가 걸렸다. 결혼하게 된다면 전세로 살고 있는 집을 매매하려 했었는데, 생각을 바꿔야 할 것 같다. 아무래도 새로 구하는 게 나을 것 같았다.

세륜은 다음 고민으로 이어갔다.

"신혼여행은⋯⋯ 역시 해외로. 연수가 관광 타입은 아닌데. 휴양지로 알아봐야 하나? 어디 보자. 신혼여행은 신부가 가고 싶은 데로 가라. 흠. 다 신부 위주네."

휴대폰으로 신혼여행을 검색해 보던 세륜은 여러 블로그마다 와이프가 가고 싶은 곳으로 다녀와야 한다는 글에 고개를 끄덕였다.

"그럼 이건 일단 패스."

그다음으로 무엇을 준비해야 하는지 생각해 보던 세륜은 아예 결혼 준비를 검색했다.

"스드메? 스드메는 또 뭐야?"

처음 듣는 용어에 이맛살을 구긴 세륜은 그 용어가 스튜디오, 드레스, 메이크업을 줄인 거라는 걸 알고는 헛웃음을 흘렸다.

세륜은 진지한 얼굴로 최근에 결혼했다는 부부의 블로그를 읽어 내려갔다.

"뭐 해?"

이야기가 다 끝난 것인지 가게 밖으로 나온 연수가 불쑥 다가와 묻자 세륜은 화들짝 놀라며 물러났다. 휴대폰을 재빨리 주머니에 넣고 그는 주위를 두리번거렸다.

"아버님은?"

"……조금 있다가 나오실 거야. 우리 먼저 출발하라셔."

"같이 안 가시고?"

"운전해 주시는 분 있잖아."

세륜은 고개를 숙여 연수의 붉어진 눈가를 손가락으로 쓸어 만졌다.

"이야기 잘 끝났어?"

"응. 그런데…… 아직은."

"그래. 천천히 하면 돼."

세륜은 괜찮다고 끄덕인 뒤 연수를 데리고 주차장으로 향했다.

연수를 배려해 세륜은 아무것도 묻지 않고 차를 출발했다. 모친이 묻힌 곳으로 향하는 길에 연수는 아버지와 나눈 이야기를, 아니, 아버지가 들려준 이야기를 곱씹었다.

우석은 연수의 모친을 처음 만났던 때부터 지금까지의 이야기를 했다. 그의 이야기에는 후회가 가득했다. 그래서 연수는 가슴이 먹먹했다.

세륜과 연수가 도착하고 잠시 뒤 우석이 타고 있는 차가 도착했다.

세륜은 트렁크에서 짐을 꺼내 들었다. 연수도 거들어 들고 우석 앞에 섰다.

"그게 다 뭔가?"

"상 차릴 거 가볍게 준비했어요."

연수의 말에 우석은 낮게 헛기침을 했다.

"네가 고생이 많았겠구나."

"아니에요. 어제 세륜이 본가에서 챙겨주셨어요."

두 부녀는 서로의 얼굴을 보지 못하며 대화를 나누었다. 세륜은 두 사람의 눈가가 똑같이 붉어져 있는 걸 모르는 체했다.

연수를 차마 보지 못하겠는지 우석은 대신 세륜과 눈을 맞췄다.

"전은 다 연수가 부쳤습니다. 연수가 고생이 많았어요. 죄송합니다. 앞으로는 제가 다 부치겠습니다."

애써 분위기를 풀어보려는 세륜의 말에 우석이 입매를 늘였다.

"죄송하기는. 내가 면목이 없군. 부모님께 고맙다고 꼭 전해

주게."

"네."

세 사람은 나란히 연수의 모친이 잠든 곳으로 걸음을 옮겼다.

수많은 사람이 안치된 납골묘들을 지나 우석은 정확하게 연수
의 모친이 잠든 곳을 찾았다. 세륜과 연수는 묵묵히 그 앞에 챙겨
온 제기 세트를 꺼내 상을 차렸다.

"선정아, 미안하다. 연수랑 너무 늦게 당신을 찾아서 미안해."

한쪽 무릎을 꿇고 앉은 우석은 손으로 비석을 매만졌다.

진심으로 사랑했던 여자. 너무 일찍 손을 놓아버려 미안한 여
자.

세상에 둘도 없는 보물인 어린 딸을 남겨줬는데 잘 돌보지 못해
서 죄스러웠다.

훗날 자신이 하늘에 가면 그 원망 다 받아줄 테니 기다려 주길
바라는 건 제 욕심이련다. 그래도 죽어서는 당신과 함께하고 싶
어.

우석은 속으로 용서를 구했다.

"아 참, 연수가 만나고 있는 청년인데 당신 알고 있나? 자네, 인
사드렸나?"

"네. 전에 몇 번 인사드렸었습니다."

"그렇군."

우석은 자신에게 맞춰 무릎을 접고 앉은 세륜에게 고개를 끄덕
였다. 그는 고개를 돌려 고요한 눈으로 잠든 모친을 보고 있는 딸
을 응시했다. 다시 고개를 돌린 우석이 이야기를 이어갔다.

"내가 못 해준 걸 다 해줬더군. 앞으로도 그러겠대. 나보다 더 연수를 아껴. 당신도 정말 고맙지?"

"아닙니다. 당연한 겁니다. 부족한데 잘 봐주셔서 감사합니다."

세륜의 말에 우석은 고개를 저었다.

"부족하기는 내가 부족하지. 나에게 그러더군. 사랑만 알게 하겠대. 내가 너무 상처만 알게 했나 봐. 허허. 제 여자 상처 많이 줬다고 날 타박했어."

세륜은 잠깐 당황한 낯빛을 했지만 우석이 웃고 있어서 마음을 놓았다.

"앞으로는 내가 못 한 거 다 할 테니 걱정 마. 약속하지. 남은 세월 연수에게…… 우리 딸에게 잘할게."

다짐과 약속을 한 우석은 세륜에게 더 가까이 오라고 손짓했다.

"우리 딸을 데려가겠다는군. 나야 당연히 허락했지. 내가 허락할 처지는 아니지만 말이야. 그런데 나보다야 당신 허락이 더 중요하지 않겠어?"

우석은 자리에서 일어나 물러났다.

"어머님, 연수와의 결혼을 허락해 주셨으면 좋겠습니다. 지금보다 더 노력하겠습니다. 연수를 행복하게 해줄 수 있게 허락해 주십시오."

우석이 분명 허락했을 거라는 듯 세륜의 어깨를 두드렸다. 세륜은 자리에서 일어나 연수의 옆에 섰다. 나란히 서 있는 두 사람을 본 우석은 눈가가 뜨거워지자 몸을 돌렸다.

"크흠. 내 잠깐 화장실 좀 다녀옴세."

몸을 돌려 손바닥으로 얼굴을 훔친 우석이 저벅저벅 걸어나갔다.

"허락해 주셨겠지?"

"응? 으응."

"왜 그래?"

세륜은 연수의 이상한 반응에 고개를 기울였다.

"아버지한테…… 허락받았었어?"

"응. 그날 뵀을 때 결혼하겠다고 말씀드렸었지."

"아, 그랬구나."

연수가 놀랐다는 걸 뒤늦게 알아차린 세륜이 그녀를 빤히 쳐다봤다.

"왜? 아, 같이 결혼 허락 안 받아서 그래? 뭐, 어때. 내가 너 데려가겠다고 허락받으면 됐지. 이거 엄청 긴장된다. 상견례 때는 더 하겠지?"

"상견례?"

"응. 아버님 일정에 맞춰서 날짜 잡자. 우리 부모님은 언제든 괜찮으실 거야."

세륜을 올려다보던 연수의 입이 살짝 벌어졌다.

"……저기, 세륜아?"

"응?"

"갑자기 결혼을…… 왜?"

연수의 얼굴은 당혹스러움이 가득했다. 그에 세륜은 더 당황했다.

351

"······뭐?"

"갑자기 결혼이라니?"

"갑자기? 야, 하연수!"

와락 얼굴을 일그러뜨린 세륜은 연수의 모친 앞이라는 걸 잊고 버럭 소리를 질렀다.

서로를 황당하게 바라보던 중 우석이 돌아와 일단 정리부터 했다. 연수의 모친에게 다 같이 인사를 한 뒤 주차해 놓은 곳으로 돌아왔다.

다음에 또 자리를 갖기로 하고 우석이 먼저 떠났다.

연수와 세륜은 근처 카페로 들어와 마주 보고 앉았다.

"이게 왜 갑자기지?"

세륜이 어처구니가 없다는 표정으로 물었다.

"나한테 일언반구도 없었잖아? 그러니까 갑자기지."

"하. 뭐?"

"화내지 말고 진정해. 누가 결혼 안 한대? 당연히 너랑 하지. 그런데······."

"그런데?"

"우리 아직 결혼 생각 없었던 거 아니었어? 미리 허락받아 놓는 거야 상관없지만, 마치 당장 할 것처럼······."

순간 혈압이 팍 치고 오르자 세륜이 목을 좌우로 꺾었다. 느릿하게 목을 돌리고 깊은 한숨을 내쉰 뒤 입을 열었다.

"결혼하자고 눈치 준 사람이 누군데!"

"······누군데?"

"너잖아!"

"내가? 언제?"

"언제? 너 한 네다섯 번은 나 떠봤거든?"

세륜이 답답하다는 얼굴로 목을 옥죄고 있는 넥타이를 거칠게 풀어냈다. 단추도 두 개 푼 뒤 기억을 더듬어 말했다.

"올해 초에 우리 집에 인사 간 거 기억하지?"

"응."

"형이 아기 용품 사준다고 했을 때 네가 '네'라고 대답했잖아."

연수는 고개를 끄덕였다. 그게 뭐 잘못됐느냐는 눈빛에 세륜이 헛웃음을 흘렸다.

그때 은근히 결혼하라고 압박 주는 말이라 내빼고 있는데 연수가 '네'라고 대답해서 부모님들 얼굴에 화색이 폈었다. 설마 그 분위기를 몰랐단 말인가.

"그냥 대답한 거야?"

"······응."

"하. 내가 네 대답에 얼마나 복잡해졌는데."

"왜 복잡해져?"

세륜은 허탈한 듯 웃으며 의자에 등을 기댔다. 그러다 그는 다시 상체를 앞으로 당겼다.

"그래, 그날! 그날 출근할 때 기억나?"

"언제?"

"네가 나 설레게 하려고 꾸몄다고 했던 거 기억하냐고."

세륜은 연수가 갑자기 예쁘게 꾸미기 시작했던 날을 이야기했다. 연수가 기억이 난다고 고개를 끄덕이자 그는 그날 일을 따졌다.

"널 갖고 싶게 만드는 거라고 했잖아."

"……그랬지."

"그랬지, 가 아니라! 네가 언제 그런 이야기한 적 있어? 없잖아! 갑자기 꾸미고 안 하던 말하고. 나한테 원하는 게 있어서 그랬던 거 아니야?"

"원하는 거?"

연수는 자신이 뭘 원했는지 전혀 모르는 눈치였다. 세륜은 그 무지의 반응에 속이 탔다.

"그리고 며칠 뒤에 네가 나한테 그랬잖아."

"내가 뭐라 했는데?"

세륜은 전 회사 팀장님이셨던, 전략기획 3팀의 이 과장님이 여자는 결혼할 때가 되면 예뻐지는데 혹시 하면서 물었다고, 연수가 자신에게 이야기했던 걸 말했다. 그때 세륜은 결혼하자고 눈치 주는 거라 생각해서 알아들었으니 예전처럼 다니라고까지 말했었다.

연수는 세륜의 이야기가 끝나자 그런 게 아니었다는 표정으로 어색하게 웃었다. 그저 정말 이 과장님이 하신 말씀이 재미있어서 한 것뿐이라고 했다.

"그럼 그거는? 허밍. 나 일어날 때 허밍해 줬던 거. 그때 네가 아침마다 해준다고 했잖아. 그것도 결혼을 암시하는 거 아니었어? 매일 같이 잠들고 일어나자는 거 아니었어?"

"전화로 해준다고 하지 않았었나?"

"……네가 너무 결혼하고 싶다고 티 내는 게 부끄러워서 아닌 척 새침 떠는 줄 알았는데."

"내가 그렇게 평소와 많이 달랐었어? 아닌 것 같은데."

세륜은 그간 자신이 연수의 작은 행동을 다 진지하게 받아들였었다는 걸 깨달았다. 연수는 정말 그냥 생각 없이 한 말과 행동인데 그는 전부 다 결혼으로 연결시켜 고뇌에 빠졌었다.

이 모든 게 다 올 초에 연수가 식탁에서 '네'라고 대답을 해 가족들이 원하는 자신의 결혼에 희망을 안겨주었던 일로 인해 벌어졌다.

세륜은 짜증이 섞인 눈으로 연수를 노려봤다.

"너, 손유리한테 나랑 결혼한다고 했잖아."

"그럼 내가 누구랑 결혼해? 그리고 그때 손유리가 너한테 매달리고 있으니까 단념시키려고 했지."

세륜은 힘이 빠진 얼굴로 의자에 다시 등을 기댔다. 아주 제대로 맥이 빠졌다.

"네가 정점을 찍은 게 있었는데."

"내가 또 뭘?"

"결혼식장에서 누나랑 드레스부터 부케까지 어떤 게 좋다고 이야기했잖아. 결혼식장에 오면 결혼 생각난다고도 하고. 나 그거 뒤에서 다 들었단 말이다. 나는 진짜 네가 드레스랑 전부 다 미리 생각하고 있는 줄 알았어."

"……그냥 취향 이야기했던 건데. 그리고 결혼식장 가면 결혼 생각하지. 당장 하겠다는 건 아니었지만."

"아버님이 결혼 전에 같이 살고…… 아, 됐다. 다 아니라는데."

가슴속에서 몽글몽글 피어오르던 것이 툭 터졌다. 하나가 터지고 이어서 다른 하나가 터지고, 연쇄적으로 모조리 다 터졌다. 순식간에 다 터지자 텅 비어 허무함만 남았다.

세륜은 테이블 위로 엎드렸다. 갑자기 혼자서 난리법석을 떤 자신이 한심하고 창피해졌다.

연수는 잔을 옆으로 밀어내고 세륜의 어깨를 흔들었다.

"세륜아?"

"건들지 마."

"삐쳤어?"

"삐친 게 아니라! 와, 진짜. 나는 어제 갑자기 설음식 장만 돕겠다고 하고……. 그래서 결혼 전에 예쁨받으려고, 미리미리 이런 일을 익혀두려고 한 줄 알았는데."

"아버지랑 엄마 만나러 가는 거라 준비를 제대로 하고 싶었어. 어머님께 상에 올릴 음식 어떤 게 좋을까, 여쭸더니 음식 장만하는 거 같이하자고 하셨어. 그래서 간 거였는데?"

"아우! 난 이게 뭐 예쁘다고 물고 빨고 밤새 어화둥둥 한 거야."

마지막까지 자신이 생각했던 걸 그게 아니었다고, 오해라고 말하는 연수를 세륜은 고개를 반쯤 들어 눈을 위로 치켜뜨고 노려봤다.

"난 네가 그렇게 받아들이고 있는 줄 몰랐지."

"내가 진짜 그동안 얼마나 머리 싸맸는지 알아? 네가 결혼 원하는 줄 알고 엄청 고민했단 말이다!"

"무슨 고민?"

"남자는 그래. 결혼하기 전에 엄청 생각 많아진다고. 내가 너 안 굶기고 먹여 살릴 수 있을까. 이렇게 안 맞는 거투성인데 괜찮을까. 이제 내 삶이 확 바뀌는데 잘해 나갈 수 있을까. 이것들 말고도 수만 가지 고민을 했다고."

결혼을 하면 나쁜 것과 좋은 것이 분명 존재한다. 아니, 나쁘다는 표현은 잘못된 거고 좋아져야 하는 게 있다는 게 맞는 것 같다.

결혼을 하면 바로 서로가 맞아 떨어져서 애써 노력하지 않아도 되는 부분이 있는 반면, 갖은 노력을 다해야 하는 부분도 있기 마련이었다. 한 가정을 꾸려 나가는 데 두 사람 중 누군가가 희생하거나 아파하지 않았으면 했다.

그리고 무엇보다 가장 크게 와닿았던 것은 연수에 대한 책임감이었다.

한 여자를 책임지는 것에 부담감을 느끼지 않는다는 건 남자의 허세가 섞인 거짓말이다. 당연히 부담감을 느꼈다. 하지만 동시에 연수가 앞으로 자신이 살아갈 원동력이 되어줄 것이기에 그 부담감을 기꺼이 감수하려고 했다.

'앞으로 난 하연수를 위해 살아가는 유일한 남자가 되겠지.'

하연수의 남편. 상당히 매력적인 타이틀에 모든 걸 감수하겠다고 마음먹었다.

세륜은 자신이 했던 수많은 생각과 거정들이 한순간에 물거품이 되자 허탈한 한편, 억울함이 생겨났다.

"건드리지 마. 가만 내버려 두라고."

세륜은 자신의 머리칼을 매만지는 손길을 툭, 내쳤다. 연수는 굴하지 않고 다시 그의 머리칼을 매만졌다.

"화났어?"

"화가 아니라! 내가 아버님께 결혼 허락받고 어땠는지 알아?"

"어땠는데?"

반지도 맞추고, 아주 들떠 있었다. 연수와의 결혼을 머릿속에 그려가면서 그녀와 함께할 시간들을 상상하면서 설레었다. 당장 봄에 결혼하겠다고 갖은 설레발을 다 쳐 놨다.

엎드린 상태에서 세륜은 재킷 주머니에서 작은 상자를 꺼내 테이블 위로 던졌다.

"……프러포즈 준비했어."

"세륜아……."

머리칼을 매만지던 손길이 떨어져 나가고 상자를 집어 들었다. 연수는 조심스럽게 상자를 열었다.

로즈골드색에 손가락 등의 보이는 부분이 두 줄로 이루어진 반지가 빛을 받아 반짝반짝했다.

"약지에 끼워줄 반지가 사이즈 줄이는 데 오래 걸려서 그것도 샀어. 일단 그걸로 프러포즈하려고. 검지에 맞을 거야, 아마. 요즘 그런 반지 많이 끼고 다닌대. 그냥 액세서리로 끼고 다녀라."

세륜의 오해에 당황하면서도 재미있어했던 연수의 얼굴에서 웃음기가 싹 가셨다.

이야기를 들을 때는 느끼지 못했는데 이렇게 반지를 보자 정말 그가 결혼을 생각했다는 게 실감이 되면서 가슴이 묵직해졌다.

한참을 조용히 반지를 보던 연수는 세륜에게로 시선을 돌렸다. 고개를 옆으로 돌려 한쪽 눈으로만 그녀를 보던 그가 벌떡 몸을 일으켰다.

"왜 울어!"

연수의 눈에 물기가 차더니 볼을 타고 아래로 흘러내렸다. 놀란 세륜은 그녀의 옆으로 자리를 옮겨 앉아 손으로 눈물을 닦아냈다.

"고마워. 그리고 미안해, 세륜아."

세륜은 자신의 가슴에 얼굴을 묻고 우는 연수를 어르고 달랬다.

당장 결혼 안 한다고 해서 화내는 거 아니라고. 그냥 조금 서운했던 거라고. 나 혼자 오해했던 거니 신경 쓰지 말라고. 그러니 울지 말라고 달랬다.

다행히 짧게 울고 눈물을 그친 연수는 떨리는 목소리로 말했다.

"결혼 신중하게 생각해 볼게."

"됐다니까."

"아니. 생각할게. 네가 했던 것만큼 깊게 생각해 볼게."

"연수야, 억지로……."

"억지로 아니야."

처음 세륜과 만나면서 결혼까지는 생각하지 않았었다. 하지만 시간이 흐르면서 변했다.

먼 미래의 언젠가는 그와 결혼을 하겠지.

그 아득한 미래는 자신도 모르는 사이에 점점 더 다가오고 있었다. 먼 미래가 아닌 가까운 미래가 됐다. 그리고 지금 바로 눈앞까지 다가왔다.

세륜이 결혼을 준비했다는 이야기에 조금 당황하기는 했지만 전처럼 거북함이 들지 않았다. 오히려 그가 자신과 미래를 생각한 게 기뻤다. 그가 자신과 함께하고 싶어해 줘서 감사했다.

연수는 반지를 빼 자신의 검지에 끼웠다.

"세륜아, 고마워. 늘 먼저 다가와 줘서 고마워. 이젠 내가 먼저 다가갈게. 조금만 기다려 줘."

"연수야."

연수는 반지를 낀 손으로 세륜의 손을 잡과 환하게 웃었다.

21. 연인, 때로는…… 때로도 연인

긴 연휴 뒤의 출근에 다시 찾아온 일상은 차츰 무료함을 가져다주었다. 한두 달간은 쉬는 날이 없어 지루한 일상을 이어가게 될 거라는 사실이 직장인들의 마음을 심란하게 했다.

특별한 일이 일어나지 않아 다들 심심하던 찰나 두 가지 일이 발생했다.

하나는 일찍 시작된 상반기 채용에서 합격한 예비 신입사원의 교육이 진행될 거라는 거였다. 각 부서별로 몇 명의 인원이 연수원에 가 직접 신입사원들의 멘토가 되는데 지원자를 뽑는다는 이야기가 나왔다.

다른 하나는 해외 근무에 관련된 것이었다. 진행하던 사업 말고 다른 사업 하나가 확정이 되면서 해외 근무자를 모집한다는 사내

공고가 뜰 예정이라는 말이 나왔다.

이 두 가지 일로 과장급 이상의 회의가 여러 차례 이어졌고 이에 모든 사원들의 관심이 집중되었다.

"하 주임님, 혹시 신입사원 멘토 신청하셨어요?"

"아니요. 전 이 회사에 들어온 지 오래되지 않았잖아요."

"뭐 어때요. 바로 전년도 입사자가 더 현실적인 조언을 해줄 수 있지 않을까 하는 이유로 작년 신입사원의 지원도 받잖아요."

"저는 조언 같은 거 잘 못해서요. 김 주임님은 신청했어요?"

"아니요. 은정 씨랑 강 주임님은 신청했더라고요."

"신청자 많아요?"

"은근 있나 봐요. 그보다 얄밉지 않아요? 두 사람 신청 의도가 뻔하잖아요."

"의도요?"

"은정 씨는 업무 빠지는 거면 일단 다 손들고 보잖아요. 강 주임님은 뻔하죠, 뭐. 신입사원들 앞에서 얼마나 허세를 떨지. 그러려고 신청한 것 같아요. 대영 씨가 강 주임님 이야기 듣더니 고개를 절레절레 젓던데요."

윤주가 두 사람에게 진저리를 치고는 다음 화제를 꺼냈다.

"해외 근무 지원 모집 사내공고 내일 뜨나 봐요."

"김 주임님 생각 있어요?"

"어우. 아니요. 돈 많이 준다고 해도 싫어요. 한국이 좋아요, 전. 하 주임님은요?"

"저도 생각 없어요."

자신들과 다 상관없는 이야기라 화제는 다른 걸로 전환되었다. 그 뒤로 5분가량 더 이야기를 나눈 연수와 윤주는 다시 업무에 복귀하기 위해 자리에서 일어났다.

　사무실로 가기 위해 복도를 지나던 두 사람은 사원들이 한곳에 몰려 있는 걸 보고 걸음을 늦췄다. 사람들이 모여든 곳은 사내공고나 소식지가 걸리는 보드 앞이었다.

　"뭐지? 뭐 걸렸나 봐요."

　"그러게요."

　느릿하게 다가가 기웃거리는데 안쪽에 있었는지 대영이 사람들을 헤치고 나왔다.

　"대영 씨, 뭐예요?"

　윤주의 물음에 대영이 연수를 한 번 보더니 자신이 읽고 나온 내용을 두 사람에게 알려주기 시작했다.

　"해외 근무 지원 모집 사내공고 나왔어요. 내일 나온다더니 오늘 나왔네요. 바로 지원자 접수받는대요."

　"지원 자격 요건은요?"

　"그게…… . 전부 다 대리급 이상이에요."

　"대리급 이상이요?"

　"네. 기본 회화나 업무 관련된 회화까지 되면 좋지만, 회화가 안 돼도 상관없대요. 기존 해외 근무자들 있으니 그런 것 같아요."

　"아쉽겠다. 대영 씨, 해외 근무하고 싶어하지 않았었어요?"

　"하하. 해외 나가보고 싶어서 그랬죠. 뭐, 아직 배울 거두 많구 괜찮아요."

대영과 윤주의 대화를 들으며 고개를 끄덕이던 연수는 뒤이은 말에 보다 더 크게 반응했다.

"다른 부서는 잘 안 읽어봐서 모르겠고, 기획부에서 사람을 많이 뽑던데요."

"기획부에서요?"

"네. 전략기획팀이랑 우리 기획조정팀에서만 4명 뽑는대요."

"다 해서 4명? 많이 뽑는 건 아니네요."

"……각각 4명이요."

순간 정적이 흘렀다. 윤주와 대영은 동시에 연수의 표정을 살폈다.

기획조정팀은 현재 1팀, 2팀, 3팀으로 나누어져 있었다. 각 팀을 이끌고 있는 과장이 3명, 그 밑으로 대리는 각 팀마다 2명씩 있다.

즉 9명 중에서 4명을 뽑는다는 말이었다. 좋게 분배해도 각 팀에서 한 명 이상을 뽑는 거였다.

"보상은요?"

"보너스랑 추가 급여, 추후 진급 때 특혜 이런 것들이요. 보상은 나쁘지 않아요."

"좋네요. 지원자 많겠죠, 그럼."

윤주의 말에 대영은 어색하게 웃으며 고개를 끄덕였다.

연수는 머릿속으로 기획조정팀 사원들 중 지원이 가능한 사람들을 떠올려 봤다. 마지막으로 자신의 연인의 얼굴을 떠올린 그녀는 침음했다.

오후에 갑자기 회의를 하자는 윤성의 말에 기획조정 2팀은 회의실로 집합했다. 정작 회의를 하자고 한 윤성이 갑자기 전화를 받고 사라져 다들 그를 기다리고 있었다.

"아, 1팀이랑 3팀도 회의했대요."

진동이 울려 휴대폰을 들여다본 대영이 내용을 확인하고는 눈가를 찌푸렸다.

"그거 때문에 맞죠? 오늘 사원 공고 뜬 거요."

"……네."

대영이 세륜과 진우를 흘끔거렸다.

"미안해요, 갑자기 일이 생겨서 위에 올라갔다 왔어요."

벌컥 회의실 문을 열고 들어온 윤성은 상석에 앉아 숨을 골랐다. 그는 팀원들을 쭉 둘러본 뒤 바로 회의를 시작했다.

"면접까지 통과한 인턴들 교육 멘토에 은정 씨랑 강 주임이 신청했죠? 신청자가 많아서 빨리 마감을 했다고 하네요."

"결과 나왔습니까?"

이호가 급하게 물었다. 윤성은 여전히 세륜 특유의 어조인 '—니까'를 따라 하는 그를 보고는 속으로 혀를 찼다.

"네, 나왔어요. 아무래도 팀에서 두 명이나 빠지는 건 일에 지장이 생겨 안 될 것 같다고 한 명만 뽑았다더군요. 인사팀에서 뽑은 거니 절 원망하지 마세요."

윤성은 일부러 바로 뽑힌 사람을 말하지 않았다. 적당한 긴장감을 준 윤성은 은정을 응시했다.

"권은정 씨가 뽑혔습니다."

은정의 얼굴에 화색이 돌았다. 반면 이호는 대놓고 얼굴을 구겨 불만을 표했다. 하지만 윤성의 다음 말에 은정의 표정도 바로 이호와 똑같이 변했다.

"작년 상, 하반기 신입사원에서는 5명 뽑았다는군요. 아마 궂은일 도맡아서 하게 될 겁니다. 수고해요, 은정 씨."

신입사원을 많이 뽑을 줄 알았던 은정은 적은 수에 당황했다. 연수원에서 궂은일을 다 도맡게 될 자신의 처지를 인지한 그녀는 붉게 칠한 입술을 짓이겼다.

"다음은 오늘 사내공고가 뜬…… 해외 근무 건입니다. 대리급 이상에서 지원이 가능한데, 기획조정에서 4명을 뽑고 있습니다."

"다른 팀에서 다 지원자 안 나왔다던데요?"

대영은 윤성이 오기 전 동기들에게 받은 메시지로 알고 있었다. 대영의 말에 모두들 세륜과 진우에게 시선을 모았다.

"그래요?"

"지원자가 없으면 어떻게 되는 겁니까?"

진우가 윤성에게 물었다. 답은 들으나 마나 뻔했다.

"회의를 거쳐 차출합니다."

진우는 예상했던 답변에 한숨을 내쉬었다.

"4명 중 한 명은 결정 났습니다. 바로 접니다."

윤성의 말에 모두들 심각해졌다. 한 번 상사의 부재로 큰 불편함을 겪었던 탓에 다들 그의 해외 근무 파견 결정에 망연자실했다. 더군다나 지금 세륜이나 진우 중 한 사람의 부재도 일어날 가능성이 있는 상황이라 더 심각했다.

윤성은 암울해지는 팀원들의 얼굴에 미안한 표정을 했다. 그는 차출이 아닌 지원자였다.

집안의 반대에도 전처와 재혼을 강행하려 하자 점점 입지가 좁아지고 있었다. 호적을 판다는 협박도 받았다. 하지만 굴하지 않았다. 어차피 남과 다름없던 가족들이라 아쉬움이라곤 없었다. 아버지가 무슨 수를 쓰기 전 재빨리 이번 해외 근무 파견에 지원했다.

윤성은 전처인 예진과 같이 떠나 그곳에서 혼인신고를 하고 살 계획을 세웠다.

"과장급에서 한 명이 꼭 갔으면 한다는 말에 지원했습니다. 다른 과장님들은 다 처자식 때문에 못 간다고 하셔서."

"그럼 저희는요?"

윤주가 조심스럽게 물었다.

"다행히도 서범기 과장님께서 다시 자리를 채워주시기로 하셨습니다. 건강이 많이 회복되셨다고 합니다. 제가 떠나고 바로 서 과장님이 오실 겁니다."

윤성의 말에 다들 안도한 표정을 지었다. 하지만 세륜, 진우, 연수의 표정은 여전했다. 윤성은 그들을 보고 어쩔 수 없이 물어야 하는 거라는 표정으로 질문했다.

"진 대리와 정 대리, 해외 근무 파견에 생각 있어요?"

두 사람 다 침묵으로 생각이 없음을 드러냈다.

"이게 차출하게 되면 아무래도 미혼인 사람을 뽑습니다. 6명 중

에 미혼이 딱 3명이더군요. 다른 팀에서 지원자가 다 나오면 상관
없지만, 지원자가 없으면 상부에서는 못해도 팀에서 한 명씩 뽑으
려 할 겁니다. 그럼 두 사람 중 한 명은 꼭 가야 할 겁니다."

대영이 다른 팀에서는 지원자가 나오지 않았다고 했다. 그러니
윤성의 말은 현실이었다.

윤성은 생각해 보라고 한 뒤 회의를 마쳤다.

회의실을 나오던 중 연수가 세륜의 옷자락을 잡아당겼다. 두 사
람은 팀원들이 다 나가자 회의실 문을 닫았다.

"지원…… 할 거 아니지?"

"안 해."

"진짜?"

"응."

"차출되지는 않겠지?"

"그건 모르지. 오늘 공고 나온 거잖아. 아직 다들 생각 안 해봤
을 거야. 지원자 나오겠지."

세륜은 연수를 안심시키려 했지만, 이 해외 근무 이야기는 설
연휴가 끝나고 바로 나왔던 터라 아마 다들 한 번쯤은 생각해 봤
을 거였다. 그러니 당장 지원자가 없다는 건, 사실상 불안한 상황
이었다.

"지원자가 있을까? 1팀 대리님 중 한 분은 이제 신혼이고, 다른
분은 들어보니까 임신하셨다던데. 우리 팀은 너랑 지우. 3팀 연
대리님은 미혼이고, 다른 대리님은 지금 시부모님 모시고 산다고
들었어."

"……어떻게든 되겠지. 너무 걱정하지 마."

세륜은 연수를 품에 안고 등을 토닥거렸다.

해외 근무 지원자 모집 사원 공고가 뜨고 이틀이 지났다. 그동
안 지원자는 한 명이 나왔다. 바로 3팀의 연 대리였다. 이제 지원
자 2명을 기다리고 있는 상황이었다.

연수는 그동안 초조함이 더 커졌다. 지원자가 나오기를 피가 마
르는 심정으로 기다렸다. 반면 세륜은 묵묵히 자기 할 일을 해 나
갔다.

"하 주임, 전화 왔어. 연결해 줄게."

옆자리의 진우가 받은 내선 전화를 연수에게 연결했다. 퍼뜩 정
신을 차린 연수는 내선 전화기에 손을 올렸다. 그녀는 전화벨이
울리자마자 곧장 받았다.

"기획조정 2팀 하연수입니다."

[하 주임님, 저 윤주인데요.]

"아, 김 주임님. 무슨 일 있어요?"

[어떡해요! 제가 기획서가 든 USB를 놓고 출발했어요.]

전략기획팀과 함께 부산지점으로 출장이 잡혀 있었다. 윤주가
팀 대표로 그들과 10시 전에 회사를 나섰었다.

[죄송하지만 USB를 1층으로 가지고 내려와 주실 수 있어요?
지금 차 돌려서 가고 있거든요.]

"네. 어떤 USB예요?"

연수는 윤주가 설명한 USB를 찾아 1층으로 내려갔다. 회사 밖

에서 기다리는데 한 차가 멈춰 섰다. 연수는 그 차로 다가가 열린 창문으로 USB를 내밀었다.

"정말 고마워요, 하 주임님! 제가 나중에 밥 살게요!"

"별거 아닌걸요. 조심히 다녀와요."

윤주를 태운 차가 떠나자 연수는 회사 건물 안으로 들어왔다. 로비를 가로질러 가던 그녀는 갑자기 카페에서 파는 쿠키가 생각나 걸음을 옮겼다.

자신이 좋아해서 세륜이 몇 번 사다 준 적이 있는 쿠키를 구매한 연수는 한 테이블에 앉아 있는 여자와 눈이 마주쳤다.

윤성의 전처인 예진이었다. 예진이 자리에서 일어나 인사를 하자 연수도 마주 인사했다. 연수는 인사를 하고도 가만히 서 있는 예진에게 다가갔다.

"과장님 만나러 오셨나 봐요."

"네. 그러지 않아도 만나고 싶었어요."

"저를요?"

"네. 사과드리려고요. 그날은 미안했어요."

예진이 정중하게 고개를 숙여 사과하자 연수는 눈을 끔뻑였다.

"아, 괜찮아요."

"사과 받아줘요. 정말 미안했어요. 실은 이혼하고 난 뒤로 제가 우울증을 앓고 있었어요. 윤성 씨와 다시 잘해보려고 한국에 왔는데 재혼하지 않겠다고 해서 마음이 많이 안 좋은 상황이었거든요. 그럴 때 연수 씨랑 마주쳐서……. 연수 씨 이야기는 오래전에 우연히 어머님과 아주버님이 하는 이야기를 들어서 알고 있었어요. 정말 미안해요. 두 사람 과거를 들추고 행패 부려서요."

"전 정말 괜찮아요."

"고마워요. 사과 받아줘서."

예진은 옅게 웃는 연수에게 다시 고개를 숙였다 들었다.

"과장님하고 재혼하신다고 들었어요."

"네. 원래 미국에서 지냈었으니 오히려 더 좋죠. 아, 들었어요. 애인분이 윤성 씨와 해외 발령 날지도 모른다고."

"……과장님이 그러셨어요?"

"네. 차출하게 되면 가장 유력하다고 하더라고요. 실적이랑 다 포함해서."

연수는 굳어지려는 얼굴을 가까스로 폈다.

"아, 네. 전 이만 올라가 볼게요."

"네. 다음에 또 보면 인사해요, 우리."

"네."

카페를 나온 연수는 쿠키 봉지를 터서 한 입 깨물었다. 분명 초 콜릿이 박힌 달달한 쿠키인데 입안이 썼다.

해외 근무 지원자를 받는 마지막 날인 목요일. 한 명의 지원자 가 더 나왔다. 아직 신혼인 1팀의 대리가 지원했다. 아기가 생기기 전 돈을 많이 벌어두는 게 좋을 것 같고, 때마침 와이프가 지방 발 령이 났다고 했다. 어차피 떨어져 지내게 될 거 나중에 있을 승진을 생각해서도 이건 기회인 것 같다며 지원을 했다.

이제 마지막 지원자 자리가 남았다.

진우는 담배 필터를 이로 문채 입술 사이로 연기를 내뿜었다. 쌀쌀한 날씨에 재킷도 걸치고 나오지 않아 그는 바지 주머니에 손을 찔러 넣고 몸을 움츠리며 담배를 피웠다.

그의 옆에서 세륜은 유유자적한 태도로 커피를 마시고 있었다.

진우는 다 태운 담배를 꺼버린 뒤 다시 바지 주머니에 손을 넣었다.

"딱 보니까 너랑 나 둘 중에서 지원을 기다리는 것 같은데."

"그런 것 같더라."

"너, 연수 두고 갈 생각 없잖아. 그리고 결혼 생각 있다고 하지 않았어?"

"아, 그거. 내가 잘못 안 거였어. 그런데 연수가 진지하게 생각해 보겠대, 결혼."

"……결혼하겠네, 그럼."

진우는 탁 트인 하늘을 올려다봤다. 날은 쌀쌀한데 하늘은 구름 한 점 없이 맑았다.

"생각해 봤는데. 내가 갈게."

진우의 말에 세륜은 그에게 고개를 돌렸다. 세륜의 얼굴이 삽시간에 굳어졌다.

"갑자기 왜?"

"너네 이제 그만 결혼해야지. 나도 빚 다 갚았으니 이제 돈 좀 모아야지."

"아버지 다치셨다며. 너, 그래서 계속 병원에 왔다 갔다 하고 있잖아."

"그러니까 돈을 더 벌어야지. 내가 돈 벌어야 아버지가 쉬시지."

세륜의 미간에 깊은 주름이 잡혔다.

진우는 외동이다. 그가 없으면 부모님을 챙길 사람이 없었다. 진우도 그게 걱정이 돼서 지원을 하지 않으려 했었다.

세륜은 나직하게 한숨을 내쉬었다.

"하지 마, 지원. 부모님 생각해."

"내가 지원 안 하면 네가 가게 될걸?"

"알아. 그러니까 하지 마. 내가 가."

진우가 세륜을 향해 몸을 돌려 한쪽 어깨를 난간에 기댔다.

"너 가면 연수는?"

"평생 가는 것도 아니고, 1년 반에서 2년이야. 짧은 시간은 아니지만 그렇다고 긴 시간도 아니야."

"연수랑 떨어져서 지낼 수 있다고? 네가?"

진우는 연수에게 집착이 심했던 세륜이 절대 홀로 해외로 떠날 수 없을 거라는 반응을 보였다. 그런데 세륜의 표정은 확고했다.

"내가 가. 지원자가 없으면 내정자는 나인 것 가더라. 과장님이 그러시던데."

"그래서 가겠다고? 진짜? 연수도 알아?"

세륜은 고개를 저었다.

"이야기해 줘야 하는 거 아니야?"

"아니. 새 공고 뜰 때까지 말하지 마."

"차라리 연수를 이해시키고 지원하는 게 낫지 않아? 조금이라도 더 시간을 줘야지."

연수에게 지원하지 않겠다고 약속했다. 그러니 가게 되더라도 지원은 안 된다. 공고가 뜨면 어쩔 수 없는 거니 연수도 받아들일 거다.

미리 말하지 않는 건……. 그러지는 않겠지만, 혹시나 자신이 내정자라는 걸 알면 연수가 진우에게 부탁할까 봐서였다. 그리고 또 혹시나 진우가 암담한 연수의 얼굴을 보고 자신이 가겠다고 할까 봐서다.

"너 마음 확실하게 먹었어?"

"어."

물론 연수를 두고 가고 싶지 않다. 하지만 상황이 이렇게 돼버렸다. 자신 아니면 진우인데, 아버지는 다쳐서 병원에 입원해 계신 데다 어머니도 몸이 성치 않아 지금 하나뿐인 그에게 의지하고 계셨다. 그런 상황에 아들의 부재는 두 분을 더 힘들게 만드는 일이었다.

그리고 진우가 친구인 자신을 위해 자기가 가겠다는 마음을 먹은 것처럼 자신도 진우를 아끼는 마음이 컸다.

하지만 연수. 사랑하는 여자를 향한 마음이 더 크다. 그러니 지원은 절대 하지 않겠다. 그걸로 연수가 알아줬으면 했다.

퇴근할 때까지 지원자가 더는 나오지 않았다.

세륜의 집으로 퇴근한 연수는 씻고 나온 그를 빤히 응시했다.

"피곤하지? 어서 자자."

"잠이 안 와."

"……재워줄게."

침대 위로 올라온 세륜은 연수에게 누우라고 눈짓했다. 그런데 연수는 가만히 앉아서 깊은 한숨을 흘릴 뿐이었다.

"내일 바로 공고 뜨겠지?"

"그러겠지."

세륜이 침대 헤드에 몸을 기대며 대답했다. 연수는 몸을 돌려 세륜을 마주 보고 앉았다. 그녀는 고민하다가 입을 열었다.

"지원자가 없으면 네가 될 가능성이 크대. 아니, 너일 거야."

"……누구한테 들었어?"

"누구한테 들었든. 이거 확실한 정보야."

세륜은 손을 뻗어 연수의 얼굴을 감쌌다.

"그건 모르는 일이야. 그만 자자."

"왜 이렇게 태평해? 네가 갈지도 모른다고!"

히스테릭하게 반응하는 연수를 보고 세륜은 가슴이 저릿했다. 그녀가 지금 자신들이 떨어지게 될 거라는 걸 예감해 슬퍼하고 있다는 걸 알아차렸다.

"지원자가 없으면 내가 될 가능성이 크다는 거 알아."

"그런데, 그런데 이렇게 천하태평이야?"

"아니야. 안 그래. 나도 복잡해."

세륜은 연수의 두 손을 꽉 잡고 눈을 마주쳤다.

"연수야, 내가 간다고 해도 우리 헤어지는 거 아니잖아."

"결혼하자. 결혼한다고 하면 되지 않을까? 우리 결혼 준비 중이었다고 하면……."

"나랑 떨어지기 싫어?"

"그럼 좋겠어?"

세륜은 연수를 끌어안았다. 그리고 그녀의 등을 다정하게 토닥거렸다.

"나도 싫어. 끔찍하게 싫어. 그런데 연수야. 어떻게 할 수 있는 게 아니라면 받아들이자."

"하지만……."

"길어야 2년이래. 혹시나 내가 가게 되면 기다려 줄 거지? 응? 나 미치도록 불안해."

"세륜아……."

"요 며칠간 생각 많이 했어. 잠도 잘 못 자는 널 두고 갈 수 있을까. 아프면 혼자 끙끙 앓는데 나 없으면 어떡하나. 다 네 걱정이야. 그래서 가기 싫어. 진짜 싫어."

연수는 자신만큼, 아니, 자신보다 더 세륜이 힘들 거라는 걸 이제야 알아차렸다. 그의 입장을 뒤늦게 이해한 연수는 세륜의 등을 껴안았다.

세륜은 오로지 자신 걱정뿐이었다. 이런 그에게 투정을 부렸다. 그래서 더 그의 마음을 무겁게 만들었다.

싫든 좋은 회사의 결정에 따라야 했다. 자신이 이러면 세륜은 쉽게 발이 안 떨어질 거다. 심란한 마음으로 떠나 더 힘들어할 거다. 또 그를 힘들게 만드는 행동이었다.

연수는 짧게 생각하고 행동한 자신의 행동에 혀를 내둘렀다.

"당연히 기다리지. 기다릴게. 네가 가게 되면 나 기다리면서 잘 지내고 있을게. 그러니까 걱정하지 마."

세륜은 안도의 한숨을 내쉬며 연수의 허리를 바짝 끌어안았다.

다음 날 회사에 출근했을 때 해외 근무 확정자 공고가 떴다.

세륜의 해외 파견 소식에 그의 집안은 한바탕 난리가 났다. 올봄에 결혼을 하겠다던 아들이 대략 2년 정도 해외에서 근무를 하게 됐다는 말에 부모님은 걱정과 동시에 안타까워했다.

7년 가까이 떨어진 적이 없었던 커플이 생이별하게 생겼다. 연수의 부친도, 세륜의 부모님도 혹시나 하는 우려를 보였다. 그래서 세륜과 연수는 가족들과 가까운 지인들 앞에서 조촐하게 약혼식을 올렸다.

정말 말 그대로 조촐하게 같이 저녁 식사를 하면서 미국에서 돌아오면 결혼식을 올리겠다고 사람들 앞에서 약속했다.

세륜은 짐 정리에 정신이 없는 연수를 불렀다.

"연수야."

"응?"

이리 와보라는 손짓에 연수는 정리하던 짐을 놓고 일어났다. 현관 쪽으로 향하자 세륜이 슬리퍼를 앞으로 쓱 밀어주었다. 연수는 슬리퍼를 신고 그의 옆에 섰다.

"도어록에서 이거 누르면 비밀번호 알아도 밖에서는 문 못 열어. 그리고 이거는 이중 잠금 되는 거고."

"응. 알겠어."

새로 바꾼 도어록 설정 방법도 세세하게 알려준 세륜은 신발장 위에 자신의 사진이 잘 보이도록 다시 위치 조정을 했다.

"여자 혼자 사는 거 알려지면 안 좋은 거 알지? 사진 치우지 말고."

"원래 네 집이니까 남자가 사는 거 알 텐데?"

"한동안 내가 안 보일 테니 이사 간 줄 알 수도 있잖아. 내 신발도 꼭 빼놓고. 택배는 무조건 경비실에 맡기라 해. 배달 음식 웬만하면 시켜 먹지 말고."

"내가 언제 야식 같은 거 즐겼어? 걱정하지 마."

"어쨌든. 알았어?"

"응."

다시 집 안으로 들어온 연수는 마저 짐을 정리하기 시작했다.

연수가 지내던 원룸을 정리했다. 세륜이 미국에 나가 있는 동안 그의 집에서 그녀가 지내기로 했다. 원룸보다는 생활하기 더 좋았고, 연수가 세륜의 집에 있으면 그를 덜 그리워할 것 같다고 해서 원룸을 정리하고 오늘 옮겨왔다.

세륜은 전세 계약 기간을 늘리고 자잘한 것들을 수리했다. 다 꼼꼼하게 살펴봤음에도 불안한지 그는 매의 눈으로 집 안을 살살이 훑었다.

"형이 가끔 와서 봐줄 거야. 문제 생기면 형한테 봐달라고 해."

"안 그러셔도 되는데."

"아버님도 생활하는 거 봐주실 거야."

세륜은 철저하게 미래의 장인어른에게까지 부탁을 해놓았다.

연수는 마지막으로 옷장을 정리했다. 세륜의 옷이 빠져나가 텅 텅 빈 곳에 연수가 자신의 옷을 걸어 넣었다.

"아쉽네. 우리 옷이 같이 걸려 있었으면 좋았을 텐데."

"여기 몇 벌 있잖아, 네 옷."

애써 밝게 웃으며 말하는 연수의 손목을 잡아끈 세륜은 침대 위로 그녀를 밀어 눕혔다.

"정리 다 끝났지?"

"응."

"그럼 이제 다른 일 좀 할까?"

"다른 일 뭐?"

"뭐겠어."

세륜은 연수의 목덜미에 입술을 묻고 길게 빨아들였다. 이로 잘 근잘근 깨물자 연수의 목에서 갸르릉거리는 신음이 흘러나왔다. 그는 위치를 옮겨가며 계속 같은 행위를 반복했다.

고개를 든 세륜은 연수의 목덜미에 울긋불긋 자국이 새겨진 걸 흡족하게 바라봤다. 그러다 곧 자신의 목을 팔로 감싸고 끌어당기는 힘에 순응해 연수의 몸에 제 몸을 겹쳤다.

마지막 윤성의 권한과 배려로 팀원들이 배웅을 나올 수 있었다. 연수원에 간 은정과 갑자기 출장을 간 이호를 제외하고 윤정, 대영, 진우, 그리고 연수는 세륜과 윤성을 배웅하기 위해 공항에 함께 왔다.

"정말 가시네요. 괜찮으세요?"

윤정이 조심스럽게 물었다.

연수는 고개만 끄덕였다. 그녀는 티켓팅을 하고 있는 세륜에게서 눈을 떼지 않았다.

짐을 부친 세륜이 여권과 비행기 표를 챙겨 들고 연수의 앞에 섰다. 다들 눈치껏 핑계를 대고 자리를 비켜주었다.

세륜은 고개를 숙여 연수의 얼굴을 찬찬히 눈에 깊이 새겼다.

"여기 여름휴가에 맞춰 우리도 휴가 준다고 했어. 그때 들어올게."

"응. 조심히 다녀와. 몸 건강하고. 필요한 거 있으면 보내줄 테니까 바로바로 이야기해."

"필요한 건 거기서도 다 살 수 있어. 걱정하지 마."

세륜은 연수의 어깨를 끌어안았다.

"불면증 심해지면 꼭 병원에 가. 참지 말고. 아니면 전화해. 자장가 불러줄게."

"시차가 있는데."

"그래도 전화해."

연수가 알겠다고 고개를 끄덕였다. 그 뒤로 세륜은 한참이나 여러 당부를 했다.

"다 했어? 너, 이제 들어가야 해."

자리를 피해줬던 진우가 나타나 두 사람에게 탑승 시각이 다가온다고 알려주었다. 세륜과 연수는 동료들이 있는 곳으로 향했다.

"진 대리님, 잘 다녀오세요. 권 과장님, 한국에 들어오시면 꼭 연락 주세요."

"잘 다녀오세요! 과장님, 행복하세요!"

윤정과 대영이 세륜과 윤성에게 인사했다.

윤성은 미국에 아예 정착하기로 했다. 미국 지사에서 계속 일을 하고 한국으로 돌아오지 않는 걸로 결정을 내렸다. 물론 가끔 일이 생기면 들어오기는 하겠지만, 이쪽 생활을 다 접고 가는 거였다. 윤성은 팀원들과 인사를 하라고 멀찍이 서 있는 예진을 잠시 본 뒤 팀원들에게 고개를 끄덕였다.

"연수 걱정은 하지 말고 잘 다녀와라. 그리고 고마워."

진우가 세륜을 가볍게 껴안았다. 그리고 윤성에게는 묵례로 인사했다.

이제 남은 사람은 연수. 세륜은 연수에게 손을 뻗었다. 그녀가 그의 손에 손을 올리자 세륜은 주머니에서 작은 상자를 꺼냈다.

모두들 숨죽이고 두 사람을 바라봤다.

일전에 연수에게 프러포즈를 하려고 맞췄던 반지였다. 약혼식을 증표 없이 했었다. 바로 오늘 이 순간에 전해주기 위해서

세륜은 상자를 열어 반지를 꺼냈다. 그리고 연수의 왼손 약지에

조심스럽게 끼웠다.

가느다란 손가락에 딱 맞게 안착한 반지 위로 세륜이 고개를 숙여 입을 맞췄다. 그의 근사한 행동에 지나가던 사람들도 걸음을 멈추고 쳐다봤다.

"다녀오면 바로 결혼하자. 사랑해, 하연수."

"응. 나도 사랑해."

눈에 눈물이 차올랐다. 하지만 연수는 눈물이 흘러내리지 않게 버렸다.

"휘익! 키스해! 키스해!"

진우가 낯간지러운 행동을 하는 커플에게 야유 비슷한 휘파람을 불더니 키스를 외쳤다. 재미있는지 대영이 동참했다. 윤주도 아닌 척하면서 '키스해'에 맞춰 박수를 쳤다.

"키스하면 소문내 줄 겁니까? 연수가 제 프러포즈를 받아주었다고."

세륜이 진지한 얼굴로 물었다. 처음 보는 그의 장난에 윤주가 웃음을 터트렸다.

"그럼요. 제가 하 주임님께 접근하는 남자들 없도록 소문 제대로 내드릴게요."

"저도요! 미국까지 소문나도록 열심히 입 놀리겠습니다!"

대영까지 만천하에 소문을 내겠다고 약속했다.

"그럼 두 사람만 믿습니다."

세륜은 그대로 고개를 비스듬히 내려 연수의 입술을 머금었다.

❖

1년 8개월 뒤.

깊은 잠에 빠져 있던 연수는 갑자기 울리는 벨 소리에 화들짝 놀라 몸을 일으켰다. 그녀는 소리의 근원지를 노려보았다. 끊이지 않고 울리는 휴대폰에 짜증을 낸 연수는 전화를 받았다.

"여기 아직 새벽이야."

[너, 곧 일어날 시간이잖아.]

"30분이나 더 잘 수 있었단 말이야!"

[지금 잠이 중요해?]

"그럼?"

[내가 참다 참다 지금 전화한 거야. 뭐? 데이트 신청을 받아?]

"그건 또 어떻게 알았어? 정진우지? 아니면 민 주임?"

연수는 자신의 생활을 다 고스란히 세륜에게 전하는 두 용의자를 꼽았다.

[누가 말해줬건! 이번에 들어온 인턴이라고?]

"상반기에 들어왔고, 인턴 생활 끝나서 이제 신입사원이야."

[뭣도 모르는 새파란 주제에 감히 상사 여자한테 치근대?]

"치근까지는 아니고. 얼굴이 빨개지면서 밥 한번 먹자고 하더라."

[얼씨구. 하연수, 너 즐겼지?]

"안 즐겼어! 너는 바쁘다고 3일 만에 전화해서 하는 소리가 이거야?"

[3일 만에 듣는 네 소식이 이거였던 내 심정은!]

"끊어! 이제는 보고 싶다는 말도 안 하고! 애정이 식었어! 변했어!"

[야, 내가 그런 말 하지 말라고…….]

연수는 다 듣지도 않고 전화를 뚝 끊었다. 그녀는 시각을 확인한 뒤 침대에 다시 누웠다. 그러다 벌떡 일어났다.

"잠 다 달아났네."

하암, 길게 하품한 연수는 욕실로 향했다.

출근길에 근처에서 사고가 나 길이 막혀 간신히 지각을 면한 연수는 곧장 자리에 앉아 컴퓨터를 켜면서 진우를 노려봤다.

"정진우, 너지?"

"와. 같은 대리다 이거지? 그래도 넌 1년 차고 나는……."

"네가 말했지?"

"야! 당연히…… 나지."

연수는 씩, 웃는 진우를 노려봤다.

"그보다 회의실로 가봐."

"회의실은 왜?"

"너, 찾아."

"누가?"

"가보면 알지."

연수는 아침부터 누가 회의를 하자고 찾는 것인지 속으로 툴툴대며 업무 수첩을 챙겨 들고 일어났다.

"어? 도원 씨, 좋은 아침이에요."

"헉! 아, 네. 죄송합니다, 대리님! 다시는 그러지 않겠습니다!"

연수는 그제만 해도 자신에게 같이 밥을 먹자고 데이트 신청을 했던 신입사원이 오늘은 기겁을 하며 피하자 황당한 표정을 했다.

"진우가 뭐라 했나?"

고개를 갸웃한 연수는 다음으로 대영과 마주쳤다.

"민 주임, 와이프는 어때요? 곧 출산이죠?"

"네. 안 그래도 이제 출산휴가 신청 내려고요."

주임으로 승진한 대영은 윤주와 사고 쳐서 결혼했다. 언제 두 사람이 눈이 맞았는지에 대해 모두가 놀랐었다.

연수는 대영과 짧게 인사를 나눈 뒤 회의실로 향했다.

딱 한 회의실에만 사람이 있었다. 등을 보이고 있는 사람이 누군지 자세히 확인하지도 않은 채 연수는 회의실 안으로 들어갔다.

"기획조정 2팀 하연수 대리입니다. 저 찾으신 분 맞죠?"

"⋯⋯뒤돌아 있다고 하지만 바로 알아봐야 하는 거 아니야?"

몸을 돌려 앉은 남자가 연수를 노려봤다.

연수는 낯익은 목소리와 너무나 그리웠던 얼굴을 확인하고 놀라 굳어버렸다. 그녀의 손에 들려 있던 수첩이 소리를 내며 바닥으로 떨어졌다.

"너⋯⋯. 세륜아⋯⋯."

"6개월 만에 보는데 그냥 서 있을 거야?"

세륜이 자리에서 일어나 팔을 벌렸다. 어서 와서 안기라는 제스처를 보였는데, 돌연 연수는 손에 얼굴을 묻고 흐느꼈다.

"울어? 놀랐어? 감동했어?"

세륜은 급히 연수의 앞으로 다가가 그녀를 껴안았다. 그 순간 그의 명치에 작은 주먹이 꽂아졌다.

"감동 같은 소리 하네! 오면 온다고 말을 해야지! 갑자기 이게 뭐야!"

"……서프라이즈?"

세륜은 자신이 상상했던 재회의 순간과 백만 광년은 떨어진 상황에 맥 빠진 얼굴을 했다. 그는 연수를 품에서 떨어트렸다. 그런데 연수의 고개는 여전히 바닥을 향해 있었다.

"화났어?"

세륜이 조심스럽게 연수의 턱을 쥐었다. 손끝에 물기가 잡혔다. 그래서 그는 천천히 그녀의 고개를 들어 올렸다.

한 방울의 눈물이 또 볼을 가로질러 떨어져 턱에 맺혔다.

"진짜 우네. 가만 보면 울보라니까."

"분해서 우는 거야."

"보고 싶었어."

"그 말 이미 늦었어."

"사랑해, 연수야."

"……몰라. 대체 언제 온 거야?"

"새벽에. 진우 집에서 씻고 단장한 뒤 너 보려고 바로 출근했지."

연수는 눈을 깜빡여 눈물을 지워낸 뒤 세륜의 얼굴을 눈에 담았다. 살이 조금 빠져 있는 모습에 속상했다. 그녀는 손을 올려 그의 볼을 쓸어 만졌다.

"많이 보고 싶었어."

"나만큼 할까. 사랑해, 하연수."

"치. 사랑해, 진세륜."

눈을 접어 웃은 세륜은 고개를 숙였다. 입을 맞추던 그는 열린 문 사이로 지나가던 건방진 신입사원과 눈이 마주쳤다.

감히 연수에게 데이트 신청을 했던 그 신입사원. 오늘 출근하자 마자 바로 자근자근 밟아주었었다.

세륜은 보란 듯이 연수의 허리를 바짝 끌어안으며 깊이 키스했다.

"하아. 이제 우리 결혼할까?"

입술을 떼자마자 세륜이 성급하게 물었다. 뜸을 들이던 연수는 앙큼한 표정을 지으며 말했다.

"음…… 지금이 11월인데 올해 안으로는 무리겠지?"

"전혀. 이번 달도 가능해."

세륜은 자신과 같은 디자인의 반지를 낀 손을 꽉 잡으며 환하게 웃었다. 연수는 그런 그의 품에 폭삭 안겨들며 행복한 미소를 지었다.

세륜이 돌아옴과 동시에 팀 조정이 일어났다. 해외사업 기획팀
이 새로이 꾸려졌다. 그러면서 인사 조정도 조금 발생했다.

세륜은 해외사업 기획팀을 맡게 되면서 과장으로 승진했다. 그
리고 남들보다 더 빠른 차장 승진이 보장되었다.

진우도 과장으로 승진하면서 기획조정 2팀을 맡게 되었고, 서
과장은 차장으로 승진되어 사무실을 옮겨갔다. 그 외 2명이 더 추
가 승진이 되었다.

그리고 마지막 인사 발령은 이러했다.

세륜의 팀으로 강이호 대리를 포함해 4명이 옮겨갔다.

세륜을 향한 자격지심이 컸던 이호는 앞으로는 팀의 책임자인
그에게 비꼬는 말이나 예의 없는 행동을 더는 하지 못하게 됐다.

자신의 인사 평가를 세륜이 하게 되었으니 그도 생각이 있다면 그러지 않을 거였다.

세륜과 연수는 회사의 변화보다 더 큰 변화를 준비하고 있었다.

바로 결혼.

세륜이 돌아온 그 주 주말에 바로 양가 부모님을 모시고 상견례를 한 뒤 결혼 준비에 나섰다.

결혼 날짜는 12월 29일. 한 달하고도 2주가 남았다.

"네. 문자로 보내주신다고요. 알겠습니다. 특별히 준비할 건 없습니까? 네. 그럼, 네."

세륜은 통화를 마치고 나직이 한숨을 내쉬었다.

"그러니까 내일 웨딩 촬영을 하고 바로 수정해 달라고 하고……. 청첩장도 골라야 하고. 식전 영상도 해야 하나? 웨딩드레스랑 턱시도 초이스도 하고……. 아, 집을 먼저 알아봐야 하는데. 가전제품도 바꿀 건 바꾸고."

해야 할 것들을 하나하나 끄적이던 세륜은 결혼이 만만치 않은 거라는 걸 실감했다.

그냥 둘이 좋으니 혼인신고하고 살면 그만 아닌가, 싶다가도 연수에게 가장 행복한 결혼식을 올려주고 싶었다.

"웨딩플래너가 있으면 뭐 해. 실수 연발에 죄다 물어보기만 하는데."

세륜은 신랑과 신부의 의견이 중요하다면서 시시때때로 연락을 해오는 열의에 가득찬 웨딩플래너에게 작은 불만을 토해냈다.

부담스러울 정도로 너무 열의에 가득차 있는 웨딩플래너를 바꾸고 싶었지만 안타깝게도 그 웨딩플래너는 한준의 처제였다. 그리고 웨딩컨설팅 업체는 한준의 와이프가 운영하는 회사였다.

결혼 후 한준은 와이프가 사업을 하고 싶다고 하자 바로 BAR에서 번 수익 모두 탈탈 털어서 기본 자금을 대주었다.

당연히 세륜과 연수는 한준의 와이프가 운영하는 웨딩컨설팅에 의뢰를 했다. 그런데 한준이 순탄했을 결혼에 작은 돌을 던져 파문을 일으켰다.

바로 신입 웨딩플래너인 처제를 그들에게 붙였다.

"처제가 이제 막 일을 배우고 시작을 하는데, 처음부터 고객과 마찰이 생겨서 상처받거나 하면 기가 팍 죽을 타입이라 걱정이다. 그래서 말인데 너네가 첫 고객 해라."

처제가 앞으로 일에 자신감을 갖고 할 수 있게 해달라는 부탁이었다. 부탁이 아닌 명령에 가까웠지만 세륜과 연수는 흔쾌히 동의했다.

그 결과 열의로 똘똘 뭉쳤지만, 경험이 부족한 탓에 실수 연발인 웨딩플래너 때문에 같이 고생 중이었다.

방금 전 전화도 웨딩플래너이자 한준의 처제가 깜빡 잊고 있다가 웨딩 포토 촬영 전날에야 준비해야 할 것을 알려준 것이었다.

"잠깐 자리 좀 비우겠습니다. 무슨 일 있으면 전화하세요."

팀원들에게 양해를 구한 세륜은 자리에서 일어났다.

그가 향한 곳은 기획조정 사무실이었다. 그는 사무실 문을 열고 들어가 연수를 찾았다.

"하 대리, 잠깐 좀 보죠."

"내 직원인데 어째 진 과장이 더 많이 찾는다? 왜? 아예 책상 들고 나오라 하지? 네 팀으로 데려가."

세륜은 진우를 한 번 노려본 뒤 연수에게 따라나오라는 눈짓을 했다. 그는 그녀를 데리고 회의실로 들어갔다.

"웨딩 촬영 때 한복 입고 찍을 거야?"

"음……. 한복 입고 찍은 사진 예쁘던데. 우리 한복사진 찍자."

"……찍는다고?"

난감해하는 세륜의 얼굴에 연수가 고개를 기울였다.

"왜? 무슨 일 있어?"

"한복 우리가 준비해서 가져가야 한대."

"스튜디오에서 주는 거 아니야?"

"아니래. 방금 웨딩플래너한테 전화 왔었어."

"……또 잊었나 보구나."

연수의 미간에 주름이 잡혔다. 웨딩플래너 때문에 슬슬 짜증을 내기 시작하는 그녀는 결혼 준비에 점점 스트레스지수도 올라가고 있었다.

그리고 세륜은 그 짜증과 히스테리를 다 고스란히 감내하고 있었다.

"그럼 찍지 말자."

"왜. 찍고 싶다며. 지금 나가서 한복 보고 오자. 한 시간이면 충분하지 않을까?"

"사이즈 맞게 수선도 해야 할 텐데? 당장 내일이 웨딩 포토 촬영이야!"

"……수선은 내가 어떻게든 해볼게. 일단 한복부터 보러 가자."

세륜은 연수를 달래고 빨리 근처 한복 대여점을 찾았다. 그리고 그는 한준에게 욕이 담긴 메시지를 연달아 전송했다.

❖

미숙한 웨딩플래너 때문에 어제 고생을 해 지쳐 있던 세륜은 메이크업을 하고 나온 연수를 보고 입술을 감아올렸다.

"예쁘다. 예식 때도 이렇게 화장하나?"

"아니. 예식 때는 연하게 한대."

예비 신부가 예뻐서 시선을 도통 떼지 못하는 세륜을 보고 메이크업을 해주던 직원이 살포시 웃었다.

"두 분 연애하신 지 얼마 안 되셨나 봐요?"

"9년 됐어요."

"어머, 정말요? 보통 3년 이상 연애하신 분들은 안 이러시는데. 신랑님이 신부님한테서 눈을 못 떼시네요."

부끄러워하는 연수의 얼굴에 세륜은 그녀의 어깨를 감싸 쥐었다.

"일 때문에 1년 반 넘게 떨어져 있었습니다. 그런데 우리 연수, 머리 안 묶습니까? 목선이 우아해서 올리면 더 예쁠 텐데요."

"헤어스타일은 촬영 콘셉트에 맞게 계속 바꿀 거예요."

직원이 웃으며 대답한 뒤 사라졌다.

"목선이 우아한 건 뭐야! 그런 말을 왜 해, 민망하게."

"뭐 어때. 사실을 말한 건데."

세륜과 마찬가지로 결혼 준비 시작과 동시에 지쳐 있던 연수는 그의 칭찬과 찬사에 기분이 풀렸다.

드레스를 갈아입고 나오자 세륜의 눈에서 사랑이 끊임없이 흘러나왔다. 촬영하는 내내 그의 눈빛은 변함이 없었다. 그리고 그는 연수를 살뜰히 챙겼다.

이런 신랑님은 정말 드물다고, 촬영이 꽤 고된 거라 힘들어서 잘 웃지도 않는다고, 신부님과 싸우는 분도 많다고 말하면서 사진작가는 덕분에 촬영이 수월하다고 웃었다.

촬영이 중반쯤 흘렀을 때 생각지도 못한 사람들이 방문했다.

"신랑님, 신부님이래. 오, 저 눈빛 좀 봐. 닭살이다."

"네가 손유리한테 하는 것에 비하면 양반이다."

여환이 촬영 중인 세륜과 연수를 놀리는 걸 보고 진우가 한마디 했다.

"그러는 너는? 나희 씨랑 너도 닭살이야."

그런 진우에게 한준이 마찬가지라고 한마디 했다.

"얼씨구. 자기는 와이프한테 갖은 아양을 다 떨면서."

그리고 그런 한준에게 여환이 비죽였다.

"내가 언제?"

"석 달 전에 제주도로 가출한 와이프 데리고 올 때 아주 가관이었거든? 그때 내가 같이 가줬던 거 잊었냐?"

"그러는 넌? 싸우고 난 뒤에 손유리가 미국 간다고 하니까 내 BAR에서 눈 뜨고 못 봐줄 정도의 이벤트 열어 기분 풀어줬던 건 잊었어?"

"너희 둘 다 똑같아."

"정진우, 자기는 주말마다 부산으로 쪼르르 내려가면서."

"내 말이. 그러고 보니 오늘은 안 가냐?"

"오늘은 서울로 온대. 이따가 데리러 갈 거야."

진우, 여환, 한준의 대화를 듣고 있던 세륜은 잠깐 촬영이 멈춘 사이 '저런 팔불출들' 하는 눈으로 쳐다봤다.

반면 직원들은 친구들이 어쩜 그리도 똑같냐는 생각을 했다.

마지막 촬영은 진우와 여환, 한준과 함께 찍었다.

멋있는 네 남자와 나란히 서서 찍고, 그들에게 둘러싸여 사진을 찍는 연수의 얼굴에 행복한 미소가 걸렸다.

촬영을 마치고 낮부터 한잔하자던 그들은 각자의 와이프와 연인의 연락을 받고 뿔뿔이 흩어졌다.

세륜과 연수는 부동산 중개인의 연락을 받고 그곳으로 갔다.

"전에 살던 신혼부부가 3년 계약해 놓고 집안 사정이 생겨서 2년 정도만 살다가 부모님 댁으로 들어갔어요. 깨끗하게 살아서 거의 새집이나 다름없어요. 괜찮죠? 그럼 편히 둘러보세요."

지어진 지 3년밖에 안 됐고, 그 정도면 새집증후군은 걱정하지 않아도 될 집이 나왔다는 부동산 중개인의 연락에 곧바로 집을 살펴보러 왔다.

이런 집이 나오기 흔치 않다고 운이 좋았다는 말에 긴가민가했는데, 직접 보고 나자 곧바로 결심이 섰다.

"어때? 난 괜찮은 것 같은데."

"나도 좋아. 그런데 조금 넓기는 하다."

"우리 아이도 낳고 할 거잖아. 여기서 오래 살면 되지. 단지 내에 어린이집 있고, 바로 앞에 초등학교도 있고. 난 마음에 드는데. 다른 집 더 둘러보고 결정할래? 연수, 네 결정에 따를게."

"음…… 아니. 여기로 하자."

세륜은 그럼 이곳으로 결정하자고 고개를 끄덕이며 연수에게 손을 뻗었다. 그녀가 손을 잡으면서 다가갔다.

"자, 상상해 봐."

"뭐를?"

"여기에 소파를 두고, TV는 저쪽에. 바닥에 카펫도 깔고 작은 테이블도 놓자."

"응. 좋아!"

"소파에 나란히 앉아서 TV 보고, 가끔은 카펫 위에 누워서 보고. 뭐, 자주 야한 것도 하고."

"야한 건 자주야?"

"신혼은 다 그렇게 한대."

눈을 가느스름하게 뜨고 웃는 세륜의 옆구리를 팔꿈치로 찌른 연수는 그가 말한 대로 상상을 했다. 물론 다른 상상을.

표근한 햇살이 이 커다란 창을 통해서 가득 들어오겠지. 세륜과 자신은 이 공간에서 하나하나 추억을 쌓아가게 될 거다.

연수는 세륜과 자신이 어떠한 모습으로 이곳에서 지내게 될지 상상을 하면서 걸음을 옮겼다. 부엌과 방으로 옮겨가며 구경하는 그녀의 뒤를 세륜이 졸졸 따랐다.

세륜과 함께 잠을 자고 일어날 침실로 들어온 연수는 뒤에서 자신의 어깨를 감싸 안고 목덜미에 입술을 묻는 그의 가슴에 편하게 기대섰다.

"행복할 것 같아."

"행복하게 해줄게."

세륜은 왼팔을 내려 연수의 왼손을 쥐었다. 그는 습관적으로 같은 반지가 끼워진 손가락을 만지작거렸다.

평온한 분위기는 금방 깨졌다. 주말에도 열심히 일하는 웨딩플래너에게서 전화가 왔다.

"또 뭐 잊은 거 있대?"

한숨을 쉬며 고개를 끄덕이는 세륜을 보고 연수도 똑같이 한숨을 내쉬었다. 그러다 둘이 동시에 웃음을 터트렸다.

점심을 먹고 연수는 세륜과 1층 카페로 내려왔다. 카페로 오는 도중에 로비에서 택배를 찾아왔다.

"이건 뭐야?"

"청첩장 샘플 온다고 했잖아."

"아, 그거."

연수가 테이프를 뜯는 데 애를 먹고 있자 세륜이 빼앗아 테이프를 뜯었다. 상자를 열어본 그는 한숨이 나오려는 걸 꾹 참았다.

"빨리 골라야 해. 인쇄하는 데 4일에서 5일 걸린대. 보통 결혼식 한 달 전에는 청첩장 보내지?"

"그렇게나 빨리? 한 2주 전 아니야?"

"2주 전에 알려주면 이미 주말에다 연말이라 다들 약속 잡아서 늦어버릴걸?"

"난 괜찮은데. 어차피 애들이랑 회사 사람들 말고는 없어."

"우리 말고 부모님들. 아버님하고 어머님이 청첩장 언제 나오느냐고 물어보셨어. 우리 아버지도."

결혼식은 두 사람의 행사가 아닌 집안 전체의 행사라는 걸 세륜은 깨우쳤다. 형과 누나의 결혼식을 겪어봤으면서도 하객에 부모님의 지인이 더 많이 온다는 걸 이제야 알게 되었다.

그는 말없이 샘플들을 꺼냈다.

"청첩장에 사진 안 넣는다고 하지 않았어? 왜 샘플을 다 받았어?"

"혹시나 해서."

"사진 안 넣을 거니까 이건 다 뺀다."

세륜은 빨리 개수를 줄여 나가고 싶었다. 그는 샘플 신청 전에 연수와 컴퓨터로 보면서 걸러냈던 것들도 다 제외시키기 시작했다.

"그건 왜 빼?"

"이건 전에 안 예쁘다고 했던 거잖아."

"그래도 봐야지."

"대충 골라. 어차피 요즘은 다들 모바일 청첩장을 보는데. 누가 종이 청첩장을 봐."

"보는 사람 많이 있어. 그리고 이왕 하는 거 예쁜 거 해야지. 나중에 우리 애도 보여줄 건데."

"……이걸 보관하게?"

세륜의 말에 연수의 표정이 굳었다. 아니, 그전부터 굳어지고 있었다.

"왜 남 결혼 이야기하듯이 해?"

"내가?"

"대충 고르라고 하고. 이게 남의 결혼이야? 왜 대충이라고 해?"

"왜 확대해석 하고 그래. 남의 결혼이라니. 나는 청첩장을……."

"왜? 전부 다 대충하자고 하지? 됐어! 그냥 이거 하고, 드레스랑 전부 다 대충 골라, 그럼! 너는 결혼 준비가 그렇게 귀찮아?"

"야, 하연수. 비약하지 마. 내가 언제 그런댔어?"

"좀 성의 있게 준비하면 안 돼? 딱 한 번뿐인 우리 결혼식이잖아!"

"내가 언제 성의 없었어? 웨딩플래너랑 통화하는 사람은 나야! 너 덜 힘들게 하려고 내가 노력하는 거 몰라?"

"나도 통화하거든?"

"나 회의 들어가 연락 안 돼서 딱 한 번 통화했던 거?"

"……두 번이거든? 아, 됐어. 청첩장 네가 골라서 해."

연수가 청첩장 샘플을 도로 상자 안에 넣기 시작했다.

"네가 마음에 드는 걸로 해야지."

"전부 다 내 마음에 드는 걸로 하래. 다 내가 골라야 해? 이게 나 혼자 하는 결혼이야?"

"그게 아니라, 신부 마음에 드는 걸로 하는 게 맞다고들 하니까……. 알았어. 내가 잘못했어."

세륜의 사과에 연수는 손에 얼굴을 묻었다.

"우는 거 아니지?"

"속상해. 싸우고 싶지 않았어. 결혼 준비하면서 싸우는 거 싫었단 말이야."

"누구는 싸우고 싶었게? 청첩장이 난 중요하지 않아서 그랬던 거야."

"난 중요해! 다 중요하단 말이야! 너랑 새로운 삶을 시작하는 거니까 하나부터 열까지 다 예쁘고 좋은 걸로 하고 싶어! 왜 너는 안 그러는 건데! 전에 그릇 볼 때도 그러더니!"

연수의 말에 감동을 받는 한편, 세륜은 급격히 미안해지기 시작했다.

남자와 달리 여자들이 완벽한 결혼을 위해 결혼 준비에 크게 신경을 쓴다는 걸 들어서 알고 있었다. 접시 하나, 칼 하나도 브랜드를 일일이 따진다는 걸 들었을 때, 우리 연수는 그러지 않을 거라고 코웃음 쳤었다.

그런데 연수도 여자였다. 그녀도 완벽한 결혼을 꿈꾸고 있는 여자였다.

결혼 준비에 남자들이 적극적으로 동참하고 도와주어야 한다는 걸 들어서 알고 있었으면서도 잠깐 망각해서 연수에게 실망을 안겨 버렸다.

"내가 미안해. 응? 이건 진짜 내가 잘못했다. 고르자. 같이 골라 보자. 그리고 나도 중요해. 너랑 하는 결혼인데 왜 안 중요하겠어."

"……됐어. 갈래. 점심시간 끝나가."

"아직 시간 좀 남았는데? 그래, 가자."

먼저 일어서 버리는 연수 때문에 세륜은 상자에 남은 청첩장을 다 담고 빨리 일어났다.

세륜은 자기 나름대로 노력한다고 했는데 연수만큼 결혼 준비에 대해 생각하지 않았다는 걸 깨닫고 반성하는 중이었다.

그는 입사하고 처음으로 업무 시간에 꽤 오랫동안 농땡이를 부리고 있었다.

"뭐 하냐?"

"왜 이제야 와?"

"회의하느라. 그런데 뭐 하냐? 회의실 전세 냈어? 혼자 뭐 해?"

진우는 회의실 책상 위에 펼쳐진 청첩장들을 보고 헛웃음을 흘렸다.

"청첩장 샘플 골라."

"그게 심각한 일이야? 나한테 도움을 청할 만큼?"

"너는 모른다. 돕기나 해. 연수가 마음에 들어 할 만한 청첩장이 뭘까.”

“그걸 나한테 물으면 안 되지.”

“너는 내가 고른 게 괜찮은지나 봐.”

진우는 세륜이 추려놓은 것 중에서 영 별로인 걸 빠르게 골라주고는 사라졌다. 다른 것도 봐달라고 하려던 세륜은 낮게 한숨을 내쉬고는 노트북으로 인터넷 창을 열었다.

“칼도 세트로. 그릇도 세트로. 도마도 사용에 따라 여러 개 놔둬야 해? 양념통도 디자인이 다양하네.”

세륜은 전에 연수와 백화점에서 봤던 것들을 떠올려 가며 검색을 이어갔다.

퇴근 후 집으로 올 때까지 연수는 말이 없었다. 계속 마음이 상해 있는 모습에 세륜은 더 미안해졌다.

생각해 보면 보통 식기류 같은 것은 모친과 보러 간다. 자신의 누나도 그랬었다. 그것 말고도 많은 것을 다 모친과 함께 보러 다녔었다.

반면 연수는 같이 쇼핑을 할 엄마가 안 계셨다. 자신이 모친에게 눈치껏 부탁을 했었어야 했는지도 모른다.

세륜은 미안함과 안쓰러움에 몸 둘 바를 몰랐다.

그는 침실로 들어가 침대 위에 누워 있는 연수를 불렀다.

“연수야, 자?”

“……아니.”

“그럼 이야기 좀 하자.”

"……뭔데?"

"거실로 좀 나와봐."

연수가 일어나자 세륜은 먼저 침실을 나섰다.

"뭔데 그래?"

"이리 와서 앉아봐."

연수가 카펫 위에 앉자 세륜은 테이블 위에 있는 청첩장 샘플 5개를 먼저 보여주었다.

"이거 어떤가 봐봐. 나는 이것들 중에서 하나 하면 좋을 것 같아. 네가 심플한 거 좋아하니까 아마 네 마음에도 들 거야."

"……언제 골랐어?"

"아까 골라두었어. 그리고 이거는 그릇. 예전에 백화점에서 그릇 봤었잖아. 마음에 드는 디자인 없어서 못 샀잖아. 인터넷 찾아보니까 예쁜 거 많더라. 인터넷으로 주문하든지, 아니면 백화점에 매장이 있으면 거기 통해서 주문할 수 있대. 그리고 칼 세트랑……."

"이걸 다 찾아봤어?"

"응. 아, 이불도 새로 해야 하지? 여기가 디자인이 가장 예쁘다고 하더라. 소재도 좋고."

연수가 대뜸 세륜의 목을 감싸고 그의 품으로 파고들었다. 세륜은 그녀의 등을 감싸 안고 토닥거렸다.

"같이 보자고 하지 그랬어."

"너무 많아서 내가 좀 추린 거야. 지금 같이 보자고."

"……나도 찾아봤었는데. 나는 네가 아무거나 해도 상관없는 것 같아서 혼자 찾아봤어."

세륜은 혼자 인터넷으로 찾아보면서 연수가 무슨 생각을 했을까, 신경 쓰지 않는 자신의 모습에 서운하지는 않았을까 미안했다.

"연수야. 지금도 그렇고 앞으로 우리는 모든 게 다 처음이야."

"응?"

"우리가 오랜 시간 함께했다고 하지만, 앞으로 함께하는 시간이 더 길어. 그리고 처음으로 하는 것들은 곱절로 더 많을 거야. 지금 이것도 그중 하나고."

"……."

"그래서 서툴러. 경험해 보지 못했기에 서툰 거야. 절대 마음이 없어서가 아니야. 알지?"

"응. 내가 미안해. 잘하고 싶어서 그랬어. 그런데 못하니까 괜히 너한테 투정부린 거야."

세륜은 연수의 몸을 더 꽉 끌어안았다.

"연수야, 내가 서툰 만큼 너도 서툴 수 있어. 그러니까 너무 애쓰지 마. 같이 노력하자. 결혼이 그런 거잖아."

"응."

"우리는 처음을 경험하면서 헤매는 게 많을 거야. 하지만 함께이니까 괜찮을 거야. 힘들고 어려운 일이 닥쳐도 천천히 다 해결해 나가자. 우리 그렇게 해서 여기까지 왔잖아. 그러니까 앞으로도 그러자."

연수가 작게 고개를 끄덕이는 게 느껴졌다.

잠시 뒤 연수는 세륜의 품에서 벗어났다.

"기분 풀렸어?"

"응. 괜찮아졌어."

"내가 해줬으면 하는 게 있으면 다 말해. 다 맞춰줄게."

"나도. 나도 맞출게."

세륜은 입매를 늘이면서 사랑스러운 예비 신부에게로 고개를 숙였다.

부드럽고 말캉한 입술이 맞닿았다.

가볍게 닿았다가 떨어지기를 여러 차례. 세륜은 입술을 벌려 연수의 입술을 얕게 빨아들였다.

빨아들인 입술을 살짝 깨물자 연수의 감은 눈꺼풀이 파르르 떨었다. 세륜은 그녀의 뒷목을 감싼 뒤 고개를 비스듬하게 꺾었다.

연수의 입술이 벌어지고 세륜의 혀가 안으로 부드럽게 밀려들어 갔다. 혀가 섞이고 타액이 섞여 들어갔다.

시작과 달리 키스는 점점 거칠어졌다. 세륜은 연수를 카펫 위로 밀어 눕힌 뒤에 옷을 벗기 시작했다. 연수도 자신의 옷을 벗어나갔다.

가구 조립을 다 마친 인부가 돌아가자 세륜은 가구를 다 닦은 뒤 다시 거실 창문 앞에 주저앉았다. 그는 상자에서 작은 물건을 꺼내 들었다.

"알아, 나도. 크리스마스가 그제였다는 거. 그래도 분위기는 내야 할 거 아니야. 오늘이 고대하던 입주하는 날인데."

손에 들린 무생물과 대화를 나누던 세륜은 픽 웃고는 그것을 크리스마스트리에 걸었다. 상자 안에 남아 있던 것들도 다 장식한 뒤에 줄줄이 연결된 꼬마전구를 꺼냈다.

"음음음."

꼬마전구를 크리스마스트리에 돌돌 마는 세륜의 입에서 작은 허밍이 흘러나왔다.

크리스마스트리 장식을 마친 그는 콘센트를 꽂았다. 예쁜 금색 빛으로 반짝거리는 크리스마스트리를 흡족하게 쳐다보는데 도어록을 해제하는 소리가 들렸다.

"타이밍 좋고."

세륜은 재빨리 준비해 두었던 노래를 틀었다.

"갑자기 반차를 냈다며. 어디 아파? 그런데 왜 여기에 있……."

신을 벗고 들어온 연수는 거실 창문 앞에 있는 크리스마스트리를 보고 말을 흐렸다. 어두운 거실에서 크리스마스트리만 홀로 빛나고 있었다. 그녀는 뒤늦게 거실에 잔잔하게 울리고 있는 노래를 들었다.

"왔어? 코트 벗어."

"이거 준비한다고 반차 냈던 거야?"

"응. 축하해, 하연수. 네 집이 생긴 걸."

세륜은 연수의 명의로 집을 구매했다. 연수가 그의 돈이 더 많이 들어갔으니 그의 명의나 하다못해 공동명의로 하자고 했는데 세륜은 그녀의 명의로 할 것을 고집부렸다.

연수에게 행복한 가정을 이뤄주겠다는 의미로 하는 선물이었다.

"우리 집이지. 그런데 우리 입주는 신혼여행 다녀오고 나서 아니었어?"

"서프라이즈."

연수의 코트를 소파에 걸쳐 놓은 세륜은 크리스마스트리 옆에 놓아둔 와인과 와인 잔을 집어 들었다.

연수의 손에 와인 잔 2개를 들려준 뒤 그는 오프너로 와인 병뚜껑을 열었다. 화이트 와인이 보글보글 거품을 내면서 잔에 채워졌다. 와인 병을 바닥에 내려놓고 그는 연수에게서 잔 하나를 건네받았다.

"우리의 결혼식을 위하여."

"위하여."

"그리고 우리의 사랑을 위하여."

"사랑을 위하여."

짠, 잔이 부딪쳤다. 와인 한 모금을 넘긴 연수는 그의 팔에 머리를 기댔다.

"정말 우리가 드디어 결혼을 하네. 결혼하기까지 참 길었다."

"그러게. 오늘은 웨딩플래너한테서 전화 안 왔어?"

"결혼식 당일까지는 전화하지 말라고 했어. 이제 남은 건 예식밖에 없으니 전화하지 않겠지."

남은 와인을 다 비워낸 세륜은 연수의 잔을 빼앗아 바닥에 두었다. 그리고 그녀의 등 뒤와 무릎 뒤에 팔을 넣어 안아 들었다.

"방으로 들어가게?"

"아니. 여기서. 어둠도 딱 적당하네."

세륜은 연수를 카펫 위에 눕히고는 성급하게 입을 맞춰왔다.

촉촉한 입술을 가르고 들어가자 더 촉촉한 입안이 혀에 감겼다.
보들보들한 안쪽 살을 훑고 오돌토돌한 입천장도 훑은 혀가 연수
의 혀를 얽었다.

"으응……."

혀를 감싸고 강하게 빨아들이자 그녀가 신음을 흘렸다.

세륜의 손이 니트 안으로 파고들었다. 그 안에 또 다른 옷이 있
자 그가 불만스러운 소리를 냈다. 세륜은 니트부터 벗기기 위해
옷자락을 위로 끌어 올렸다.

"하아. 상체 좀 들지? 아마추어처럼 왜 이래?"

"푸훗. 아마추어라니."

연수가 웃으면서 상체를 들썩거렸다. 니트를 벗긴 세륜은 그녀
의 목덜미에 자잘하게 키스를 하며 안에 입은 옷의 단추를 풀었
다.

"아!"

절반 정도 풀어낸 세륜이 안에 입은 민소매와 브래지어를 억지
로 끌어 내리고 가슴을 쥐었다. 그의 손에 힘이 가해졌다 풀어지
기를 반복했다. 가슴을 강하게 압박하고 동그랗게 주무르는 손길
에 연수가 몸을 비틀었다.

"연수야……."

가슴 둔덕에 얼굴을 묻은 세륜이 애타는 목소리로 그녀를 불렀다. 연수가 그의 머리카락 안으로 손가락을 찔러 넣으며 미약한 목소리로 대답했다.

세륜이 갑자기 상체를 일으키고 자신의 옷을 벗기 시작했다. 연수도 그가 벗기다가 만 자신의 상의를 벗었다. 그사이 바지 버클을 풀고 지퍼를 내린 그가 그녀의 치마에 손을 가져갔다.

치마 지퍼를 끌러냈는데 연수가 또 비협조적으로 나왔다.

"엉덩이 좀 들지? 나 급한 거 안 보여?"

"천천히……. 우리 내일도 쉬는데."

"흐음. 내일까지 계속하자고?"

눈을 가늘게 뜨고 야하게 웃는 세륜을 흘긴 연수는 엉덩이를 들었다.

치마를 벗겨낸 세륜의 손이 무늬가 들어간 스타킹을 발목부터 쓱 매만지면서 올라왔다. 스타킹 아래의 피부가 예민하게 곤두섰다.

"위에는 다 벗고 스타킹만 입은 모습 엄청 자극적인 거 알아?"

허벅지 안쪽으로 파고든 손이 중심으로 올라왔다. 그의 따스한 손바닥이 여성을 감쌌다. 그리고 긴 손가락이 은밀하게 움직였다.

스타킹과 속옷을 입고 있는데도 그의 손가락은 정확하게 중심을 따라 훑어 내려갔다. 클리토리스가 있는 부근을 꾹꾹 눌러가며 자극하자 연수가 입술을 깨물며 눈을 질끈 감았다.

"아아…… 앙!"

신음하는 연수를 내려다보는 세륜의 눈이 점점 음욕에 잠겼다.

그는 더 음탕하게 손가락을 움직였다. 더 아래로 내려간 손가락이 입구를 건드렸다. 안쪽으로 들어올 듯 압박하는 손가락에 점점 여성이 젖어들었다.

"엉덩이."

세륜이 말하자 연수가 엉덩이를 다시 들어 올렸다. 그가 성급한 손놀림으로 스타킹과 속옷을 돌돌 말아내려 벗겼다.

그녀의 다리를 가르고 자리를 잡은 세륜은 상체를 숙였다. 한쪽 손은 보드라운 가슴을 감싸 쥐고 그의 입술이 가슴 끝을 머금었다. 뜨거운 혀가 유륜을 핥고 유두를 빨아들였다. 빳빳하게 선 정점이 그의 혀에 쓸렸다.

"하앙…… 아, 아훗!"

연수가 자지러지자 세륜은 그녀의 유두를 노골적으로 희롱하기 시작했다. 혀로 살살 돌려가면서 다른 쪽은 손가락으로 살살 돌려갔다. 혀로 유두를 누르면서 손가락으로 똑같이 눌렀다. 혀가 유두를 튕길 때에는 다른 쪽은 손가락에 끼워 괴롭혔다.

세륜의 남은 손은 연수의 음모를 헤집고 그 아래의 여성을 애무하고 있었다. 축축하게 젖은 다리 사이에서 움직이는 그의 손도 점점 젖어갔다.

"예쁘다, 하연수."

크리스마스트리에서 반짝이는 금색 빛이 연수의 몸 위에서도 반짝거렸다. 새하얀 여체가 금빛으로 물들었다가 어둠에 잠기기를 반복했다.

연수의 몸을 타고 내려간 세륜은 납작한 배에 키스를 하고 더 아래로 내려갔다.

"세륜아…… 헉!"

그녀의 양다리를 자신의 어깨에 올린 그는 눈앞에 드러난 여성을 손가락으로 갈라 벌렸다. 흘러나온 애액에 여성이 흥건하게 젖어 있었다.

세륜은 머뭇거리지 않고 곧바로 그곳에 입술을 묻었다.

"하악! 아으으…… 응…… 흐읏!"

입술이 여성을 빨아들이고 혀가 안으로 들어와 휘젓자 연수가 정신을 차리지 못했다. 달뜬 교성을 내지르면서 엉덩이를 들썩거렸다. 몸서리를 치는 여체를 눈을 치뜨고 바라보면서 세륜은 남자로서의 지배욕이 충만하게 올라오자 희열을 느꼈다.

그가 입술을 떼고 손등으로 입가에 묻은 애액을 닦아냈다. 그 모습이 굉장히 선정적이라 연수는 얼굴을 붉혔다. 세륜은 빠른 속도로 자신의 바지와 속옷을 벗었다.

얕은 절정을 느낀 연수가 몽롱하게 잠긴 시선으로 그를 올려다봤다. 그리고 자신의 다리를 더 방만하게 벌려놓고 허리를 내리는 세륜의 어깨를 쥐었다.

"아! 읏……."

단단하고 뜨거운 남성이 여성 안으로 조금씩 들어왔다. 선연하게 느껴지는 그 느낌에 연수는 정신이 혼미해졌다.

끝까지 들어온 남성이 느릿하게 움직였다. 연수는 그의 움직임에 맞춰 허리를 흔들었다.

"연수야…… 윽! 힘 좀 풀어봐."

남성을 강하게 조여오는 여성에 세륜은 참지 못할 정도로 흥분했다. 그는 부드럽게 움직일 수 없게 되자 자신의 어깨를 쥐고 있는 연수의 팔을 바닥으로 내려 잡고 고정시켰다.

끝까지 나간 남성이 강하게 다시 들어왔다. 연수는 아랫배에 약한 통증이 느껴질 정도의 힘에 버둥댔다. 그 모습이 못내 매혹적이라 세륜은 더 세게 허릿짓을 반복했다.

자제심을 잃은 세륜은 거칠었다. 그런 그를 연수는 끝까지 받아냈다. 끝이 다가오자 그는 연수의 온몸을 끌어안았다.

빈틈없이 맞물린 몸이 함께 흔들렸다.

"크윽!"

"아흑!"

짧은 신음이 동시에 터지고 세륜은 연수의 몸 안에 자신을 풀어냈다. 본능적으로 더 깊숙한 곳을 찔러 넣으며 세륜은 눈앞이 명멸했다.

등골이 오싹할 정도의 쾌락에 두 사람은 사고하는 걸 잊었다. 한참 동안 거실에는 음악 소리와 두 사람의 거친 숨소리가 뒤섞였다.

결혼식 당일 새벽까지 세륜은 연수에게 온갖 애정을 다 퍼부었다. 그 덕분에 연수는 어떻게 결혼식이 진행되는지 기억이 나지 않을 정도로 정신이 혼미했다.

정신을 차리고 보니 식사하는 하객들에게 인사를 드리고 있었다. 인사를 다 마치고 그들은 따로 준비된 자리에서 식사를 마쳤다.

결혼식이 다 정리되고 두 사람은 위층에 있는 객실로 올라갈 준비를 했다. 신혼여행은 내일 떠나고 오늘은 호텔에서 첫날밤을 보내기로 했다.

호텔에서 결혼식을 한 터라 그들은 엘리베이터 앞에서 친구들의 인사를 받았다.

"정신을 못 차리네. 첫날밤을 어제 보냈어? 하기야 첫날밤이 아니겠지."

"그러니까. 너무 티 난다. 세륜인 욕구가 다 해소된 말끔한 얼굴이고, 연수는……."

"그만. 태교에 안 좋거든?"

진우와 여환의 말에 한준이 제 아내의 귀를 막으며 한 소리 했다. 여환이 다 이 과정을 거쳐 뱃속에 아이가 생긴 거 아니냐고 빈정거렸다. 그러자 한준은 그의 약점인 손유리 이야기를 꺼냈다.

세륜의 결혼식에는 참석하기 싫다고 오지 않은 제 연인의 복잡한 마음에 여환이 급격히 우울감에 빠졌다.

"결혼 축하한다. 행복하게 살아라."

한준이 세륜과 연수에게 축하 인사를 했다. 세륜은 연수의 허리를 끌어안으며 당연히 행복하게 살 거라는 표정을 지어 보였다.

친구들에게 인사를 하고 두 사람은 엘리베이터에 올랐다.

"왜 그렇게 빤히 봐?"

"……그냥. 널 처음 만난 날부터 다시 만나고 사귀는 일련의 일이 다 생각나서. 사랑해, 하연수."

"나도 사랑해."

엘리베이터 문이 열리자 세륜은 이제는 아내가 된 연수의 손을 잡고 걸음을 빨리 옮겼다.

에필로그 2_ 우리의 신혼은

9년의 연애 끝에 한 결혼이어도 신혼은 신혼이었다. 신혼이라 하면 누구든지 생각하는 그 생활처럼 세륜과 연수는 깨가 쏟아지는 나날을 보내고 있었다. 하지만 남들처럼 부부 싸움도 했다.

연애 때와 다른 게 있다면 싸워도 같이 잠을 자야 한다는 것이었다. 결혼하면서 무슨 일이 있어도 각방은 쓰지 말자고 약속했었다.

싸우고 난 뒤에 서로 등 돌리고 자면서 왜 이런 약속을 한 것인지 후회를 하다가도 등에 닿는 체온에 마음이 누그러져 화해를 했다. 때로는 갑자기 스파크가 튀어 뜨겁게 화해를 하기도 했다.

어제도 두 사람은 작은 다툼 뒤에 뜨겁게 화해를 했다. 그런데 아침 출근길에 또 다퉜다.

갑자기 끼어든 차에 사고가 날 뻔해 세륜이 앞차에 연달아 클랙
슨을 울렸다. 연수가 좀 참으라고, 한 번만 울리면 될 것을 왜 계
속 견적을 울리냐고 잔소리를 했다. 울컥한 세륜은 방금 우리가
다칠 뻔했다고 목소리를 높였다.

연수는 지금 자신에게 소리친 거냐고, 걱정해서 하는 말인데 어
떻게 소리를 지를 수 있냐고, 내 걱정 듣기 싫으면 너 혼자 살라는
말이 오가다 끝내 다퉜다.

"이제는 헤어지려면 법정 가야 한다."

"무슨 그딴 소리를. 그냥 티격태격한 거야."

"그런데 연수가 종일 네 시선을 외면해?"

진우의 말에 세륜은 낮게 한숨을 내쉬었다.

사무실이 달라 스쳐 지나가면서 보는 게 다였다. 점심도 따로
먹었다. 연수가 계속 자신을 피하고 있었다.

세륜은 짜증스레 바닥을 발로 찼다.

"어떻게 풀어주지? 이제는 바로바로 풀어줘야 해. 부부 싸움이
길게 가면 안 좋더라."

"신혼 4개월 차의 새신랑 입에서 결혼 4년 차 같은 소리가 나온
다?"

"먼저 결혼한 선배로서 알려주는 팁이야. 새겨들어."

"난 아직 결혼할 생각 없다."

"여자가 생각 있을 때 빨리해."

"내 걱정 말고 연수 화 어떻게 풀어줄지나 고민하지?"

세륜은 깊은 한숨을 내쉬고 고개를 떨어뜨렸다.

'어제 몸으로 화해했으니 또 분위기 잡으면 화내겠지? 꽃은 저번에 선물했고, 고가의 선물은 별로 안 좋아하고……. 저녁을 해놓고 기다릴까. 아, 나 오늘 야근이지. 집에 들어갈 때 케이크를 사갈까.'

여러 고민을 하던 세륜은 일단 집에 가면 대화로 풀어야겠다고 생각했다.

야근한다고 문자를 넣었는데 답장이 없었다. 세륜은 입맛이 없어 저녁도 굶어가며 일을 하다가 카페인이 생각나 사무실을 나왔다. 탕비실로 걸어가던 중 그는 무심코 고개를 돌리다가 반쯤 문이 열려 있는 회의실 안을 보고 걸음을 멈췄다.

회의실 안에 자신의 아내가 있었다.

"연수야."

세륜은 나직하게 그녀를 부르며 안으로 들어갔다. 문을 닫고 들어간 그는 노트북을 들여다보고 있는 연수의 옆에 섰다.

"야근하는 거야? 야근한다는 말 없었잖아."

"……."

"언제 끝나? 같이 퇴근하자."

"……."

"아직도 많이 화났어? 알았어. 내가 잘못했어."

세륜은 연수의 옆에 무릎을 접고 앉아 그녀의 손을 쥐었다. 계속 올려다보자 그녀가 고개를 움직여 그를 내려다봤다.

"여보, 화 풀어."

"나는 걱정돼서 그랬어. 경적 때문에 칼부림도 일어난다잖아. 사고 날 뻔해서 경적 울렸더니 그게 기분 나쁘다고 칼 갖고 내려서 위협하는 사람이 있대."

"그래. 알았어. 조심할게."

"다 걱정돼서 하는 말인데 네가 화내면 서운해."

세륜이 반성하는 표정을 하자 연수의 표정이 누그러졌다.

"일 많아?"

"······아니. 다 했어."

"저녁은?"

연수가 안 먹었다고 고개를 저었다. 세륜은 그럼 저녁을 먹으러 가자고 하며 그녀를 일으켰다. 연수가 작업하던 걸 같이 정리하던 세륜은 아무 생각 없이 인쇄물을 읽어보다가 그녀에게 빠르게 고개를 돌렸다.

"이거 다 끝난 일 아니야? 진우가 부장님과 회의할 때 발표했던 건데. 수정 사항 없이 끝내기로 한 거였는데?"

"······."

연수의 표정이 순간 경직됐다. 세륜은 설마 하는 눈으로 그녀를 바라봤다.

"설마 나 기다리고 있던 거야? 일하는 척하면서?"

"······응."

"그럼 문자 하지 그랬어. 그보다 왜 혼자 여기에 있었어."

"사무실에 있으면 나 퇴근 안 한 거 모르잖아. 한 번쯤은 지나갈 것 같아서 문 열어놓고 있었어."

세륜이 들고 있던 인쇄물을 내려놓고 연수의 어깨를 끌어안았다.

부부 싸움으로 아내도 속이 많이 상해 있었고, 어떻게 화해를 할까 고민을 했다는 것에 그는 묘하게 기분이 좋아졌다.

예전 같았으면 싸우고 나면 화해할 고민은 거의 다 자신의 몫이었다. 찾아가는 것도 자신이었다. 그래서 이렇게 연수가 자신과 마주치려고 머리를 쓴 게 너무나 귀엽고 사랑스러웠다.

"아, 귀여워 미치겠다."

연수의 사랑스러운 행동에 세륜은 가슴이 벅차오름과 동시에 그녀를 예뻐해 주고 싶어졌다. 그는 시선을 돌려 주위를 살폈다.

"집에 가자. 저녁 해줄게."

연수가 살짝 밀어내느라 가슴을 만졌는데 얇은 셔츠 안까지 그 온기가 전해졌다. 세륜은 갑자기 어젯밤 일이 떠올랐다.

어제는 아내가 더 많이 자신을 사랑해 줬었다. 자신의 다리 사이에서 상체를 숙여 가슴과 입으로……. 진짜 미치겠네.

세륜은 부풀어 오르는 남성을 보고 곤혹스러운 표정을 지었다. 그는 고민을 하다가 문 쪽으로 걸어갔다.

회의실 문을 걸어 잠그고 그는 블라인드도 내렸다.

"뭐 해?"

자신의 행동에 의아해하는 아내에게 세륜은 야릇하게 웃어 보였다. 아내의 눈이 커지자 그는 그대로 덮쳤다.

야근하는 사람들이 몇 없었고, 회의실 앞을 지나가는 사람은 다행히도 없었다. 누군가가 지나갈지도 모른다는 그 스릴감과 서로

가 주는 쾌감에 두 사람은 색다른 쾌락을 느꼈다. 짧았지만 절정은 아주 컸다.

❖

연수의 임신은 황당하게도 대영이 먼저 알아차렸다.

팀 회의 때문에 기획조정 2팀은 늦은 점심을 먹어야 했다. 한 테이블에 다 같이 앉아 맛있게 먹으라고 인사를 한 뒤 수저를 들었다.

"이거 좀 비리지 않아요?"

오징어 국을 떠먹은 연수가 미간을 찌푸리며 말했다. 다들 그런가 하며 고개를 기울였다.

"안 비린데요. 하 대리님, 임신하셨어요? 임신하면 비린내에 예민해지던데. 우리 윤주도 그랬어요. 그러고 보니 대리님 요즘 아침마다 피곤해하시던데. 아침잠 많아지셨죠? 그거 임신 증상 중 하나예요. 그리고 계속 단 초코 쿠키를 입에 달고 사시던데."

"민 주임이 그걸 어떻게 다 알아? 스토커냐?"

대영의 말에 진우가 헛웃음과 함께 물었다.

"아, 진 과장님이 예전에 하 대리님께 무슨 일이 없는지 잘 봐달라고 하셨던 부탁을 들어드렸던 버릇이 아직 남아 있어서요. 그보다 대리님, 진짜 임신 아니에요?"

연수가 눈을 끔뻑거렸다. 그녀는 속으로 마지막 생리 날짜를 떠올렸다.

419

"아…… 음……."

쉽게 대답을 못하자 다들 연수의 임신을 기정사실로 만들었다. 축하한다는 말에 연수는 얼떨결에 고맙다는 대답을 했다.

점심을 먹고 사무실로 돌아온 연수는 속이 메슥거리는 것 같아 잠시 책상에 엎드렸다.

"하연수!"

사무실 문이 벌컥 열리고 넓은 사무실이 쩌렁쩌렁하게 울릴 정도로 큰 목소리에 쉬고 있던 모든 사람들이 다 놀랐다. 이름을 불린 당사자인 연수도 놀라 몸을 일으켰다.

"너, 임신했어?"

앞으로 다가와 허리를 숙이고 어깨를 쥐며 묻는 말에 연수의 눈이 화등잔만 해졌다.

"그건 어디서 들었어?"

"어디서 듣긴! 사람들이 다 나 보고 축하한다고 하던데. 진짜 임신이야?"

"아, 그게……."

"왜 나한테 말 안 했어! 그런데 왜 엎드려 있어. 몸 안 좋아? 어디 아파?"

"저기, 세륜아."

"응. 말해. 어디가 아파."

걱정스러워 죽겠다는 표정에 연수는 눈꼬리를 내렸다. 사무실에 있던 사람들이 다 두 사람을 주목했다.

"나가서 이야기하자."

연수는 자리에서 일어나 등을 떠밀었다. 다른 팀의 사람들이 임신 축하한다고 말하자 연수는 고개를 들지 못했고, 세륜은 웃으면서 감사하다고 인사했다.

아무도 없는 회의실로 들어왔는데 얼마 전에 두 사람이 뜨거운 시간을 보냈던 그 회의실이었다.

"아직 확실한 거 아니야!"

회의실에 들어오자마자 연수가 이 말부터 했다.

"뭐가?"

"임신."

"응? 다들 네가 임신했다던데?"

"그게……. 아직 확인 안 해봤어. 민 주임이 점심때 내 모습을 보더니 입덧 아니냐고 한 게 그렇게 소문났나 봐."

"벌써 입덧해?"

"아직 확실하지 않다니까!"

"알았어. 소리 지르지 마. 확실하지 않아도 조심하자, 일단."

사무실에 들어오면서 연수를 고함치듯 불렀던 자기 행동은 그새 잊은 세륜은 진정하라고 아내를 달랬다.

"일단 병원부터 가자."

세륜은 연수를 데리고 회의실에서 나왔다. 마침 지나가던 진우에게 병원을 다녀오겠다고 말한 뒤 두 사람은 급히 근처 산부인과로 향했다.

아직 점심시간이라 진찰을 바로 받지 못했다. 연수는 테스트기를 받아 들고 화장실에 다녀온 뒤 기다렸다. 세륜은 곧장 그 테스트기를 확인하고 싶었는데 간호사가 가지고 가버렸다.

초조하게 기다리는 사이 진료 시간이 다 되었다. 간호사가 연수를 불러 마지막 생리 날짜를 물었다. 그리고 곧바로 진찰실로 들어갔다.

몇 가지 문진 끝에 드디어 의사가 테스트기를 보여주었다.

"테스트기로는 임신으로 나오시네요. 초음파 검사하게 간호사 따라가서 준비하고 오세요."

차분하게 간호사를 따라나서는 연수와 달리 세륜은 테스트기에서 눈을 떼지 못했다.

연수가 초음파 검사를 위해 눕자 그 옆에 서서 그녀의 손을 꽉 잡은 세륜은 모니터에서 시선을 박았다.

"여기가 아기집이에요. 그리고 여기 점 같은 거 보이시죠? 아기입니다. 착상도 잘됐어요. 마지막 생리 날짜랑 보면 7주쯤 된 거 같네요. 축하드립니다."

"건강합니까?"

세륜의 질문에 의사가 웃었다. 벌써부터 건강하냐고 묻는 그에게 의사가 문제없어 보인다고 고개를 끄덕였다.

"사랑해, 연수야."

"……모니터 말고 날 보고 이야기하지?"

연수는 모니터에서 눈을 떼지 못하는 세륜에게 타박을 놓은 뒤 그의 손을 꼭 잡았다. 세륜은 큰 선물을 품은 아내와 눈을 맞추면서 가장 환한 미소를 지어 보였다.

진찰을 끝내고 병원을 나와 몇 걸음 걷다가 세륜은 벅차오르는 마음을 주체하지 못하고 연수를 품에 꼭 안았다.

"연수야, 정말 고마워."

그의 심장이 빠르게 뛰고 있었다. 정말 기뻐하는 남편의 품에서 연수는 행복하게 웃었다.

"나도 고마워."

"잘 키우자."

"응. 행복하다. 세륜아, 너무 좋아."

행복하다는 말에 세륜은 더 가슴이 벅차올랐다.

"나도 행복해. 미치게 좋아."

연수는 행복해 미칠 것 같다는 남편을 올려다보았다.

긴 시간 혼자였다. 그런 자신에게 다가온 이 남자는 외로움을 달래주었다. 그리고 사랑을 가르쳐 주었다. 지금까지 그랬고, 앞으로도 자신을 혼자 두지 않을 이 사람은 또 다른 가족을 만들어 주었다.

자신이 무슨 복이 있어서 세륜을 만날 수 있었는지 모르겠다. 이 행복을 알게 해준 그가 너무 고마웠다.

연수는 너무 소중한 남편의 손을 잡고 미래를 향해 걸어나갔다.

눈을 뜨는 순간부터 전쟁이 시작되었다. 장난감을 찾는 아들의 손에 자동차 장난감을 쥐여주고 일단 식탁 앞에 앉혔다. 그리고 아들의 아침상을 차렸다.

"자, 아! 이것만 먹자, 응?"

"아. 싫어."

연수는 입을 벌리는가 싶더니 금세 꾹 다물고 고개를 흔드는 아들에게 애원했다.

"진연우, 밥 안 먹으면 엄마가 장난감 뺏는다고 했지?"

"아!"

그제야 연우는 입을 벌려 엄마가 주는 밥을 받아먹었다.

"들어가서 씻어. 내가 마저 먹일게."

먼저 씻고 나온 세륜은 이제 겨우 절반 정도를 먹인 밥을 보고 한숨을 내쉬었다.

"김만 먹이지 마. 골고루 먹여야 해."

"알았어. 어서 들어가."

연수가 욕실로 들어가는 걸 확인한 세륜은 연우에게 밥을 먹이기 시작했다.

자신들은 굶어도 자식 밥은 안 굶기는 게 부모였다. 무슨 일이 있어도 아들 아침은 꼭 먹여야 한다는 사명감에 불타오른 세륜은 연우를 어르고 달래가며 밥을 먹였다.

"아빠, 엄마는?"

"씻고 있어."

"엄마!"

"이것만 먹으면 엄마 나오라고 할게."

미운 네 살이라고 갈수록 엄마를 힘들게 하면서도 엄마만 찾는 자칭 타칭 엄마 껌 딱지인 연우는 밥을 먹다 말고 엄마를 찾았다.

때마침 연수가 욕실에서 나오자 연우는 의자에서 내려가겠다고 위험한 줄도 모르고 일어났다. 세륜은 재빨리 한 팔로 아들을 안아 들고 마지막 한 수저의 밥을 먹였다.

바닥에 내려주자 연우는 엄마가 들어간 침실로 쌩하게 달려갔다. 세륜은 식탁 위를 치운 뒤 따라 들어갔다.

"엄마, 이것 봐봐라?"

"우와. 우리 연우 대단하다! 어떻게 한 거야?"

"이거 이렇게 하면 돼."

엄마의 출근 준비를 한창 방해하는 아들을 보면서 세륜은 미간을 찌푸렸다. 연수는 아들의 이야기를 들어주고 준비를 하느라 정신이 없었다.

"연우야, 이 닦아야지. 세수도 하고. 어린이집 안 갈 거야?"

"으응. 싫어."

세륜은 싫다는 아들을 억지로 욕실로 데리고 가 씻기기 시작했다. 그사이에 연수는 빠르게 준비를 마쳤다.

연수가 씻고 나온 연우의 옷을 입히는 사이 세륜은 옷을 갈아입었다. 그리고 그가 연우의 가방을 챙기고 신발을 신기는 사이 연수는 핸드백을 챙겼다.

서로 번갈아가며 아들을 챙겨 집을 나설 때까지 정신없이 움직이는 게 이젠 그들의 일상이었다.

복도에서 세륜을 마주친 연수는 그의 셔츠를 보고 눈을 키웠다. 출근할 때 재킷을 입고 있어서 몰랐는데 셔츠가 알록달록했다. 그녀는 세륜에게 다가가 물었다.

"자기야, 이거 뭐야?"

"연우가 그래 놨나 봐."

"입을 때 몰랐어?"

"어. 나도 방금 봤어."

세륜은 크게 신경 쓰지 않는 눈치였지만 연수는 아니었다. 그녀는 남편을 찬찬히 훑어봤다. 매일 보는 얼굴인데도 꽤 오랜만에 마주하는 기분이었다. 생각해 보니 이렇게 남편을 보는 게 오랜만이라는 생각에 그녀는 속으로 놀랐다.

집에서는 모든 신경이 연우에게 향해 있었다. 세륜과 이야기를 할 때도 눈은 언제나 아들을 담고 있었다.

연수는 세륜의 눈가에 생긴 미세한 주름을 확인하고 왠지 모르게 속상해졌다.

"머리 좀 잘라야겠다."

"많이 길었어? 안 그래도 잘라야지 했는데 바빠서 계속 깜빡했어."

퇴근하고 어제 연우를 데리고 미용실에 데려가 이발을 시켰다. 그러면서도 남편은 생각지 못했다. 언제부턴가 세륜은 말해주지 않아도 자를 때가 되면 알아서 자르고 왔다. 그것에 익숙해졌는데 이상하게 오늘따라 마음에 걸렸다. 그리고 크레파스가 묻은 셔츠를 본 게 처음이 아닌데 유독 마음이 안 좋았다.

연수는 남편에게 너무 신경을 써주지 않은 것 같아서 미안해졌다.

"표정이 왜 그래?"

"아니, 그냥."

"오늘 혼자서 연우 데리러 갈 수 있지? 나 야근해야 할 것 같아."

"어쩌지. 나도 야근인데."

"그래? 그럼 누나한테 부탁해야겠다. 내가 연락해 둘게."

세인의 둘째와 같은 어린이집에 다니고 있어서 가끔 이런 부탁을 해왔다.

"내가 할게."

"그럴래? 나 회의 가던 중이었어. 그럼 수고."

세륜은 짧게 인사를 하고 급히 멀어져 갔다. 연수는 남편의 뒷모습을 보고 묘한 기분에 휩싸였다.

연수는 휴대폰에 대고 고맙다고 말을 한 뒤 전화를 끊었다. 그녀는 시각을 확인하고 남편이 있는 사무실로 향했다.

"일 많이 남았어?"

"아니, 다 했어."

때마침 일이 끝났는지 세륜은 컴퓨터를 끄고 일어났다. 그는 재킷을 챙겨 입고 연수와 함께 사무실을 나섰다. 엘리베이터 앞에 도착해 버튼을 누른 그는 아내에게 물었다.

"연우는?"

"잘 놀고 있대."

"그래? 데리러 갈 때까지 싸우지 않고 잘 놀고 있어야 할 텐데."

"연우 오늘 거기서 잘 거야. 데리러 안 가도 돼."

"응?"

"내가 부탁드렸어. 오늘만 연우 봐달라고. 내일 주말이라 어린이집 안 가잖아."

"갑자기 왜?"

연수는 세륜의 손을 잡으며 속상한 얼굴을 했다.

"우리 데이트한 지 엄청 오래된 거 알아?"

부부가 되고 부모가 되면서 데이트를 할 시간이 거의 없었다. 모든 일은 아들을 중심으로 일어났다. 아침에 일어나는 시각도 아들이 눈을 뜰 때였고, 자는 시각도 아들이 눈을 감을 때였다. 그러다 보니 두 사람만 지내는 시간이 적었다.

"생각해 보니 그러네. 데이트 좋지. 뭐 할까?"

"음……. 우선 시간 있으니까 머리부터 자르러 가자. 그리고 영화 보자."

연수는 뒷목을 덮은 머리카락을 매만지면서 고아하게 웃었다. 세륜은 아내의 계획에 기꺼이 따르겠다는 뜻으로 고개를 끄덕였다.

굉장히 오랜만에 두 사람은 같이 미용실로 향했다. 그리고 오랜만에 어떻게 자를지도 상의를 했다.

미용실을 나와 영화관으로 향하면서 두 사람은 이런저런 이야기를 했다. 영화관으로 가 서로의 취향대로 팝콘과 마실 것을 사고 상영관에 들어갈 때까지 대화는 계속되었다.

영화를 보고 나와서도 이야기가 끊이지 않았다. 카페로 옮겨가서도 대화에 목이 말라 있었던 것처럼 계속 이야기를 나누었다.

서로 눈을 마주치면서 이야기를 나누는데 묘한 설렘이 피어났다. 세륜도 그걸 느꼈다.

"우리 연애할 때 생각난다."

"우리 연애할 때 어땠었지?"

"어땠긴. 지금처럼 영화 보고 커피 마시고…… 잤지."

가느스름하게 눈을 뜨고 은근하게 말하는 남편을 보고 연수는 부끄러운 미소를 지었다. 세륜은 그 모습에 심장이 뜨거워졌다. 오롯이 자신만 보고 있는 아내의 시선에 아까부터 몸이 조금씩 달아오르고 있었다.

"그만 집으로 갈까?"

그의 목소리에 열기가 고여 있었다. 연수는 고개를 끄덕이고 남편의 손을 잡고 일어났다.

집으로 들어오자마자 두 사람은 현관문 앞에서 입을 맞췄다. 그리고 서로의 옷을 벗겨 나갔다. 마지막 속옷까지 벗어 던진 두 사람은 급하게 몸을 맞췄다.

"아…… 아훗!"

흐릿한 시선 속에 세륜의 찌푸린 얼굴이 들어왔다. 허리를 움직이면서 그는 자신의 몸을 매만졌다. 그리고 고개를 숙여 연신 입을 맞춰왔다.

시간이 흘러도 변하지 않는 게 있다면 세륜의 사랑이었다. 부부가 되고 부모가 되면서 예전과 많이 달라졌다고 느낄 때가 있었다. 하지만 아니었다. 그는 여전히 연인이었을 때처럼 자신을 갈망하고 사랑하고 있었다.

"아아, 연수야……. 하연수……."

"훗! 세륜아…… 아아, 사랑해."

자신보다 먼저 사랑한다는 말을 하는 아내의 이마에 입을 맞추며 세륜도 나직하게 사랑한다고 속삭였다.

두 사람은 지금도 서로에게 하나뿐인 연인이었다. 앞으로도 하나뿐인 연인일 거고.

그리고 그다음 해 봄, 이 연인 사이에서 사랑스러운 둘째 딸이 태어났다.

통장 잔고를 확인한 진우는 입매를 늘였다. 받기가 무섭게 차압되었던 월급이 처음으로 빠져나가지 않았다.

"이제 진짜 다 갚았다."

후련한 듯 긴 한숨을 내쉰 진우는 휴대폰이 울리자 발신자를 확인했다. 그는 전화를 건 사람의 이름을 읊조렸다.

"신나희."

부산지점과 있었던 회의 때 만난 이후로 나희는 종종 연락을 해오고 있었다.

진우는 그녀가 자신에게 호감을 갖고 있는 걸 알고 있었다. 그리고 그도 그녀에게 관심이 있었다.

"네, 정진우입니다."

[신나희예요. 잘 지냈어요?]

"잘 지냈어요. 나희 씨는요?"

[저도 잘 지냈어요. 내일 본사로 출장 가는 것 때문에 연락드렸어요.]

"아, 들었어요. 그런데 이번에는 진세륜 대리랑 일하지 않나요?"

[맞다. 제가 깜빡하고 진우 씨에게 전화했네요.]

당황한 목소리로 말했지만 진우는 그녀가 잘못 전화한 게 아니라는 걸 알았다. 하지만 그는 모르는 척 넘어갔다.

"진 대리 연락처 알려 드려요?"

[아니에요. 찾아보면 있을 거예요.]

"그래요. 그럼."

진우는 전화를 끊기 전 미적지근한 마지막 인사를 했다. 그리고 나희가 먼저 전화를 끊기를 기다렸다. 그렇게 몇 초의 정적이 흘렀다.

[저기…….]

"……."

[주말에도 계속 서울에 있을 건데 영화 볼래요? 제가 서울에는 친구가 없어서요. 계속 호텔에 혼자 있는 건 심심하고……. 영화가 싫으면 구경이라도……. 서울에는 구경할 곳이 많잖아요. 시간 괜찮으시면…….]

주저리주저리 데이트를 신청하는 나희의 목소리는 작게 떨리고 있었다.

연애 경험이 적은 여자를 선호하지 않았다. 이왕이면 놀 줄 아는 여자를 좋아했다. 즐길 거 즐기면서 서로 얽매이지 않는 그런 가벼운 연애가 좋았다. 더군다나 지금 누군가를 책임질 능력도 여유도 없었다. 그래서 진지한 관계는 생각이 없었다.

나희와는 가벼운 연애를 할 수 없을 거라는 걸 알았다. 그래서 관심이 있어도 다가가지 않았다. 그런데 조금 숨통이 트여서일까.

"그래요."

[네?]

"영화 봐요."

담백한 승낙을 한 진우는 수화기 너머로 작게 소리치는 목소리를 듣고 웃음을 삼켰다.

새하얀 병원 내부가 어지러웠다. 정신없이 주위를 두리번거리던 진우는 마침내 부모님을 찾았다.

"어떻게 된 거예요?"

"진우 왔니?"

다급한 진우와 달리 그의 부모님은 느긋하게 아들을 맞이했다. 진우는 병원 침대 위에 누워 있는 아버지의 모습부터 살폈다.

"어떻게 된 거냐고요. 아버지 쓰러지셨다면서요?"

"쓰러지기는. 그냥 넘어진 거다. 당신 애한테 전화해서 뭐라 한 거야?"

놀란 가슴을 쓸어내린 진우는 의자에 털썩 주저앉았다.

쓰러졌다고 해서 정신을 잃으셨다는 줄 알았다. 그런데 알고 봤더니 계단에서 발을 잘못 디뎌 굴러 넘어지신 거였다. 물론 그것도 위험한 사고였지만 다행히 크게 다치지 않으셨다. 최악의 상황을 상상했던 진우는 안도의 한숨을 내쉬었다.

허리를 다치셔서 당분간 입원을 해야 한다는 의사의 소견에도 진우의 아버지는 퇴원하겠다고 고집을 부렸다. 진우는 엄마 혼자 어떻게 식당을 관리하겠느냐면서 퇴원하겠다는 아버지를 억지로 입원시켰다.

"식당은 제가 와서 도울게요."

"아니야. 나 혼자로도 충분해."

"아버지 말대로 엄마 혼자서 힘드시잖아요."

"엄만 괜찮아. 어서 가봐."

"엄마 먼저 들어가요."

진우는 모친이 병원 건물로 들어가자 근처 벤치에 앉았다.

이것저것 검사를 해서 병원비가 좀 나왔다. 앞으로의 입원비까지 합하면 보험 청구를 한다고 해도 꽤 돈이 필요했다. 이제 돈 좀 모아볼까 했는데 이번 월급은 다 병원비로 나가게 생겼다.

그리고 퇴근 후 식당도 왔다 갔다 하면 시간도 없었다. 물론 주말은 계속 식당에서 일을 해야 할 판이었다.

그 생각을 하는데 휴대폰이 울렸다. 발신자를 확인한 진우는 아쉬운 표정을 지었다. 이내 체념한 얼굴로 전화를 받았다.

"네."

[저예요. 이번 주도 서울 간다고 했던 거 기억하죠? 우리 또 영화 봐요.]

"미안해요."

[네?]

"영화 못 볼 것 같아요. 이번에도. 다음에도."

똑똑한 여자라 무슨 말인지 금방 이해한 듯했다. 진우는 정중하게 사과를 하고 전화를 끊었다.

식당 앞은 손님들 차로 번잡했다. 진우는 주차를 하고 급히 차에서 내려 식당 안으로 들어갔다.

"엄마, 저 왔어요. 많이 바쁘⋯⋯."

말을 하던 진우는 앞치마를 입고 테이블 사이를 돌아다니는 한 여자를 보고 그 자리에 굳어버렸다.

"어? 진우 씨."

뒤늦게 진우를 발견한 나희는 반가운 얼굴로 웃었다.

"여기서 뭐 해요?"

"뭐 하긴요. 어머님 돕고 있었어요."

"⋯⋯나와요."

나희의 손에 들린 쟁반을 빼앗아 카운터 위에 올려둔 진우는 그녀의 손목을 잡고 가게 밖으로 나왔다.

"여긴 어떻게 알고 왔어요."

"비밀이에요."

"나희 씨."

"화낼 거면 일 다 끝내고 내요."

"나희 씨."

"나 안 갈 거예요. 내쫓아도 일 다 끝나고 내쫓아요."

"하아. 나희 씨."

"난 그냥……. 단지 진우 씨가 보고 싶어서 온 건데. 전화도 안 받고. 그런데 보자마자 무서운 얼굴 하면……."

"신나희 씨."

"무섭게 굴어도 포기 안 할 거예요. 좋아하는 건 내 마음이에요! 내 맘인데 진우 씨가 왜 참견해요?"

당차게 말을 하면서도 나희는 정말 진우가 화를 낼까 봐 겁먹은 얼굴을 했다. 그 표정을 보자 진우는 맥이 빠졌다.

"……졌다. 내가 졌어요. 나희 씨 하고 싶은 대로 해봐요, 한 번."

자신의 상황을 알게 되면 금방 포기하겠지 싶어서 한 말이었다. 그런데 그 말을 들은 나희는 진우에게 한 걸음 다가갔다. 그리고 까치발을 하고 그의 입술을 훔쳤다. 눈 깜짝할 사이에 벌어진 일이었다.

"지금 뭐 했어요?"

"하고 싶은 대로 하라면서요."

그리고 얼굴을 붉히며 뒷걸음질을 치기 시작했다. 두 발, 세 발, 네 발 멀어졌을 때 진우는 한 걸음 만에 따라잡았다. 그리고 나희를 끌어안았다.

"이러면 욕심나잖아요."

낮게 웃은 진우는 고개를 숙여 입을 맞췄다.

진우는 이때까지만 해도 이것이 자신의 연인과의 첫 키스라는 걸 몰랐다. 나희가 자신의 평생 연인이 될 거라는 건 그로부터 한 달 후에 알아차렸다.

이 남자의 연인 2_ 박여환

여환은 세상이 무너진 듯 우는 유리 앞에서 어쩔 줄 몰라 하고 있었다.

"그래서 선을 언제 보는데?"

"흐흑, 내, 내일, 흑, 열, 열두, 끅, 시에, 흐으윽……. 도, 도와줄, 흑, 거야?"

"알았으니까 그만 울어."

벌써 다섯 번째였다. 유리가 선보기 전날 이렇게 펑펑 우는 게 한쪽 손가락 개수를 채웠다. 그리고 그 숫자만큼 여환의 속은 타들어갔다.

우는 유리를 겨우 달래 집으로 데려다주고 귀가한 여환은 밤새 한숨도 자지 못했다. 그리고 그다음 날 유리가 선을 본다는 호텔 카페에 아침부터 가서 기다렸다.

죽어라 올 때는 언제고 예쁘게 꾸미고 나타난 유리를 여환은 멀리서 노려봤다. 마음 같아서는 바로 그녀의 손목을 잡고 이곳을 벗어나고 싶은데 그러지 못했다.

직원의 안내를 받은 유리가 한 남자의 앞에 앉았다.

"뭐야. 왜 웃어?"

여환은 얼음을 아작 씹어 먹으면서 이를 갈았다.

적당한 시간이 흐르고 유리와 남자가 자리에서 일어났다. 여환도 따라 일어났다. 그리고 그들의 뒤를 따라 호텔 카페를 나왔다.

"유리 씨, 영화 어떤 장르 좋아해요?"

"공포물. 피가 낭자하는 거."

뒤에서 들리는 대답에 남자가 돌아섰다. 여환은 당장 찢어 죽일 듯이 남자를 노려보았다.

"뭡니까?"

"손유리, 이 남자 마음에 들어?"

"유리 씨 아는 사람이에요?"

"부면 몰라."

"이봐요. 당신 대체 뭔데……."

"박여환!"

유리는 여환을 날카롭게 불렀다. 그러면서도 눈짓으로 어서 남자를 쫓아내 보라는 신호를 보냈다.

"유리 씨, 이 남자 누굽니까?"

"아, 저 좋다고 따라다니는 친군데……."

여기까지 나타나서 정말 곤혹스럽다는 표정을 짓는 유리를 보고 남자는 용기를 내었다.

"유리 씨가 불쾌해하니 그만 가보시죠. 저랑 유리 씨는……."

"죽고 싶지 않으면 닥치고 꺼져."

남자의 용기는 여환의 말 한마디에 금세 푹 꺼졌다. 엄청난 위압감을 느낀 남자가 주춤하는 사이 여환은 주먹을 쥐었다 펴며 당장 사라지지 않으면 가만 안 두겠다는 경고를 했다.

정말 시시하게 남자는 그 자리에서 도망을 쳤다.

"오늘도 고마웠어. 그럼 이만."

"손유리."

"응?"

"이제 그만하고 나한테 오지?"

"미쳤어?"

대경실색하는 모습에 여환은 상처를 받았다.

자신을 호구로 봐도 상관없었다. 이런 일에 이용을 해도 괜찮았다. 그런데 그도 사람이라 생채기가 늘어날수록 점점 지쳐 갔다.

"밥 먹으러 가자. 그리고 영화 보자."

여환의 얼굴이 가라앉는 걸 본 유리는 당장 집으로 가려던 태도를 바꿨다.

"넌 내가 우습지."

"응?"

"오라 하면 오고, 가라 하면 가고."

"여환아?"

"나 이제 이 짓 안 해. 진절머리 난다."

그대로 여환은 몸을 돌리고 사라졌다.

하지만 며칠 뒤 같은 상황이 반복되었다.

"그만 좀 울어."

"흑, 도와줄 거지?"

"……알았으니까 그만 울어."

매번 진절머리 난다고 하면서도 여환은 유리가 부르면 달려나
갔다.

여환은 속으로 자신에게 욕을 했다. 그만 손유리한테서 벗어나
겠다고 수없이 다짐을 했으면서도 금세 쪼르르 달려나온 멍청한
자신에게 손가락질을 했다.

하지만 별수 없었다. 그는 사랑에 빠진 바보였다.

다음 날 여환은 선을 보고 있는 유리의 옆에 털썩 앉았다.

"뭡니까?"

"이 여자 아니면 죽는 남자."

"네?"

"손유리, 사랑한다."

"이봐! 갑자기 나타나서 뭐 하는 짓이야?"

"보면 몰라? 고백하는 거."

뻔뻔하게 응수하는 여환을 보고 황당해하던 남자는 유리에게
뭐냐는 눈짓을 했다.

"절 좋아하는 친구인데……."

똑같은 레퍼토리. 이내 남자가 기분 나쁜 얼굴을 하고 사라졌다. 남자가 사라지자 유리는 여환에게 툭 말을 던졌다.

"아빠가 너 좀 보자고 하셨어."

"……날 왜?"

"몇 번이나 내 선을 파투 낸 자식 얼굴 좀 보고 싶으시대. 그리고……."

"그리고, 뭐?"

"소문 다 나서 더는 선 자리가 안 들어오니까 너보고 나 책임지래."

"……어?"

"내일 집으로 오래. 와."

13년이 넘는 시간 동안 오라면 오고, 가라면 가라고 한 결과 여환은 드디어 유리를 자신의 연인으로 만들었다.

여자는 사랑받는 것에 약했다. 그의 지고지순한 사랑에 유리는 아닌 척했지만 넘어갔다. 하지만 남자를 손안에서 휘두르고 싶어했던 그녀는 여환을 쉽게 받아주지 않았다.

훗날 여환은 그걸 다 알게 되었으면서도 끝까지 모르는 척하며 유리의 손안에서 놀아나 주었다.

한준은 자신과 결혼을 앞둔 여자를 응시했다.

"예쁜 거 다 아니까 그만 쳐다봐요."

"하."

보면 볼수록 아주 흥미로운 성격이었다. 집에서 오냐오냐 키워져서인지 아주 당찼다.

"한준 씨."

"오빠라고 부르랬지. 그렇게 부르는 거 안 어울린다니까."

스물셋이라는 나이가 무색할 정도로 규리는 너무 어려 보였다. 처음엔 고등학생인 줄 알았다. 그래서 한준은 그녀가 자신을 '한준 씨'라고 부를 때마다 느낌이 이상했다.

"지금 혹시 열나요?"

"뭐?"

"아프냐고요. 지금 아프죠?"

가느다란 팔이 뻗어지고 작은 손이 이마에 닿았다. 순간 한준은 움찔했다.

"어딜 손대."

"열 있네요. 아픈데 왜 아프다고 말 안 해요?"

지금까지 아파도 아프다고 말을 해본 적이 없었다. 아프다고 한들 들어주는 사람이 없었다. 그리고 아픈 걸 알아봐 준 사람도 없었다.

"안 아파."

낯선 느낌에 한준은 규리의 손을 치워내고 잡아뗐다.

"혹시 병원 무서워해요? 아니면 주사?"

"뭐?"

"그게 아니면 약을 싫어해요? 싫어도 주사 맞고 약 먹어야 해요. 그래야 빨리 나아요."

철부지 아이를 보듯 하는 시선과 달래는 어투의 말에 한준은 기가 막혔다.

"안 아프다니까. 일어나. BAR 열 시간이야. 그만 집으로 가."

한준은 그렇게 규리를 돌려보냈다.

그런데 그녀의 말대로 아픈 게 맞았다. 점점 열이 오르더니 속이 메슥거리고 눈앞이 핑 돌았다. 하지만 한준은 티를 내지 않고 다가오는 여자들에게 미소를 지었다.

"이럴 줄 알았어요."

한준은 자신을 한심하게 올려다보는 규리를 보고 놀라 눈을 키웠다. 곁에 있던 여자들은 누가 한준에게 접근하는 것인지 경계를 했다가 규리를 보고 같잖은 시선을 했다. 규리는 그 여자들을 쓱 훑어본 뒤 한준의 앞에 섰다.

"약은 먹었어요? 안 먹었죠? 혹시나 해서 딸기 맛 나는 약 사왔어요. 어른이 먹어도 되는 거예요."

규리를 약국 봉지에서 물약을 꺼내 보여주었다.

"지금 시간이 몇 신데……. 집에 안 갔어?"

"열한 시 반 지났네요. 도서관에서 공부 좀 했어요. 곧 집에 가야죠. 한준 씨 약 먹는 거 보고 바로 갈 거예요."

규리의 말에 여자들이 깔깔대며 웃었다.

"한준 씨? 어린 게 어디서 한준 씨래. 그리고 얘, 여기는 미성년자가 오는 곳이 아니야."

규리는 자신을 비웃는 여자를 빤히 쳐다봤다.

"뭘 보니?"

"한준 씨, 이 여자들은 누구예요?"

"그러는 넌 누군데?"

"한준 씨 애인이요. 곧 결혼할 사이예요."

"뭐? 네가 애인?"

여자들이 또 깔깔대며 웃었다. 발끈할 줄 알았던 규리는 낮게 한숨을 내쉬었다. 그리고 한준이 경악할 만한 말을 했다.

"한준 씨 취향 로리콘인 거 모르셨어요? 어린 여자 좋아해요. 저처럼."

규리의 말에 모두가 할 말을 잃었다. 멍해 있던 한준은 뒤늦게 정신을 차리고 규리의 팔을 잡아끌었다.

"너, 따라와."

규리를 사무실로 데리고 들어온 한준은 깊은 한숨을 내쉬었다. 그리고 그가 막 입을 열려던 찰나 서늘한 손이 이마를 덮었다.

"열 더 심해졌다. 혹시 어지럽지는 않아요?"

"……."

"많이 아프죠?"

걱정하는 얼굴이 바로 코앞에 있었다.

"너……."

"뭐 좀 먹었어요? 아까 나랑 저녁 먹을 때 거의 안 먹었잖아요. 속 메슥거리지는 않아요?"

점쟁이도 아닌데 정확하게 증상을 짚어내니 말문이 막혔다.

"앉아요. 그리고 우선 약부터 먹어요."

규리는 한준의 팔을 잡아당겨 소파에 앉혔다. 그리고 약국 봉지에서 분홍색의 작은 숟가락을 꺼냈다. 거기에 조금 전의 그 물약을 따르고 한준의 입 앞으로 가져갔다.

"아."

한준은 자신도 모르게 입을 벌려 숟가락을 머금었다. 그리고 딸기 맛의 약을 꿀꺽 삼켰다.

"잘했어요. 쓰지는 않죠? 약 먹었으니 좀 누워요."

"됐고, 너……."

무슨 말을 하려던 한준은 갑자기 머리가 핑 돌자 눈을 질끈 감았다.

"거봐요. 어지럽잖아요. 방금 한준 씨 걸을 때 걸음 흔들렸어
요. 어서 누워요."

한준은 자신의 걸음이 흔들렸다는 걸 모르고 있었다. 그런데 그
걸 규리는 알아차렸다.

얼떨떨한 표정으로 한준은 소파에 누웠다. 그러자 작은 손이 눈
위로 올라왔다. 반사적으로 눈을 감은 한준에게 규리는 좀 자라고
작은 목소리로 말했다. 그리고 한준은 필름이 끊기듯 정신을 놓았
다.

그가 다시 눈을 떴을 때 사무실 안은 어두웠다. 그런데도 한준
은 일인용 소파에 몸을 웅크리고 잠든 규리를 바로 발견했다. 일
어나 앉은 그는 불부터 켰다. 그리고 놀라 눈을 키웠다.

간호를 한 흔적이 곳곳에 있었다.

"으음. 일어났어요? 이제 안 아프죠?"

눈을 비비며 일어난 규리가 이젠 안 아플 거라고 장담을 하듯
물었다. 한준은 무심코 자신의 상태가 어떠한지 생각했다.

열이 내린 것 같고 어지럼증도 사라졌다. 그리고 속도 편안했
다.

"……어. 안 아파."

이번엔 거짓말이 아닌 사실이었다.

"다음엔 아프면 바로 말해요."

한준은 갑자기 속이 답답해졌다. 그리고 가슴이 묵직해지고 목
이 뜨거워졌다. 아프면 알릴 상대가 생겼다. 그 생각에 그는 왈칵

눈물이 쏟아질 뻔했다.

그렇게 한준은 자신의 연인이 될 어린 여자를 마음에 품기 시작했다.

THE END